窥天

香巴拉秘符

隔世醒人◎著

下

河南文艺出版社
·郑州·

目　录

为令人担忧的潜在危机！

第二十一章　古老圣典的启示

张崇斌与白纸扇等人在西藏地区接上头。在观赏完那洛上师密宗神功之后，张崇斌恍然意识到古印度的一些经典奥义中隐含着与调查工作相关的重要启示。同时，他也敏感地察觉到调查工作触碰到了人类社会最敏感最忌讳的领域。

第二十二章　死亡迷途

奔赴神山的途中，张崇斌夜间研读古印度经典时产生了奇妙体验，从中领悟了不同修行法门的真旨要义。而白纸扇为了抓紧时间赶路，以枪威胁向导兼司机的巴特尔。在一片充满血腥味道的荒滩上，众人遭遇到凶猛异常的猛兽袭击，一时危险万分，生死难卜。

第二十三章　进山的“钥匙”

一个下身文有秘图的幸存者苏醒后惶恐不安，异常的表现引起张崇斌的格外关注，通过询问他意识到调查行动的紧迫性。在破解了一句关于神山的隐晦词语后，张崇斌感觉自己找到了可以揭开神山奥秘的钥匙。然而，幸存者嘴里最后发出的一个怪异词汇，却让张崇斌不解其意，但这却是更重要的信息！

第二十四章　突破四维空间的妙想

拥有天才智商的唐凯通过研究UFO的飞行特性，大胆地指出爱因斯坦“光速不变”理论的局限性，提出了“超光速”与“虫洞”效应等效，四维时空可以被突破。张崇斌从“莫比乌斯环”获得了美妙的灵感，并从“水银”的奥妙特性中“看见”了那隐藏至深的时空隧道……

第二十五章　不可告人的登山计划

抵达神山的当晚，迫不及待的白纸扇召集众人连夜商讨登山寻宝方案，有备而来的张崇斌提出了一套令白纸扇等人无可挑剔的精心策划的方案。而另一套埋藏心底的隐秘计划，风险巨大，但那却是张崇斌真正要实施的。

第二十六章　高空逃亡

夜间，在登山的起程地，一队鬼魂般的古装人马突然袭来，打乱了原定的计划，不得不提前行动。令人意想不到的是，原本策划周密的行动竟因泄密和枪王的阻碍而落空。在空军拦截的高空中，为躲避抓捕，危急关头纷纷惊魂逃亡。

第二十七章　开启的潘多拉魔盒

张崇斌因在藏区一带“犯罪”行为性质极其严重恶劣，被军方转移到秘密军管区接受审讯。危急处境下，张崇斌依据事实并凭借过人的冷静和智慧，将自己的所作所为背后的动机解释清楚。同时，通过与符号学教授对话，揭示了诡异麦田圈的成因，并结合金字塔神秘能量进一步指出威胁人类的潘多拉魔盒已经开启……

第二十八章　挑战专家联手攻关

为了拯救唐凯和自己，张崇斌与唐凯共同联手破解神秘的 UFO 动力系统能量源和作用原理。在专家和审讯人员的严密监控与考核下，二人各自发挥超常天赋，默契配合，最终以看似匪夷所思但被验证可行的妙想攻克了制约当前世界航空领域发展的一个尖端科技难关。

的老者。经老者玄妙点化，历经此番磨砺的张崇斌智慧心性得以升华，他不仅破译了通往香巴拉圣地的秘符，更是窥见到世界的本来面目！

第十八章　共济会秘密会议

1. 共济会伦敦总部

月亮移到黄道第七宫，
木星与火星连成一线；
和平要指引众星，
博爱要驾驭宇宙；
宝瓶宫纪元就此开展！

和谐、了解、同情、信任，
不再有虚晃、嘲弄，
千载难逢的宏图美梦；
魔法水晶启示，
心灵真正解放——宝瓶宫！宝瓶宫！宝瓶宫！

——引自盖尔特·马克德莫特等创作的音乐剧《长发》（1968 年）

2003 年 6 月 20 日清晨，伦敦大英博物馆附近，一座建筑宏伟的会馆，透过晨曦微薄雾霭，那高耸顶立于正门前的两根巨大古希腊爱奥尼石柱，让这幢浸染岁月沧桑的建筑从上至下都有一种浑厚庄重的气势。

一辆黑色福特轿车这时缓慢停靠在会馆门口，车门一开，尼科·彼茨从车里走了出来。只见他一身黑色笔挺西装，内着白色衬衣，衬衣领口处系着黑色蝴蝶结，脚下蹬着一双乌黑锃亮的牛皮鞋，这身装扮让身材高挑的尼科显得格外精神利落。

尼科抬起头朝会馆看了看，又用手按扶了一下蝴蝶结，然后抬起脚踏上石阶朝正门走去。穿过石柱，来到前庭门口，两位手捧叠放着整齐物品托盘的男性服务人员走到尼科跟前，其中一人将手中的一个四方形围裙平展开系在尼科的腹部，这围裙的中间是个分规和直角曲尺组合构成的图标，图标中间有个大写英文字母“G”；另一位将托盘中的一朵白色鲜花插在尼科西装上衣的口袋，尼科自己动手将托盘中的一副绣有与围裙同样图标的白色手套戴在手上，服务员又将一个蓝底白边的中空“心”形丝绸条带从尼科头顶套下，戴在胸前。穿戴完毕，在一位侍从的引领下，尼科来到这幢建筑的顶楼，随着侍从推开一扇饰有会徽“G”的房门，看起来有些紧张激动的尼科轻步走了进去。

这间天花板布满星星、月亮和太阳，四周以蓝色为基调装饰的屋子，正中间摆放着一张矩形会议桌，围着这张桌子已经坐了 12 个人，其中 11 个人与尼科的装束相同；坐在主座上的是一位看上去岁数偏大的男子，他那花白的头发配上胸前与众不同的繁饰条带，可以看出来他就是今天这个特别会议的主持人，在座各位兄弟会员的师傅。在他身后的墙壁上，挂着一个黑色方框，方框中间是个白色三角形，而这三角形中间有只睁开着的眼睛。

尼科一进门，首先看见了师傅和师傅身后的那只眼睛，在这只眼睛的注视下，尼科忙抬起右手扶在左胸处，在座的各位会员见此都站起身来，做出同样的手势。

人已到齐，在白发师傅的主持下，屋子里的这些人按照本会《宪章》宣读了誓言，宣读完毕，各自就座。这时，白发师傅开口道：“在座的各位兄弟，通过长期的实践活动，你们在各自的岗位上体现出来的智慧和忠诚证明你们是属于我们这个神圣团体的真正兄弟，你们的血液里流淌着祖先该隐（注：‘该隐’的意思是‘从神得来的’）的血液，你们的灵魂也将回归通往更深邃广阔的宇宙空间。本次的晋级会，将使你们踏上更为荣耀的台阶，同时，你们也将承担起更为殊胜的责任和义务。今天，作为你们的师傅，你们真诚的兄弟，我为你们而感到骄傲，恭喜你们！”尼科等晋级会员神情激动地注视着师傅。

白发师傅接着说道：“完成了学徒，你们就是技匠。整个宇宙就是座完美的神的殿堂，我们自身也是座殿堂，但不够完美，这些是你们刚入会时就知道的。在新的时代即将到来之际，如何才能建造和完善自身的殿堂，让它融于宇宙的殿堂成为和谐的一体，这需要你们掌握更多不为外人所知的关于这个世界的真正秘密，而且，你们必须拥有特殊的知识和技术。所以，我接下来，将要展示你们从未知道的一些秘密，从中，你们也会感知到自己的使命。有句话我要说在前面，也许，这些秘密与你们先前师傅所传授的概念不完全一样，甚至是完全颠倒背离的，但是相信吧，这都是对你们的智慧和忠诚的检验，你们会发现，在真相的镜子面前，人类社会价值观的错误，仁善教条的虚伪。这个世界，阳光越足的地方，影子越黑！”

“我最忠诚的兄弟们，”白发师傅的声调突然低沉下来，他肃然环视着围坐在桌子两侧的这些徒弟会员，接着说道，“在你们即将获得这个层级的真知之前，让我们先重温一下灵魂深处的记忆吧。各位都知道，宇宙自然创造了神奇的智慧生命，而智慧的神又创造了人类，我们的祖先是具有神性智慧生命的第一个儿子，这在祖先的名字里已有寓示，所以祖先具有无上的智慧根基。但是，我们的祖先也是世俗人类眼中受神庇护的背德者，受到神的惩罚放逐下境。那是在远古的时代，人神曾经共处，但那个时代结束后，神离开了祖先，祖先和世俗的人类混同生活在一起，饱受屈辱。

“作为祖先的后代，我们继承了神性的基因和智慧灵性，我们深知自己的使命和真正归宿，我们的先辈曾试图建造‘通天塔’以期正名并重新回到神的身边，渴望得到神的指引和眷爱。但是，神却变乱了俗人的语言，这项伟大的工程中途搁置下来，先辈痛苦的灵魂没有辩解，因为知道祖先获得智慧真知之过依然得不到神的原谅，神希望人类是只百依百顺温驯的羔羊，就像当初喜欢亚伯的祭品。神的选择，也许是一种爱，因为人类只有无知才不会感觉到痛苦；但是，祖先毕竟得到了无法消除忘却分辨善恶的智慧，和神留下的庇护印记，我们的血液和灵魂决定了我们无法逃避，既然完整的一天有白天和黑夜，如果白天不行，那就在黑暗中进行工作吧。运用我们掌握的知识技术和具备神性的路西法能量在世间塑造同神一样的圣殿，完成神对我们的接纳，则是我们神圣的使命。”

这时，白发师傅用双手指着围裙上的图案，说道：“追溯这些，我们才能看得更远，才会知道承担的职责的殊胜。看看这些吧，这是我们石匠的工具，它们代表了真理和道德的和谐、行动和节制的规范。各位兄弟，为了迎接新纪元时代，完成这一‘伟大的工程’，具备无上智慧的先辈们自‘通天塔’停工以来就一直默默地做着大量准备工作。现阶段，我可以欣慰地告诉你们，在路西弗的引领下，我们已经用计算机、数学几何、逻辑思维重新统一了尘界人类的语言；用音乐、电影和书籍影响着他们的思想；建造所罗门圣殿、耶路撒冷神殿、自由女神像、华盛顿的纪念碑等等来印证我们的神性智慧和至高无上的权力；完成对全世界金融、石油等重要资源的有效控制，还有包括你们在内的分布在世界各地分会数百万执掌社会各个领域权柄的精英兄弟……所有的这一切，宣告了新纪元时代一定是属于我们的！通往神的殿堂的'伟大的工程'也将在新时代建立起来！"

"新纪元时代一定是属于我们的！将通往神的殿堂的'伟大的工程'建立起来！"随着白发师傅的振臂一挥，整个房间的会员们顿时神情激奋齐声应和起来。

看着徒弟们如此虔诚笃信，白发师傅满意地点了点头，又摆了下手让大家安静下来，说道："祖先的印记告诫我们，在工作的时候还需要注意周围的环境，更要时刻防备那些一直想阻止和伤害我们的恶魔。从我们的工作环境上说，目前整个世界的发展正处于某种危机状态，作为你们必须掌握的不可为外人所知的隐秘，接下来看到的这些，你们必须牢记在心！"

尼科听到师傅提到"危机状态"，职业的敏感让他的心神一震。

白发师傅轻轻地按下桌子底面的一个按钮，房间的窗帘开始徐徐地自动拉上，房门自动电控闭锁，隐藏在墙壁中的微弱蓝光灯管也慢慢亮起，使得顿显幽暗的房间笼罩在一片神秘的光彩下。更为机巧的是，白发师傅对面原本平滑的矩形桌面突然翻动起来，一块类似有机玻璃的屏幕从翻动的桌面直立凸升，突然，师傅背后墙上的那只大"眼睛"闪亮一下，一道白光射向远端桌面的屏幕，屏幕之上顿时出现影动流彩的画面。

2. 末日之钟

画面先是被一个圆形的蓝色"地球"占据，在这个"地球"左上端有四个依次排成弧形的黑色圆点，自"地球"中心处引出黑白两色竖条——黑色竖条（时针）直立正对着"地球"上端中间的黑点；而白色竖条（分针）从下缓缓上移了2分位，在标记为11点53分处停住，屏幕下面显示这次时间的调整是在2002年。

尼科的面容绷紧，神情变得严肃起来……他很清楚，眼前看到的这个标志着人类文明毁灭的时间进程距黑白指针重合的时间只剩下最后7分钟！

接着，画面出现由NASA（美国国家航空航天局）拍摄的地球南北极地的卫星照片和分析数据，这些画面惊人地显示着地球北极的冰盖已经大面积融化，冰圈缩小，冰层断裂；同样的情形也在南极出现端倪，数据显示南极地区的变暖速度是地球平均变暖速度的3倍，这个速度还在进一步加快，因为冰圈的缩小降低了冰层反射阳光的维寒效应，而当阳光照射在海面，90%以上的能量会被吸收，这将导致海水变暖，促使冰圈加速融化。此危机事态的评估结果显示：南北极的冰盖若全部消融，届时全球洋面将升高65米，地球上的岛屿、临海城市和海拔低的陆地都将被海洋吞没。

这时，画面切换，出现一头因为速冻而毛肤骨肉保存完好的猛犸象尸体，这是于1902年在俄罗斯西伯利亚冻土地带发现的，特写镜头可以清楚地看见猛犸象口中还含着一些没有咽下去的青草和金凤花，分析数据显示：要速冻这样一头躯体巨大浑身长毛的猛犸象，至少是零下75摄氏度的超低温才行，而自然条件下，只有南极洲最冷的地方有时才能达到这样的温度。

房间里所有的会员看到这个画面，一时都对这种温暖与冰寒时空同存并现的巨大反差现象难以理解。

仿佛是事先知晓这些人的心理活动，画面又是一闪，出现一行文字："潘多拉的盒子"已经开启，整个自然环境将不断恶化直至突变！

接着，画面出现辅以各种三维立体图表显示突变形成的分析报告：美国《国家科学院学报》的研究报告：过去50年来，全球平均气温以有史以来最快的速度持续上升，现已达到1.2万年前开始的本个"间冰期"的最高温度，与最近100万年的最高气温相差不到1摄氏度。

美国俄亥俄州博林格林州立大学斯科特·罗杰斯教授在极地冰芯微生物考察研究发现，北极融化的古老冰层中隐藏着一种寄居在细菌体内的噬菌体病毒群，这些病毒包括各种怪异的流感病毒、骨髓灰质病毒、天花病毒等，另外还有许多至今尚未探明的病毒种类。这些病毒长期在冰中蛰伏，人类健康的自我防御机制因无法预见到已经消失了数千年的病毒会重新出现，因此抵抗能力很脆弱，这些病毒的年龄在500岁到5500岁之间，一旦让它们随候鸟或融化的冰水扩散开来，可怕的疾病就此将暴发。

另一研究表明，由于冰层的融化，造成降雨量增加，这样大量淡水汇入北大西洋，从而对墨西哥湾暖流造成破坏，改变海洋风暴的类型和发生地。当墨西哥暖流随着极地水温变暖而导致环流切断后，欧洲西北部的气候将发生难以想象的变化，保守估计该区域温度会因此下降5~8摄氏度，欧洲将面临一次新的冰河时代。

此外，美国俄勒冈州立大学的约瑟夫·斯托纳教授研究发现，在过去的150年间，地球磁场北极移动了1100公里，比之前400年的移动速度有所提高。按目前速度计算，50年后地磁北极将从加拿大北部挪到西伯利亚。地球磁场的强度在过去150年间削弱了10%。英国利兹大学地磁学专家安迪·杰克逊博士提出地球磁极倒转一般每隔50万年出现一次，但自上次发生后，已有75万年没有再出现。此项危机事态评估显示：地球两极迅速偏转或倒转过程中，会出现地球磁场紊乱甚至消失，这会导致支撑地球空间大气的磁层突然减弱，大气外泄，致使紊乱区空间温度随之迅速下降，同时，太阳粒子风暴（紫外线等）将猛烈穿透无磁场屏蔽的大气层，这就是正在吃草的猛犸象被瞬间冻毙的原因。

这些画面和文字的显示，让在座的每一位会员都不禁瞪大了眼睛，只是这份难以掩饰的不安神情被幽暗无声地掩盖住……

3. 改变世界命运的能量

“兄弟们，从这些地球自然生态的演化中，你们的灵魂是否清晰地聆听到那已吹响的号角？”幽暗的角落里，突然传来白发师傅低沉的声音。

“师傅，自然环境面临如此危机，这如何能够安心修缮世间神的殿堂？看来我们必须做些有效的工作来扭转这个危局，需要我们怎么去做，请师傅明示。”有人迫不及待地先发了言。

“我的上帝，又是预言！诺查丹玛斯在《诸世纪》中曾预示过1999年的7月是世界末日，但我们今天不是依然坐在这里吗？我不相信人类会被毁灭。”也有人发出无法接受的质疑声音。

“尊敬的师傅，各位兄弟，地球自然环境正在不断恶化，正如刚才我们所看见的那些画面，这是个令人触目惊心的事实。我感到困惑的是，这个残酷事实的发展趋势与当前世界物质文明的不断进步竟是背道而驰的。我曾研究过危机管理研究会提供的内参资料，令本人遗憾的是，似乎目前人类还没有找到一条有效的途径来解决这个问题，因为这个世界的发展并不均衡，不同区域、不同种族的人们的信仰也不一样，即便人类都知道了这个世界如果再多烧一桶石油、再多生产一辆汽车就会让这个星球不可逆转地带着全人类走向毁灭。可是，我们仍将尴尬地面对这样的一幕：那些开采石油的机器依然会开动着，下一分钟，公路上又会跑出上百辆新出厂的汽车。所以，迎接新纪元的到来，我想我们的使命将是帮助全球人类化解这些灾难。”尼科快速地说道，情绪显得有些激动。

白发师傅看了看众人，说道：“各位兄弟，我的心脉已感受到你们沸腾流淌的血液，还有你们灵魂深处的呐喊。你们渴望改变这一切去拯救世人，还有，拯救你们自己，这很好！刚才，有人怀疑那个预言，我可怜的兄弟，你要知道，怯懦的天性会蒙蔽人的眼睛，可这个世界不会因为你蒙住了自己的眼睛而发生丝毫改变，也许，你更应该考虑去做点什么。现在，让我为你先来解读这个迷惑吧，你们都听仔细了：诺查丹玛斯的《诸世纪》关于‘1999 年 7 月’这首诗，其实并没有明示那日就是世界末日，它的原文是：‘1999 之年，7 之月上，恐怖大王从天而降，致使安哥鲁摩阿大王为之复活，前后由马尔斯借幸福之名统治四方。’显然，预言中的这场暴乱及其发生前后所引发的争战，并非一定会导致人类灭亡，只是在诺查丹玛斯看来，那时的战争一旦爆发，其惨烈程度可能会灭绝人类。不过，事后看来，人类社会并没有出现大的战乱，‘恐怖大王’似乎也没什么恐怖的，诺查丹玛斯也因这个预言而被后人嘲笑。

“但是，我要提醒各位的是，诺查丹玛斯绝非徒有虚名之辈。这个预言传出之后，他曾对当时一直器重尊敬他的卡特琳王妃说过这样的话：‘那场战争是会发生的，除非另一种唯一情况出现，只有出现那样一种情况，毁灭性的大战乱才不至于发生。’至于这个‘唯一情况’究竟是什么，他并没有对王妃说清楚，也许，这连他自己也没有看清楚。

“不过，本会最近的研究成果似乎能带给我们一些启示。在 1999 年 8 月 11 日，自下午 5 点 30 分（北京时间）开始，全球大范围地出现了一次诡异的日冕现象，此次日冕自大西洋西部，经过欧洲、亚洲西南部，直至印度洋北部结束（20 点 36 分）。在北美洲极东部、北冰洋、大西洋北部、欧洲、亚洲、印度洋北部则可观测到日偏食。说它诡异，一是因为在接下来的一段时间内，确切地说从 8 月 16 日到 9 月 13 日，土耳其、缅甸、哥斯达黎加、希腊等地发生了地震，其间，美洲靠近太平洋沿岸一带，还有从印度尼西亚群岛迤逦向北再转至地中海一带，以及经菲律宾向北至日本的岛弧上，也频繁发生较强的地震。二是日冕发生当日，在中国藏区高原极地，美国的军事卫星监测到一股强大的不明能量在该地区瞬间释放，由于卫星上的电子系统受到不明能量的干扰，美国未能就该异常能量的性质以及能量释放的中心地带坐标查明。

“针对1999年发生的这一系列意外事件，本会研究认为：由于出现这种不为人力所控制的外力，从而阻止了预言中人类大劫难的发生。至于诺查丹玛斯所提到的那个‘唯一情况’，极有可能就是中国藏区隐藏着的那股神秘能量。”

“难道，中国藏区真的有一个可以改变整个世界命运的神秘能量?!”尼科听了师傅的这番话，内心不由得一震，这一刻他想起了正准备去该地区开展调查工作的杰森——他最得意的中国学生。

“我们是人类社会的上层智者，我们具有通达神明的意识和建造神殿的技术，我们曾默默地做了很多，但往往并不被世人理解，甚至换来了撒旦的恶名。不过，这些都不会阻碍我们神圣使命的完成！兄弟们，现在，请睁大你们的眼睛看着屏幕，我将揭示更深的隐秘，各位想要明了的使命，答案就在那里面。”白发师傅再一次发出声音。

4. 使命——麦田圈的启示

屏幕一道亮光闪过，桌子两侧那一双双瞪大着的眼睛晶体弧面之上渐渐映出一个内含太阳图案的三角形麦田圈……屏幕上的字幕显示：此麦田圈于2003年6月13日在伦敦西南方位的威尔特郡埃夫伯里出现。

深谙本土文化的这些会员显然对这个麦田圈的出现感到震惊，因为这个地方本身就因拥有世界上最大的史前古迹“巨石阵”而笼罩着一层神秘的色彩。没有想到，此地日前竟又出现这样一个充满隐晦意味的麦田圈。

尼科似乎从这个麦田圈的图形中感觉到了什么，他转过头来望着白发师傅。

白发师傅静静地看了尼科一眼，然后开口道：“兄弟们，这个麦田圈的出现，你们得到了什么启示没有?”

就在众人多是不解其意茫然着的时候，尼科轻声地念出一段话：“天空把自己的光芒伸向你，以便你可以去到天上，犹如拉（太阳神）的眼睛一样。”（此语引自《金字塔铭文》）

闻听此语，白发师傅暗自点了下头，他抬起手来，用遥控器指向屏幕，画面切换：出现一张泛着绿光、面值为一美元的纸币，屏幕上呈现的是纸币背面的图案。

这个矩形图案整体上是对称的，其左右两侧各有一个圆形徽印，在左侧的徽印内，画有一个三角金字塔，顶端塔尖三角图形内有一只闪着光芒的大眼睛；而右侧的徽印则如同一个盛开着圆形花朵的花盆。

"诸位，这是1933年美联储发行的一元美钞，我请你们注意那个'金字塔'下面那组拉丁文字 Nous OrdoSeclorum，它的意思就是——'新世界秩序'（Nous—NewOrdo—OrderSeclorum—Godless or Heathenish），我们尊敬的兄弟——美国总统罗斯福，他早已将美国国家的使命宣告。"白发师傅对此解释道，这时，只见屏幕之上，那张美元左侧的徽印被不断放大……一个"三角形"和嵌在其中的那个"睁开的眼睛"越来越清晰夺目，熟知本会会标的会员看到这里，顿时醒悟过来。

"哦！上帝啊，这麦田圈竟然是我们的标记！那三角形原来是金字塔！"有人惊叹道。

"荷露斯之眼，天啊！那里面的太阳就是我们的太阳神拉的眼睛！"（荷露斯，古埃及神话中冥界之神奥西里斯的儿子，双目治愈复明后其左眼代表月亮，右眼代表太阳。共济会著名会标的"眼睛"来源于此。）

"这一定是来自神的启示！"

正当大家议论纷纷的时候，屏幕上的那张平展着的美元纸币开始缓缓地折叠起来，当背面左右两侧的圆徽印完全重叠再次平展于屏幕之上后，一道亮光穿透折叠的纸币，只见一个令人不安的图像——"公羊头"骇然映现众人眼前。

"啊?!"一片惊叹哗然之声响起。

看着众徒弟各个惊惧惶恐不知所以的表情，白发师傅缓缓地说道："撒旦，堕落的天使，祖先背德之辱到了该洗刷的时候了。兄弟们，请抚平你们不安的心，让我来诠释这一切吧。"

这时，画面出现了一尊人身羊头的雕塑像，白发师傅站起身来，走到画面一旁说道："这是古埃及的创世之神——阿蒙神（"阿蒙"引自古希腊语，含有"隐藏者"的意思），此像是他在世间的化身，他也是埃及众神中力量最强大的神。当阿蒙和太阳神'拉'合并成为'阿蒙-拉'时，力量将更加强大。请注意看他的面首——那正是公羊之头。你们知道，长久以来，世间不断有人攻击本会是邪恶的撒旦，那是因为在《圣经》中，撒旦的化身有时就是只公羊。可是，我要告诉你们，了解本会和你们自身，掌握神性的真知和技术，你们还必须了解古老的埃及文明。因为所有的这一切，已如同阿蒙神的名字，被我们神明的祖先和智慧的先辈很好地隐藏在散落于世界各地古老的遗迹中。你们再来看……”

白发师傅话音落下的同时，屏幕之上又出现一幅古埃及的人物雕塑像：一位女人手握着权杖，而她的头上却顶着一套比例夸张的饰物，这饰物的形状是由两根分立着的牛角中间夹着一个圆盘组合构成。

画面再次切换回到纸币美元图案，随着镜头的拉近，只见那右侧圆徽内原本看似花盆的图案逐渐清晰起来，原来这个图案竟然也是由分叉的竖角和中间十三颗星星组成的圆盘构成的。

画面切换，回到女性人物雕塑像。

“这个女性是荷露斯神的母亲，奥西里斯的妻子（也是妹妹）——伊希斯，她具有无比的神力，凭着智慧她拥有了众神之神的秘密名字。她头上的饰物分别是母牛的角与太阳的象征。”说到这里，白发师傅左右环顾了下，面带着一丝诡谲的笑容又说道，“各位从这些画面中得到启示没有?”

“我想，我找到了……”一名会员声音颤抖着说道，“当初这美元上的图案是本会高级会员的家族设计的，而太阳之神也是本会崇拜的神明，埃及金字塔……伟大的石匠在那儿建造了世间神的殿堂，那里一定隐藏着祖先秘不外传的技术!”

“祖先的技术和它化作的成就一直都显立在世人的面前，俗人对此视而不见，只有具备神性的共济会兄弟才能解读。现在，请回答我，谁来吹响号角，点亮我们的神性，赐予我们无穷的力量?!”白发师傅激昂发问道。

“是路西弗!”众人齐声回应道。

“不！不再是路西弗。”一个不同的声音突然冒出，是尼科发出来的。在众人惊诧的目光下，他挚诚地望着白发师傅，说道：“师傅，我不仅听见了号角声，而且，还看见了照亮神圣使命的光源!”

白发师傅闻言眼睛一亮，以鼓励的语气对尼科说道：“那就把你内心真实的感受说出来，去照亮在座所有兄弟的眼睛!”

尼科激动地站立起来，他右手放在左胸口，面朝大家说道：“各位兄弟，今天在师傅的引领下，我看到了赋予我们神圣使命的光辉！能将这种无比殊胜的感受与诸位分享将是我一生的荣耀。”

此刻，所有的兄弟会员都将炙热期待的目光投向尼科……

尼科接着说道：“我们都知道，一直以来，引领我们前进的强大力量是路西弗。不过，各位兄弟不要忘记，路西弗是黎明之神，在拉丁文中指的就是拂晓时分天空中最明亮的那颗行星——金星。”

“刚才，师傅一直在用古埃及的各个神祇来启发我们。顺着这个方向展望新纪元的到来，我看到了宇宙中那道更加深邃夺目的光芒，它将点亮我们的神性，赐予我们无穷的力量！”尼科振臂说道。“那道光芒是从哪里发出的？”有人问道。“它来自东方的昴宿星。”尼科回道。

“昴宿星？它有什么神性取代金星？”更多人疑惑地问道。

“请继续说下去。”白发师傅似乎也有些吃惊。

尼科点了下头，看着大家说道：“我以前曾在学院图书馆了解过一些古埃及的文化，颇有感触。各位兄弟可曾知道，在古埃及铭文中，字母‘A’表示‘牛头’，埃及著名的阿匹斯神牛（Apis）的塑像也是带有太阳圆盘的图案，而埃及神话中的朝之太阳神阿顿（Aton）、暮之太阳神阿图姆（Atum），它们的首字母都是‘A’。从这些现象中，我们可以看出埃及的‘牛’与‘太阳’有着密切的关联关系。

“另外，不知各位刚才是否注意到美元纸币上，那个与伊希斯女神头上饰物极为相似的圆徽内的图案，若仔细去看，就会发现，那上面不仅有牛的角，而且牛角内侧还隐藏着一对白羊角。依照启示，我感知到这个图案隐含着：阿蒙（公羊头）和太阳神拉（牛头）合而为一，构成‘阿蒙-拉’的象征。师傅刚才明确地讲解到，创世之神阿蒙在成为‘阿蒙-拉’的时候，力量将会更加强大。

“现在，回过头来，我们再来看天上的星座。事实上，金星与昴宿星同样有着非同一般的关联。在星象学里，金牛座的守护星就是金星，天文学家根据亮度，将昴宿星定为一等星，并称之为金牛座的眼睛；很有意思的是，那美元纸币上的眼睛也正是荷露斯神的眼睛！各位兄弟，上述这些内在的关联你们认为仅仅是巧合吗？”

“噢！上帝啊，这是祖先留给我们的秘密！”众人似乎意识到了什么。

这个时候，尼科突然加快语速，思维敏捷地连贯说道：“这个伟大的启示就是：金星作为金牛座的守护者，在新纪元到来之际，映亮神圣的全知之眼，让昴宿星引领地球全面加速迈进宝瓶座，从而使本会各地兄弟提升更高的智慧灵性并联合起来获得‘阿蒙-拉’般更为强大的力量，在新纪元里打造新的世界秩序！而威尔特郡埃夫伯里的麦田圈，它的出现正好在我们祖先祭拜神明的巨石圣殿旁，这就是神明为我们吹响的号角，为顺利迎接新纪元的到来，拯救当前日益恶化的地球生态环境，寻找到新的能源，这更是我们光荣神圣的使命！”

5. 特别行动

会场休息时分。

参会的共济会会员聚集在门厅走廊一处，几个人围在尼科身边，不停地寒暄攀谈着。

“尼科，我亲爱的兄弟，您刚才的讲解实在太精彩了，您正了祖先的名。”

“尼科，您那儿离我的家乡不远，有时间到约克来，下周我在敏特教堂有个讲座，您能到场将是我的荣幸。”

这时，一名上级会员悄然来到尼科身边，轻声说道：“尼科兄弟，请跟我来一下，师傅等候着您呢。”

尼科微笑着和众兄弟招呼了一下，转身跟着走在前面的会员走进会议室旁的一间屋子……

随着那会员退出将门关上，一直背对着尼科伫立于窗前的白发师傅这才转过身来，他微笑地招呼尼科来到他的身边，说道：“尼科兄弟，我注意到，你有敏锐的感觉，这非常难得，也许，很快你就会得到新的晋升机会。”

“师傅，谢谢您的赏识，您睿智无私的教诲让我受益匪浅。不过，坦率地说，我能有这些认识，还要感谢一个中国人。”尼科说道。

“噢？”白发师傅颇为吃惊。

“这个中国人叫杰森，曾是我的学生，虽然我是他的导师，但是从他的身上我学到不少特别的东西，并对中国和中国人有了新的认识。他分析问题的思维方式很有特点，中国古老的传统文化理念和西方近代的科学认识经常被他融合在一起，他的作业和论文总有脱俗的创新性观点，并且这些观点值得寻味思考。受他的影响，我看了中国的《周易》和《道德经》，那里面包容了天地人相互之间运化作用的道理，实在是精深博大，堪为天书一般。于是，后期我在重新研究古埃及的文明时，就有了很多特别的心得。”

“杰森？此人在英国吗？”白发师傅突然打断问道。

“他回国了。师傅，您今天讲解的时候提到中国藏区存在不明能量，而且这个能量可能与阻止了预言的 1999 年人类大劫难有关……可您知道吗？杰森现在正在那个区域开展一项调查工作。”

“什么类型的调查工作?”白发师傅不禁惊觉地问道。

“是关于查明一种神秘能量的调查。也许……他会找到这个神秘的能量，因为他已经注意到了二战时期纳粹的某些隐秘活动。”尼科迟疑了一下，但出于对本会的忠诚，他说出了自己的感觉。

白发师傅听到这里，沉静如一潭深水的面容顿时蹙皱紧绷，他用极为严肃的语气问道：“关于纳粹的隐秘，杰森到底知道多少?!”

尼科一惊，他没有想到师傅会对此反应如此强烈，忙回道：“据我所知，他已经察觉到纳粹集团与当前出现的不明飞行物（UFO）之间的关联，而且……而且对‘道力会’和‘沃瑞尔协会’，他似乎也察觉到了什么。”

尼科的话音方落，白发师傅猛地转过头来。

看见师傅惊骇的神情，尼科意识到刚才说的这些话中一定是触及了某个极其隐秘的事件，这验证了他一直以来的一种感觉，但那感觉更深层的东西他自己也是迷惑的。此刻，在师傅面前，尼科一时不知该说什么了。

“尼科兄弟，看来这是命运的安排，有些秘密需要你提前知道了。在知道这些隐秘后，你必须接受本会交给你的任务，你愿意吗?”白发师傅说道。

“师傅，能为本会效力，是我的荣幸和使命!”尼科毫不犹豫地回道。

“很好！你知道吗，本会一直都在关注着纳粹组织的活动，因为自一战后，希特勒就一直图谋在废墟中建立起世界新秩序，他梦想新的世界是由具有优秀血统的雅利安人来统治。在20世纪的1933年，本会兄弟罗斯福就任了美国的总统，而在这同一年，希特勒也执掌了德国的政权。希特勒本人在他还没有成气候的时候，就已了解本会的宗旨，所以，在打造未来世界新秩序的战略格局上，纳粹组织早已秘而不宣地将本会视为潜在的最大威胁。于是，二战期间，希特勒屠杀了我们大量的兄弟。那是一段黑暗的日子，尤其是本会发现纳粹组织通过那两个神秘社团掌握了祖先隐藏在古老国度的先进技术，他们凭借这些‘秘方’研制出不同型号的碟形飞行器，并着手建立以天然铀为燃料、以重水为缓冲剂的核反应堆。以当时德国的军事武装实力，一旦再让他们把这些超越时代的高端武器大批量制造出来，那希特勒的梦想就将得以实现，这是本会无法容忍的。”

“师傅，纳粹碟形飞行器我想应该是他们的V-7系列武器，但您说这些竟是德国从神秘社团那边掌握了祖先隐藏在古老国度的先进技术，这实在令人震惊，难道那神秘社团窃取了祖先的技术?”尼科惊诧地问道。

“也许不完全算是窃取，任何空间都有矛盾和斗争。纳粹曾与来自异度空间的使者有过秘密交易，但后来，希特勒失去了他们的支持，他最终失败了。”白发师傅含蓄隐讳地说道。

听了师傅这番话，尼科完全陷入迷茫中……

“尼科兄弟，不要着急，一直隐藏着的这个世界更深层的秘密你还需要点时间去接受和理解。你现在需要知道的是，纳粹的战败，本会做了很多不为人知的工作，罗斯福和丘吉尔兄弟做得都很好，这包括及时炸掉了纳粹在挪威的重水工厂及其战备原料在水下的运输航道。另外，你还要知道，今天展示的那个‘麦田圈’，它不仅仅是本会的一个标志那么简单，这个符号同时也是被纳粹组织为了达成那个秘密交易而套用的象征。我担心的是，历史要重演，尼科，你明白我的意思吗?”

尼科这时想起了杰森曾对他提到的发生在中国某地的“空中怪车”神秘事件，还有杰森曾敏感地提到自己的调查事件可能是起威胁国家安全的危机事件，于是回道：“是不是有其他组织准备借此展开新的行动，再度窃取可以控制整个世界的技术力量?”

白发师傅肃然地点了点头。

“尼科，你可知道，1947 年 7 月发生在美国新墨西哥州罗斯韦尔陆军航空兵基地的 UFO 坠落事件，当时军方和官方为了掩盖真相，对外用了几种不同版本的说辞，意图混淆视听。这在本会看来，他们的处理措施是合适的。但我要告诉你，那的确是一起真实的 UFO 坠毁事件，而且，在 UFO 的碎片上，本会研究人员发现了鲁尼文字母符号。”

“鲁尼文字母?”

“是的，鲁尼文是纳粹组织膜拜的一种神秘符号，他们认为这个符号可以带来神秘的魔力，鲁尼文字母当时被纳粹组织广泛使用，包括纳粹党卫队‘SS’黑色闪电标记，那就是脱胎于鲁尼文字母的‘S’符号。另外，对 UFO 碎片样本进行元素分析发现，那是一种地球人类目前无法提炼出来的合金，合金的每个元素成分都很纯，但它们结合在一起后又各自保有自己的特性，尤其是其中还含有地球上罕见的化学元素铥（Thulium）。你要知道，‘遒力会’（Thule）的名字与这个‘铥’元素是有着密切关联的。所以，本会认为纳粹组织掌握的高端武器并没有随着二战的结束而彻底销毁，最近十几年来，UFO 出现的频率呈上升趋势，而且表现出来的性能也越来越强大，这也许是神秘智慧生命提升了对地球人类的关注，准备在适当的时候插手地球事务；也许他们是在物色新的‘纳粹组织’的代言人；甚至，他们就是当初纳粹组织残余势力的重新崛起!”

尼科这时恍然开悟，同时，他更清楚事态的紧迫性，于是说道：“师傅，我们现在必须马上采取行动，在新纪元到来之前找到祖先留给我们的技术和能量!”

白发师傅点了点头说道：“尼科兄弟，这正是我找你来的目的。”

“师傅，需要我做些什么，请您吩咐。”尼科回道。

“你首先要想办法阻止杰森的调查工作。本会的历史曾告诉我们，每隔一个时期，世间都将出现能够窥视天机的夜贼，具备这种能力的人不是天使，就是可怕的魔鬼。在这个极为特殊的历史阶段，我们不能因为这种人的存在毁了我们的伟大计划；另外，本会决定，即日起你作为本会 DP 特别行动小组成员参与寻找神秘能量的工作。这一次，我们绝不容许其他人将祖先的技术和主宰世界的神圣能量再度窃取，凡是阻碍我们使命完成的任何人，都将是我们的敌人!”白发师傅眼睛射出一道寒光。

在师傅的注视下，尼科的两手渐渐握拳收紧。

第十九章　布达拉宫的奇遇

1. 奇怪的梦境

6月23日午夜。

张崇斌走出修越会馆，见四下无人，于是拿起电话准备打给段涛。

突然，远处几道骤亮的灯光射来，张崇斌抬眼望去，只见两个人影从一辆吉普车里跳了出来，快速向他这边奔来。

“你请回吧。”张崇斌回头对白纸扇安排的司机说道，转过身来，他望着那两张越来越清晰的熟悉面孔，笑着张开了双臂……再度相逢，张崇斌与祁兵、段涛兄弟三人紧紧地拥抱在一起。次日清晨，提醒的电话铃声突然响起。

张崇斌、祁兵和段涛睡眼惺忪地分别醒来。昨夜，这哥三个在一起，似乎总有说不完的话，各个亢奋地难以入睡，后来在张崇斌的提醒下，才在天色即将放亮之时入睡。此刻大家醒过神来，想起起程回国的计划，兄弟三人立即身手麻利地跳下床，分别进行洗漱、整理起各自的行装。此时，秀婷和小阮来到他们住宿的宾馆，进入房间，秀婷就来到祁兵身旁帮他一起收拾着衣物。小阮则开口问道有什么需要他帮忙的，张崇斌告诉小阮他们今天就离开越南，希望他能帮着办理好出境手续。小阮默默地点了点头……秀婷则慢慢停下了手，怔怔地凝望着身边的祁兵……祁兵看着秀婷的眼睛，嘴角微微牵动了下，却没有说什么，只是笔直地默默地站立着……见此情景，张崇斌招呼着段涛和小阮一起拿着行李先行下楼。

一支烟的工夫，祁兵和秀婷两人从房间走出，来到一楼大厅。眼睛殷红的祁兵来到张崇斌跟前，说道："崇斌，我们可以出发了。"

张崇斌点了点头，转过头来，对依在祁兵身边泪水涓流不止的秀婷说道："秀婷，感谢你为祁兵，也为我们所做的一切。待我们完成任务后，会再来越南，看看你……也希望有一天，你能去中国，到时候我让祁兵做你的贴身护卫，陪你走遍所有你想去的地方。"

告别了秀婷，张崇斌、祁兵、段涛、小阮一行四人在秀婷依依不舍的目光注视下起程上路了。

中午时分，张崇斌等人回到越南老街。吃过午饭，在小阮的协助下快速地办妥出境手续。临别之际，张崇斌、段涛一一紧握阮兄弟的手，祁兵则和小阮紧紧地拥抱了一下，最后，祁兵嘱咐小阮要对这些日子里经历的所有事情保密，权当什么都没有发生过。告别了小阮，于当日下午 2 点，张崇斌等人跨过友谊大桥，他们重新站在了祖国的大地上。

按照事先制定的"兵分两路"计划，张崇斌和祁兵直接飞往拉萨，事先赶到那边等候白纸扇并做些必要的准备工作。段涛一个人即刻返回迪庆，带上存放在向主任那边的设备去拉萨与张崇斌会合。

鉴于祁兵的特殊身份，张崇斌和祁兵一路不做停留，他们从河口登机去昆明，到了昆明又直接换乘直达拉萨的航班。在这一路上，张崇斌将目前调查工作的进展情况告诉了祁兵。祁兵在知晓都溪林场"空中怪车"事件可能与 UFO 有关联，且藏西北阿里地区的"神山"地带很可能藏有引发这一系列诡异事件的神秘能量后，他感到十分的震惊。

当天晚上 9 点许，飞机到达了西藏贡嘎机场。

张崇斌和祁兵下了飞机又坐了 2 个多小时的出租车，终于来到西藏的首府——拉萨。

此时夜色深沉，与越南火热的气候比起来，拉萨市区的气温明显低了很多，感觉如同东北的深秋。二人不做闲逛，很快找到一家价格适中的经济型旅馆安顿下来。

张崇斌和祁兵都是第一次进藏，虽然一路劳顿，但精神上却莫名地兴奋。

躺在床上，两人谁都睡不着，张崇斌思索着与白纸扇的人马合作开展调查时可能会出现的各种有利和不利的情形，以及该采取什么样的行动方案才能达到调查目的，并且还能在关键时刻巧妙摆脱掉白纸扇的纠缠……

祁兵这时翻转过身来，问道：“崇斌，白纸扇这伙人心狠手毒，很不地道，他们过来后，你打算怎么对付他们？”

张崇斌回道：“我正在考虑这个问题。我想，一开始我们必须摆出真诚合作的姿态，不能让他们起任何疑心，要知道，他们的手里，有致命的杀伤性武器。阿里地区人烟稀少、环境恶劣复杂，我们要尽量利用他们的优势力量保障我们野外调查工作的人身安全。但同时，我们还必须有所保留，不能让他们觉得我们已无利用价值，这方面你我要密切配合好。”

“明白。崇斌，你放心，别看他们有武器，如果我发现他们有不轨企图，我就先下手为强，灭了他们！”祁兵自信地说道。

“人类最危险的敌人，就是人类自身。祁兵，正因为你身手好，他们一定会格外‘关照’你的。别忘了，我们的对手也是明白先下手为强的道理，甚至他们做起来会更加的‘轻车熟路’。面对这样的对手，咱们真正强大并能够构成威胁对手的一面，一定要先隐藏起来。”

“隐藏……他们已经对我们有所了解了。”祁兵回道。

“是的。不过，我们还是应该先示弱。明天我陪你找家医院，你将自己的一只胳膊缠好，权当被越南特工打伤，把自己的锐气掩盖起来。今后如果在合作上对方出现任何过分的举动，你一定要先忍耐，看我眼色行事。我们不动则已，动则不给他们任何机会！”

“崇斌，我听你的。”

的确是疲累了，人在高原更容易犯困。张崇斌和祁兵断断续续地说着话，不知不觉间，祁兵这边竟发出了有节奏的酣睡声。

张崇斌闭着眼睛，脑海里不断浮现着高耸的“神山”，笼罩在“神山”上的一层摇曳缥缈的白色雾气渐渐散去，神山越来越近、越来越近……张崇斌摘下雪镜，四周是刺目耀眼的雪白，抬头上望，深邃的看不到尽头的蓝黑苍穹之下，那硕大雄伟的锥形山顶仿佛触手可及。张崇斌兴奋地转过身来想招呼其他的人，却看见黑洞洞的枪口正指着自己……突然间，一股不知从何处涌来的浓厚迷雾夹杂着雪片劲骤袭来，天地顿时一片阴暗，持枪的人惊恐万分，他们扣动了扳机，子弹射向山峰……“神山”突然震动摇晃起来，脚下的雪层也跟着滑动。

恍然间，张崇斌觉得整个人飘了起来，一直飘到一个空阔的地洞里，地洞中间地带，有一个圆形的石盘嵌在其中，石盘的中央正是三角形与太阳图，只是中间那太阳的“光芒”一直放射到石盘的外圈。

张崇斌站在石盘的中间，正要抬头上望，突然身体慢慢地旋转起来，他想跳下石盘却发现控制不住自己的身体，而且石盘越转越快……这时，一股强大的吸力从脚下传来，低头再一看，脚下石盘的“太阳”不见了，一个深不见底的黑洞逐渐吞没了他的双脚、膝盖、胸部，张崇斌拼命地挣扎，但毫无意义，就在他完全陷下去眼睛一黑的刹那，他的手似乎握住了什么，一道亮光射来，一股升腾的力量猛地震动了身躯……

“崇斌，崇斌，你怎么了?!”

耳边传来祁兵的呼喊声，张崇斌猛地睁开眼睛，看见祁兵正俯下身子推自己的身体，转过头来，一道明亮的阳光射入他的眼睛……“我……我怎么了?”张崇斌问道。

“做噩梦了吧?!”祁兵说道，“我看你睡觉的样子不太对劲。”

经祁兵提醒，张崇斌又想起了刚才那个诡异的梦。

“算不上什么噩梦，只是不知道……”说到这里，张崇斌收住了几乎脱口而出的“是福是祸”四个字。因为，刚才梦中的感觉让他想起自己曾在赤土仙人洞迷失的那段经历，而且，这梦似乎有着强烈的暗示性。“难道说接下来的调查行动不会太顺利?不过，‘神山’之行是注定的使命，因为那个石盘上的符号与智慧老者留下的几乎一样。也许，危难来临，我仍可以把握住自己的生命，是啊，最后好像是握住了一样东西，可惜梦醒得有些早了，没有看清楚……”

祁兵这时正看着窗外，他用手指着外面说道：“崇斌，昨天夜里下过雨，这早晨的空气格外清新，我想这里离布达拉宫不算远，咱们上午去那边看看，顺便把该办的事情办了。”

张崇斌回过神来，看了看窗外明媚的阳光，还有祁兵轻松的笑脸，情绪上也受到感染，一瞬间，他似乎找到了外出旅游的感觉，于是一翻身跳下了床……

2. 神秘的年轻喇嘛

张崇斌和祁兵乘车来到位于拉萨市西北郊的布达拉宫。站在对面开阔的广场上，两人端望着矗立于山坡之巅这座融宫殿、寺宇和灵塔于一体的宫堡式建筑，在阳光的照射下，整个建筑如同一位披罩红白黄三色彩袍盘山禅坐的尊者，威严雄壮映彩夺辉。

收回目光，张崇斌低下头来看着脚下……心中暗念："承载着这座神圣建筑的脚下这片平均海拔5000多米、总面积达260万平方公里的高原大地，它每年仍在不断地升腾东移，这地下究竟蕴藏着何种神奇而巨大的能量，造就了今日喜马拉雅的曲势延绵，昆仑山脉之横贯东西，更演绎着雪域人间无数的传奇!"

身边的祁兵这时指着布达拉宫说道："崇斌，你对佛教有研究，能给我说说这宫殿的来历吗?"

张崇斌笑了笑，说道："佛教宗派很多，藏传佛教有自己独特的历史渊源，来到这边，我们都要虚心学习才是。祁兵，我前些日子啊，与一位修习藏教的朋友交流过，感受到藏教的博大精深，我过去所了解的那些恐怕连皮毛都未触及。不过，关于这个宫殿的来历，很早以前就听说过，据说它是在1300多年前松赞干布时期修建的，开始建的时候规模并不大，以后不断进行重建和扩建，规模逐渐扩大，最近一次大规模修缮是在300多年前，达赖五世统一西藏受清朝册封的清顺治时期。"

"哦，是千年的历史古迹。"祁兵感慨道。

张崇斌看了下表，说道："走，我们进去看看吧。"

到了景区大门售票处，发现当天只预售明天的门票。看着祁兵有些扫兴的样子，张崇斌提出今天一定要进去看看，哪怕买高价的倒票。天遂心愿，二人在售票处等了不长时间，居然遇见一位退票的游客，原价从他手里买到了两张门票。于是，这哥俩如愿以偿地迈进"平措堆朗"大门。

二人顺着平宽的石阶一路上行，边走边四处张望。高原清晨的阳光如平原大地午时一般，沿途白色的城墙在当头阳光的照耀下显得格外刺眼。行进途中，身边的游人不少，看装束游人来自大江南北，不过，能够吸引众人不时注目的是那些不时偶遇擦身而过的身着绛红僧袍的僧侣，显而易见，他们是这里受人尊重的族群。

时间不长，张崇斌和祁兵就来到半山处白宫区的"德央殿"广场。此时，广场一角有一个旅游团队的导游正在做景点介绍，二人于是凑将过去顺便听听，原来这里是历代达赖喇嘛和僧俗官员观看金刚神舞和藏戏的地方。在游览观光的兴致上，张崇斌和祁兵有着共同的禀性，他们两人都不太习惯被动地听从安排结队观赏，在了解了概况后，张崇斌和祁兵就开始不约而同地自由活动起来，各自观看起自己感兴趣的景物。

这边，正当张崇斌抬头端看着同治皇帝御笔亲赐的“振锡绥疆”匾额的时候，突然，他的眼角晃过一个好似熟悉的身影，他的心不由得一颤，连忙收回目光随影张望，却发现不见了目标人影，待张崇斌再回过头来，蓦然发现，那个身影在通往宫殿上方红宫的一个拐角处稍驻即逝……

“啊？难道是隐世老者?!”这是张崇斌一瞬间的感觉，因为那身影分明就是老者。

“如果是他老人家，难道说，他一直都在跟踪自己，关注自己的行踪？或者，他这是引导自己，要给予新的启示……”想到这里，张崇斌来不及叫上不在身边的祁兵，独自急忙快步朝那个身影消失的方向走去……

当张崇斌来到拐角处，周围稀疏的人群中并没有那熟悉的身影。四处张望之际，张崇斌发现又是在高远的前方的一个拐角处，那个身影闪现了一下，但转瞬间又无声消逝。

张崇斌这回没有迟疑，拔腿向那个方向快步走去……

在来到看准的位置时，张崇斌发现四周竟然空无一人。定下神来，他仔细观察，周围焚香弥漫，肃静无声，前方是两道幽邃的回廊，这令张崇斌突然意识到自己可能不小心进入了外人不应来的“禁区”，因为这据说有着上千个殿堂的宫殿并不是所有景观屋室都对外开放的。虽是初来乍到，但布达拉宫的红宫是历代达赖喇嘛的灵塔和各类佛堂、经堂，且所处位置越高越为殊胜隐秘的宫规戒律张崇斌还是有所耳闻的。他知道，任何地方，宗教戒律往往都是森严的，西藏尤甚，那些破了禁忌的俗人不管是有心还是无心，都极可能会遭到意想不到的严厉惩罚。想到这儿，张崇斌转身要走，可又一想，那身影分明是引导自己来到此地，也许隐世老人就在这附近，如果此时能见到老人家，正好可以向他求证那谜图的真正含义……一时间，张崇斌竟不知道该如何是好。

正在张崇斌犹豫不决之际，某个地方似乎传来了门轴转动的声音。张崇斌循声望去，除了静立于回廊边上的根根红色圆柱，并未发现任何人的踪迹。但是凭着感觉，张崇斌知道这发出声音的地方离他所处的位置不会很远，在看了看四周没有人注意之后，张崇斌朝着预判的方向疾走十几步，到了近前，他发现这回廊侧面竟有一处佛堂，佛堂的正面有一扇虚掩着的红木门，于是张崇斌登上石阶来到门前，见门口没有禁戒的告示，于是伸出手臂轻轻地推开了这扇门……

“奇怪，里面竟然没有人!”

张崇斌环看着四周，不过，这看起来像是就着一个岩洞四周凿空修建起来的红宫佛堂让他有些惊奇。从那被烟火熏得漆黑的洞壁，还有其上的那些颜色暗淡的壁画可以看出，这个佛堂存在的时间相当久长。佛堂的四周，是一些神态各异、面容端庄的世俗人物和一尊释迦牟尼塑像。但张崇斌的注意力并不在此，他围绕着佛堂仔细地巡视着，在寻找那个引他进来的熟悉的“身影”……

当张崇斌绕了将近一周，把脸转向进来的门口时，他一下子怔住了……只见一位身披紫红色袈裟，脚蹬喇嘛靴的年轻喇嘛伫立在门口，他手握佛珠两手合十，正面带微笑地看着张崇斌……

在这份亲和安逸的神情注视下，张崇斌胸膛里那颗一时上蹿下蹦的心竟渐渐复归了平静，他慢慢走上前去，双手合十问候道：“扎西德勒。”

“唵、嘛、呢、叭、咪、吽。”年轻喇嘛低诵了一句六字真言。

也许是因不懂藏语，也许是潜意识里对自己冒昧的行为还有所不安，张崇斌一时不知道该说什么……

“山高人绝行，宗灵度休死。”年轻喇嘛这时突然又用汉语说出一句话来。

这一瞬间，张崇斌似乎出现了幻觉，恍惚间眼前的喇嘛不见了，站在面前的正是隐世老人！他下意识地抬起手使劲揉了揉眼睛，再睁开眼睛仔细望去……逆光中，门口站立的人仍是这位年轻的喇嘛！

“你是……您认识那位老者？”反应过来后，张崇斌脱口问道。

年轻喇嘛却笑道：“我已等你多时了，请跟我来。”说完，他迈步朝佛堂深处走去，张崇斌几乎不假思索就跟着年轻喇嘛朝洞中走去。在这个神秘陌生的地方与一位神秘陌生的人同行，张崇斌竟然没有任何紧张的感觉，也没有丝毫防备的意识，他以为年轻喇嘛是要带自己去见隐世老人。

两个人顺着一条蜿蜒下行的坡道轻步行进，借着洞壁的灯光，可以看见两侧长长的岩壁上画有各种人物的壁画，途中，张崇斌忍不住问道：“这是什么地方？”

“法王禅定修行之处。”年轻喇嘛回道。

在走过一段陡峭的盘旋木制楼梯后，穿过一道狭窄的暗门，二人来到了一间布置时轮坛城的密室，密室靠墙的一侧，有一排转经筒。年轻喇嘛来到转经筒处停住脚步，慢慢抬起手来顺时针拨动着那一排转经筒，张崇斌随着走了过去，也按照同样的方向拨动着转经筒……

这时，年轻喇嘛转过身来，看着张崇斌说道：“崇斌，你以后要做的事情很多，今天让你来到这里，是要让你知道一些事情，这会对你有帮助的。”

“那老人家在哪里呢?”张崇斌问道。

年轻喇嘛未作回答，只是笑而不语。

“你怎么会认识我?”张崇斌左右环视一下后，有些困惑地问道。

“以后你会明白的。崇斌，看这‘时轮金刚曼荼罗’。”年轻喇嘛指着摆放在屋子中间的三层立体时轮坛城说道，“它是一种符号，既代表人体，也代表宇宙。时轮金刚大法的要义对时间尤为看重，你可以把时间想象成一个不停旋转的轮子，它每分每秒、一年四季都在转动，这个轮子创造出五光十色的天地万物；同时，又将它们一个个粉碎，不留痕迹。记住，这是外时轮。而人体是个小宇宙，具有与外时轮完全对应的时轮系统，这是内时轮。”

张崇斌点了点头，表示理解。在他看来，年轻喇嘛方才所言，与《易经》所阐释的“天人合一”的道理是相通的。

看到张崇斌没有理解上的障碍，年轻喇嘛似有深意地笑了笑，又道：“以后，你还会重温我刚才说的这些。”说完，他原地转了一圈，自言自语地说道：“斗转星移，沧海桑田。这里曾经是片汪洋，我们的脚下是座火山，下面深处，有巨大的洞穴。”

“火山！还有洞穴?!”张崇斌惊叹道。青藏高原在远古时代曾被海洋覆盖，这已是从当地的古化石研究中得以确认的事实，天地的巨大变迁所带来的自然界改头换面的造化虽然令人惊奇，但现在真正让张崇斌感到吃惊的是，这座神圣的宫殿竟然是建造在一个火山口上！

对于张崇斌的惊叹，年轻喇嘛只是镇定地看着，一言不语地看着，在这样一个幽暗的密室里，被一个陌生人如此盯看着，这让张崇斌有了异样的感觉，但那不是防患什么危险的警觉，而是一种心灵触动——

“这个喇嘛，我和他以前曾经认识吗?”张崇斌不由得自问道。

这时，年轻喇嘛慢慢转过身去，他走到一面挂有绣织曼荼罗唐卡的墙壁前，用一只手轻轻地抚摸着那织锦唐卡，嘴里喃喃吟道：“那一天、那一月、那一年、那一世……”话到这里，他将头微微低下，两手合十，嘴里快速地念起咒语……

张崇斌听不懂这咒语的寓意，只在一旁静默地看着……

念完咒语，年轻喇嘛转过头来说道：“崇斌，请闭上眼睛，我没让你睁开眼睛，千万别睁开。”

看着年轻喇嘛诚恳祥和的目光，张崇斌的身心在这一刻完全放松下来，如被催眠，他的眼睛不由自主地自然微合闭上……突然，似乎在一股力量的推动下，张崇斌的身子猛地朝前倾倒，他感觉眼前陡然一黑，随即一种失重感觉袭身而来……在这一瞬间，张崇斌差点睁开眼睛，但他马上想起年轻喇嘛方才嘱咐过的话，于是克制住强烈要睁眼看看究竟发生了什么的冲动，只将自己的手向前伸去。

突然，他碰到一只温暖的手，在这手的牵引下，张崇斌脚步轻飘地朝前走去……走着走着，张崇斌感觉眼前渐渐有了光感，这个时候，耳畔传来一个声音："睁开眼睛吧。"

3. 宫殿下的秘密甬洞

张崇斌停下了脚步，将眼睛徐徐睁开……这一刻，他惊奇地发现自己已置身于一条看不到进口和出口的地下甬道中，而刚才的密室已不见踪影。凭着站立的身位，张崇斌大致判断出此行来去的方位。定下神来，张崇斌又察觉到甬道里出奇地沉静，脚下是漆黑的石阶，而周边石壁竟泛着幽暗的绿光。

这时，站在斜下前方的年轻喇嘛来到一处墙壁凹处抽出一支火把，点燃后给了张崇斌，然后年轻喇嘛顾自又朝前方斜下的石阶走去……张崇斌举着火把紧跟在后面，一边走一边朝两侧墙壁看着。在明火的照耀下，张崇斌惊奇地发现，这地下甬道根本就不是一条自然的坑道，或者说这可能曾经是条天然坑道但后来被人有意"装修"过了，因为甬道两侧光滑的如同打磨过的墙壁之上刻画了各种精美奇异的图案，这些图案的内容足以令世人大开眼界！此前，张崇斌几乎算是走遍了国内大江南北，但他在国内任何地方都未见过这样的石刻。这些图案有些是巨大的人像，有些是对称的几何图形，甚至还有类似现代的机械设备结构图。这若不是亲眼所见，谁能想象这幽暗的地下竟然会有这么一条"艺术长廊"。

"大师，请问这是什么地方?"张崇斌禁不住问道。

"宫殿的地下。"年轻喇嘛回道。

"那这隧道是谁修建的?它通向哪里?"张崇斌再问。

年轻喇嘛转头看着张崇斌笑了笑，没有回答，扭头又继续朝前走去。

借着幽明的光亮，张崇斌望着年轻喇嘛轻灵移动的背影，恍惚间心头一动，但又无由释然，于是他将注意力收回，继续关注起周围的环境。走着走着，张崇斌感觉到这前面的路是越来越开阔，而且穹顶的岩壁也越来越高，在燃烧的火光中渐渐看不到边际了。他们二人走了百八十米远，终于来到了甬道的尽头。

虽然甬道走到头了，但张崇斌却依然看不到出口在何方，因为眼前是一片看不清深浅也看不到尽头的一潭如墨般的黑色湖水，这让张崇斌又想起了自己在“赤土仙人洞”的遭遇；不过，毕竟不同，仔细看过，这回来到的地方，地下的湖水不是流动的，火光映照到的水面丝毫不见涟漪波荡，整个地下湖就像是一潭死水。

“崇斌，刚才走过的隧道是远古火山运动留下的。这下面的隧道不止一条，我今天就带你走这一条。你刚才看见了那些图画，那是有心的智者给具缘慧至的信徒留下的。”年轻喇嘛轻声说道。

“有心的智者……”张崇斌自言自语道。

“累世的修行牵动了缘分，智慧的心性指明了方向。睡醒的人容易忘记梦里的记忆，只是，昼光照射过的眼睛往往看不到光亮背后的世界。”年轻喇嘛又喃喃说道。

张崇斌似懂非懂地聆听着，没有开口说什么，他希望年轻喇嘛能这样继续说下去。

年轻喇嘛似乎聆听到张崇斌的心声，他指着面前黝黑的水面又道：“崇斌，知道这湖水会流向哪里吗？”

“这水能流向何方？”张崇斌有些纳闷，他实在看不出这潭死水能流到哪里。

“湖水会流到距离此地 40 里的雅鲁藏布江。这里看不到它的流向，如果进去，到那里面，就会发现一些奇妙的事情。”年轻喇嘛望着看不到尽头的前方说道。

“哦？奇妙的事情？”张崇斌的好奇心又冒了出来。

“是的，以前曾有人尝试过这样的体验。”年轻喇嘛说道。

“那到底是怎样的体验？”张崇斌问道。

“那是很久以前的事了，那人乘木筏划进去的，进去数里，里面是更为开阔的湖面，四周看不见岩壁，也看不见岩顶。但是，他迷失了方向……”年轻喇嘛说到这里，停顿下来。

“那他最后怎么样？安全回来了吗？”张崇斌追问道。

“他回来了，只是，他以为自己已经死去。”年轻喇嘛淡然地说道。

“怎么会这样？人怎么会判断不出生死呢？”张崇斌随口说道。

“若是死亡降临，你自己又将如何分辨自己是生是死呢？”年轻喇嘛突然转过头来，看着张崇斌的眼睛问道。

这一问，竟让张崇斌一时语塞。

“是啊，判断别人的生死，那是一目了然；而自己若是死了，那到底会是一种什么感觉呢？死，也是一种活法。”此时，张崇斌想起了姥姥托梦给他的那句话，倘若如此，那死去的人很可能会以为自己这才是刚从一个漫长的梦中醒来也说不定。想到这些，张崇斌抬头望向空冥的前方，不禁怅然地叹了口气，心中默默想到的是：“生与死，自己依旧没看透，就如那幽暗的甬道、这乌黑孤寂深不见底的潭水。”

“生不知死，生又何惜，死又何叹，唉……”年轻喇嘛也感叹一句道。

闻听此言，张崇斌浑身不由得一震。

年轻喇嘛接着说道：“穿越了黑暗，重回到光明，那个人确实还是活着回来了。只不过，他全身赤裸地从远离这宫殿的一个陆上湖面浮出。”

“竟然会是这样。”张崇斌慨叹道。

“这段奇妙的经历，让此人日后修行日益精进，现在，他已到达了他曾想去的那个地方。崇斌，这个地方不是任何人都可以来到的，记住今天的经历吧，它会在以后让你明白一些事情。”年轻喇嘛意味深长地说道。说完，他转身朝来时的路返回上行，张崇斌默默地跟在后面。

“崇斌……崇斌……”张崇斌突然听到有人喊自己的名字。

“是祁兵！”恍然间，张崇斌感觉眼前似腾起一团雾气，这团雾气由浓渐淡，缓缓散去……顿时，他感觉整个人犹如从一梦中醒来，待定神看清楚眼前的物景后，张崇斌发现自己此时正静立在一个佛堂的门口。

佛堂的红门敞开着，张崇斌探身向里面看去，只见佛堂内陈设着很多吐蕃时期特色的艺术珍品，四周是一些神态各异面容端庄的人物塑像，其中可以认出的人物有松赞干布、文成公主和尺尊公主，此外还有一尊释迦牟尼塑像，周围依然没有一个游客，也不见任何僧人喇嘛。

“此处不像是游客可以自由进出参观的地方，也许，这是一处宗教禁地。”

心念一闪，张崇斌连忙退身出来，沿着来时的路径匆匆往回走……在走到回廊尽头的拐角处，张崇斌突然停住脚步，他再次回头望了一眼……然后转过身循着祁兵的声音快速走下台阶。

祁兵看见疾步而来的张崇斌，迎上前去开口说道：“崇斌，你也太无组织无纪律了吧，我找了你好半天，你怎么跑那上去了。”

张崇斌看了下表，说道：“回头我再跟你细说。时间不早了，我们回去吧。”

二人走在下行的石阶路上，此时不知是从宫殿内还是外面的商店，一首藏歌传唱而来，伴着那悠扬的旋律，歌词句句牵动着张崇斌的心……

那一日，
闭目在经殿香雾中，
蓦然听见，
是你诵经中的真言。

那一月，
摇动所有的经筒，
不为超度，
只为触摸你的指尖。

那一年，
磕长头匍匐在山路，
不为觐见，
只为贴着你的温暖。

那一世，
我转山转水转佛塔，
不为来世，
只为在途中与你相见。

第二十章　未知的地下世界

1. 救命恩人

离开布达拉宫，张崇斌和祁兵乘着出租车找到两家登山器械专卖商店，分别采购了帐篷、登山杖、高山靴、安全带、冰镐冰爪和雪镜等登山装备。这期间，他们还打听到附近就有家信誉不错的专门提供包租车的服务点。于是，二人又来到包租车服务点，预订了一台丰田 4500 四轮驱动越野车。这个时节，包车去神山的价格是 14000 元左右。张崇斌没有还价，但他要求服务点安排一位熟悉“神山”一带地理环境的藏民司机，并且要保证车况性能绝对良好。

返回宿地，张崇斌和祁兵将购置的物品分门别类、错落有致地置放在房间内。稍作休息的当口，张崇斌给段涛去了电话，了解到段涛已经带上设备从那边上路了，估计后天（27 日）就可以抵达拉萨。通完这个电话，张崇斌又给孔超去电，了解到孔超已回到公司，正按照他的嘱托一边抓起商业调查部门的管理工作，一边亲自培训唐凯基本的工作技能和商调意识。打完这通电话，张崇斌心里踏实许多，看着脚下堆放着的登山器械，他从口袋里掏出烟盒，从中抽出一根烟卷，耐心地点燃，然后深吸一口，再从嘴里徐徐吐出……现在，他就等着白纸扇出场了。

祁兵仔细清点过登山设备后，来到张崇斌身边说道：“公司没有受到牵连就好，我一直担心着。对了，崇斌，上午在布达拉宫，你一个人去了红宫看见什么特别的东西了吗？”

“你这话怎么讲?”张崇斌故作不解地回问道。

“嘿嘿，能瞒得了我吗，你的脸色不对，而且往外走的时候，你整个人像丢了魂一样。”祁兵一边坏笑着说道，一边用锐利的目光看着张崇斌。

张崇斌笑了笑，马上又神色严肃地说道：“祁兵，我有种强烈的感觉，我们现在所做的一切，可能都是上天安排好的，包括你出的那事儿。”

“你这么说，是什么意思?”这回轮到祁兵一愣，他不解地问道。

“还记得我昨天跟你说起的那个隐世老者吗?”张崇斌提示道。

“记得，怎么了?”祁兵眉头一挑。

“是他引我上去的。”张崇斌呼出一口烟气道。

“什么?他也来这边了?!”祁兵的眉头顿时紧锁。

“也许……是我的错觉。我上去后，并没有看到老者。可是，你知道我的眼力，平常我很少出现这种观察上的失误。”说着，张崇斌的眉头不禁也皱了起来。

“那你到底看见什么了?”祁兵追问道。

“祁兵，你相信吗，整个布达拉宫的下面，也许，我们现在脚下的这片大地深处，都是空的。”张崇斌语气深沉地说道。

“空的?!崇斌，你凭什么这么说?你又没有钻进地下……”祁兵质疑道。

“说起来，确实让人难以相信。但我的确进入了一个地下空洞，而且，还遇见一位年轻的喇嘛，他好像以前就认识我……”说到这儿，张崇斌眼睛不由得望向窗外——布达拉宫的方向。

“地下空洞、喇嘛……他还认识你?那你以前见过这个喇嘛吗?”祁兵走到窗边，突然回过头来看着张崇斌严肃地问道。

“不认识。”张崇斌看着祁兵轻轻地摇了摇头道。

“那这个喇嘛究竟跟你说了些什么?”祁兵继续追问着。

看着祁兵严峻的神情，张崇斌知道祁兵一定是出于特有的敏感联想到了什么，于是回道：“说了些关于时间和生死的宗教观点，我想他不会是图谋破坏我们行动的人。”

听张崇斌这么一说，祁兵才收住口，没有再追问下去。

“不仅如此，我反倒觉得，他和隐世老人一样，是带给我启示的引路人。”张崇斌又补充一句道。

祁兵抬起头来看着张崇斌，等着听他进一步的解释。

其实，在当下这个敏感时期，祁兵刚才的反应张崇斌完全能够理解，因为现在连他自己都在质问自己：在一方圣地，一个陌生人如此“有意”地接近自己，当时怎么会一点警觉的意识都没有呢？白纸扇这个时候如果做得更谨慎些，他完全可以安排道上的人跟踪自己。不过，在张崇斌用心思量那年轻喇嘛的所言所为，还有他自己曾感受到的那种难以言表的内心触动，张崇斌认为这种事的出现绝非一般，结合昨夜做的那个有着预示意义的梦，他的心不由得沉静下来，但思维却越来越活跃……突然，张崇斌浑身一颤，手中的烟卷滑落坠地，同时失声喊道：“祁兵……”

祁兵看着张崇斌反常的样子，不禁惊骇地问道：“崇斌，你怎么了?!”

“我……我知道了！”张崇斌嘴角哆嗦着自言自语道。同时，眼圈渐渐润湿泛红，最后眼泪竟不受控制地汩汩涌出……张崇斌将眼睛闭上，喃喃地说道：“原来，我们真的见过面，是他，他救过我一命啊！”

“崇斌，你别……别太激动，慢慢说，谁救了你的命？”祁兵惊诧地问道。

张崇斌缓缓地睁开眼睛，他用手擦了擦模糊了眼睛的泪水，才开口说道：“祁兵，我一直没有告诉你一件事，是因为……怕你不安上火。现在，我要告诉你。知道吗，其实这大半个月来的调查，我和孔超曾遇险情，我更是大难不死一回。”

“快跟我说说，你们究竟出了什么事儿？”祁兵顿时两眼瞪圆起来。

“这事儿已过去 10 天了。那天，我、孔超，还有段涛在云南迪庆香格里拉大峡谷那边发现了一个地下溶洞，我们为了探测洞里是否有异常能量就下到了洞底。可没想到，孔超因高原反应，不小心掉进那洞穴里的地下河，我去救他，结果自己却被水下潜流卷走。我想，我经历了一次濒死体验。你知道吗，当我苏醒过来后，我发现自己竟然出现在另一个地下洞穴里，而就在那里，我发现了一位面壁圆寂的僧人。当时……当时，冥冥中我就有种感觉，我还能活着，就是那位僧人救了我。这段经历，我没有告诉任何人。”张崇斌哽咽地诉说着。

祁兵非常认真地听着，听完张崇斌说的这些话，他肃然问道：“圆寂的僧人，救了你，怎么救的？”

“是他留下的一个法器扯住我的衣服。若不是这样，我将会在昏迷中顺流漂到更深的洞底，可能就再也回不来了。祁兵，说这些，我是想让你明白今天我遇见的那位年轻喇嘛……还有，我这个样子……就是因为，我突然感觉到了，感觉他们就是同一个人，你知道为什么吗？”说到这里，张崇斌的眼睛不由得又模糊起来。

“为什么？你慢慢说，崇斌。”祁兵的眼睛也红了。

"今天，我遇见的这位年轻喇嘛，从他悄然出现，到他……像雾散一般地离去，我都如做梦一样。但我清楚地记得他说的第一句我能听懂的话，是'山高人绝行，宗灵度休死'，当时我还没有反应过来，因为那是隐世老者曾送我一首诗中的词句，我以为他是老者派来的使者……"

"是不是说，这'宗灵度休死'其实就是他上次救你一命的暗示呢?"祁兵问道。

"正是。可我当时竟然浑然不知啊！唉……"深深的一声叹息，张崇斌眼神迷离地望向远方。

祁兵站在一旁，沉静片刻后，说道："崇斌，我，我还是有些不太明白。照直说吧，也许这样的诗句在僧人中广为传道，怎么说呢，就好像很多人都会背诵的唐诗那样。"

"就算是那样，但他后来带我到了一个密室，那密室里布设着时轮金刚曼荼罗。祁兵啊，你可知道，那洞穴里圆寂僧人面壁的墙上，也有着同样的曼荼罗图案。还有，从他给我讲解时轮金刚法关于时间的要义上，可以看出他对密宗的这个法门有着精深的研究。此外，他后来又自言自语地说到'那一天、那一月、那一年、那一世'这段话……祁兵，你说我下山时像丢了魂一样，知道我为什么会那样吗?"

祁兵没有回答，只是默默地看着张崇斌……

"因为下山的时候，我们听到的那首歌，那歌的每一段落开头的第一句，正是'那一天、那一月、那一年、那一世'。知道吗，他这是在不断提醒我和他之间曾有过的缘分啊!"

听到这里，祁兵默然地垂下头去……

"'生不知死，生又何惜，死又何叹'，他已经历生死，早已参透了生死之道!"张崇斌感慨道。

"如果他们真是同一个人，这岂不是说，你遇见了'幽灵'……人死后，真的会有灵魂吗?"祁兵抬起头来问道。

"若是死亡降临，你自己又将如何分辨自己是生还是死呢?"张崇斌引用年轻喇嘛的话回道。

"若是死后真有灵魂存在，那人就不算是真正的死亡……这也许就是佛家所言的往生轮回吧。"祁兵若有所思地自言自语道。

"死，应该也是一种活法。"张崇斌一字一语地说道。

“那这个僧人究竟是谁？他这回现身难道就是为了让你知道他救过你吗？崇斌，你怎么看待这事?”祁兵又问道。

“应该不是。”平静下来的张崇斌摇了摇头，“也许，他是想给我某种启示。”张崇斌一边说着一边暗自思忖着。“也许，他和隐世老人一样，事先看到了自己此番神山之行将要面临的危险，通过这个方式引起注意，让自己能够预先找到化解这些险阻的钥匙。”

“那么，这给你带来了什么启示没有?”祁兵探问着。

“旁观者清。祁兵，我想先听听你的看法。”张崇斌反问道，他不想让自己的一些先入为主的说法影响到祁兵。

“崇斌，其实，我有这么一种感觉。咱们这次的调查目标地是冈仁波齐神山，此山在宗教上有着不同一般的象征意义。而你今天又遇见神秘的喇嘛，我想他这回见你极有可能是与我们的神山之行有着密切关系。他能带你去地下隧洞，还对你说了一些佛法要义，我想这也许是专门为你留下的调查线索。”说到这里，祁兵停顿下来，看着张崇斌的反应。

张崇斌默许地点了点头。

“崇斌，你现在能不能理出个头绪破解这些线索的真正意图，这也许会对我们下一步的行动起着至关重要的指示作用。”祁兵目光闪亮地问道。

“祁兵，我不是一点头绪没有，只是……还是有些不太好说，感觉那样……实在是难以令人接受。”张崇斌有些为难地说道。

“崇斌，没关系，你怎么想的就怎么说。知道吗，咱们兄弟这回一起合作干事以来，你给了我很多耳目一新的感觉，尤其是你的直觉。其实，你身上具备某种特质，但你自己可能察觉不到。不过，正如你所说的旁观者清，也许秘密就隐藏在你的超常意识里。”祁兵鼓励道。

2. 风水圣地

见祁兵兄弟能够如此的信任和理解，张崇斌心中顿时一热……于是开口说道：“祁兵，还记得那夜在贵阳都溪林场，我的车子突然熄火再也无法发动起来吗?”

“当然记得。咱们当时为此弃车步行穿山，最后从‘鬼屋’的背后走出来了！你不是说过，这是因为磁场异常造成的吗?”祁兵回道。

“没错，那一带的地磁异常现象，后期在我们实地勘验时确认了。可是你知道吗，为了比对这种异常现象可能带来的特殊效应，我曾专门检索搜集过相关资讯。结果，我意外地发现青藏高原这一带的地磁场和地质构造有些怪异。”张崇斌进一步说道。

“哦？你发现了什么特殊的现象?”祁兵忙问道。

张崇斌回道：“祁兵，你过去当过兵，一定也知道地球上的地磁南、北两极与地理上的南北两极不在同一轴线上，二者间有个11.5度的夹角，这个夹角就是磁偏角。磁偏角在各个不同地域测量时，其数值会有一定的变动，它与纬度之间的关联最大，纬度越高磁偏角越大，我记得咱们国家大部分地域的磁偏角平均约为偏西5度左右。”

祁兵点了点头道：“是的，掌握各地区的磁偏角，以此确定准确的地理方位是部队特种兵必须掌握的常识性技能。你这么一说我倒是想起来了，拉萨地区的磁偏角近乎为零。可这能说明什么问题呢?”

张崇斌接着说道：“祁兵啊，你可别小看了这磁偏角的作用。在我看来，掌握了以磁偏角来精确定位这只是利用了其最原始最基本的‘指南针’功能，实际上它所蕴含的功能很深、很广。你知道过去古人发明看风水的罗盘，就是咱们小时候玩过的那个圆木盘，那上面有天盘、地盘和人盘，使用的时候还要将人盘和天盘相对地盘分别逆时针和顺时针旋转7.5度，这样做的深层道理是什么，你知道吗?”

“崇斌啊，你就别考我了，你也知道我去部队后就不碰这些了，快说说，这里面有什么玄机吗?”祁兵催问道。

“玄机?”张崇斌淡淡一笑，又道，“也许世上本没有什么玄机。我这些年来，看了不少杂书，经历了一些别人可能难以经历的事情，慢慢有了些感悟。其实，若仔细研究古人留下的那些玄术，你就会发现那些玄之又玄的表象背后往往隐含着深刻的自然道理，古人能发现并运用这些道理我想可能是因为当时的自然和社会环境更适宜他们修身养性、孤心问禅，从而达到宁静致远、返璞归真的境界。

“风水罗盘能这么设计，说到根处，其实就是古代那些具备大智慧的人很早就发现天、地、人之间的相互影响是密切关联不可分割的，这种认识根源于《易经》整体、系统、辩证、平衡、循环的理论体系，天盘和人盘相对地盘旋转一定的角度其实就是考虑到了磁偏角的影响。我们都知道人和其他生物本身也是有电磁场的，人的大脑思维活动也离不开电磁这种效应，现代物理学早已发现磁场具有将电能转化成能量的作用，电动机原理正基于此。同样，磁场对电波、带电粒子和光等具有波粒二象性的物质都具有改变其运动方向的作用，这就足以证明磁场对人体的影响是从里到外全方位的。”“是，你说得没错。”祁兵应和道。

“若再将眼界放开一些，其实，整个自然界的山山水水，包括空气中都是有磁场的，而磁场中肉眼看不见的磁力线是有指向和运动规律的。堪舆学所谓的‘龙气’‘地气’实际上就是地球磁场与局中地势物形所构成的场的相互作用而形成的一种能量场，不同的地形地貌、磁场方位，能量场的强度也就不一样。这样，不同区域的山、水、风向等外在不同形态物质的组合就构成了不同的风水格局，这些格局如果是有助于人体生物磁场的正常生发运行，那就是所谓的‘风水宝地’；否则，就是‘绝死之地’。”

“呵呵，这玄学的东西让你这么一说，倒是好理解多了。”祁兵笑道。

张崇斌也笑了笑道：“所以，对古人留下的看似很玄的东西，我们不能一概以荒谬的迷信来对待，我们要多研究，这里面隐藏着大学问。另外，这回我从贵阳出发之前，曾去拜见那位隐世老者。但是没有见到，他老人家外出云游去了。不过，老人家却留下一张写有一段话的纸条，我记得那段话是这样写的：自天道左旋地道右旋，天地唯西北高，东南低。以风水论，是右边白虎，太极盛矣。是以圣贤求道神明育德西北一边，以山高耸秀，出于天外故也。

“当时，我对这段话的理解只是以为老者已经事先‘看’到我准备远走西藏。但是，在我联想到西藏这边的磁偏角为零后，我突然意识到为什么西北之地会是‘圣贤求道神明育德’的风水圣地了。时间原因，祁兵，今天我就不多说这其中更具体的道理，有时间你只要想想地理与地磁南北两极合一，这会对人体生物磁场，以及由此对人的修行悟道的影响就应该有所开悟。

“接下来，我想说的一件事儿，也许是我们更应该充分重视和严肃对待的。”

3. 未知的地下世界

这时，张崇斌站起身来，点上一根烟，说道：“冈仁波齐，这是一座迄今还没有人登上顶峰的神山，此山某处很可能有个通达高原地下数十公里深层的隧洞，而这隧洞的尽头……可能有个人类未知的地下世界。”

“什么？几十公里深的地下世界?！崇斌，你那还说布达拉宫地下以前是座火山，这说明青藏高原地壳板块活动剧烈，那么深的地层温度一定会很高，那里面……还不都是滚烫的岩浆啊?”果然，张崇斌一直犹豫不说的顾虑此刻已被祁兵一脸疑惑不解的神情给特别注明了。

张崇斌认真地看着祁兵，他大口吸进一口烟气后，又缓缓吐出……然后说道：“祁兵啊，刚才的这种说法，确实让人难以接受。不过，今天在我身上发生的这起事件，让我对以前虽有耳闻却从未放在心里的一个传闻有了新的认识。你先听我慢慢道来，然后和我一起分析一下，看是不是有这种可能。”

祁兵点了点头……

张崇斌道：“你知道我做调查工作的习惯。首先，我这次选择去神山一定是有所依据的。现在看来，当初我把咱们遇见的这起诡异事件还是想简单了。你知道，我在贵阳调查的时候，因为接触过当地省 UFO 研究会的一位专家，还有段涛的那个战友于志国，根据他们提供的线索，再结合实地勘察的数据分析，我就将那个别墅鬼屋里发生的怪异现象都归结为是某种异常能量在作祟，而这个能量似乎又与 UFO 的能量机制有关。换句话说，只有找到这个能量的作用原理，才有可能有效地证明你是无罪的!

“不过，我们必须面对这样一个现实，这个现实就是我们无法搞到一个真正的 UFO 来供我们研究；所以，我们只能从历史资料中找线索，从我们可为的事上入手，这就是我为什么抓住纳粹在二战时期进藏寻找‘地球轴心’不放的原因。在这个决策的制定上，隐世老者给我的谶语暗示更坚定了我的信心，我相信我们的调查工作方向应该是没有问题的。而神山，它的地理位置、其特殊的形态和殊胜的宗教地位，我认为它极可能与‘地球轴心’有着密切联系。”

听到这里，祁兵攥紧了拳头说道：“崇斌，如果你的这些说法成立，那我现在担心的是，这种特殊能量是否也会被其他人关注到，甚至，还将牵涉到国家安全问题。”

“不排除有这种可能。但是，我想说的是，可能这里面还存在更复杂的问题!”张崇斌神情严肃地说道。

祁兵闻听顿时又是一愣，他拧眉立目看向张崇斌……

张崇斌的眉头也皱了起来，继续说道：“祁兵，你要知道，虽然过去依照魏格纳的板块漂移学说，曾有学者认为整个青藏高原的东移上升是因为处于西藏南面印度大陆板块一直在向北漂移，碰撞到西藏大陆后俯冲到其下造成的。但是，咱们国家中科院的专家最新研究的结论却是：青藏高原的形成过程至今仍是个未解之谜。刚才咱们说到布达拉宫过去是火山不错，甚至整个可可西里无人区据说也是我国新生代火山的最大分布地区，但人类对火山运动的运作机理究竟了解多少？火山口就一定喷发岩浆吗?”

“火山不喷岩浆还能喷什么?”祁兵不解地问道。

张崇斌道：“你可能想象不到，这地下能突然喷发的物质除了滚烫的岩浆外，有时还会有泥浆、冰块什么的东西。”

“什么？还能从地下喷出这些东西来?!”祁兵顿时满面诧异。

张崇斌早有所料地回应道：“不相信是吧，那我就举几个事例说说。在 1951 年 3 月，美国加州大湖城的一个热泉群暴发喷出 30 多万吨泥土；1982 年位于冰岛南部海滨的格姆维特火山爆发，直冲云霄的可不是火红的岩浆，而是大小不等的冰块，这个火山喷冰整整持续了两周，总共喷出的冰块几乎可以堆成一座冰山；还有，前苏联的缅克拉克火山在 1959 年的一次喷发中，喷出的竟是冰冷的水，最后在火山口形成一个直径 1 公里、深 50 米的冷水湖，而湖中心更是涌起一个 100 米高的大‘喷泉’。此外，还有喷含有金属元素气体的，可谓五花八门。”

“嗬，照这么说，那这高原的火山哪天喷发的话，会喷出什么东西来呢?”祁兵问道。

“会喷出什么来，我现在是说不清。其实，无论喷什么，我主要是对能够造成这些地上奇观的地下能量有了关注。目前，坦率地说，我还不能说清楚这种能量的运作机理是怎样的，但是凭直觉，我对以‘板块构造说’为主的造成火山喷发的传统学说存疑。据我所知，对于地下的世界究竟是怎么一回事，人类其实很早就想探究个明白。那怎么探究呢？显然，如果可以直接从地表向下穿个深洞，这种方式是最直接的。古时候，确实有人曾试图用挖井的方法进行研究，但地下水阻挡了他们的行动；到了近代，人们又想到了钻井这个办法，早在 20 世纪 50 年代初，曾有一批雄心勃勃的美国科学家提出海底钻探构想，他们想在地壳最薄弱的海底穿透莫霍面（莫霍面在大陆地区深度在 20~70 千米，大洋地区 7~8 千米）直达地幔，但是这个计划中途就夭折了，因为钻到 9~10 千米的时候，2000℃的硫黄浆液又成了拦路虎。虽然地下万米的深度也算可以了，但这与 6371 公里的地球半径相比还只是一个‘鸡蛋’的表皮；当今人们采取的探测方法和工程技术是‘人工地震法’，当地下爆破造成的‘地震’发生时，采用精密仪器将地震波记录下来，通过地震波的变化特性来推测地球地下结构。可是，当人们用‘人工地震’探测这片大地下面的结构时……祁兵，你猜，人们发现了什么问题？”

祁兵问道：“难道这边的地下发现了什么特别情况？”

张崇斌语气低沉地说道：“人们意外地发现，青藏高原的地壳品质介质因素Q值比全球平均值低一半以上。这个所谓的Q值简单地说就是一个与电阻成反比的数值，更出乎人们意料的是，可可西里无人区的地下地震S波竟然不能通过（S波即横波，它是一种剪切波，在地壳中的传播速度为3.2～4.0千米/秒，它能使地面发生前后、左右抖动，破坏性较强）。此外，在2001年，一个由加拿大、爱尔兰、中国、法国和印度科学家组成的科学小组，在藏南喜马拉雅山地区沿东西方向选取了4条横跨雅鲁藏布江的剖面，采用大地电磁测深技术对地下探测发现，青藏高原地面以下20公里的大面积范围内，有个神秘的地带，这个地带的电阻率竟然低至几欧姆，这与一般岩石结构电阻率通常上万欧姆的地层相比，绝对是个罕见的现象。这个神秘地带是顺着东西方向绵延1000多公里，其特点是越往西部电阻率越高，神秘物质的规模越小；而东部则是电阻率趋低，神秘物质的规模越大，最厚的地方有80到90公里。”

“这地方这么特别？崇斌，你说的这种现象，它究竟意味着什么呢？”祁兵认真地问道。

张崇斌道：“当初发现这种特殊地质现象时，地质专业人士也是迷惑不解的。可可西里的地下地震S波不能通过，正常情况下，只有两种原因才能造成，即它的下面要么是液态物质，要么就是气体，物质在这两种状态中无法发生剪切运动，S波也就不能在它们中传播；而那规模庞大导电性强的神秘物质的发现，很多专家据此认为青藏高原下面深处有高温液态熔岩层，高原板块每年缓慢的东移就如同漂浮其上的一块石板。不过，我的想法与之不同，我猜测那下面可能不是温度极高的液态熔岩。”

祁兵抬手使劲挠了挠头，说道：“崇斌，你总是有突发奇想，我算服了。那若不是熔岩，你认为那下面会是什么呢？”

“我怀疑这整个高原板块的下面是充满等离子气体的空洞。”张崇斌一口气说道。

“空洞？是不是因为有了空洞才会有你说的那个地下世界？”祁兵似有所悟地马上发问道。

张崇斌却摇了摇头道："祁兵，你这么去理解是一层意思，但还不完全是我所要说的那层意思。不过，你只有理解了为什么可能会是个空洞的问题，也许才能理解我真正想要表达的东西。我的这个想法是受一个现象的启发，而这个现象正是来自我在布达拉宫地下隧洞看见的一样东西。"

祁兵问道："什么东西?"

张崇斌道："绿光。"

"什么东西发的绿光？难道地洞里有狼？"祁兵半开玩笑地质疑道。

张崇斌再次无奈地笑笑道："呵呵，我的运气还没那么'好'。告诉你，那光不是从什么动物身上发出的，而是从隧洞的岩壁上发出的。很不可思议是吧，在那个漆黑的隧洞里，我居然就看到了绿光。你要知道，那个地方并没有任何电子装置，也没有什么化学试验设施，那么这绿光如何能够发出来呢？好在当前的科学已可以对此类现象做出个不错的解释。你也知道，这地下洞穴再怎么空，也一定会有空气存在。那么好，大气最主要的成分是什么？祁兵，这不需要你回答，我来告诉你，它的主要成分有两种，分别是氮气和氧气，其中氧气若被电离就会发出绿光，而人的眼睛对波长为0.54微米的绿光又最为敏感。"

"原来如此……"祁兵眉头一展，但他马上又想起了什么，"哎，崇斌，你刚才不是说过那下面没有任何电子装置吗？怎么会有电离现象……"

张崇斌马上回道："这个问题问得好！不过，我可以告诉你，这个世界有一种无形的东西，它可以让空气发生电离作用，而这个无形的东西就是——强电磁场。"

"强电磁场?!"祁兵依然有着疑惑，又问道，"崇斌，就算是有这个场，但这不排除是上面宫殿的供电装置带来的，可这与你说的地下空洞有什么必然的关系吗?"

"当然有关系。祁兵，我现在再给你简单说一下荧光灯的工作原理，也许对你会有所启发。"

"嗯，你说说看。"

"咱们小时候都见过打破后的荧光灯，会发现里面是空的不是吗？其实，完好时的灯管并不是空的，那里面是先抽空后再充满含有汞元素（水银）的蒸汽，而玻璃管壁内侧面上涂有成分是硫化锌的荧光粉，当这荧光粉受紫外线照射时，荧光粉就会发出可见的白光——这就是人们需要照明的光；如果荧光粉里掺有其他物质，就可以改变光的颜色。好，现在的问题是涂满内壁的荧光粉是如何受到了紫外线照射的呢？答案是：汞蒸汽经高压电启动电离后导电，并发出紫外线。而电离与温度也有关系，温度低时电离困难。所以，荧光灯的两边分别有灯丝，这灯丝主要起两个作用：一个作用是加热汞蒸汽；另一个是启动后发射电子。祁兵，从这个荧光灯的工作原理上，你得到了什么启示没有？”张崇斌笑看着祁兵道。

祁兵想了想，突然诡谲地笑道：“我明白了。崇斌，你刚才说的地震S波不能通过，只有两种原因才能造成，其中一种是地下有气体；而专家把气体排除掉是因为考虑到地下还有大规模的可导电的神秘物质。现在照你这么一解释，即便下面没有液态物质，只要这地下含有各种金属元素的矿物质通过地下高温并被地磁场激励后，就会形成具有充满等离子气体的空洞，而等离子气体就可以解释神秘物质的导电性，是不是？”

张崇斌不置可否地笑看着祁兵……

4. 智慧生命的层次

祁兵看到张崇斌这副样子，就知道自己说中答案，不禁握紧了拳头摆了两个格斗姿势。不过，这兴奋的劲没过一会儿，祁兵的眉头又皱了起来，收回姿势，他走到张崇斌身边道：“在部队时，我们曾专门接受过地形勘探与测绘的培训，教官曾说过地球的体积和它的实际重量之比不成比例，提到过国外有个什么‘地球空洞说’，但如何能形成地下空洞却没给出一个明确的解释。而你刚才的这个解释，听起来是有些道理，不过，既然你说这高原大地下面有个地下世界，那岂不是说地下深处也有生命？但是，地下极高的温度且压力也大，生命怎么可能在那种环境下存活呢？”

张崇斌看着祁兵，沉静了片刻后，说道：“祁兵，你这样看待生命现象，我一点都不觉得奇怪。因为，绝大多数专家学者在探寻其他空间是否存在其他智慧生命时，也是持这种观点的。不过，在我看来，用这种观点，或者说用这种思维理解事物，实际上是把自己局限在一个框架之中，在这个框架里，智慧生命生存的条件都是依照地球地表上的人类生存环境条件为参照的。可是，这种思维模式，在面对智慧生命的普遍性、形式多样性以及生命具有超强的适应性的客观现实时，则未免有些僵化和肤浅了。

“知道吗，在太平洋的海底3000米处，有着水温高达250摄氏度的热泉口，法国科学家就在那里发现了多种细菌；而在收回无人探测船‘观察家三号’留在月球上的相机时，科学家竟然发现其底部有地球上的微生物‘缓症链球菌’，这种来自地球的微生物在几近真空、充满宇宙射线的月球表面居然生存了两年半！还有，人类目前在智利最干燥的阿塔卡马沙漠中、在环境最恶劣的岩洞里、在南极洲的千年冰架下面、在几千米的深海下面，甚至在几万米的高空中，都发现了形形色色与世隔绝的细菌。由此，我们可以说，就生命存在的环境而言，对于那些享受高温且具厌氧特性的生物来说，人类需要的常温环境和生命存活必需的氧气恰恰是它们难以承受的冰冻世界和要命的毒气。”

“崇斌，你说的这些细菌之类的微生物，虽然是一种生命，但它们毕竟不是具备智慧的生命体啊?!”祁兵诘问道。

张崇斌马上回应道：“是啊，在多数人类的眼中，别说微生物了，就是个头与人类相仿的动物，它们也顶多算是一些有着生命本能却毫无智慧，可以被人类任意宰割的野兽而已。不过，如果我们仔细地推敲一下人类和动物的区别，会发现人类自我的感觉也许过于良好了。”

“这话怎么说?”祁兵又问道。

张崇斌接着道：“我们都知道，按照人类自己确认的定义，人区别于其他动物的根本点就是‘人会制造和使用工具’。但是，现在科学界已经发现，掌握着这种‘专利’绝活的已不仅仅是人类了，人们发现红尾伯劳鸟会用尖刺囤积食物，白兀鹫会用石头来敲碎鸵鸟蛋，而类人猿经常可以利用相同的材料制造不同的工具，在所有类人猿当中，黑猩猩在日常生活中使用工具的频率最高，根据已知的记录，它们的各种工具有多达 19 种用途。西非森林里的黑猩猩会用两块石头配合着把坚果敲开，而生活在坦桑尼亚马哈勒国家公园里的一群黑猩猩，它们甚至知道如何利用小树枝将蚂蚁引出洞。当然，有人还会强调：人类有语言，有主观思维意识，这些特性就是人类智慧的体现。可真要是较真，祁兵，那咱就按照字典里关于‘智慧’的定义来说一说，字典里的解释是这样的：这是一种‘分析判断、发明创造、解决问题的能力’。那好，根据这个定义，我们也可以说这种能力的展现既离不开也是体现在一定的学习和记忆能力基础上的。如果自大的人类敢于面对现实不自欺欺人的话，那就接受这样的一个事实吧：动物学家已经发现黑猩猩有自己的语言，它们通过‘说话’这种过去科学家认为只有人类独有的交流方式，告诉对方它们生活中的一些信息；回头再说这几乎看不进眼里的细菌，现在日本科学家已经在一种原生质黏菌（unicellular organism，单细胞生物）中发现了其具有记忆能力和神经活动性，发现阿米巴门菌能够穿过迷宫，甚至还能够解决很简单的谜题。”

张崇斌的这番话让祁兵开了眼界，但也让他有了更大的迷惑：“照这么说，那人和动物岂不是没有什么本质上的区别了吗?!”

看着祁兵较真的样子，张崇斌笑了笑道：“这好像是个令人困惑的问题。不过，如果人类不墨守传统的观念来看待这个问题的话，那么，佛经的一些阐释也许能够带给人们一些深思的东西。当然，因为佛教的门派和后期创建发展的背景不同，不同的佛法经典关于人与动物的区别也是有着不同的阐释。比如印度佛教徒把释迦牟尼称为‘两足尊’，他们认为人和动物是平等的，而两者间的区别仅仅是‘两足与四足’的肢体形态的不同，所以他们称人为‘两本足’；而我国的佛学者认为这种称呼不太合适，他们将‘两足’解释为‘福德与智慧’的‘二资粮’。总的来说，佛学的观点是人与动物皆为有情生命，作为有情的生命，众生的生命是平等的，有情生命不以谁能制造和使用工具来划分彼此间的高低贵贱。但这并不是说，在佛教里人与动物之间没有本质的区别。事实上，佛教经典有将一切众生按生存状况、智慧心性，从不同角度分为各种类别。常见的类别有三界、四生、六道、七道、九类、十二类等，这些类别归结起来就是以‘层次’对众生进行了区分，这个层次从高向下排列有十层，分别是：佛、菩萨、缘觉、声闻、天人、阿修罗、人、畜生、饿鬼、地狱；若从‘天人’层次往上归于‘天’之一道，往后依次排列就是佛教六道轮回的‘六道’之分，这人道之下的畜生道，也就是我们所言的自然界除人类以外的动物生命的所在层次。”

“哦，原来是这么个层次的划分。那这人和动物层次的划分又是依据什么?”祁兵追问道，似有一股“打破砂锅问到底”的劲。

张崇斌神情认真地回道：“‘人身’和‘心’。佛教一直强调‘人身难得’，认为这人道甚至天道里的生命，只有在人道中才具备最好的修行条件，因为人具有动物不及的智慧增上、圣智正器等优势及苦乐兼半、八苦交攻的生存磨难，如此会促使人类更容易信受佛法、修学佛道。同时，佛经阐释‘欲界里的人类感知的这个世界是因缘所生，唯识所现’，所以对于人类而言，生命的修行就在于修‘心’，可谓做人在于心；当牛做马在于心；其实，成佛也在于心，不是有那么句话吗，‘一朝顿悟，立地成佛’。”

听到这儿，祁兵感叹道：“崇斌，看来这些年你精进很多啊。佛法，的确是博大精深！等咱们这回把事情处理干净后，我要好好跟你学学。”

“祁兵，我现在也只是知点皮毛，谈不上什么精进。”说话的时候，张崇斌眼中缄藏的神采似乎一闪，“不过，我现在愈发感觉到佛法的精深妙义确实可以开启人的智慧。今天跟你说这些，就是要让你把眼界放开，扩展思维，这样你才好理解我接下来要说的东西。”

“哦？还有什么东西能比你刚才说的这些深奥？”祁兵顿时又瞪大了眼睛。

“你先别急，我再问你个问题，看你怎么理解。据我所知，这青藏高原一带生长一种叫‘冬虫夏草’的东西，祁兵，我想你一定听说过，我问你，你说它究竟是虫子还是草？”

“这我知道，就是冬天是虫，夏天是草，据说此物入药滋阴补阳，是个好东西。你要说这东西是虫是草，还真不好说，它应该既是虫，也是草吧？”祁兵回道。

“是的。”张崇斌点了下头道，“从形态上看，这种东西在不同时节既是个虫也是根草。但是，这种兼有虫和草的外形之物若按照专业人士解释，它是非虫非草，属于菌藻类的一种高原地区生物。我们知道，生物概念里的物种包括了动物和植物，简单地说，有生命的物种都属于生物。而有些生物的生命存在时间是很短暂的，它们的一生可能就只有人类时间概念中的一个季度、一个月，甚至是几小时。刚才说过了，连细菌都有思维意识，所以我们可以想象，假如一个只能在夏季存活一个月的生物附在‘冬虫夏草’上，它也很聪明，有自己的思维意识，如果让它去分析判断身下这个承载着自己之物是什么东西的话，可能就只能理解为这是根草；如果它身边那些能够活一年以上的生物若对它说，这草也是条虫，估计这个短命的生物是无法理解的，更谈不上理解人类专家所说的非虫非草的概念了，因为以它的智商根本无法想象这个世界怎么还会有个雪花飘飞的冬季，明明是草的东西怎么可能还会变成个虫子。”

“呵呵，是啊，别说这些微小的生物了，人不也是这样的吗，很多人对自己没有看见过和理解不了的东西也是不愿意接受的。就说我遇见的这倒霉的事，说给他们听，竟然，谁都不相信！”祁兵情绪起伏地说道。

“祁兵啊，很多人就是这么固执甚至是别有用心。在这个问题上，你也不要过于感情用事，我们的调查工作是需要我们理性地看待问题。你听我接着说，其实，人类个体的寿命百年算长寿了，哪怕再算上从人类整体出现在地球之上的繁衍历史，这段时间若比之地球生命数十亿年的历史、银河星系和宇宙数百亿年的历史……我们人类与那个短命的生物有什么不同？人类对宇宙自然的认知存在着时空界限和人类自身感官方面的局限性，若按佛教中人道处于中低层次的理论，那人类的智慧也是有着局限的，其精进提升必须经过修行才能达到较高的层次。”

5. 希特勒的预言

祁兵深以为然地点了点头……

“所以，我现在对自己以前认为‘人是宇宙中唯一的高级智慧生命’这个认识有了转变，我认为以前的想法就是一种井底之蛙无知无畏的狂妄自大。祁兵，你知道吗，这地下空间可能就存在着智慧生命，它们甚至有着超越我们当前的物质文明。”张崇斌语气深沉严肃地说道。

祁兵闻听此言浑身一震！

张崇斌又道：“前些天，在进藏的路上我上网搜索资料，意外地发现了一条资讯，当时我很震惊并感觉不可思议。但今天的经历，让我觉得这一切没有什么不能理解的了，也许这就是一种事实真相。”

“什么资讯?!”祁兵惊问道。

“有报道显示：1972 年 4 月，美国伯克利大学的 3 名学生登上高达 4318 米的沙斯塔山顶。沙斯塔山是一座熄灭多年的死火山，可是，那 3 名登山的学生却看见火山口附近有一些碟形飞行物飞进飞出。更令人惊讶的是，他们还看到 5 个‘高个白人’出现在火山口。这个报道应该不是条‘愚人节的新闻’，因为还有一座位于墨西哥的火山口，有人在 1988 年同样发现了如同舰队般的飞碟群从空中飞进火山口，并对这一现象进行了录影，留下了珍贵的影像资料。”

祁兵听到这些，眉头紧锁着，他低下头来想了想，说道：“崇斌，你提到的这个地下世界……它们会不会跟纳粹有关？你不是说过纳粹早期研制出过 UFO 吗?”

张崇斌皱起了眉头说道：“祁兵啊，你有当兵的经历，对军事上的事情应该更敏感。其实，我担心的……”

见张崇斌欲言又止，祁兵的眉头皱得更紧了。“难道，当年的纳粹集团并没有被铲除干净?!”祁兵自言自语地说着，抬起头看向张崇斌……

张崇斌似乎有些犹豫着，当他的目光与祁兵锐利的眼光相碰后，沉默了片刻，终于又开口道：“祁兵，除了 UFO，不知你是否对那‘5 个高个白人出现在火山口’

的资讯有所留意?”

“你的意思，他们就是地下高级智慧生命?”祁兵反问道。

“坦率地说，我不清楚，现在难以作出判断。”张崇斌摇了摇头，又道，“前段时间，我和我的英国导师通过一次电话，了解到，欧洲一些二战史研究人员，他们对战争狂人希特勒最后的生死问题竟有疑问。”

“哦?”祁兵一怔。

“通过研究，他们认为希特勒很可能在 1945 年德国最后战败时用‘金蝉脱壳’之计逃脱了盟军和苏军的抓捕，至于当时那个自杀焚烧掉的‘希特勒’尸体，只是他的一个替身。此外，据说希特勒在战败前夕的最后一次公开演说时，曾预言‘最后的部队即将降临，这支部队将统治全世界，还有什么复活后的纳粹军团和他有力的同盟者将会出现，作为宇宙对人类的报复，灾难也会随之而来’。”

“希特勒就是一个疯子!”祁兵愤然道出一句。

“没错。”张崇斌道，“作为一个大势已去的帝国元首所作的这番演说，正常的情况下，人们完全可以把它当作困兽犹斗最后的垂死挣扎。可是，在我认真看过一些资料之后，我觉得有一件事情不能忽略，应该审慎对待。知道吗，有消息称这二战结束后不久，英美盟军曾经组织了一次针对德国全体国民的人口普查。结果却发现，竟有 25 万德国人不知去向，而且是排除掉战争之中正常减员及失踪的因素。至于这 25 万人到底去了何方，这个疑问至今也没有一个确定的结论。祁兵，你说说看，地球就这么大，人能生存的地方也几乎都占满了，那么这 20 多万人能到哪里去？还有，希特勒说的那个有力的同盟者会是谁?”

祁兵几乎不假思索地回道：“别说同盟者了，就这 20 多万人就已经不是一个小数目，这些人纠集在一起相当于四五个集团军的兵力。不过，崇斌，我觉得希特勒的这番演讲完全是虚张声势，他不是说这些部队很快就降临吗？事实上，这么多年来世界上根本就没有出现什么超级军队。再说，这网上资讯的可靠性能有多大？即便地下有巨大的洞穴，但人类在地下，有可能存活下来吗?”

显然，祁兵难以接受这般关于纳粹的过于离奇的猜测。

张崇斌面色平静，似乎已事先知道祁兵的这种反应，他拍了下祁兵的肩膀，开口道：“但愿事实没有那么复杂。对了，‘巴巴罗萨计划’了解吗?”

“知道，那是 1940 年 7 月，希特勒在一次高级军事会议上宣布的一个蓄谋已久的‘突袭苏联’的作战计划。”祁兵回道。

“那以‘巴巴罗萨’作为代号，是什么意思?”张崇斌再问。

祁兵拧眉思索着，没有作答。

见祁兵答不上来，张崇斌开口道：“‘巴巴罗萨’是意大利语中‘红胡子’的译音，它是德国中世纪皇帝腓特烈一世的绰号。关于这位神圣罗马帝国皇帝的最终命运，有人说，他在远征时溺水身亡了；但民间的传说中，这位皇帝并没有死去，而是隐居在德国的某个洞穴中，等待着重整旗鼓的时刻。”

听了这番解释，祁兵依旧一言不发，但他的嘴唇却不由得紧绷起来……

正在这时，张崇斌身上的手机震响起来……接起一听，竟然是导师尼科打来的国际长途。

“嗨！杰森，你现在哪里？调查工作还顺利吗?”

“尼科，我在世界上最高的地方——青藏高原。调查工作目前正在进行中。”

“有没有什么需要我这边提供帮助的?”

“谢谢你，尼科，暂时不需要。”

“哦，亲爱的杰森，我这边还有个好消息要告诉你。欧洲危机管理研究协会最近有个特别研究项目，需要一名亚洲区会员参与，时间一年，所有的费用由协会承担，完成研究后可以在英国控制风险公司就任高级职位。我已向项目组推荐了你，这是一次难得的机会，我为你而感到高兴!”尼科情绪高涨地说道。

“尼科，非常感谢您的推荐。可是……我现在不能过去，希望以后还可以有这样的机会。”

“那太遗憾了！杰森，我希望你认真考虑一下，这样的机会恐怕不会再有了。”

“如果是这样，那我也只能深表遗憾。无论如何，尼科，谢谢您。现在，我没有选择，我必须先完成手上的调查工作。”

沉静了片刻，尼科似乎有些疲惫地说道：“那好吧。杰森，作为你的导师和真诚的朋友，我很关心你的工作情况，希望你能运用所学出色地完成本次危机调查工作。我现在正好在编写一部教案，你的危机调查应该是个很好的研究案例，你把调查方案纲要发给我的助手，我要看一看，顺便给你些提示。”

尼科突然变换的语调口吻让张崇斌有种难言的感觉，尽管他是导师，但这个要求对张崇斌而言，还是感觉有些唐突。于是，张崇斌迟疑了一下，回道：“导师，因为本次调查事项的特殊性，调查工作的纲要我没有刻意准备，如果有什么不明白的地方，我会随时向您请教的，谢谢您对我的关心和支持!”

“既然这样，杰森，那我祝你好运!”

“谢谢！我不会让您失望的。”

与尼科通完电话，张崇斌对一旁沉默不语的祁兵说道：“走，我们先出去找家医院，从明天起，你要当自己是只‘病猫’。”

“哼，等我发威的时候，有他们好看的!”祁兵握紧拳头使劲抖了抖胳膊说道。

第二十一章　古老圣典的启示

1. 西藏接头

6 月 25 日下午，越南修越会馆密室内。

白纸扇将封面印有《西藏大学医学院》的本子交给对面一名身体强壮面色黝黑的男子说道：“老六，今晚你就和香港总部过来的人一起去内地西藏，与内地的张兄先接上头。这个本子你拿好了，这是接头信物。”

老六伸手接过本子，问道：“三哥，怎么会是总部派人过来？他是谁?”

“是人称‘枪王’的韦一枪，总部当红的头号杀手。”白纸扇冷冷地说道。

“韦一枪？以前大圈帮的那个韦云峰?!”老六满面惊诧。

白纸扇点上一支烟，吸上一口，一边吐着烟气一边说道：“没错，就是他。”

“总部为什么派他过来？难道不信任我们?”老六脸色阴沉地问道。

白纸扇不置可否地淡淡一笑，然后说道：“总部对我们这次的行动看来很重视。‘枪王’过来，我看也好。我看过他的个人资料，此人是内地湖南人，曾参加过对越自卫反击战。‘枪王’的名号是他作为大圈崽在加拿大温哥华与越南帮的一次火拼中创出来的，据说他的枪法出神入化，杀人只需一枪，从未失手过。后来，他在加国逃难时，总部注意到这个人才并把他吸纳入会。这样的人，我们要想办法用好他。”

老六点了点头道：“三哥，那您什么时候过去?”

白纸扇回道："你们到了拉萨之后，先看看张兄那边怎么个情况，如果没有问题，我就和几个押货的朋友随后赶到。"

"三哥放心，兄弟我打前站一定保证您的安全！"

6月26日清晨。

张崇斌和左胳膊缠着护板绷带的祁兵在宾馆门口的临街早餐点吃着早点。

今天是与白纸扇约定碰头的日子，张崇斌一边吃饭一边留意着手机的信号。

突然，对面的祁兵小声对他说道："别回头，你身后有两个人有些问题。"

"什么样的人？"张崇斌边吃边问道。

"一个30岁左右，一个40岁左右，外貌都是南方人特征，岁数大的应该当过兵。"祁兵侧着头小声回道。

听过后，张崇斌站起身来，他一边掏钱一边招呼老板买单，一不小心有几枚硬币掉在地上，张崇斌俯下身去捡，与此同时，他用眼睛的余光看见了那两个看似早起出来呼吸新鲜空气的游人。

结完账，张崇斌和祁兵依然没有离开饭桌。祁兵开口道："老大，他们都是新面孔，我估计他们就是白纸扇的人，也许白纸扇现正在某处观察我们，你打算怎么办？"

"按原定计划。我想他们是通过我开的手机利用卫星定位找到我们的，他们不太放心，所以会先暗地观察。咱们呢，就做让他们放心的事，到时候白纸扇自然会主动与我们联系的。匡军，走，咱们回房间看电视去。"说完，张崇斌和祁兵站起身朝宾馆走去。

在张崇斌和祁兵二人走进宾馆之后，外面的两个男人一前一后紧跟着也走进了宾馆。张崇斌和祁兵二人若无其事地沿着楼梯通道朝楼上走去，当走到楼梯拐角的时候，突然，紧跟在他们身后的一个人快步跟上，同时侧身猛地朝祁兵挤撞过来，祁兵身体一倾，缠着绷带的胳膊被墙棱狠狠地顶了一下。

祁兵迅速正过身来，双目圆睁怒视着"侵犯者"。这挤撞过来的人正是身后那个30岁左右的黑壮男人，他嘿嘿一笑道：

"Sorry（对不起），需不需要去医院检查一下？"

"匡军，怎么样，有没有事？"张崇斌忙问道。

祁兵抚摸着胳膊，咬着牙说道："大哥，没事。"说完转过头去，对那个男人说道："你走路给我好好看着，别像没长眼睛一样！"

“你说什么？谁没长眼睛?!”男子眼睛一瞪。

此时，张崇斌迅速向周围扫看了一眼，除了那个40岁左右的男人站在一楼处正冷眼观望着，四下再无他人。于是，张崇斌走到争吵着的二人中间，对陌生男子说道：“大家都出门在外的，何必为这点小事动肝火。这位兄弟，我看你也许是有点缺氧，这是在楼里还好，出去登山的时候最好还是小心点。匡军，别误了正事，咱们走。”

“别走，你们把话给我讲清楚，到底谁没长眼睛?”男子不依不饶起来。

祁兵没再说话，右手一把将张崇斌推开，上前朝男人迎面走去，男子二话不说，突然挥拳朝祁兵面门砸去，祁兵并未躲闪，一抬右臂隔挡住来拳，同时提膝踢出一腿。那男子看来也非等闲之辈，只见他麻利地一个侧闪躲过这一腿。在祁兵有些迟疑的当口，男人挥拳又朝祁兵反扑而来。突然“哎呀”一声大叫，那男人身体猛地冲撞在墙上，祁兵趁他还没有反应过来，迅速逼过去，右手紧紧地锁住他的喉咙。

张崇斌收回右腿，走到男人跟前拍着他那涨红的脸说道：“兄弟，我看你是有些不知好歹，出门在外这么张狂，会死得很惨的，信不信啊?”

此时，祁兵手上暗加了力气，男人憋得气紧却又讲不出话来，只是两手使劲抓住祁兵右臂，两脚在地上来回蹬踏着。

刚才张崇斌的出手实在是忍无可忍，他那一脚正踹在对方腰眼上，很解恨！因为他已经看出来了，对方的没事找事就是在探看祁兵的伤病虚实，他担心祁兵一旦沉不住气放手和他开打，那就中了对方的伎俩。

这时，楼下一直观望着的男人走了上来，冲张崇斌一抱拳说道：“请二位兄弟手下留情。”

张崇斌见来人说话语气深沉，身端步稳，隐约感觉到此人来路不凡，于是开口道：“您是哪位？认识这个人?”

“同道的弟兄。”此人回道。说完，他走到那个被锁住喉咙的男人跟前，伸手将男人敞开的衬衣领口用力一扯，然后伸手从衬衣内掏出一个本子。

张崇斌看见这个熟悉的本子后，转头对祁兵说道：“匡军，放了他，原来是场误会，大家都是自己人。”

被放开的男人扶着墙一阵猛烈地咳嗽，待缓过气来，尴尬气恼地说道：“我们是三哥派来的，张兄，你们下手狠了点吧。”

“你看，你怎么不早说。方才多有得罪，还望兄弟见谅。”张崇斌回道。

男人回头看向解围的同伙，见对方面无表情，转过头来狠狠地看了眼张崇斌道：“张兄，咱们来日方长。”

“你们何时到的？三哥在何处？”张崇斌问道。

“三哥有点急事，办完随后就到。”男人没好气地回道。

“既然这样，那请二位先到我房间坐坐喝口茶吧。”张崇斌说道。

来到房间，关了房门，张崇斌和匡军正式地做了自我介绍，对方也分别自报家门，岁数大的姓韦，年轻点的男人自称“老六”。

趁张崇斌倒茶水的当口，老六起身去了卫生间。姓韦的男人则用眼睛巡视着房间四处，当看见墙根一角堆放着登山装备后，他站起身走了过去。

“韦兄，咱们这回免不了要来点登山运动，我们这边已经准备得差不多了。不过，因为事先不了解你们的身材尺寸，所以没有带来你们的。如果需要我这边统一来买也没有关系，一会儿咱们一起去专卖店看看。”张崇斌端着水杯站在男子身边说道。

“那倒不必，我们这边由自己准备。”从卫生间出来的老六走过来不客气地从张崇斌手里取走水杯说道。

“那样也好。对了，我让三哥准备的‘家伙’你们带来没有？”张崇斌问道。

“没有。”老六回道。

“什么？不带‘家伙’，那你们来干什么？”在一边很看不惯老六的祁兵突然发问道。

“哼！知道我们韦兄的绰号是什么吗？”老六跷起大拇指朝旁边一歪道。

张崇斌和祁兵没有接他的话，只是冷眼看着老六。

“‘枪王’！上过战场，百发百中的Sniper（狙击手）。”老六得意地自说自话。

在老六肆意放浪的炫示下，祁兵扭过头来，看向姓韦的男子道：“不知道韦兄习惯用什么枪？”

“是枪就行。”男子冷漠地回道。

祁兵又要张口之时，张崇斌给了他一个眼色，祁兵马上收住口，不再言语，只用眼睛紧紧地盯着“枪王”的眼睛。

张崇斌知道，祁兵过去在部队就是一名威震军区的神枪手，而且多次执行过狙击任务，这两人遇到一块，那太容易找到共同语言了。但是，现在绝非祁兵表现的时候。于是，他开口道："想不到韦兄原来身怀如此绝技，'枪王'，名字够劲！既然是枪王，身上自然离不开枪，不知韦兄能否让兄弟我开开眼，看看枪王的枪有什么与众不同之处。"

"会有机会的。"枪王说话似乎也是"点射"的习惯，只一句就收口。

"你们不是还有一个兄弟吗？他人呢？"老六这时突然问道。

"他去取勘察设备，现正在路上，预计明天可到。"张崇斌回道。

"张兄，三哥人还未到，我们也是第一回进藏，趁有点时间我和韦兄想出去逛逛。"说着，老六站起来准备要走。

"那好啊，多了解一些这边的风俗人情不是件坏事，待三哥过来我们再谈正事。"张崇斌顺势说道。

张崇斌送走二位，关上房门。祁兵迅速进入卫生间，来回左右巡视着各个角落和物品的摆设位置，见没有什么异样，就走了出来。

张崇斌一边卸下手机电池一边对祁兵说道："看来，你遇见了一个不赖的对手！"

"有机会，我倒要领教一下'枪王'的枪法。"祁兵冷冷地说道，好胜的禀性一点没变。

2. 同一个目的地

英国伦敦共济会会所。

6 月 26 日上午，在一间共济会会所的房间内，5 名英国人在白发师傅面前庄严地宣过誓后一一告退离去……当最后一个人准备离开房间的时候，白发师傅突然启动遥控装置将房门闭锁住，然后对慢慢转过身来的男子说道："尼科兄弟，你过去是一名军人，现在是危机管理研究领域的专家，你的能力我毫不怀疑，苏格兰场（即英国首都伦敦警务处总部，位于伦敦的威斯敏斯特区，负责整个大伦敦地区的治安）的约翰局长曾在我面前提过你，他很欣赏你在本市反恐应急预案中提出的各项建议。另外，还有一点，这也许更为重要，你对古老的东方文明也很感兴趣，你了解东方人的思维模式和这个模式的根源不是吗？所以，这次由你们五人组成的本会 DP 特别行动'进藏小组'的组长，尼科，由你来担任。"

"可是，师傅，那四位兄弟，我完全不认识他们。"尼科有些犹豫地说道。

白发师傅缓步走到尼科身边，平静地说道："这没有关系，他们都是本会忠诚的兄弟，他们清楚自己的使命。这次的行动，他们将严格服从于你的指令。"

听到这里，尼科将手抬起放在胸口，语气坚定地说道："那么，就请师傅放心，我会与同去的各位兄弟全力以赴完成您交付的任务，不辱本会的使命。"

"很好。总部这边会给你们最有力的支持。你们今天就出发，我预祝你们成功!"白发师傅说道。

会所顶楼，一架直升机已做好起飞准备。

在马达巨响的噪声下，一行人迎着螺旋桨搅动的狂风低头缩身陆续钻进直升机，当尼科行将登机的时候，他突然转回身跑到白发师傅跟前，大声说道："师傅，我还有一个问题，希望能够在走之前得到您的开示。"

"什么问题?"

"'DP'特别行动的代号，是什么意思?"

白发师傅的脸色骤然一沉，他看着尼科的眼睛严肃地说道："'DP 特别行动'是本会有史以来制定的最重大的战略决策，不过现在还未到启动的时候。你现在暂时不需要知道这些，但我可以告诉你的是，你们这次的行动结果将直接决定'DP'是否启动。"

看着师傅严峻的神情，尼科的心突地一沉，他说不出究竟是什么原因会让自己有了种莫名的恐慌感，也许，在神秘面前，人性最容易暴露的弱点就是恐惧。

"是时候了，登机吧。"白发师傅催促道。

西藏贡嘎机场。

26 日近中午时分，一架从昆明飞往拉萨的航班抵达目的地——贡嘎机场。一个戴着深褐色蛤蟆墨镜，身着一套白色旅行便装的年轻男子提着一个轻便的旅行包下了飞机，穿过候机大厅，一出门口，他就钻进一辆前来接机的黑色越野吉普车。车子迅即启动，沿着一条公路向西驶去，这个前行方向与位于东北方向的拉萨背道而驰。

车内，年轻男子一边摘下墨镜一边接听着电话，此人正是白纸扇。他此行的目的地是西藏南端，距离拉萨 250 多公里的江孜县城。江孜是座历史名城，自古以来，由于地沃物丰且距离不丹、印度、尼泊尔边境不远，因此成为商旅往来的交通要道，为西藏一大重镇。

接走白纸扇的是一伙与三盟会有着密切联系的道上兄弟，他们已经按照事先的指令为三哥准备好武器和所需的设备物资，并安排好饭店摆酒设宴给三哥接风洗尘。

白纸扇在这一路上情绪可谓跌宕起伏。初来藏地，雪山蓝天，景美物新，他原本愉悦放松的心情却被刚接到的一个电话泼抹了一层黑暗的颜色。原来，他接到了袁爷从香港打来的电话，得知那三颗义齿里的精密物件几乎被完全损毁，总部怀疑有人从中暗做了手脚，而袁爷却不知道该如何解释，由于任务搞砸且事关重大，袁爷甚至有了自裁抵过的沮丧之心。白纸扇很清楚这种活着比死亡更痛苦的感受，他更清楚这件事情他也有着逃脱不了的干系，袁爷最后的一句话：“藏地寻宝行动是将功折罪的唯一机会，否则将受到可怕的惩罚。”这个犹在耳畔久不消散的声音竟让他有了从未有过的无形压力。

“难道是这个张兄从中暗做了手脚?!”虽然没有确凿的证据，但张崇斌那近乎滴水不漏的谋划能力让白纸扇不由得一阵心颤。

3. 密宗神功

宾馆的房间里。

张崇斌闭着眼睛仰躺在床上。这会儿，他缓缓地睁开眼睛，看了下表：下午 3 点 30 分。转过头来，他又看见祁兵正坐在椅子上全神贯注地俯身看着地图，不时地还用手指在地图上比画着。

“你干什么呢?”张崇斌开口问道。

祁兵扭头看了张崇斌一眼，又转过身继续看着地图，嘴上说道：“在看各军分区与神山的距离和交通路线。”

“怎么研究起这个来了?”张崇斌坐起身子问道。

“崇斌，我昨晚一夜都没有睡踏实，在考虑你说的那种情况。”说着，祁兵站起身来，转过头看着张崇斌神情严肃地继续说道，“我怎么越琢磨越觉得……妈的，这要是真的在这片大地下面发现了什么外来军事武装力量，那可不是开玩笑的，这种情况需要立即向有关部门汇报，最直接有力的方式就是由部队出兵歼灭敌人。”

张崇斌下了床，走到祁兵身边，他看了看摆放在桌面上的地图，说道：“也许，这个不明来历的武装力量超级强大，贸然出击的后果……会不会风险很大?”

“只要我们事先做好充分准备，行动部署及时果断，我相信我军的武装力量一定可以彻底消灭任何外来的入侵者!”祁兵自信地说道。

张崇斌闻言眉头紧皱，没有言语。

祁兵见状有些疑惑，他正准备开口说什么，突然，房门被敲响，祁兵过去开了房门，老六从外面走进屋来，看见张崇斌，他两手抚着油光锃亮有些中分的背头说道：“张兄，三哥已经到了，他让你现在过去。”

“好啊，三哥在哪里?”张崇斌问道。

“江孜县城。”老六歪头斜眼地回道。

“他怎么不到拉萨?”张崇斌眉梢微微一动，侧头问道。

“防身的家伙在身，不便过来。”老六回道。

“哦，那我们过去还回来吗?”张崇斌又问道。

“也许，晚上就返回。你人过去就 OK（好）了，其他东西不用带。车子就在下面，三哥让你一个人去。快点啊，我在下面等你。”说完，老六转身走出屋子。

关了房门，祁兵快速走到张崇斌身边说道：“这个‘老狐狸’究竟想搞什么鬼？崇斌，我和你一起去。”

张崇斌略一思索，回道：“不用。我一个人去他不会把我怎么样的，也许他是想看看咱们的诚意。”说完，张崇斌披上外套简单收拾一下就走出房间，祁兵陪着一起走下了楼。走出宾馆门口，老六正站在一辆越野吉普旁，指着敞开的车门让张崇斌上车。

祁兵走上前去开口道：“反正没有什么事，我也一起去。”

老六抬手挡住祁兵，斜眼看着祁兵道：“你懂不懂规矩？三哥是要和你大哥谈事!”

“就你和我一起去吗，枪王呢?”张崇斌问道。

“他也不过去。”老六回道。

张崇斌转过头来，说道：“匡军，这次调查活动我事先和三哥谈好的，大的事项只需我和他商量。你就在这儿留守，晚上不要一个人出去走动，把手机开着，有什么事我们电话联系。”

祁兵闻言不再争辩，只是默默地点了下头。

张崇斌和老六坐在车上，二人各自沉默互不搭话。车子一路飞速奔驰，两个多小时后，夜幕降临时分，车子赶到了江孜县城。司机看起来熟悉这边，他直接把车子开到偏离县城中心的一家宾馆。

张崇斌和老六下了车，司机前头带路，将他们直接引到三楼的一间客房门口。

老六在门外拨了一个电话，片刻工夫，房门开启，一身旅行休闲装扮的白纸扇站在门口，看见张崇斌，他微微一笑道："呵呵，山水有相逢，张兄，咱们兄弟又见面了。"

"是啊，三哥如此信用守时，想必我们的合作一定会卓有成效的！"张崇斌笑着回道。

走进房间，老六把房门关上。白纸扇指着桌面上一个密码箱和一个旅行包说道："需要兄弟我准备的东西，就在这里。老六，打开给张兄过过目。"

老六上前将旅行包拉开，从里面掏出一把手枪和一支微型冲锋枪，还有几个装子弹的盒子。当老六准备开启密码箱时，白纸扇开口道："密码箱不用动，那是枪王的专用物。"

"怎么就这么几支枪，这六个人怎么分配？"张崇斌点上支烟问道。

"这东西查得紧，不好多带。安全方面嘛，由我们来负责。"白纸扇回道，又对正在摆弄着那款新型微型冲锋枪的老六说道，"把家伙装好，拿下去放车里。"

"三哥的意思是，我们这边不配枪了？"张崇斌面色一沉道。

"张兄，既然大家都是兄弟，谁配枪还不都是一样?！再说，匡军兄弟还带着伤，不够方便。兄弟我这可是为你着想。哦，这进神山的路线你定下来了吗？"白纸扇叼起一根烟来，看似轻描淡写地问。

张崇斌淡然地吐出一口烟气，说道："当然。不过这个时节是雨季，这进山的路可能会有些难行，还好，我知道南线的一条捷径，路上如果顺利的话，四五天就可以到达神山。等明天我这边的大涛兄弟过来，我们就可以出发了。"

听张崇斌说完，白纸扇却眯缝起眼睛，面色阴沉地说道："张兄的计划总是这么胸有成竹、滴水不漏啊。不过，我怎么听说这神山是不允许任何人攀登的，张兄难道不知道吗？"

张崇斌看着白纸扇的眼睛，不紧不慢地回道："此事，我早有耳闻，可这难道不是件好事吗？"

白纸扇听着一愣，道："此话怎讲？"

张崇斌弹弹手中烟头残留的烟灰，说道："道理很简单。你想，这山可不比那珠穆朗玛峰，单纯从登山的角度说，登神山之顶并不困难。可若是随便什么人都可以去登，那它的秘密怎么可能封存至今？"

白纸扇道："可要是登不上此山，那我们的神山之行还有什么意义？张兄不会是邀请我来'游山逛水'的吧？"

"当然不是。"张崇斌正色道，"你现在就是想旅游散心，我还不答应呢。三哥，关于这个问题，小 Case（事情）而已，我早有主意，您不必多虑。只是，需要你这边破费点。"

"钱嘛，不是问题。不知张兄有何妙策？"白纸扇跷着二郎腿摇头晃脑地问道。

"谈不上什么妙策，只需要做点准备，把时间和距离测算准确就可以了。"

说着，张崇斌来到白纸扇身边，将登山的方案耳语说与他听。

白纸扇听过后，面部的肌肉松弛下来，他哈哈一笑道："张兄果然有一套，门道就是多啊。你这主意不坏，听着就让人兴奋，看来，我们将是第一批踏上神山顶峰的人，哈哈……就依你的这个方案行事。"

这时房门敲响，白纸扇一边起身一边说道："张兄，晚上别回去了，我这边也有个安排。"

房门敞开，老六和几个穿着藏服但面貌却不是藏民的男人站在门外，老六兴奋地说道："三哥，这边的兄弟想得细致周到，晚上的活动他们都安排好了，咱们先去吃宵夜。"

张崇斌猜测这伙来路不明的人可能就是给白纸扇提供家伙的同伙，这个时候，他不想与这伙人有太多的纠缠，于是提出回拉萨休息，让他们尽情潇洒。白纸扇却不同意，他拍着张崇斌的肩膀对这伙人说道："这位，就是我对你们提到的张兄，今晚，你们必须让张兄玩得开心。他若玩得不爽，就是不给我面子。"

一个圆脸竖眉的陌生男子上前一步，双手一抱拳，冲着张崇斌闷声说道："嘿嘿，张兄，今晚的活动可非比寻常，我们可是请了一位从印度过来的密宗上师施功显法，一般人是无缘看到的。再说，三哥可是我们的老大，他说话了，您可别抹我们兄弟的面子啊！"

张崇斌了解这伙人的秉性，一点面子不给会让他们反感起疑。而且，这个节目的安排，还真让对密宗有着兴趣的他有了一睹为快的兴致，于是回道："好吧，既然三哥和诸位兄弟诚意相邀，那就恭敬不如从命了。"

晚餐过后，白纸扇、张崇斌、老六再加上圆脸胖子带的一行人乘坐两部车子，直接奔目的地而去。奔行不久，车子来到一个三面环山的山脚下，在一个以白色涂料粉饰的寺院门口停下车来。

“三哥，到了，这就是江孜县城有名的白居寺。”圆脸胖子指着寺院道。

看见寺院门口冷清无人，白纸扇问道：“怎么没有人?”

“嘿嘿，晚上 7 点后寺院不再对外开放，但我们是今天最尊贵的客人。”圆脸胖子得意地说道。

正在这时，寺院门动，一位穿着红衣僧袍的年轻喇嘛从门内走了出来……司机走下车去，跟喇嘛说了几句话，然后回来与走下车的三哥说道：“那洛上师已经到了，我们跟着他进去就可以了。”

众人穿门踏入院内，前面一条平坦宽阔的步行通道，这条通道的尽头是一栋庄严雄伟的佛殿。众人随着小喇嘛来到佛殿前，绕着大殿走了半圈。

张崇斌和白纸扇并排走着，他边走边端量着四周的景物。此时，相比四周都是不太高的平顶藏式建筑，院子中心矗立的一座高达 40 多米的四面八角的白色金字塔引起他的关注。显而易见，这寺院的布局是按照坛城设计的。夜幕下，这流光溢彩毗邻有序的建筑让张崇斌更有了一种玄深莫测的感觉。

年轻喇嘛一路无话，带着众人来到位于白色金字塔东南角的一处扎仓（僧院，是僧人习修之场所）。进入院内，借着月光，只见空地中央有一位肤色黝黑斜披袈裟的中年僧人。此刻，僧人正闭目盘腿端坐在一席方形牛毛卡垫上。

年轻喇嘛踮着脚小心地来到僧人身边，轻声说了句话。僧人缓缓睁开眼睛，朝众人这边看了一眼，然后又将眼睛闭上。

“这僧人看来不凡!”张崇斌暗念道。在僧人刚才开启眼睛的一瞬间，张崇斌感觉那目光犹如电光乍烁，发出一道亮光，常人的眼睛绝不可能出现这种东西。

年轻喇嘛走过来，用手势请众人坐在已经铺垫好的坐垫之上。然后，年轻喇嘛对圆脸胖子说道：“如果你们当中有灵性通慧的人，那洛上师将会施法启智，看你们的缘分了。”说完，年轻喇嘛悄然向扎仓外走去。

圆脸胖子挤到白纸扇身边，神情诡秘地小声嘀咕道：“三哥，以您的才智，我看您就是今晚的有缘弟子，大师一定会为您展现神功、庇护驱邪的。”

闻听此言，白纸扇顿时面色凝重，一派虔诚恭敬的样子。

此时，张崇斌正仔细地观察着上师的身姿形态和周身布设：只见上师挺胸立背，双腿交叠稳坐，脚心朝上，其双手虚团交叉如捧圆珠般地放置于胸腹下方。

而上师的身旁 5 米左右的地方搁置着另一幅卡垫，此外别无他物。

突然，稳坐如磐石的上师身体出现轻微抖动，同时，他的嘴唇也上下开合翻动起来……

“三哥，您看，大师发功了，您果然是有缘弟子！”白纸扇身边的人开始骚动起来。

白纸扇的面孔微微展现出一丝抑制不住的美意，不经意间，他朝张崇斌这边瞥了一眼。

张崇斌似乎没有看见，他继续关注上师的表现，并努力地辨听着其嘴里咏诵的咒语……仔细听去，那振荡耳畔的梵音是“哈芮奎斯纳，哈芮奎斯纳，奎斯纳，奎斯纳，哈芮，哈芮，哈芮茹阿玛……”。

正在张崇斌猜测这咒语的来源和作用时，只见那洛上师突然皱起眉头，从鼻孔里往外喷发带着共鸣音的阵阵粗气来，又一阵身体大幅度的抖动，他的上身开始前后左右逆时针地扭动起来，速度越来越快……三分钟左右，上师猛地稳住身体，就在这一瞬间，一个“奇迹”平地发生了！只见上师的身体突然腾空，身体整体上移犹如坐在一个可以自由升降的无形无影的电梯中，在距离地面 1 米多时，悬空停住了。这期间，上师的身姿形态几乎没有改变，他的双腿依然交盘着，身板直立，只是双手掌心朝上抬至胸前。

“啊！呀！”众人不断发出惊叹声。

“这怎么可能？”张崇斌也不禁呆怔住，“大师身体周围没有任何依靠之物，这人怎么就能在不借助外力的情况下腾空而起呢？难道，这人体自身也存在哈奇森效应?!”

就在众人纷纷诧异惊奇间，上师的身体悬空中突然横向移动，然后又慢慢落下，刚好坐落在旁边那空着的卡垫之上。

“三哥，这……真是太神了！”老六在一旁叫道。

白纸扇满目惊愕，嘴里喃喃地念道：“真正的密宗高级功夫，见识了！”

此时，那洛上师坐在卡垫之上调整着呼吸。白纸扇一把拉住身边的圆脸胖子，说道：“快去，将你认识的那个喇嘛叫来。”

汉子一点头，起身朝院门快步走去。

片刻工夫，年轻喇嘛和圆脸胖子一起赶了回来，白纸扇兴奋地招呼着年轻喇嘛道：“大师施展神功了！有缘有缘，今日真是不虚此行啊。”

“扎西德勒，那恭喜您了！”年轻喇嘛回道。

“既然我是大师的有缘弟子，我想知道师傅今天是否可以赐给点化本人的珠玑真言。您去询问一下。”白纸扇对喇嘛说道。

“好，我去征问上师。”说着，年轻喇嘛轻步走过去，俯下身在上师耳边嘀咕着。上师徐徐吐出一口气，嘴唇动了动。年轻喇嘛一边听着一边点头。

上师一收住口，喇嘛就轻步退身，回到白纸扇身边，说道：“上师的意思是，今天来的客人中确实有一位是灵性通慧的。”

白纸扇听了这话，嘴角绽开，眼睛发光地问道：“那师傅还给我留下什么话没有？”

“上师说，此人的智慧根基可以与他融会贯通。对此人，不需要说什么。日后，上师所知此人皆知。”喇嘛回道。

白纸扇听后，渐渐皱起了眉头，他扭过头来望向张崇斌，说道：“张兄，你研究佛法颇有心得，这智慧圆通的本事，我看……此人是你吧？”

张崇斌转过头来，笑了笑回道：“怎么会？上师刚才念的咒语，还有那神奇功法，都不是我过去研习佛法所晓的门道。我刚才什么都没看懂，三哥，你就不要谦虚了。”话音方落，那洛上师站起了身，他定神朝张崇斌看了一眼，然后转身向屋子里走去。

“上师要休息了，咱们可以走了。”年轻喇嘛双手合十地向众人说道。

往回走的路上，张崇斌向送行的年轻喇嘛询问起上师修行的密宗功夫。喇嘛回答说：上师修炼的是印度《吠陀经》，人体腾空是密宗修炼常见的功能现象，而那洛上师的功力比同修者深厚得多，据说上师正在修无上瑜伽部，除了可以让身体腾空，还能在众目之下，将身体隐形不见。

听了年轻喇嘛的这个解释，张崇斌心中不禁一动：这人体腾空就是一种类似哈奇森效应的反重力现象，这种效应若再叠加上隐形的效果，那这人体通过修炼开发出来的功能岂不是跟 UFO 飞行中表现出来的忽隐忽现、无声悬空的效应很相像吗？又想起贵州 UFO 研究会的老高曾提到过，纳粹研制的碟形机动力系统是来自“古代印度的神秘配方”，难道说，这《吠陀经》，或者西藏密宗的法术中，会隐藏着制造 UFO 的机制原理？

藏区月夜，空旷迷离。连夜赶回拉萨的路上，坐在车里的张崇斌一直都在闭目思索着这晚所见——密宗功法所隐含的启示。在他看来，较之其所熟悉的那些古老的神奇方术，这密宗上师所展示的神奇功法其实与精通道法的得道真人所具的神通异能有着诸多相通之处。中国历史上，传说中修行得道的圣人其实并不算少，像李耳、王玄甫、钟离权、吕洞宾、刘海蟾、张伯瑞、王重阳、张君宝、邱处机等等，据说这些通过修炼而得道的真人皆能将本体的元神、元气、元精互化自如，从而使色身蕴结金丹，采得与天地同其根、与万物同其体的先天一气，摆脱肉身束缚，跳出五行三界，证得天道。有关他们的现今仍被民间广为传道的诸多神迹法术，其实要比这位密宗上师所展示的“神迹”有过之无不及！

不过，以前因为没有亲眼所见，张崇斌一直以为这些传言不过是那些渴望长生却对现实无奈的人的一种精神慰藉和幻想。再想起在赤土仙人洞和布达拉宫下面的奇异经历，张崇斌恍然意识到自己认知方面存在着的一个缺陷。这可真是“道，可道，非常道”，如此看来，对于老祖宗，和老祖宗苦心留下的那些秘籍玄机，以往的认识还是过于浅薄了。

这些个突如其来的念头并没有令张崇斌感到沮丧，相反，他的内心振奋非常，他认为自己已从中获得了重要的启示。

4. 兄弟会合

回到宿地，已近午夜。张崇斌一走进房间，就给孔超拨打了电话，让他想办法尽快找到印度《吠陀经》的原著或译本，同时，做出让唐凯正式介入本项调查工作的安排，任务是充分发挥唐凯的特长，探索 UFO 的反重力、隐形及超高速飞行的机制原理。

见张崇斌打完电话，一直没有入睡的祁兵一骨碌从床上跳了下来，走到张崇斌身边急切地问道：“崇斌，是不是发现新的线索了？”

张崇斌盯着祁兵看了一会儿，突然笑着说道：“祁兵啊，我感觉咱们的调查工作有眉目了，冤枉你的罪名，将有机会得以洗清！”

“真的？那太好了！”说着，“砰”的一声，祁兵的拳头使劲地砸在一侧墙上。

“干什么？你想让隔壁的做噩梦啊！”张崇斌提醒道。

祁兵做了个鬼脸，小声说道：“这躲躲闪闪的日子，真憋气！等恢复清白之后，我要好好地……”

“好好地什么？”看着祁兵突然卡壳的样子，张崇斌问道。

“什么什么，我……我要一醉方休！”祁兵语气狠狠地回道，但内心的激愤全写在了放光的脸上。

“好，等到那一天，我们放个大假，我陪你共醉!”说着，张崇斌和祁兵的拳头撞在了一起。

次日的清晨，天色阴霾，细雨霏霏。

吃过早餐，张崇斌给段涛去了电话，知道他的车子日夜兼程，还算顺利，再有两三个小时就可以到拉萨了。

祁兵抚摩着自己的“伤臂”说道:“我们这样和白纸扇合作，局面是有些被动啊。”

张崇斌不置可否地说道:“段涛回来后，我那把潜水刀你放身上揣好。”

“还是你留着。别看他们有枪，只要段涛和我配合好，我就能找机会卸下他们的武器。”祁兵自信地说道。

“不过，一开始的合作，你要带好段涛，遇事要冷静，小不忍则乱大谋。”张崇斌叮嘱道。

“明白。对了，你昨夜说的那个唐凯，我以前没有听说过，他是新进公司的吧?”祁兵问道。

“是啊。这个年轻人智商奇高，很有特质，是个天才。”张崇斌解释道。

“哦?”

“这次让他参与调查工作，是因为他有着异于常人的思维。若只凭咱们那过于理性的逻辑思维，往往会有难以察觉的盲点。我感觉，这小家伙很可能会给咱们带来意外的收获。”说着，张崇斌看了下表，已经是上班时间了。张崇斌掏出手机给孔超打电话。

“张总，我正准备打给您呢。”孔超在电话里说道。

“那就说说吧。”

“唐凯的工作我已经交代过了，他很兴奋，他说他也曾听说过 UFO 现象，现在他正在搜集资料，工作状态进入很快。”孔超说道。

“那就好。其他的调查员在没有特殊安排时，也来协助搜集下相关资料。”

“好的。张总，您让我查找的那部印度经典，我查阅了下相关资讯，与之相关的东西太庞杂了，而且内容好像都很古老神幻，你这是要研究印度的宗教历史吗?”孔超有些不解地问道。

“这与我们的调查工作有关，以后再跟你细说，你把它们压缩打包用邮件发给我。”

“哦。张总，这个《吠陀经》我目前还没有找到完整的版本，据说是很早就缺损了，我找了半天只看见有英文版的翻译，也是不全的，与之相关的资料我也一并发过去吧，您自己比较鉴别下，看哪个是真正需要的。”

“好的。”

孔超汇报的情况出乎了张崇斌的意料。在张崇斌的记忆里，印度有两大广为流传的古老诗史：《罗摩衍那》和《摩诃婆罗多》。这两部经典在市面上很容易买到手。而那个年代更为久远的《吠陀经》还真是没有怎么耳闻过。现在看来，《吠陀经》这部经典世间竟难有完整的版本，这不由得令他心绪一沉。

这时，一边活动着腰身一边弹腿的祁兵接听起打入房间的一个电话……挂了电话后，祁兵说道：“老六打来的，白纸扇中午到拉萨，到了后要一起碰下头。”

“正好，我也想在出发前把人员召集起来开个小会。”张崇斌点头道。

“真不得劲啊，不知道什么时候这胳膊才能松绑。”祁兵盯着自己缠着纱布的胳膊念叨着。

张崇斌看了眼祁兵，见他愁眉苦脸的样子，想了想，说道：“不会超过 7 天的。”

“7 天之内？这么快我们就可以动手收拾他们了？”祁兵顿时眼睛一亮。

“神山登顶之时，合作结束。”张崇斌快速思量着整盘计划，肯定地说道。

“太好了！”祁兵握紧了拳头道。

看了下时间，张崇斌对祁兵说：“走吧，一起去租车行把车提来。”

二人来到租车行，负责接待的一名工作人员满面笑容地指着一位正坐在长木椅上吸烟的中年男子说道：“这位是司机巴特尔，有十年以上的驾龄，去神山的道路很熟悉，他将开车送你们去神山。”

“巴特尔？这名字好像不是藏族的。”祁兵说道。

司机听到有人叫他的名字，就站了起来，憨厚地笑着道：“我是蒙古族人，十几岁，就随家人过来了。”

“巴特尔师傅，那就辛苦您了，我们打算今天下午就出行。”张崇斌上前一步握住司机的手说道。

“不辛苦，不辛苦。路上我会稳当开着，你们放心好了。看看我的车吧。”

巴特尔说着带头向车行的后院走去。

张崇斌和祁兵跟着来到后院，见院子里停放着几辆车子。

巴特尔走到一辆洗刷干净的绿色越野吉普车旁，拉开车门，提腿上了车，马上启动了车子，顿时“突突”的声音传来。

祁兵站在车前，听了听发动机的声音后，大声朝巴特尔说道：“我试驾下可以吗?”

“可以，来吧。”巴特尔说着，人下了车。

祁兵两大步迈上了车，脚下一边踩踏着油门和离合器，一边看着面前的仪表指针。突然，车子“轰”的一声前蹿出去，眨眼间开出院子，不见了踪影。

巴特尔立在原地，看着一旁的张崇斌，有些不知所措的样子。片刻工夫，院子门口又传来车子疾驰的声音，只见一辆吉普车没有减速地开进院子直奔一辆停靠着的车子撞过来……在离不到2米的距离时吉普车的尾部突然一摆转，“吱”的一声，地上顿时飞溅起一道扇形泥浆，吉普车体竟然原地来了个180度大转弯，紧接着车子没有停顿地直接倒进一个停车空位稳住了。这正是刚才车子停放的位置。

车门一开，祁兵从车上跳下来，他一拍车头说道：“还不赖，就它了。”

巴特尔看着胳膊缠着绷带只用一只手开车的祁兵，又看了看似乎没有被动过的自己的车子，他张大着嘴，原地呆住了。

“别站着了，先送我们回宾馆。”张崇斌拍拍巴特尔的肩膀说道。

回到宾馆，张崇斌和祁兵来回楼上楼下地将准备上路的物资工具往车子上搬运。这时，一辆出租车在车子旁停靠下来，一个裤腿沾满泥泞、浑身阴湿的男人拎着两大包行李走下车来。

“报告队长！段涛请求归队。”下车就看见队长站在面前，快步走来还未站稳的段涛一脸的兴奋劲。

“呵，臭小子，瞅你埋汰的，先到房间休息下吧。”祁兵使劲一拍段涛的肩膀道。

“哎?队长，您这胳膊是怎么了?!”看到队长“负伤”的胳膊，段涛不禁惊问道。

“回房间说。”祁兵道。

来到房间，段涛看见张总，大声道：“张总，我回来了！”

张崇斌看到段涛，笑着说道：“辛苦了。先坐下休息休息。”

“不累！”段涛笑着回道。这会儿，他看见了堆放在地上的各式登山工具，又咧嘴说道：“这么快都准备好了，哪一套是我的啊?”

"看好哪套你就用哪套。段涛，路上出什么事了吗？怎么换车了？"张崇斌问道。

"嗨，向主任朋友的车进藏后坏了两回，我着急啊，换了辆车赶来的，还好这位师傅路熟没走冤枉道。"

张崇斌点了点头，又道："段涛，你来得匆忙，但要马上进入工作状态。"

"要进入作战状态。"祁兵一旁补充道。

"白纸扇的人，中午就过来，到时候要与我们会合。咱们三人之间的配合和行动计划，现在就由祁队长跟你说明。"张崇斌说道。

"张总、队长，明白！"段涛精神抖擞地应道。

"到这边来。"祁兵招手把段涛叫到一边。

5. 古印度圣典的启示

张崇斌这会儿将行李包打开，取出笔记本电脑，立即上网查看邮件箱，在未读邮件中看见一个"《吠陀经》及相关资料——请张总查阅"的标题，于是立即点击打开邮件，快速浏览起来。

"《吠陀经》，英文译名为'Vedasutra'。'吠陀'（Veda，梵音韦达），意思是'知识''启示'。在印度传统中，有关宇宙的神秘知识称为'吠陀'。《吠陀经》是距今三四千年前的一部古老的圣典，堪称古印度文明思想的代表，它传世的时间比佛教经典还要早数百甚至上千年。这部圣典是婆罗门教和现代的印度教最重要最根本的经典，古印度的哲学和宗教的根脉枝络都可以从这部圣典里找到渊源……"

看到关于这部经典的开篇介绍，尤其是该经典传世的年代如此久远，这令张崇斌整个人迅即沉浸其中，他不禁如饥似渴地一页页快速翻看起来。

"这部圣典的来源，颇具神奇，在婆罗门教看来，这是古圣人（Rsi）受神的启示（Sruti）而写成的。据说它本来不是书面文字，而是宇宙间的一种声波，这种声波一直都存在于宇宙中。而远古那些修行的圣贤在冥想禅定中，直接得到了启示，并把这些声音记忆起来，代代口传，不见文字。从而，这些来自宇宙空间的智慧，得以流传下来。《吠陀经》以书籍传世是近代开始的，不过，为了保留口传沿袭知识的完整性，印度婆罗门在诵颂圣典时仍会注意按口传的特殊音调和节奏来禳灾祈福，口诵振波强大的梵文圣咒，他们认为这样就可以让神感知到他们的祈愿。而另一种说法是《吠陀经》是由这个宇宙中负责创造的神大梵天（相当于西方圣经中的上帝），传给他众多儿子中的一个叫纳茹阿达的儿子。纳茹阿达把这知识后来传给圣哲维亚萨（Vyasa，广博仙人，也称毗耶娑仙人）。维亚萨为了使这包容宇宙的知识更容易地被人们接受，于是在大约3400年前用梵文将它记录下来，由OM声开始，一直汇集，并把一部《吠陀经》分成四部，它们分别是：《梨俱吠陀》，是颂神的赞歌。据说这是世界最古老的诗篇，也是最早期神圣的赞美诗，由1017首组成，计10580颂，分为十卷。《娑摩吠陀》，据说多是作歌咏之用的诗篇，由1549颂组成，分为二卷。《夜柔吠陀》，据说是纯为祭祀用的赞歌，它是由韵文与散文混合而成的，其中也含有生命健康的学问。《阿达婆吠陀》，据说是祈祷的诗歌。《阿达婆吠陀》与前三者不同，前者是公认的圣典，古代印度把前三吠陀视为三位一体，第四部则是后来附加的。就是这样一部内容包罗了医学知识、音乐创造、宇宙秩序、自然环境、军事天文、地理人文等等的长篇圣典，虽然大部分已经失传了，但是从仅存的内容上看，它竟然让现代科学界人士倍感惊愕。现在，联合国教科文组织已将吠陀吟唱列入世界非物质文化遗产和口述的教学法予以保护起来，而西方发达国家更是对《吠陀经》中关于宇宙的认识与记载部分给予了充分重视，不少国家正组织人力物力抓紧时间研究。”

看到这里，张崇斌意识到自己昨天夜里的那个感觉绝不会是“异想天开”，而且，这个秘密已经被西方国家察觉到了。于是，他有些迫不及待地打开残缺版本的英文译本，想看看西方国家目前从这个古老的圣典秘籍里发现了什么。当他专注地看着那一行行滚动的英文时，他感觉自己的心竟然不受控制地越跳越快……

这部残缺的圣典，初看时就如中国《封神演义》般的神话作品，它首先将神界分为天界、空界和地界三层次，共有三十三个神，天帝因陀罗是主神；除了神界，在《梨俱吠陀》中也提到了形形色色的妖魔鬼怪。根据这些内容，可以看出后期的佛教与之有着密切的渊源。但有意思的是，佛教对圣典中的一些概念及诸神魔是既有吸收，也有降格使用的意味。就如这佛教中所提到的须弥山顶有个三十三天忉利天，想必就是对这圣典神界中的三十三个神的更名吸收，于是圣典中的主神因陀罗对应则成了佛教中位居忉利天中央的帝释天，而帝释天却是释尊的守护神，显然，其后期的新一派教主——佛祖释迦牟尼地位更高。

接下来的内容，圣典中提到了一个以过往的时间长度来划分宇宙年代的概念：它们分别是萨提亚年代——“黄金年代”、特瑞塔年代——“银器年代”、德瓦帕尔年代——“铜器年代”、卡利年代——“铁器时代”。在黄金、银器和铜器三个年代中，人们可以通过“使徒传系”（指不依靠物质环节，只通过灵性传输的方式）的途径理解神明的超然知识。但是，在当前的“铁器时代”（公元前约2500年人类进入铁器时代，这个时代也被描绘为人性最为腐朽堕落的时代），人们对使徒传系没有了兴趣，取而代之的是人们发明了许多逻辑和辩论的方法。圣典如此描绘当代人类的觉悟，张崇斌并没有感觉陌生和意外，但《吠陀经》却不认可这个通过个人的努力去理解至尊神明超然特性（称为上行程序）的方法，并明示“绝对真理必须从绝对的层面传下来，不可以上行的程序所理解”。这个观念让张崇斌心有疑问，也可以说是不太愿意接受。因为，这个突破自我认知宇宙真理的途径是与道家修真的方式正好相反的。在张崇斌看来，《吠陀经》认可的下行程序并不复杂，甚至可以说很简单，因为按照圣典的指示，人若想与神沟通，理解神的超然思想只需要肢体动作配合简单的意念而不必用脑思考，即只需要虔诚地咏诵梵文圣咒就可以实现愿望。比较而言，佛家的修行总体上似乎也是沿袭了《吠陀经》提倡的下行程序的模式，即修行是由“形而上之道而入乎形而下之器”，强调以性空寂静为宗旨，如能顿悟开慧，圆融通达无上妙旨，则可径直抵达自在的彼岸；而中国道家修行恰恰是采用上行程序的，即由“形而下之器入乎形而上之道”，从肉身起修，以修炼和养生为真旨，如得到要领把握好了火候，就可列居圣人之位，从而逃脱生死轮回的限制。若再从佛道两家门派现实中都有备受世人尊崇的传世经典秘籍和圣德显像的成效看，二者岂不是殊途同归？

带着这般疑惑，张崇斌一边快速地翻看一边不断地思索着……当翻看到第四部《阿达婆吠陀》时，随着字母的跳动，心神凝聚的张崇斌恍然明白了为什么这一部没有像前三部被公认为是与圣典一体的内容。因为这部不仅提到了人可以通过制约身体控制呼吸的瑜伽修行方式获得一种名为“Laghima-siddhi”的神通（即可以浮在空中和水上的腾空术），而且还提到了吠陀时期诸神乘坐的一种名为“维曼纳”（Vimana）的飞行器，这种以不同动物名字来区分其形状或者功能的飞行器可以在不同的空间中高速飞行并参与作战，而这个飞行器的工作原理居然就是与“Laghima-siddhi”的神通有关联。

自己的预感与古典秘籍的启示不谋而合了，张崇斌的身心顿时一阵轰鸣……

此刻，激动却又伴着焦急不安的情绪强烈地冲击着张崇斌那已兴奋活跃起来的大脑。不过，接下来看到翻译者对此部圣典的一段注释，又使张崇斌的心绪在复归的平静中渗出阵阵寒意。

这名翻译人员坦然承认翻译圣典的工作很是艰辛，因为作为西方人士，文化背景和思维模式都可能是透彻理解东方古老宗教秘籍的屏障，尤其是翻译这样一部用古奥难懂的梵文书写的残缺手稿，有些文字段落的翻译他根本没有把握是否准确地表述了原旨真意。虽然，他非常惊奇古印度怎么会有这种完全能够代表着人类近代科技文明水准的“维曼纳”飞行器，也想搞清楚瑜伽修炼与反重力现象的关联，他相信古印度，甚至古代西藏地区的某个阶层的人已经搞清楚了反重力技术原理，并留有以此项技术制造相关设备的构造说明手稿，但这个顶级秘密被很好地隐藏起来了，对此他提到西藏的两部古老经典《昙特尤斯》和《茨特尤斯》（此二书也被称为“天空之珠”）也描述过史前飞行机器一事，而且书中特别指出这种知识需要保密，它不是芸芸众生能够明白的。可是，就是这样的一个超越了当今物质文明的航空科技，远古的人类是如何发明制造的？此项技术的原理和作用机制究竟是怎样的？难道这一切都是人类虚空想象的神话传说吗？退一步说，即便这是想象的神话，但这也是不可思议的，况且人们已经发现了“维曼纳”飞行器在其他古籍经典中也有大量描述，甚至在一些古老庙宇中，人们还可以看见保留至今的雕版图样证据！费尽思量后，他认为这完全背离传统人类文明进化且现今仍无法圆满解释的历史隐秘只能由今后真正掌握了宇宙智慧力量或者是那些可以直接与神交流的人去做了。

这些资讯在一般人看来也许是茶余饭后避免瞌睡的不错谈资，但对此时正陷身于一项特殊调查工作的张崇斌而言，那感觉截然不同。他之所以会感到来自内心深处的寒意，是因为这些资讯所隐含的东西已是完全超出了他最初的想象和期待，回顾这些资讯里包含的信息：来自宇宙间的梵音圣咒、圣人修行的腾空神通、距今数千年前天神驾驭的空中飞行器“维曼纳”，原来，它竟然是众神的战车！那么，纳粹的UFO……不，UFO这东西原来早在远古时代就出现了！我的天！

难道自己的调查目标会是万众膜拜的神的踪迹吗?！这个时候，张崇斌的耳边似乎传来了智慧老人曾说的一句话：“记住，当一只寻找糖果的蚂蚁，容易得到幸福；而要当一只寻找顽童的蚂蚁，就要承受意想不到的诸多磨难……”

“这些天神，真的存在过吗？如果答案是肯定的，那他们究竟是谁？难道他们就是掌握了宇宙真理，甚至可以主宰人类命运的无所不能的神吗？”张崇斌不禁自问道……“不!”张崇斌的内心又发出另一种声音，“如果把这些归为不可为人类触摸的神迹，那调查工作就等于走入绝境。再说，当代人类所展示的物质文明、尖端科技，放在远古来看，不也近乎达到神明的境界了吗？这一切都不是禁区，没有理由放弃，调查工作必须继续进行下去！”

张崇斌的心在迷茫中彷徨着、挣扎着，即使他目睹了那洛上师令人惊叹的腾空术，他也无法用这就是“神”的作用让自己真正开释，包括那些史书中记载的古往今来诸多圣人大德的各种殊胜“神”迹，虽然他相信那些记载于经典的事迹很多就是真实事件的记录，但那应该是人人都具备的深深蕴藏在肉体和精神中的各种潜能，只是很少有人能将这些潜能随时随地运用自如地展示出来，偶尔个别修行到位的圣贤有意或无意地展露了一下功夫，则被世俗的人大惊小怪地当作“神明”了。可是，如果没有能量和智慧比人类强大得多的神明，那为什么世间会有这么多隐含超级文明的不可思议的神秘现象？而且一些饱经风雨仍留存至今，生活在当代的人们可以用眼看得见用手摸得到的活生生的遗迹例证，似乎也在默默地向人们诉说着：人类文明整体进化的历程不是教科书中所写的那样，是从原始的茹毛饮血时代，人类只懂得凿石劈物、钻木取火而循序渐进地发展到今天——人类有史以来物质和精神的最高文明阶段。

“最大的痛苦不是在肉体，而是来自思想上的矛盾冲突。”品味着这种感受的同时，张崇斌用微微颤动的手又打开了名录为《罗摩衍那》和《摩诃婆罗多》的电子附件……这一回，让他大开眼界的是，这两部史诗的内容简直就是两部好莱坞式的战争大片。这些按照推算大约发生在3000年前的战争可谓惊天地泣鬼神般地波澜壮阔动人心魄，很多场面描写几乎就是美国巨星阿诺德·施瓦辛格主演的《终结者》开篇的翻版，作战双方都有“维曼纳”飞行器参与战斗，这种配备了武力系统的飞行器，其性能之优越、科技含量之高、攻击效果的强悍猛烈恐怕连当今世界军事强国的武装力量也难以比拟，譬如《摩诃婆罗多》就有这样的描述：“一种称为‘Indra`sDart’的武器经过一个圆形的‘反射体’来操作，只要触媒一接通，它就能产生一种‘杆状的光’，此光可聚集于任何瞄准的目标，并立即用它的力量将目标销毁。此外，一种称作‘Saubh’的‘维曼纳’尽管可以在空中隐形，但法力强大的英雄奎斯纳却可以用一种类似巡航导弹的‘箭’以捕获声音的方式立即将其击毁。俱卢族首领的第一部将廓尔喀乘坐的那款‘维曼纳’，其动力系统是借助于水银和一种强大的推进气流，这个飞行器在确定宇宙航行的路线后，它的飞行距离竟然是无限的，而且飞行时可以上下左右前后进退灵便自如。最令人震撼的是廓尔喀用这个‘维曼纳’向维里什尼族和安达咯族的三个城市投掷了一枚据说是充满宇宙全部威力的‘阿格尼亚’飞弹，这种曾被大神黑天以天神的名义明令禁用的外形如同一枚铁箭的武器，其使用的后果竟是：‘一缕白烟从地上升起，光亮犹如一万个太阳。被攻击区域的敌人全部化为灰烬，尸体烧到无法辨认，头发和指甲全脱落，食物也受染中毒。将士们纷纷跳入溪流，将自己及随身装备洗干净。’”看到这个描述，张崇斌眼前浮现的竟是二战时美国对日本投放原子弹的场面……

众所周知，这根据“原子核链式裂变反应可以释放巨大能量”原理成功研制出来的原子弹，是以 20 世纪初物理科学新创建的量子理论为指导基础的，它作为一种杀伤力巨大的武器用于人类的战争，距今不过才 60 年左右。那是在 1945 年 8 月 6 日和 9 日，美国分别朝日本的广岛和长崎各投下一枚原子弹，这两枚超级炸弹在一瞬间造成了爆炸中心区数万人灰飞烟灭，尸骨无存，其辐射能量波及的区域尸堆如山、一片火海，天空的太阳被黑色的烟云完全遮蔽，一些当时“幸存”的人皮肤脱落、双目失明，但随之而来的放射性污染，更是让大批幸存者在其漫长的余生里承受着生不如死的惨痛折磨。

联想起人类近代历史的这个惨烈的战争场面，张崇斌又记起在迪庆藏医院与向主任的那次私人谈话。在那次的谈话中，让张崇斌最为震惊的就是未来将有一场发生在香巴拉王国与人类之间的决战，而这竟然是佛祖的预言！事实上，凭借当前的物质文明基础，现代人类所具备的武装力量已近乎达到了这印度古老诗史中所描述的天神所拥有的战斗能力。而且这方面，相信人类的能量会越来越强大，因为当代整个世界的物质文明与科技发展似乎正以前所未有的速度飞跃前进着，在这个相信武力才是防御的根本和强权的保证的时代，某些发达国家很可能正在竭力着手研究这些隐藏在古老文献中的秘方，并图谋将这个极可能曾在远古时期存在过的、二战时期纳粹已近研制成功的飞行器复制出来。张崇斌此刻强烈地感觉到，这一天的到来也许不会太久了。

“可是，当人类真的拥有了这些性能更为优越、威力更为强大的‘神的战车’之后，这个世界又将是怎样的世界？会不会就如向主任所说的那样，人类在无止境的贪婪欲望驱使下，率先向那片新发现的‘大陆’发起武力攻击？还有，向主任的同学边巴顿珠突然退学，他在梦中接到了香巴拉王朝的召唤……而近些年来，UFO 出现的次数明显呈上升趋势，且在人类面前展现的方式似乎也突然发生了改变，它们除了在空中频繁地时隐时现，而且还从水下，甚至成群地在火山口中飞进飞出，它们毫不顾及地闯入国防重地，行为变得明目张胆和有所意图，它们会不会是已经感受到来自人类武装威胁的香巴拉王国派来的侦察飞行器？难道这场预言的人神大战真的会出现，甚至将提前来临?！这实在是太可怕了！”

当远古的传说、未来的预言与社会现实这般零距离地迎面碰撞后，张崇斌突然有了种时空错乱的感觉，这到底是远古对当下或者是未来的遥感透视？还是当下和未来宿命般地对远古历史的重复演绎？抑或远古、当下和未来本身就是一个同时存在的整体，只不过凡人只能看到他所在的“当下”那部分……而这所有的一切都是早已注定的?!

“啪!”张崇斌将电脑使劲合上了，站起身来，点上一支烟。

祁兵和段涛走了过来，祁兵说道：“崇斌，段涛已经清楚了我们的行动方案，你……有什么新的发现吗?”

深吸了一口烟，张崇斌说道：“咱们的调查工作，也许无意中触碰到了人类最敏感的一样东西。”

“什么东西?”祁兵问道。

“祁兵，咱们的调查范围和对象，很可能会被一些敏感的人，甚至……某种我们难以想到的“强大势力”察觉到，而且，我们的调查活动很可能会被他们认为是一种冒犯。所以，大家都要有这种思想准备，我们的周围，以后的路上，很可能还潜伏着除了白纸扇这伙人以外的其他威胁。”

“崇斌，怎么，还有其他组织也在找这个东西?!”祁兵惊问道。

段涛听了后也瞪大了眼睛看着张崇斌。

张崇斌轻轻地点了点头，又摇了摇头，“唉……”不经意地，他长叹了口气。

祁兵和段涛更为不解地看着张崇斌。

“张总，怎么，您也有为难的时候啊?!”段涛急切地问道。

“天地之间，我们只是微乎其微渺小的生命，谁也不是万能的。”说完，张崇斌走到窗户前，抬起头来向窗外望去：头顶浓厚的乌云层积翻卷，如沉甸甸压抑难耐的心情，顺着云层缝隙衍射出的一道光亮，极目眺望，此刻，他真想穿透这愈发灰暗的天空，看到那天外的天……

“历史和未来的命运都是轮回注定的吗？难道人类就不可以改变它的进程吗?如果是这样，那么这个调查……甚至人活着还有什么意义?!”张崇斌痛苦地自问着，他低下头来，闭上眼睛，深吸一口气，慢慢地呼出，心绪渐渐抚平……恍惚之间，张崇斌脑海里一闪亮，他感觉前额处似乎出现一块白板，其中竟浮现一位老者的容貌，由模糊到渐渐清晰……原来是隐世老人！老人家端着茶杯笑而不语，张崇斌心中顿时升腾起一股暖意。这时，老者又用嘴轻轻地吹着那杯中的水，水面上的茶叶在杯中慢慢旋转起来……老者将茶杯端在眼前，虽然老者仍未说话，但张崇斌似乎能“听”到老者在问能否将杯中漂浮转动的茶叶快速稳定下来。意念下，张崇斌接过茶杯，用嘴朝杯水旋转的反方向吹去……可是，每当换气的时候，那上下颠簸起伏的茶叶仍会按照杯水原来的旋转方向漂动。这时，老者伸手将杯子拿了回去，用嘴继续顺着杯水转动的方向吹着，杯中的茶叶随着渐成漩涡的旋转水面越转越快……这时，老者将端着茶杯的胳臂举向半空……突然手一松，杯子落地破碎，杯水消散不见，只有片片茶叶伏贴于地……

刹那间，张崇斌心念一动！对啊，那旋转的水虽然有着背后推动的力量和既定的杯形之拘导引的运动规律，但是只要打碎包容它的杯子，那漂浮其上的茶叶就可以立即摆脱水势的束缚！茶叶→茶水→杯子……如果这“茶叶”就是想要改变的随波逐流的注定“命运”，那么接受、转化、传递原始和外在能量并托浮起“命运”的这杯“茶水”就应该是身心一体的“生命”，这个“生命”接受的各种能量来自天地，而天地运化演绎的“时空”舞台正是包容承载“生命”的“杯子”。那么，在这个“命运→生命→时空”的层递下，人类要想掌握自己的命运可以通过调整身心一体的生命来影响其运行的节奏和轨迹，但这需要付出很多的努力，而如果可以“突破”时空的束缚，就可以立即改变原本“注定”的命运！

“原来，改变命运最直接的方法就是突破四维空间！”

张崇斌睁开了眼睛，看着眼前现实的场景，他又有了疑惑……此时，他更清楚自己正处在一个可以用长、宽、高来标记的空间坐标点上，自在的身心和周围事物的各种感觉变化让他感知到时间正一分一秒地流逝……这就是由时间一维加空间三维构成的宇宙四维时空，这个时空里的每一个人、每一种物质每时每刻都在运动变化着，它们彼此关联相互作用影响着，一切都是那么的“严丝合缝”，这怎么突破，从何处入手呢？

这时，窗外的一只小飞鸽飞落在毗邻的一间房子的檐角站立住，它斜着小脑袋朝张崇斌这边凝望着……“鸽子—小鸟！老人家不是曾自比作可以看见蚂蚁行走路线的那只树上的‘小鸟’吗？他为我留下过预示命运的谶语和谜图、他幻影般地出现在布达拉宫，这回又以‘破杯’的方式见面。‘时空’一定是可以突破的！老人家一定是走在时间的前面事先看到了自己的困顿，再次点化自己，让自己突破困顿的迷障从而完成承受的使命！”感悟至此，张崇斌的心口不禁一热。转过身来，张崇斌看着身后一脸严肃的祁兵和段涛，用两手拍着他们的肩膀，有力地说道：“命运由天，也由己。相信吧，我们的调查行动是有意义的，我们也一定会完成上苍赋予的这份使命！”

第二十二章　死亡迷途

1. 新能源技术

国安局C处。

董科长来到隋处长的办公室，将手中的资料递交给处长。

隋处长拿到面前看了看，抬起头来神情冷峻地说道："张崇斌从越南回国直接就去了西藏拉萨，与他随行的匡军正是在逃通缉的祁兵。他们在当地，还买了登山工具，小董，你说说看，他们这么做有什么企图?"

董科长回道："报告处长，我的判断是，他们此行有可能是受某特务组织的指派，去寻找当年希特勒曾竭力探寻的那个'地球轴心'。"

"又是这个'地球轴心'。看来，痴迷黑魔法的战争狂徒仍是贼心不死啊。最近国际新型恐怖暴力组织表现得很是活跃，受其影响的那些国外政府都已采取严密的防范措施。小董啊，因为历史原因，我国广大西北地区是较为特殊的区域，我们必须予以足够的重视，绝不允许此类组织在我国境内生根发芽!"

"请您放心，处长。我们的人员已经安置到位，他们的一切行踪都在我处的严密监控之下。处长，还有一件事情需要向您报告，北大的秦教授在对'麦田圈'符号进行深入研究后，有了突破性的进展。"董科长说道。

隋处长眼睛一亮，"哦? 秦教授有什么发现?"

"秦教授近日从国外获得了一份录影资料，这份资料显示，有些麦田圈的形成确实不是人为的，而是不明飞行物释放某种特殊能量在瞬间完成的‘杰作’。”

隋处长皱起了眉头，自言自语道：“不明飞行物，UFO。”

董科长接着说道：“张崇斌留下的那个‘三角形黑太阳’的符号除了与纳粹组织有着极为隐秘的联系，而且还与英国的一个‘麦田圈’有着关联。现在这‘麦田圈’又与 UFO 搭上了线，这将意味着……”

隋处长开口打断了董科长，说道：“你是不是想说，这些年来频繁出现的 UFO 现象与纳粹有关?”说完，隋处长看着董科长，目光深不可测。

“处长，我分析过这种情况，感觉不排除这种可能。但这种猜测也有令人困惑的地方。我局的 G-NZ 档案显示，德国作为一个资源短缺的国家，在纳粹集团发动第二次世界大战之前的 6 年内，虽然竭力扩充军备，加快发展战争经济，但它的准备并未达到非常充足的程度，最根本的原因就是其战略资源的匮乏。当年纳粹党卫军 E-IV 局曾执行过一个‘黑太阳’计划寻找新能源，并且，纳粹将找到的新能源技术用于最新研制出来的一些碟形飞行器上。我们注意到，纳粹研制的飞行器较为典型的特征是如同‘草帽’的形状，其外表是银灰色金属质地，表面似乎无明显接缝，‘草帽’的圆顶中端有一圈悬窗圆孔，在它的底部以等边三角形分布着三个半圆球。从这个特征看，这种碟形飞行器确实符合当前部分目击者所看到的 UFO。不过，这并不能解释所有的 UFO 现象。因为根据有关数据统计，UFO 的形状除了有飞碟形，还有雪茄形、三角形等等，多达上百种，甚至有的可以在空中自行分解或组合成新的形态。”

“小董，我要告诉你，很多的 UFO 现象是人类目前暂时无法解释的特殊自然现象和一些错觉误认；当然，有一些 UFO 现象是应该引起我们的警觉和密切关注的。不过，你刚才提到的那个新能源技术，是一个至关重要的问题。当前，世界各国的军事科研机构都在这个领域全力以赴秘密研究新能源技术的配方。这方面，某些军事强国已经走在了前面，他们在二战期间曾获得了一些纳粹研究机构绝密的工程资料，而且各自都虏获了部分参与那些秘密项目研究的纳粹技术专家。”隋处长语气沉重地说道。

“处长，本局技术组的专家也正与相关科研单位抓紧时间研究。不过，据说有些技术环节很难攻克，这方面的问题好像也同样困扰着那些西方发达国家。”

隋处长点了点头，说道：“我相信拥有五千年悠久历史文明的中华民族是最具智慧的民族，我们这一代也绝不会让人民失望的。这是和平时期背后的一场无硝烟的战争，谁能先找到新能源，研制出可实际应用的高效能量技术配方，谁就能得到最有力的安全保障，站在未来发展的制高点上！”

N市克里斯公司。

公司里，所有商务调查人员都在各自忙碌着，他们按照分工搜集有关UFO的各种电子文稿、图片及影视资料，搜集到的资料用U盘分类整理后迅速转交给孔超部长，孔超检查过后再送给独坐在一个工作间的唐凯。

此刻，唐凯正聚精会神地盯着电脑屏幕，眼睛一目十行地浏览着这些资料，偶尔，他那灵巧的手指会以惊人的速度闪击着键盘，对文件资料进行编辑处理。

孔超来到唐凯身后，看着电脑屏幕：只见上面新建了一些以“电磁流体”“超导体”“等离子体”“托卡马克装置”“电磁微波辐射”“反重力效应”“反物质”为名的各类文档。孔超对这些专有名词的含义有的一知半解，有的从来都没有听说过，于是忍不住问道：“小凯，你建的这些文档都是与UFO研究相关的吗？”

唐凯使劲地点着头，转过头来说道：“孔超哥，UFO能悬空停住，突然隐形，有时像一团雾状气体，还有，它出现时，附近的电子仪器总出故障，这些都可以用电磁流体力学、反重力效应、强电磁场使空气产生等离子体、电磁微波辐射的原理来解释，这些都不难。”

“是吗？小凯，你真是太棒了！这么看来，这UFO的奥秘很快就可以揭开了不是吗？”孔超很是兴奋。

唐凯这时却不再说话，脸上浮现出从未有过的严肃又似委屈的表情。

“小凯，你怎么了？”孔超不解地问道。

“可我……我却不知道它的动力推进系统是怎么样的。还有，在它突然加速飞行时，怎么会没有音障音爆的现象呢？”唐凯难过地说道。

“音障音爆现象？这是什么意思，能给我解释一下吗？”孔超问道。

“就是说，一个飞行物体在空中飞行的速度超过每秒340米音速时，飞行物最前端会产生一股白色圆锥形的云雾状气体。这个云雾状气体有很强大的阻力，飞行物在穿越时就像穿越一堵墙一样。这样的话，地面上的人也会听到空气中传来爆炸一样的震动声波，这就是音障音爆现象。”唐凯解释道。

“你的意思是，UFO飞行的速度远超过音速，但人们却听不到任何声音，这种现象很反常，是这样的吗？”

唐凯又使劲地点了点头。

“这可真够奇怪的啊！小凯，你能不能大致判断一下这是什么原因造成的？”孔超显然更是无法理解这一现象。

“这与它的能量系统有关系，要是……”唐凯似乎有些犹豫。

“要是什么？”孔超催问道。

“要是，它的系统能产生强大的能量，就可以穿越时空隧道，这样就可以解释没有音障音爆的现象，而且还能解释 UFO 超光速的性能。”唐凯突然又恢复了自信。

“什么？穿越时空隧道！”孔超不禁惊叹道，这显然超出了他的想象。在他看来，纳粹研制的武器再怎么神秘先进，也不至于强大到这般如同科幻的境地。

于是，他马上又问道：“小凯，这现实吗？我可听说 UFO 的动力推进系统是以水和空气为燃料的什么发动装置，这个动力系统能有这么强大的能量吗？”

“孔超哥，你说的这事是 1957 年 7 月 27 日美国的一家报纸登载的《希特勒曾研制过飞碟》的文章内容，说是一个叫弗·绍贝格尔的奥地利人发明了一种新型‘爆炸’能源，这种能源只需使用空气和水就能制造出光能、热能和动能。但是，这个动力系统，它是不会产生那个强大的能量的。”唐凯眨巴着眼睛说道。

“那会是什么能源材料？”

“我也不知道。”唐凯又露出委屈的神情。

“唉！”孔超挠了挠头，叹了口气。

唐凯也挠了挠头，然后噘着嘴说道：“我感觉，它的能量系统，很可能是利用某种特殊物质材料和类似超导托卡马克的装置制造了核聚变式的强大能量并储备起来，当 UFO 飞行时就将储备的能量释放出来。我现在就找找看什么元素材料容易释放高能量并且好储备。”说完，唐凯两手又噼里啪啦左右翻飞地敲击起键盘，电脑屏幕上顿时不断地弹出各种五颜六色的网页来。

孔超只在一旁惊奇却无语地看着……

2. 起程西进

拉萨市区某饭店。

张崇斌、祁兵、段涛和白纸扇、枪王、老六一伙人聚集在这个星级饭店的一个包间里。此时，大家刚刚吃过午饭，白纸扇正端着个瓷杯喝着酥油茶，喝了一口，放下杯来，咂巴咂巴嘴，皱着眉头说道："还是喝不习惯，太膻。"

"味道是差点，不过这东西能驱寒、提神，而且可以很好地缓解高原反应。"说完，张崇斌喝了一大口。

"张兄，你可是这次'寻宝'行动的头，马上就要上路了，兄弟们可都等着你的号令呢。"白纸扇叼起一根烟卷，眼睛眯缝着说道。

张崇斌用热毛巾擦了擦嘴和手，指着一瓶未启封的青稞酒，让段涛打开并倒进六个瓷碗里，然后又挨个看了看这屋子里的每一个人，说道："诸位兄弟，今天，我们能够坐在一起是缘分。大家应该很清楚，我们这次行动的目的。所以，在正式行动之前，我先提几点要求和希望：一是在今后的任何行动中，大家要相互信任通力合作；二是要严格遵守我和三哥共同定下的行动纪律，通俗点说，就是做事要按规矩来；三是要时刻保有风险意识。我们前行的路上和抵达的目的地景色独具，世间无二。但是，我们不要忘了自己来这儿到底是干什么的。诸位都要清楚这一点，整个阿里地区的面积是30多万平方公里，总人口却不到10万人，很多地方是荒芜的无人区。而且，据说那一地区有吃人的野兽！"

说到这里，张崇斌突然提高音量，眼睛直视没个坐相心不在焉的老六。

老六一惊，忙扭头看向白纸扇，白纸扇没有任何反应，依旧缓缓地吸着香烟，像是没有看见一样。

张崇斌继续说道："第四点，也很重要，大家要尊重藏族地区的风俗习惯。阿里地区也是自然保护区，诸位不要人为地给自己制造麻烦。枪支武器除了在自卫的情况下可以使用，平常时候不要随意动用，不能用来射杀动物，更不能滥杀无辜，内地可是没有废除死刑的。我就说这些，希望各位谨记在心。"

说完，张崇斌看向白纸扇，说道："三哥，你我都是这次行动的负责人，你也给兄弟们说几句吧。"

白纸扇捏着半截烟头，嘿嘿一笑道："张兄方才所说，正是我想说的，我们就按照这个要求做事。不过，有句丑话我先说在前面，这里谁要是不守规矩，坏了大事，我就让韦枪王执法惩处。"说完，白纸扇看了眼枪王。

枪王只是合眼端坐，面无任何表情。

段涛看了看身旁的祁兵，祁兵同样面无表情，只是嘴角微微一动。

见众人无话再说，张崇斌端起盛酒的碗说道："好！既然都明白了，三哥，招呼兄弟们端起碗来，咱们为合作顺利、寻宝成功，干一杯！"

此刻，拉萨的当空阴风袭扫，滚雷轰鸣。转瞬之间，雨水从天而降。

两辆越野吉普车从饭店门口开出，顶着雨水驶离拉萨市区，一直向西开去。张崇斌、祁兵和段涛，加上司机巴特尔在一辆车上，作为头车在前面开道；老六开着另一台车，车上坐着白纸扇和枪王紧跟在后面。

虽然天公并不作美，但张崇斌感觉这合作的开局一切都还顺利，所有事先想到的安排都如期到位，一切都在计划之内。白纸扇这伙人也有着难得的“默契”，大家对时间都很看重，于是这条由拉萨→日喀则→拉孜→桑桑→萨噶→仲巴→帕羊→马攸木拉山口→玛旁雍错圣湖→岗仁波齐峰的捷径路线也无任何异议地通过了。在张崇斌看来，这经过了20多天的调查工作，现在已是到了最后的收官阶段。这期间死里逃生的磨难、深入虎穴生死一线的考验，还有那缘结四方不断被良师隐士点化受教，这让他相信自己已经闯过了最难的关口，并找到了启开隐秘玄机的钥匙，一切都在掌握之中，凭着这些，也许自己很快就可以“修得正果”。

从拉萨到日喀则，距离是280公里。车子驶过雅鲁藏布江曲水大桥后，前方是一条正在施工的盘山公路，沿着这一路段，车子跑起来时快时慢。

大约跑了两个小时，车子开到一个山口处，透过车窗，可以看见山下有一个岸沿蜿蜒曲折的湖。

“巴特尔，这是什么湖?”坐在副驾驶座位的张崇斌问起身旁的司机。

“哦，这是羊卓雍湖，西藏四大圣湖之一。今天天气不是很好，要是出太阳的好天，从这儿看就更漂亮了。”巴特尔说道。

“巴特尔，你这名字在蒙古语中是什么意思?”后面的祁兵问道。

“‘英雄’，家乡人说这个名字也是‘草原之鹰’。”巴特尔开心地回道。

“这名字真带劲!”段涛插上一句。

这段路上，头车里的人都比较兴奋，巴特尔很快与乘车的人融到一起，有问必答，显得健谈。从与司机的搭话中，张崇斌了解到现在的道路是比较好走的，等过两天到了帕羊镇，那之后的路最为难行。那一带海拔甚高、山路陡峭，更有号称“鬼门关”的马攸木拉山口。不过，巴特尔让大家放心，跑了这么多年的车，他有把握在5天内安全地到达神山。

近傍晚时分，车子开到了海拔3850米的日喀则市。巴特尔提醒到这是进入阿里地区前能够吃到最好的晚餐的地方了，他让大家把吃的东西备好，然后就在此地住宿，早点休息，明天一早就接着上路。

众人下了车，找到一家饭店一起吃过晚饭后，跟随巴特尔在就近一家宾馆各自开了房间休息去了。

3. 夜读觉悟

张崇斌在单独开的房间里，一时睡不着，他将电脑打开，又调出孔超上回发来的邮件，接着看《摩诃婆罗多》。这回他是从第六篇《毗湿摩篇》看起，这个篇章内容描述的是为了权位之争而导致兄弟相残的故事，书写的风格很有特色。

一些世俗的道德标准似乎被正义与卑鄙一体、邪恶与荣誉难分而错位混杂了，对阵战斗的双方在某个层面上没有了泾渭分明的善与恶之分，战斗本身成了人生的一种替天行道的超然使命。尤为令张崇斌惊异的是，诗篇在俱卢族和般度族两军对阵行将决战之际，在般度族的主帅阿诸那王子看到对面全是自己同一血统的族人，感到自责，精神近乎崩溃而无法出击时，黑天大神的化身奎斯纳竟然给阿诸那阐述了一番身心修炼的密旨（即《薄伽梵歌》经典），从而使阿诸那恢复了战斗的勇气。黑天大神这番话，初看时感觉就是有着极强煽动性的战前动员宣言，但经细心品味，张崇斌感觉其寓意深邃。文中一位具有天眼天耳神通，当时窥听到密旨的对方军队的御巫，就对他的君主说出这样一番感受："听完这奇异玄妙话语，感到惊恐万状毛骨悚然。至高无上秘密之论，是瑜伽主黑天所发。我不仅是喜悦愉快，也感觉到恐怖的奇妙神圣。"

张崇斌在完整看过这段对话后，他突然感觉眼前的文字出现虚影，于是他眨着眼睛努力去调整视线，可眼前的光线却变得愈发暗淡起来。紧接着，整个人的身心出现飘忽的感觉，好像是往一个看不见底的深渊里坠落……

"是不是过于疲惫，出现高原反应了！"张崇斌心里一惊，忙闭上眼睛收敛精气。当陷入无边的黑暗之中，张崇斌隐约听到一个似乎从极为遥远的地方传来的"嗡"的声音……声音由远而近，在他试图追溯这个声音声源的时候，整个身心顿时平静下来，不再感觉飘忽不定。这时，张崇斌的脑海里突然浮现出一个随着声音共振而微微颤抖的红色小三角形，这个三角形随着声音的渐近而逐渐变大，同时也变得模糊起来，那原本红色的光竟渐弱弥散……取而代之的是一个闪着蓝灰色荧光的大"三角形"。让张崇斌吃惊的是，待他慢慢看清这个巨大的"三角形"后，发现这竟然是一个看不清面容盘腿趺坐的人！

“这是幻觉!”张崇斌对自己说。

闭目凝观这个幻影的身姿，他第一感觉这是那洛上师，看来那天的大开眼界让自己的潜意识深受惊觉。但是，随后而来的一切又让张崇斌否定了这个认识，这个判断是错误的！因为从这个皮肤映着蓝灰色光彩的人将嘴边的一个海螺放下后，那个一直让他的心感到震动的“嗡”的声音也随之消失了——“他是黑天大神奎斯纳!”张崇斌恍然想起刚刚看过的文章中的一个场景：奎斯纳吹起了他的潘查占亚海螺、阿诸那也吹响了兑瓦达塔海螺……同时，张崇斌也想起了那洛上师展示瑜伽神功前不断念动的咒语：“哈芮奎斯纳，哈芮奎斯纳，奎斯纳，奎斯纳……”

“这个幻影是怎么出现的？我怎么会‘看见’他?!”正当张崇斌有些不知所以想要睁开眼睛的时候，又一个奇幻的景观突兀呈现出来……只见这个“人形三角形”的幻影突然慢慢虚化……在近乎透明的人形最下方，却又出现了一个红色的三角形，凝神看去，它就是最初看见的那个红色三角形。这个三角形内似乎盘着一条金黄色脑袋偏大的蛇，在这条蛇慢慢转动着盘曲的身子的时候，三道紧紧贴在一起的光柱开始从三角形内笔直升起……这三道光柱分别是三种颜色，中间正对着脊椎的光柱是蓝色，它左边的是红色、右边是白色，红白两道光柱升到眉心处时开始相互交会；而中间的蓝色光柱则一直贯通人形的头顶部。紧接着，在红色三角形的上方（肚脐位置）出现了一个橙色的光环，再在其上（胃的位置）又出现了黄色的光环，然后绿色光环（两乳头之间）、蓝色光环（喉结处）、紫蓝色光环（眉心处）、紫白色光环（头顶盖部）从下至上依次出现，这些光环交相辉映极有规律地排列着，绚丽至极，让人满心欢喜！

这种感觉，使张崇斌不敢、也不愿意睁开眼睛，生怕一睁开眼就看不到了眼前的这一切……果然，一个给他身心带来巨大震撼和启示的景象就在这个时候不期而至地出现了！那条金黄色的蛇正是这个景象出现的触机，只见它在红色的三角形内越转越快，颜色也由金黄渐渐发白，似乎是在它的带动下，那些多彩的光环也跟着转动起来，而中间那道蓝色的光柱愈发晶亮……突然，这条蛇竖起了身子，顺着蓝色光柱直冲出去，在穿透头盖骨的轮廓后，距离头顶四指左右的位置又迅速盘起身来，当它再次蠕动起来的时候，竟然变成了一朵绽放着无数花瓣的紫色的莲花！

“嗡”的一声，张崇斌整个身心顿时一阵轰鸣，同时，他“看到”脑海里到处都是片片闪烁的荧光屏，其中无数个以往过目的和意念中的影像、文字相互穿插，它们相互牵引对接着，并且迅速地激发出若干奇妙的感悟：此时震荡全身的“嗡”

鸣，就是来源于宇宙间的一种声波，最早的《吠陀经》就是古圣人在冥想禅定中接收到这种声波而获得启示的记录，六字真言“唵嘛呢叭咪吽”的第一个音节发音也来源于此。黑天大神奎斯纳是瑜伽主，那洛上师展示瑜伽神功时不断念的咒语中就有奎斯纳的尊名……“人形三角形”，它虚化后突然显示出来的光柱与光环，那是潜藏人之灵量的三脉七轮，藏传佛教密宗部也有三脉七轮，道家的任督二脉、瑜伽和密宗的中脉，它们的位置相合，道家的金丹之术随着修炼的层次、功力的深浅一样有着不同的内视颜色变化……“丹成后紫气冲天形成云气之盖”，人体的精华全部汇聚之后人体就会发出紫光。当年道祖老子出函谷关，尹喜尚未见其身影而先望到“紫气东来”，那不正是盛开在人形头顶的紫色莲花吗？……

“圣贤不忧死者，不为存者悲怆。神明未曾不存，众生亦是一样。灵魂寄宿形体，智者不应迷惘。人与物境接触，才知寒暑暖凉。感觉来去无常，智者等同喜伤。触境不增烦恼，如此方可久长。在有为中得见无为，在无为中见到有为。梵我一如，有为而无所求……”

这奎斯纳对阿诸那所言的主旨正是瑜伽功法密论的精髓真谛！

“一切有为法，如梦幻泡影。如露亦如电，应作如是观……”佛陀如是暗喻“空”的智慧！

“天地不仁……圣人不仁……天人合一……道常无为而无不为……”老子以此强言无名之道！

“原来，瑜伽密宗、佛法禅宗、丹道修真三者觉悟通融，可相互印证，虽然法门不同，各成一派，但它们定有着一脉相承的渊源！”感悟到这儿，张崇斌缓缓地睁开了眼睛，这一刻，他感觉自己的身心无比地轻松，头脑更是清凉通透。

4. 致命的威胁

第二天一大早，司机巴特尔叫醒了众人。七个人陆续走出宾馆，耀眼的晨曦温和地洒在每个人的身上，街面过往行人的脸上绽着祥和的笑意，看到新的一天的这种气象，大家的心情顿感舒缓，简单吃过早点，带上行装继续上路了。

车子跑出 70 多公里后，开始翻越海拔 4950 米的措拉山。在接近山口处时，路边有个插着五色经幡上面挂着一条条白色哈达的巨大玛尼石堆。巴特尔一边将车子顺时针地绕着玛尼石堆慢慢开着，一边让随车的人跟他大声地喊着“索索索……”，说是这样神灵就会保佑大家一路平安的。

于是，张崇斌、祁兵和段涛跟着巴特尔一起大声地喊了起来，伴随着欢快的喧闹声，车子驶在了山口之上。此时山下，雅鲁藏布江已如一条蜿蜒盘行的小蛇潜伏在幽深的谷底，西南方向，几座巍峨雄伟雪白高大的山峰横亘于天际，沿着一条看不到尽头的绵长山脉纵向排成一道直线。

“最高的那座雪峰是珠穆朗玛峰吗?”张崇斌问道。

顺着张崇斌的手指方向，巴特尔望过后点了点头，回道：“是啊，能这么清楚地看到，不容易的。”

“那先停一下车，我要下去好好看看。”张崇斌的这个提议，显然深得人心，祁兵和段涛在车子还没有停稳时就已将车门拉开跳下车去。

张崇斌站在山口的高端，迎着扑面而来的山风，他一边大口呼吸着清新凉爽的空气，一边热切地遥望着那世界第一高峰。“不愧是洁白的女神!”第一次目睹她，张崇斌的内心唯有深深的震撼，一时间，他竟找不到太多华丽的辞藻可以尽意抒发心中真切的感受。

“如此风水宝地，真是难得啊，好景致！漂亮!”站在张崇斌身边的白纸扇感慨道，此时，他正端着一军用望远镜朝雪山望去。

“是的。从风水上看，这是一道天然的屏障。咱们中华文明虽然饱经风霜几度兴衰，却始终没有被彻底异化绝断，与这独特的地理环境有很大关系。反观埃及、巴比伦、印度这些古老的文明古国，它们辉煌的文明和民族特有的气质，有的在几千年前就因外来种族的入侵而彻底地没落消亡了。你看这道山脉……”张崇斌用手一指远方，“‘喜马拉雅’，这道世界上最高大的山脉如同万里长城，它起了很大的防御作用；而整个华夏大地的东南面，则是一望无际的太平洋。中原大地被这一山一海两道屏障围护，就可以有力地抵御外来入侵。所以，历史悠久的中华文明就成了世界上唯一燃烧至今而仍未熄灭的独脉火种。”

白纸扇放下望远镜，点了点头道：“难怪这东南亚一带国家的风俗都与内地有那么点雷同。”转过头来，白纸扇看着张崇斌，面冷声肃地说道：“不过，张兄，这路上的时间最好能再紧凑些，我昨夜接到那边的急电，这趟活儿，我们必须快速做完。”

“哦?”张崇斌一愣，没想到白纸扇比他还急，于是说道，“本来，我计划今晚赶到昂仁县桑桑乡的。到了那边，有南北两条路可达神山，南行是条捷径，但这条南路据说较为危险难行，所以打算着白天走的。不过，既然三哥着急，我可以考虑调整计划，但这要与我们的带路司机招呼一下。”说完，张崇斌将巴特尔召唤过来，跟他说了今天要辛苦点，让他做好连夜赶路的准备工作。

但是，出乎张崇斌和白纸扇意料的是，巴特尔一听这个计划安排，脸色陡然一变，不断地摆着手说道：“不可以，那样不行的，太危险了！”说完，他扭头走回到自己的车子跟前。原地站立着的白纸扇一声不吭，脸色却变得愈发阴沉。

白纸扇情绪上的变化，张崇斌看在眼里，于是他主动走到巴特尔的身边，说道：“巴特尔，你可是草原之鹰啊！呵呵，不用担心，我们这么多人呢，如果开车累了，你就休息，我让我的兄弟替你开。”

巴特尔听后，猛一抬头，脸色涨红大声地回道：“这可不是充英雄的事儿，我要为你们的安全负责呢！你们第一次来这边，根本不了解这里的环境，不行不行，我只能按事先定下的路线走。要不，我就带你们回去，我不挣这份钱了。”

气氛一时僵住，众人都没想到性情看似温和的巴特尔发起脾气来会这么倔强。正在张崇斌琢磨着用什么办法去说服他的时候，一个让众人惊愕的事情发生了……只见脸上戴着粗黑边框大镜片墨镜的老六，两手插在兜里摇头晃脑地走到巴特尔身边，突然，老六将右手从口袋中快速掏出，一支乌黑的手枪露了出来，巴特尔还没有明白过来怎么回事时，老六已将手枪顶在了他的额头上！

站在一旁的张崇斌面对这一突发事件不禁一怔！

祁兵和段涛见状先是一愣，随即他们俩迅速朝张崇斌这边跑来。

“噗、噗”，随着两声并不明显的声音，祁兵和段涛脚前的泥土飞溅了起来，他们二人顿时原地站住……

此时，斜靠在白纸扇那辆车车身上的韦枪王正用嘴轻轻地吹着手中端握着的一支黑柄银身的手枪的枪口。

“三哥的意思你敢违抗，我现在就做了你！”老六撇着嘴恶狠狠地冲巴特尔叫嚣着，同时，他将手枪的保险打开。

巴特尔大张着嘴，瞪着惊恐的眼睛，身子被顶在头上的枪口压迫着不断向后退缩。祁兵和段涛都攥紧了拳头，焦急地看着张崇斌。

张崇斌似乎闻到了血腥的味道，他很清楚，这个时候只要有一个人失控的话，那后果将不堪设想！事不宜迟，他转过头来对白纸扇大声说道：“三哥，你这是什么意思？我们事先定的规矩不算数了吗？你赶快让你的兄弟把枪都收回去，司机的工作我负责来做。”

白纸扇嘴角微微一翘，说道：“张兄，你事先立的规矩弟兄们都很清楚。不过，我事先也打过招呼，谁要是敢违抗旨意乱了大事，就别怪我不客气！”

“这个司机可是我精心挑选的，也是我们的朋友。三哥，做大事，你要沉得住气！”说完，张崇斌一大步迈到老六跟前，对他说道，“你将枪给我放下，他是我们的向导，没有他，我们什么都做不成，你难道想坏三哥的大事吗？！”

老六没有作声，他白了张崇斌一眼，扭头看向白纸扇。白纸扇轻轻地点了下头，老六这才将枪慢慢收回。看着惊魂未定的巴特尔，他嘴上又冒出一句：“要不是有人讲情，你死定了！”

张崇斌抬手将老六拨开，走到巴特尔面前拍拍他的肩膀，说道：“巴特尔，非常抱歉，因为我们要赶时间，有人性子急点，脾气也不太好。不过，你放心，他们不会真的伤害你的，我向你保证。只是，你一定要想办法，让我们能以最短的时间赶到神山，有问题吗？”说着，张崇斌给了巴特尔一个眼色。

巴特尔涨红着脸，他抹了一把额头上的虚汗，十分不解且带着怨气地看了张崇斌一眼，然后什么话也没有说，沉默地低下头去。

张崇斌又轻轻地拍拍巴特尔的肩膀，然后转过身来，对白纸扇说道：“好了，三哥，司机向导已经同意路线的调整，我们现在就上路吧。”

“那就好。不过，让司机过来开我的车，老六昨天开了一天，有些累了。”

白纸扇看似信口说了这一句，但语气却是不容商量的。巴特尔抬起头来看着张崇斌，眼神里充满了恐惧。

张崇斌看着巴特尔，平静地说道：“巴特尔兄弟，你放心去吧，他们不会再乱来的，请相信我。”说完，张崇斌来到白纸扇身边，悄声说道：“三哥，我们可都是第一次来藏西北地区，你也清楚此地何等荒凉，而且路途险恶。如果这唯一的向导因为心思恍惚有个什么闪失的话，别说耽搁了你我的大事，恐怕，我们连活着走出去的机会都不大！”

白纸扇听后，眼珠子转了几转，然后转过头去扯着嗓子对老六喊道：“老六，你给我听清楚了，这巴……巴特尔是我们的朋友，你做人学着文明点，把枪给我收紧了，别动不动就拿出来吓唬人，你要是再对巴特尔动粗，小心我对你不客气！”

老六听得一愣一愣的，不知道他的三哥这是怎么了，很有些不服气地摘了墨镜，狠狠地瞄了白纸扇身边的张崇斌一眼。张崇斌也瞥了老六一眼，从对视的目光中，张崇斌捕捉到那其中包含着的阴毒恨意！

按照新的安排，众人重新上了车。段涛提出先由他开车，因为白天路好走，等到晚间的时候，再由队长祁兵换过来开以确保安全。这回，张崇斌等人跟在白纸扇车的后面，随着两部越野车发动机阵阵轰鸣，奔行的速度明显提升了起来。

继续上路，一时间大家沉默无语。大约过了 10 分钟后，祁兵率先开口打破了沉闷的气氛，“崇斌，看来我们是要想个法子，这样下去，太被动也太危险了。”

“先稳住，这个时候，他们还不至于对我们下手。”张崇斌说道。

“唉！”祁兵狠狠地一拳捶在车帮上。

“张总，听队长说，他们还有一支冲锋枪是吗？”开车的段涛突然问道。

“是的。目前看来，那支微冲是白纸扇的专用。对了，祁兵，刚才韦枪王手里的那支枪是什么枪？”

“是意大利的伯莱塔 92F 手枪，这是一款顶级枪型。”祁兵回道。

“哦？这枪有什么特别之处吗？”张崇斌问道。

“此枪是美军新一代制式的军用手枪，双排弹匣，容量为 15 发子弹，射击初速 333.7 米/秒，有效射程 50 米，用的是 9mm 巴拉贝鲁姆弹，所以也叫 M9 手枪。在上一次的海湾战争中，美军总司令配备的就是这款枪。因为它全身是由铝合金制成，所以比一般手枪要轻巧得多，其空枪重量还不到 1 公斤。此枪最突出的特点是射击精度高，故障率低，而且无论在沙尘、泥浆还是水中等恶劣环境下都不影响击发的稳定性。”祁兵一口气说道。

“看来，这好马总是有好鞍配啊。”张崇斌感慨道。

“只有真正的枪王，才配得上那款枪。”祁兵说道。

“队长，我看老六手里的那支枪是六四式，对吗？”段涛问道。

“没错。那是黑道上常见的一款枪型，7.62mm 口径子弹，其杀伤力和有效射程都明显逊于枪王的那款。”祁兵说道。

“最好是将枪王的枪搞到手。看看是否有机会，等他们都困乏的时候，也许可以偷来。实在不行，咱们就来个擒贼先擒王，只要制服住白纸扇，他们有枪也不敢乱动。”段涛说道。

“只要有一支枪在手，就由不得他们了！”祁兵说道。

“恐怕没有那么简单。”张崇斌却说道。

祁兵一愣，他独自沉思了片刻，说道：“崇斌，是不是这个枪王，我们还都没摸透他的底?”

张崇斌点了下头，说道：“偷枪的机会，不会给我们的，他们可都是老江湖了。劫持白纸扇以令其余部，恐怕也不是有成算的举动。你们注意到没有，白纸扇对枪王明显有着一种不自然的敬畏和客气。”

“这枪王是总部派来的人……也许，他有着独立于白纸扇的指令安排。”祁兵说完，看着张崇斌，以求证自己的这个判断。

张崇斌道：“还记得我们拔的那三颗义齿吗？这被他们万分看重的物件已在他们手上这么长时间了，他们不可能察觉不到义齿已被人做了手脚。可是，白纸扇这次过来却像什么事也没有发生一样，他的这个反常的举动，在我看来，恰恰说明他内心隐藏着难言的苦衷。他这边，不可能信任我们的，但同时也不会被总部信任了，尤其是这次的行动他还不得不与我们继续进行着‘合作’。所以，白纸扇才会这般着急。其实，他的日子很不好过的，他怎能不心浮气躁。”

祁兵深点了下头，说道：“看来，我们必须同时拿下白纸扇和枪王才是万无一失的对策。”

“枪王话少且喜怒不行于色，我们难以在短时间内了解他的为人秉性。不过，他过去曾是军人，而且打过越战，这说明他曾是我们内地人。祁兵，这方面，你和他有诸多相似之处。如果有机会沟通交流，你可以先去试探下他此行的目的，若能争取让他弃恶从善，并能与我们合作那是最好不过的了；反之，到了神山之后，我们就只有进行一番生死较量了。”张崇斌对祁兵说出了早已存乎于心的想法。

老六拔枪恐吓巴特尔的这一举动，让张崇斌等人都更真切地感受到了来自身边的巨大威胁。虽然一路上大家你一言我一语，偶尔还能轻松地笑出声来，但从祁兵不时握紧着拳头和越皱越紧的眉头里，张崇斌感受到了他内心承受的负累和不安。若是孤身一人，他是无所畏惧的，但是现在的局面，他最担心的就是连累了自己和段涛。想到这里，张崇斌又开口说道：“祁兵啊，这次的神山调查行动，我最欣慰的是有你和段涛在我身边。你知道吗，现在我们的调查工作已经不完全是你个人的清白问题了，单从它可能威胁到国家安全的角度，我也会选择走这条路，这都是命中注定的。作为一个中国公民，一个危机管理专业的执业者，我为命运中的这种安排，感到荣幸和自豪!”

“崇斌，说实话，你没有当过兵，我挺为你遗憾的。以你的才智，到部队读军校，留下来一定会有所作为的。不过，我现在找到了一种感觉，知道吗？你和我，还有段涛兄弟，我们现在就是一个战壕里的战友，和你们并肩战斗，我死而无憾！”祁兵坚定地说道。

“张总，队长，请你们放心，咱也是当过兵的人，我段涛绝不会给你们丢脸的！只要你们一声令下，我就跟他们拼了，干死一个够本，干死两个赚一个！”段涛依然是一股子的冲劲。

听着这些，张崇斌内心唯有感动，因为他一直都相信，患难见真情，真正的情谊一定是经得起血与火的考验的！

随着车子一阵剧烈的抖动，大家这才关注起车窗外面的景致。此时车子正行驶在一条破旧不堪且水滩遍布的路上，已然不见原先平整的柏油路。段涛提示，车子已从措拉山口跑出150多公里，此地是拉孜境地，现在正在219路道上。看起来，这是一条已经荒废的国道，而且因受山洪、沙化和风雪的侵蚀，大部分路段已出现了塌方、滑坡，有的还出现了沙漠化。车子行进的速度明显缓慢下来，不过，这样倒是看清楚了一些围绕在车子前后东窜西跑的小动物，这些山鼠、野兔还有旱獭个个活蹦乱跳的，模样精怪，很是可爱。

在驶过一道乱石嶙峋的河床后，车子又开始翻山，每经过一个山口就会看见一个玛尼堆。翻过了山口，又是浅滩涉河，就这样，两辆来回颠簸摇晃的车子在这人迹罕至的西北高地上似乎没有尽头地向前挪动着……渐渐地，天空耀眼的白云改变了颜色，在太阳行将落山的时候，披着金黄的余晖，车子驶到了昂仁县的桑桑乡。

前面白纸扇的车子先在路边停靠下来。段涛开车跟近也停了下来。众人纷纷下了车，张崇斌来到白纸扇车子驾驶室跟前，观察了下巴特尔的状况。巴特尔神色已恢复正常，看见张崇斌，巴特尔提醒道车子要在这边先加满油。离这儿不远，有家四川人开的面条店，晚餐就在那儿解决。巴特尔又嘱咐道让张崇斌多吃点，这样晚上上路就不会感觉太寒、太饿。同时，告诫大家前面的路段手机接收不到信号，让车子跟紧点，最好把照明的手电随身带着。

巴特尔这番耐心的叮嘱让张崇斌放下心来，看起来，白纸扇他们没有再难为巴特尔，所以，也就没有多想看似忠厚老实的巴特尔的这番嘱咐的意味深长……

两部车子先后加满了油，巴特尔最后一个吃完饭，就闷声不语地回到了白纸扇的车上。一直徘徊在巴特尔身边来回晃荡的老六也跟着上了车。

这时，身上多加了件厚羽绒服的白纸扇嘴里叼着烟向张崇斌这边走来，到了跟前，他探头朝车里看了看，然后将嘴里的烟屁股吐在地上，说道：“张兄，这晚上可真够冷的，你们内地人的身子骨还真耐冻，穿这么少。”说着，他用手拍了拍张崇斌的后腰。突然，白纸扇面容一惊，伸出的手臂僵住了。

张崇斌看着白纸扇的表情，微微一笑道：“我们都是东北人，比较容易适应这个温差。”说完，他将别在后腰上的一个军用对讲机拿了出来，又说道：“三哥，你来得正好，有件事儿正想跟你说一下。方才听向导说前方的路段手机接收不到信号，这夜里黑灯瞎火的赶路，车子还是稍微慢点开，这样比较安全，我这边也容易跟得上。对了，你们有没有对讲机，要不我这个给你用，我这边还有，信道都已调好，这样一旦有什么意外情况，我们可以保持联系。”

白纸扇的表情恢复了自然，他拿过对讲机看了看，说道：“好，这个我就拿着用了。”

“准备好了，大家就上车，继续赶路!”随着张崇斌一声喊，众人各自回到车上。发动机先后启动，车灯瞬间亮起，耀眼的灯光穿透了阴暗的前方，顺着这个方向，两辆越野车一前一后从桑桑乡出发了。

5. 人熊大战

这会儿，天完全黑了下来，车子行驶的坡道似乎一直是蜿蜒攀升的。夜里行车，感觉完全不同白天。祁兵将段涛换下，坐在驾驶员位置上，此时他已将挂在脖子上的纱布带摘了下来，两手扶着方向盘紧跟着前面白纸扇的车子。张崇斌透过车窗望向外面，发现竟看不见天空中的星星，只有远处的雪峰还依稀可见灰白轮廓，似乎又要变天的样子。

车子经过海拔 4926 米的切拉山口后，突然提起了速度，直奔前方的 22 道班。突然，前方的车子停了下来，祁兵连忙踩住了刹车。已是有些困顿的张崇斌又精神起来，正当他对突然停车感到迷惑不解之时，他身边的对讲机传来了白纸扇的声音，接起一听，原来巴特尔说前面不远的萨嘎县有公安检查站，提议若要避开检查，车子就要从前面的一条岔路绕着走。白纸扇决定绕道走。张崇斌立即对这个决定表示同意。

车子再次启动，这回是掉头向南斜插驶在一条无任何标志的路上。这条路的路况明显很差，跑在这条道上，人在车里根本就无法坐稳当，车身上下左右来回剧烈地颠簸着，过了好一阵，才算是平稳下来。不过，这回大家又感觉到车轮碾过路面的声音似乎有些怪异，车轮很容易打滑。

“崇斌，这巴特尔是不是记错了道，我怎么觉得这路不像是有车子走过啊？而且方向也不太对劲。”祁兵突然冒出一句话来。

“是啊，张总，你看这路上的野草越来越多，而且还有水。”段涛将一扇车窗摇下来，探头看着外面说道。

张崇斌被窗外的一股凉风吹在脖子上，不由得打了一个寒战。这时，他突然想起了巴特尔曾嘱咐过的那些话，还有巴特尔这回默默主动地上了白纸扇的车，在关车门时，巴特尔那一闪而过紧咬着嘴唇的表情。

“停车！”张崇斌来不及多揣摩刚才脑海里浮现的这些画面的关联含义，却本能地说出这两个字。

一个急刹车，车子顿时停住。车内，祁兵和段涛同时扭头看向张崇斌。

“不好，这条路是巴特尔设下的圈套！”回过神来，张崇斌看着他们俩严肃地说道。

“啊？难道……他要报复我们?!”段涛一惊道。

“不！他是针对白纸扇那伙人的。”张崇斌说道。

祁兵没有说话，只见他迅速从座位下面抽出一把潜水刀，打开车门跳下车去。

“祁兵，快回来，你干什么？”张崇斌小声喊道。

祁兵冲张崇斌摆摆手，暗示先不要出声。然后，他猫腰紧走几步向前方张望去。前方白纸扇的车仍继续走了一会儿，此时也停住了。这边，白纸扇的声音又从张崇斌手中的对讲机里传出来：“张兄，车子怎么不动了？”

“三哥啊，这路太难走了，车轮陷进草水坑里，你们在前面先别动，等等我啊。”张崇斌解释道。

“这是什么烂道！要不要帮忙？”白纸扇问道。

“先不用，我让人下去推推看，估计问题不大。”张崇斌回道。

“这是什么……”在白纸扇不断发着牢骚的时候，巴特尔这时打开车门要下车。

“你干什么去？”老六问道。

“方便一下。”巴特尔回道。

“你跑的这是什么鬼路，我的尿水也让你给颠出来了。”老六说着，启开了靠近自己一侧的车门。

巴特尔下了车，就向远处快步走去。

"跑那么远干什么?"老六一边拉着裤门拉链一边冲巴特尔嚷道。

"我是'大'的,有味儿。"巴特尔说着,忙蹲下身子,人影淹没在草丛中。

老六一听,像闻到了味道一样,鼻子和眉毛顿时往一块挤去。同时,他朝背离巴特尔的方向走去。站住后,他一边闭目仰头一边小解着,嘴里还哼着个走了调的小曲,好似一番享受。

这边,张崇斌看了下表,已是午夜。然后,他跳下车来,警觉地环顾着四周的环境。只见空阔的黑暗中,除了两车灯照亮的地方,其他方位都如黑雾笼罩,什么也看不清楚。一阵阴冷的山风迎面袭来,耳边传来草叶簌簌扫动的声音,同时,一股夹杂着潮腥气的草土味扑鼻而来。"此地阴气甚重!"张崇斌不禁暗念道。

"这究竟是哪儿啊?"站在张崇斌身边的祁兵自言自语道。

就在这个时候,只听远处突然传来"啊呀……啊啊!"的一连串破了音的惊叫声。在这个黑暗空旷的陌生地,耳膜突然被这种声波振动,每个人的全身筋骨顿时收缩绷紧。

"不好,前方有情况!"正当张崇斌猜测这会是谁发出的叫声时,只见前方隐约有一模糊的黑影踩踏着草皮迅速向他这边奔来。

祁兵一个箭步冲到张崇斌前面,他一手握刀,同时伸出另一只手臂护着张崇斌向敞开的车门处后退。到了车门口,祁兵用力推张崇斌上车。进了车内的张崇斌正要拉祁兵一起上车时,祁兵却一抖手臂,使劲将车门关上。

段涛在车里翻出手电,正准备冲到车外,祁兵立即冲他做出待着别动的手势。然后,祁兵贴着车身猫下腰,端着握刀的手臂,将锋利的刀刃横向越来越近的黑影。

当这个黑影距车子不到 3 米时,突然,那影子直立起来向车门扑来,"扑通"一声,这个影子却瞬间跌倒在草地上。猛地,又被拉扯起来,此时,一道泛着寒光的刀刃已经横在黑影的脖颈处。

"是……是我啊!"这个影子发出了人的声音,原来是巴特尔。祁兵迅速将刀收回,押着巴特尔走了过来。

"前面出了什么事情?"张崇斌连忙打开车门,一边将巴特尔拉上车一边问道。

"快!快开车离开这里!"浑身湿漉漉的巴特尔瞪着惊恐的眼睛急切地说着。

"你快说,究竟怎么回事?这儿是什么地方?"祁兵在一旁催问道。

"我……我也不知道……我来开车,带你们走。"巴特尔一边结结巴巴地说着,一边拱起身子，手臂向方向盘伸去。

这时，张崇斌用力按住巴特尔的肩膀，说道："现在不能走。"

巴特尔似乎没有听见张崇斌的话，他倾着身子继续使劲前冲，却没有挣脱掉按在肩头的手。

"我们不能丢下他们。"张崇斌又说了一句，手上同时加了力气。

巴特尔身子一震，他回转过身来，万分不解地看着张崇斌，又看了看站在车门处手里握着刀的祁兵，身子顿时一软，嘴唇哆嗦着喃声道："你……你们和他们，原来是一伙的！"

张崇斌盯着巴特尔的眼睛，轻轻地摇了摇头。

"那……那你们这是为什么?!"巴特尔眼睛一亮，又挣扎了起来。

"我们的工作还需要他们，现在收拾他们还不到时候。"张崇斌说道。

听了这个解释，巴特尔张了张嘴，没有说出话来，圆睁着的眼睛里尽是无措的迷茫。

就在这个时候，外面突然传来"嗒嗒嗒……"一阵枪响，紧接着，就听见老六扯着嗓子喊："巴特尔，你给我滚出来！"然后又是一阵枪声。

祁兵一把将巴特尔的头按到座椅背后，说道："藏好，别让他们发现了。"

张崇斌连忙拿起对讲机呼叫白纸扇，白纸扇颤抖地回道："这……这是什么鬼地方，到处都是尸……尸块！"

"什么？石块?"张崇斌听了一愣。

"是被撕碎了的尸体！到处都是！"白纸扇有些歇斯底里地喊叫着。

"三哥，先别慌乱，也别再放枪，我马上过去看看。"通完话，张崇斌转头看向趴伏在座椅上的巴特尔，严肃地问道，"告诉我，这到底是怎么回事?"

巴特尔急忙说道："你……你可千万别过去！好吧，我告诉你们，前面不远是魔怪湖，这一带只有那怪兽才敢出没，他们说的那些尸块一定是那兽物吃剩下的东西。刚才他们放了枪，怪兽听见很快就会循声找过来的，我们还是赶快逃命吧！"

"怪兽？什么怪兽?!"祁兵靠近跟前问道.

"就是一种，一种长得又像熊又有点像人的野兽，当地人叫它人熊！"巴特尔紧张地回道。

难道是熊罴?！张崇斌想起了以前曾听说过的藏地传闻，据说藏西北一带存在这么一种世人难得一见的野兽——人熊。这种野兽也被称作熊罴，这可是一个无论狩猎经验多么丰富的猎人也不愿意碰见的猛兽！有句老话：“豹怕虎，虎怕罴。”据说这熊罴勇猛异常，连兽中之王的老虎遇见它都要畏惧退避。而且，它皮糙肉厚，火枪子弹打在它身上都不起作用。而人一旦被它抓住，那一定会死得惨不忍睹！

“可是，按照事先预定的计划，若想登顶神山，现阶段还必须借助白纸扇的力量，这可如何是好……”张崇斌抬头看了看祁兵和段涛，他们也在看着张崇斌，等着他的决定。

“也许在黑夜里，这眼皮垂长耷拉的熊罴不会像白天那样行动灵便，只要把车灯熄灭尽快原路返回就能躲过这一劫。”事不宜迟，张崇斌决定赌一把，于是说道，“巴特尔，你马上跟我们一起过去，就说过来是拿存放在车上的自己的东西，别让他们看出来你的意图。”

“我不回去。”巴特尔强烈地摇头回绝。

“你必须回去！而且，还要带上他们把车开到安全的地带。我告诉你，我们这是在执行特殊任务，你的人身安全现在由我们来负责！”张崇斌不容置疑地说道。

张崇斌话音刚落，祁兵就快速跨进驾驶座位，启动汽车朝白纸扇那边快速开去。

车子开到白纸扇的车子附近，迅即停住。张崇斌带着巴特尔下了车，对站在车旁手里拎着冲锋枪的白纸扇说道：“三哥，我刚问过巴特尔，这条路确实是条捷径，但是多年未夜间行走有些生疏了。他刚才回车拿点自己的东西。我们不要在此耽搁时间，继续上路吧。”说完，张崇斌将巴特尔往车前一推。

白纸扇一言不发，只是眯缝着眼看着低头走向驾驶室的巴特尔。

车内，老六此时正在用手纸擦拭沾着尿液的手指、裤裆，嘴里不断地咒骂着什么。原来他方才撒尿时，偶然一低头发现地上似有异物，于是用尿水去浇射那“物”，在尿水将尽时他突然看清楚了那“物”究竟是什么，顿时手脚狂乱地叫蹦起来，结果剩下的尿水淋了一裤裆。这会儿他看到巴特尔又出现在眼前时，就将手里的纸团使劲地朝巴特尔扔去，“你他妈的真能选个好地方！”

巴特尔躲闪了一下，然后坐上驾驶座位，背对着老六，一句话也不说。

老六一挺身，又贴靠过去，从椅背侧面伸出手来扳扭着巴特尔的下巴，逼问道：“你怎么跟个哑巴鬼似的，跑那车上干什么去了?!”

“肚子不舒服，我去找药。”巴特尔边解释边推开那只带着一股异味的手。

“好了，都给我闭嘴！”白纸扇拍了下车窗，嚷了一声。

看到老六不再难为巴特尔后，张崇斌这才转过身去向四下张望，只见侧前方一处有些凹陷的空地上，一个人影正用手电来回在地上照晃着，不时地还用脚尖在草丛中拨动着什么。手电光的闪映下，那人影的面貌展露出来，正是枪王。

“枪王在那儿干什么？难道他察觉到巴特尔的异常了?”想到这里，张崇斌回身来到车里将手电取出，临走之时小声交代祁兵和段涛都别跟着下来，让他们做好随机应变的准备。交代完毕，他自己拿着手电快步朝枪王走了过去……走出不到10米远，张崇斌感觉脚下踢到了个硬物，拨开杂草冷眼一看是个有些泛白的东西，待他慢慢蹲下身子，用手电照去，“我的天，原来竟是一个破碎的颅骨状骨头!”一阵触电似的心颤并伴随着难言的恶心，张崇斌连忙站起身来，后退两步，待稳住心神后，用手电慢慢地向四周照去：光亮划过之处，到处可见混杂着暗红、黝黑、苍白颜色零散遍地的骨架和残肢，一时难以分辨这到底是人的还是什么动物的残骸组织。但从这些尸块上附着的血肉颜色都呈新鲜没有腐败的迹象，张崇斌迅速判断出这些尸块被撕碎的时间并不长。由此可以断定，巴特尔刚才说的那个凶猛的野兽绝不是吓唬人，它一定存在，也许它就在附近！想到这里，张崇斌一边迅速后撤一边招呼着枪王赶快回车上。

枪王默不作声地仍在原地站着不动，只是将头微微侧转，好像在侧耳聆听着什么。

张崇斌回到车前，将手电关闭。同时，他让巴特尔和祁兵立即将车灯熄灭。

张崇斌快速上了车，车门一关，祁兵和段涛就围上来准备询问情况。张崇斌却一摆手，让大家保持肃静，然后他将车窗摇下，举目向四周望去，乌黑的夜幕下，只听见阵阵阴风席卷草木的声音，其他一片黑茫茫看不清楚。

“段涛，将夜视镜拿出来。”张崇斌吩咐道。

话音刚落，只见祁兵左手向侧面一指：“注意，有情况!”

张崇斌扭头看去，只见两对上下晃动着的绿光团正由远而近地飘忽而来。

“开车，原路返回!”张崇斌对身边的祁兵急促说道。祁兵一手换挡一脚踩上油门，车子“轰”的一声迅速倒退……

与此同时，原地站立的枪王猛一转身迅速回撤上了车。白纸扇那辆越野车的发动机立即运转起来，可是，意外的事情出现了！那车子除了发出“轰轰”的机器运转和“吱吱”的摩擦草水的声音，车身却只是一蹿一蹿地原地晃动着，车轮越来越深地陷入一摊水湾里。顿时，那车里传出阵阵咒骂的杂乱声……

“不好，巴特尔有危险！”张崇斌不禁出声道。祁兵应声猛地踩住了刹车。

事态的突变，让张崇斌的心一沉，“今夜要出事！”这时，段涛将夜视镜递给了张崇斌，张崇斌以最快的速度戴上它。突然，他腰间的对讲机响了起来，张崇斌一边接听一边紧张地观察外面的情况。

“张兄，真背气，我这车也陷住了，你赶快叫你的弟兄过来推一推这车。巴特尔，你真是晦气，找这个鬼地方来拉屎……”对讲机里混杂着老六的抱怨声。

这个时候，从夜视镜里，张崇斌看到了刚才无法看清楚的影像，他的心脏剧烈地跳动起来。对着对讲机，张崇斌压低声音急迫地喊道：“都别再说话了！快看你们车子的左侧方向。”

白纸扇的车一阵剧烈晃动，旋即安静了下来。

张崇斌将夜视镜挪开，转头对祁兵和段涛轻声说道：“那绿光，是一大一小两只野兽的眼睛，它们正朝这边跑来。”

祁兵听到这里，迅即将那把潜水刀放在张崇斌的手里，说道：“崇斌，这刀你拿好了。”

“还是你拿着，这样它才能发挥最大的作用。”张崇斌对祁兵说道。

“张总，队长，看，这还有！”段涛这时从身边的包里又抽出两把军用匕首。祁兵一看，嘴角翘动一下，但没说什么，他伸手拿过一把在手。这两把匕首是段涛在进藏的路上搞到的，虽然不是火力强大的武器，但有此利刃在手，此时此刻，对大家而言，这就是最见效的强心剂！

这时，对讲机里又传来呼叫声，“张兄，看见了，是两只黑熊！嘿嘿……幸亏老子这回带着家伙，这回我倒要尝尝藏味的熊胆。”白纸扇似乎找到了狩猎的感觉。

“三哥，你最好不要把它们当熊看，这种野兽性情极为凶猛，就算子弹将它的肚子打穿，它仍能将攻击目标撕咬成碎片。如果你一定认为它们是熊，那你要知道熊是不吃死人的……”张崇斌说到这儿，话音戛然而止。

此刻，那两团绿光后面的庞大身躯已清晰地出现在众人裸眼的视线内。

白纸扇那边没有再回话，霎时间，整个荒地草滩完全安静了下来。

张崇斌、祁兵、段涛三人都屏住了呼吸，轻轻地将车窗关上。透过玻璃，大家的眼睛都紧紧盯着这两只如同母子，此时放慢了步伐却越来越近的“怪物”。这两只“怪物”黝黑庞大的五官看起来有些像人，浑身上下都是棕黄色的毛发，毛乎乎的脖子明显比熊瞎子长不少。它们行动起来的一晃一动，牵扯的肌肉群和肢体动感都体现出一股蓄势待发的猛壮气势，丝毫不显得笨拙。

“这不会是‘野人’吧?”段涛压低着声音嘀咕道。

张崇斌似乎也有些疑惑，因为喜马拉雅山一带确有传说中的野人出没。但马上，他否定了这个判断，因为野人的眼睛据说是红色的，且以前听老人说，眼睛在夜间冒红光的动物吃草不吃人，冒绿光的则都是凶残的猛兽。而眼前这一对怪物的眼睛正如灯泡般冒着绿色的荧光！看来，这就是熊罴了，原来长的是这副模样，难怪又被称为“人熊”。想到这里，张崇斌不由得握紧了手中的刀。

这时，这对怪兽似乎对眼下的寂静无声有些迷惑，在距离两车之间不到 5 米远的地方，它们停止了前行，开始左右转头看着静停着的车子，看了会儿，稍小的家伙“呜嗷”地闷声一叫，然后，在大熊罴的带领下又开始继续前行。

“它们没有看到咱们这些‘猎物’，看来是要离开这儿了！”看着它们穿越两车之间的地带继续前行而去，祁兵低声道。

可就在这时，只见那只大的熊罴突然低下头来，在草丛中使劲地嗅着什么。慢慢地，它转过身来，低垂着大脑袋一边继续在地上嗅着一边朝白纸扇那辆车的前方走去——那正是老六撒过尿的地方。

大熊罴在距离车头不到 10 米远的地方停止了走动，只见它猛地一抬头端起身来，那两只绿光眼睛直瞪向车子。

白纸扇的车子此刻突然如“触电”似的晃动了一下，但这一动却惊动了它们。只见大小熊罴齐蹬后腿，身子往前一拱，几步就窜到车子跟前。大熊罴贴着老六所在的车门一侧急促地嗅着鼻子，突然它后腿蹬直，身体直立起来，两只前掌一下子按住车顶棚，仰起头来张开大口，“嗷噢!”顿听一声炸雷般的狂吼响彻夜空……

“我的天！这家伙竟然能发出这么浑厚惊霸的声音!”透过震得发抖的车窗玻璃，众人更为吃惊地发现，这大熊罴原来如此雄壮威猛，以车高为参照物衡量，它站直的躯体至少在 2.5 米以上，那小的也有 2 米左右。

嚎叫过后，只见那大熊罴身子往前又是一拱，白纸扇的车子顿时两轮起空，朝外侧翻滚去。与此同时，一道耀眼的火舌从车里蹿出，紧接着传来了连续的枪声，这枪声里面还夹杂着人的惊惧骇叫声。

“坏了!”张崇斌最担心的情况到底发生了，“快开车，引开它们!”他急忙对祁兵说道。

“轰”的一声，汽车重新启动了，两束强烈的远光大灯直照向那两只熊罴。

祁兵这时大喊一声："都坐稳了!"说着猛地一踩油门，越野车携着刺耳的喇叭鸣叫向白纸扇的车子开去。

大熊罴的身躯吃上子弹，但正如人们传言的那样，子弹打在它的身上简直就如同蚊蝇叮咬。此时，祁兵驾驶的车子突然杀出显然更令它们惊愤。尤其是在车子擦着白纸扇的车边驶过撞蹭到躲避不及的小熊罴的身上，随着小熊罴的一声惊叫，这对大小熊罴立即丢下白纸扇的车，俯身扒地、四足扬奔地尾随着祁兵开的车子开始急冲狂追。

在一阵阵剧烈的颠簸中，祁兵两手紧握方向盘，眼睛一眨不眨地盯着前方。段涛则在后座透过车窗不断地报告着那两只穷凶极恶的家伙的方位和距车的大致距离。此时，祁兵只能凭着轮胎着地的感觉和前灯照亮的路况不断做出应急反应，紧绷着的面孔已渗出一层细密的汗珠。在这个突发情形下，再加上不熟悉环境，一车人已完全迷失了方向。

突然，车子一个急停！但见一块巨石如天降般地横卧在正前方，张崇斌的身子猛地前倾差点撞在自己手中的刀尖上，正当他惊魂未定时，"砰"的一声惊响，身边一侧的车窗玻璃猛地被一只带着尖钩的粗黑大爪子击碎了。

"啊!"张崇斌本能地一闪身举刀朝那伸进车内正张分着利爪的"黑手"大力砍去。与此同时，车子猛地向后快速地倒行起来，然后又猛地一个180度急转弯，两个巨大黑影从车窗前掠晃而过。"轰"的一声，祁兵狠踩一脚油门，车子朝另一个看不见尽头的方向疾驶而去。

"你有没有事?!"

"张总，你怎么样了?!"祁兵和段涛急声惊问道。

"好险!"张崇斌的胸腔剧烈地起伏着，他看着右侧肩膀处撕裂的羽绒服和刀刃上黏附着的数根粗黑的毛发，喘着粗气说道。

车窗破碎，冷风从窗口不断涌灌进来，再加上仿佛就在耳边的一声声惊魂的嚎叫，张崇斌这才真切地感受到这个"引火上身"举动的严重后果。"可当时不这么去做，还有什么更好的法子吗?"正在这心绪颠乱的时候，大家突然又看见了白纸扇的车出现在前方。

"回到原地了!"段涛喊道。

两车交错之际，张崇斌发现那侧翻着的车内已是人影皆无，空空如也。"看来他们都已经安全撤离了，现在，真正麻烦的只有自己这帮人了!"想到这儿，张崇斌开口说道："祁兵，我们一直都在它们的活动范围内转圈，这样下去可不是个办法！"

"我们帮了白纸扇他们，他们有枪却不帮我们！"段涛恨恨地骂道。

"崇斌，也许……我们有一个搏一把的机会。"祁兵擦了把脸上的汗水道。

"什么机会？"张崇斌忙问道。

"用车撞它们！"祁兵咬着牙说道。

"对！撞死这两个畜生！"段涛应和道。

"哪怕撞不死，只要撞伤它们，我们就可以用刀结果它们。"祁兵补充道。

张崇斌咬着嘴唇，紧皱着眉头说道："祁兵，你来把握这个机会吧。"其实，这个计划并非周全。在张崇斌看来，这样做，对付一只熊罴是充分可行的，但同时对付两只熊罴就存在着极大的风险。试想一下，谁能保证这车子在撞上一只强壮如磐石的熊罴后不会受损熄火，而且还要确保有足够的时间重新开动车蓄足动能冲势，在另一只没有反应过来时再重创其体？尤其是目前看来这两个家伙并不分散活动，车子一直被它们尾追着，连掉头的机会都难有！

"也许，这个漫长的黑夜，太阳永远都不再出现……"正当张崇斌做着最坏的心理准备时，只听外面突然传来"啪"的一声枪响，接着又传来一声狂嗥的震耳怒吼……

祁兵看了眼后视镜和侧视镜，兴奋地说道："是枪王，他打中了大个的一只眼睛！"

"太好了！我们甩开它们了！"头伸在车身外的段涛也大喊起来。

"我们这是开到了他们躲避的区域，他们就在附近！"祁兵突然又拧起眉头说道。

"你怎么知道？"张崇斌问道。

"枪声和熊罴叫声是同时听到的，而且枪声距离……"

祁兵的话还未说完，果不其然，只见距离车子不远的一侧，突然发出一道道亮光，接着就是密集的枪声。

祁兵脚下一点刹车，手臂猛地一转方向盘，车子顿时原地掉转过头来。

枪王刚才的那一枪是迫不得已的举措。

原来，一直紧随车后的熊罴在进入这个区域时，那跑在后面的大个熊罴突然又嗅到了某种气味，它像是想起了什么突然改变奔跑的方向，直奔老六藏身的地方窜去，而老六的身边还卧着白纸扇、枪王和巴特尔三人。

小熊罴在这一瞬间动作也迟缓下来，似乎在判断是继续追车还是跟随大熊罴而去。

白纸扇等人一看这大熊罴竟然朝自己藏身的地方奔来，立即手忙脚乱地爬起身来掉头就逃，枪王最后起的身，在他起身前开了那一枪。枪王不愧为枪王，这一枪正中大熊罴的左眼！9mm巴拉贝鲁姆弹的威力其实是巨大的，这种子弹若是打中人的头部，那半边脑袋都能给轰掉。但大熊罴竟然扛住了，受此一击，它站起身来仰头一声怒嚎，两只前爪在半空中疯狂地舞抓起来。

当枪王发现这一枪竟然未能使其毙命，迅速起身朝另一个方向紧跑数步后低身潜伏下来，在他正准备放第二枪时，大熊罴已经俯下身子更暴躁迅猛的快速朝老六的方向追去。看着来势凶猛的野兽，慌张的老六只感到两腿发软，没跑出多远就自己绊倒在地，还没等他再站起身来，大熊罴已经冲到跟前……已经吓得张着大嘴却不会喊话的老六一边狂开着手中的枪一边两腿乱蹬着地，身子尽可能地向后挪动着，他身后的白纸扇用哆嗦的手紧扣着扳机，冲锋枪和手枪子弹一齐射向大熊罴的身躯。子弹打在大熊罴身上，只是“噗噗”地陷入厚厚的皮肉中，但这不仅没有撂倒这家伙，反而让它更加狂暴，大熊罴猛地又一前扑一巴掌按住了地上蠕动的“猎物”，同时扬起另一巴掌向白纸扇抓去，白纸扇惊得一跳身，掉头就向远处逃窜。

大熊罴没有继续追出去，而是就地俯首挥掌疯狂地撕咬着地上的“猎物”。随着一声声撕心裂肺的惨叫，大熊罴抓起地上的“猎物”站立了起来，又是一声闷声的长嗥，大熊罴猛一甩动前肢，那掌中的“猎物”顿时分飞出去。接着，大熊罴挥舞着两前掌来回“嘭嘭”地拍打起自己的前胸。

张崇斌这边在车内眼看着那空中的一截东西飞来，“砰”的一声落了地，距离车前方不远处，差点砸在车身上。

“是老六!”祁兵探身看了一眼道。

老六竟然被熊罴给撕碎了！这时，张崇斌也看清楚了那东西是人的上半截身子。一张破碎的人脸，龇牙咧嘴，若不是从扯碎的衣服上判断出是老六，根本无法辨认出此人是谁。

这一刻，突然没有了枪声，也没有了人的喊叫声，可怕的安静，使荒芜的黑暗弥漫着越来越浓烈的血腥味道……车外的猛兽在等待，每一个仍活着的人也在等待着，但是这样的等待，只能让人更加难耐！就在张崇斌愈发感觉身冷心寒的时候，那只个头小的熊罴突然从黑暗中蹿到车前，它一口咬住老六残缺的尸身，然后叼着鲜血淋漓的“猎物”仰起头朝车里望来。

“怎么？这熊罴难道有着类人的智慧，竟然玩出这种心理战！”张崇斌再次感到震惊。就在此时，祁兵一踩油门，车子猛地前冲直奔小熊罴撞去。

小熊罴似乎吃过一堑长了智慧，这一回它反应很快，敏捷地侧身一跳躲过了车子。祁兵并没有让车子减速，而是继续踩着油门直奔前方的大熊罴而去，“哐”的一声，那直立着正舞着前臂的大熊罴猛地横飞出几米远，滚落在地，大熊罴发出一声闷叫，拱身反扑到车前，它两前掌搭在车头盖上，庞大的身躯紧贴着保险杠。

祁兵连忙发动车子，发现车子动不了了！此时，车身后的小熊罴朝这边快速奔来。

“你们都待在车里，别出来！”祁兵急速说完，然后迅即跳下车子关紧车门。

张崇斌知道祁兵这样做是想引开小熊罴，可这太危险了！他一边看着车外的祁兵，一边盯着车前的大熊罴，心似乎已经堵住了嗓子眼。好在大熊罴这回没有再站起身来，看见近在咫尺的“猎物”，它只是卧在车头处原地仰头嗥叫着……

于是，张崇斌连忙起身跨到驾驶座位上，尝试着重新发动车子。段涛这时拉开了车门，也跳下车去。

“你下来干什么?!”祁兵大声说道。

“我要和你在一起!”段涛大声回道。

“你这是添乱！赶快回车里保护好张总!”祁兵大声说着，猛地一推跑到身边的段涛，然后跑出去让自己暴露在无遮掩的空地上。

段涛没有心理准备，被祁兵这么一推，脚下趔趄地跌倒在地上，当他重新坐起身子时，突然他的手在地上摸到了一个令他心跳的东西——手枪。

此时，那小熊罴却并没有奔祁兵而去，而是继续朝车子这边跳蹿奔来，段涛兴奋地站了起来，正当他要冲祁兵喊话时，但见那只小熊罴竟迎面朝自己扑来，他一时原地呆愣住了。

这时，只听“嘿”的一声大喝，祁兵已飞身赶来，在距离小熊罴身后不到 5 米之处，将手中的匕首飞甩出去。这一刀正中熊罴后脖子，整个刀刃尽入皮肉之中。这个部位，对于任何野兽都是要害。只是，匕首尖刃过于精短，杀伤力有限，无法直接让此类猛兽挨招毙命。小熊罴受此剧痛一击，本能地改变了猎捕的目标，只见它猛地转过身去，嗷叫着朝祁兵扑去……

祁兵一个纵身侧闪，灵巧地躲过了小熊罴的正面前扑，然后之字形地朝背离车子的方向跑去。

“枪！我这儿有枪！”段涛大声地朝祁兵喊道。

祁兵听到了段涛的喊叫，回声道：“把枪给我扔过来！”

段涛闻声，后撤一大步甩开臂膀将手中的枪投掷出去。

“小心！”张崇斌突然推开车门，飞身扑向段涛，两人在地上打了几个滚，尚未来得及起身之际，只见先行转过身来的张崇斌一手撑着地，一手立起尖刀朝着正向他头部挥过来的一只大黑掌猛力刺去！这把锋利的潜水刀的大半刀身一下子扎进了那黑掌中，还没等张崇斌将刀拔出，那黑掌猛地一收缩，将刀子给带走了。

俯在地上的段涛回过头来，当他看见身后那晃晃悠悠又站起身来的大熊罴时，一骨碌爬了起来，大喊一声：“你给我死去吧！”话音未落，段涛整个人已是冲了过去，蹦跳起来将手中的匕首狠狠地插入大熊罴的另一只冒着绿光的眼睛！

“嗷”的一声哀号，大熊罴沉重地倒卧在地，浑身不停地抽搐起来。

且说祁兵这边，他凭着手枪落地的声音，一个飞身鱼跃扑将过去，然后就势一滚潜伏在草地上。此时，他的手里已经握上了一把六四式手枪。有枪在手，祁兵内心顿觉踏实万分，但他突然又感觉到这枪的重量似乎不对，连忙检查一番，发现弹匣已空，只剩下压在枪膛里的最后一颗子弹。

此时，小熊罴已近在眼前，再起身绕跑，已是来不及了！祁兵很清楚，这颗子弹必须击中熊罴最敏感最脆弱的部位才不算浪费，这个部位就是熊罴的眼睛，那9mm强杀伤力的子弹都不能让熊罴一枪毙命，这7.62mm的子弹又能如何？

但是，祁兵已没选择的余地，闪念之间，那家伙已经迎头赶到，两只眼睛与俯在地上的祁兵的眼睛对视上了，此刻，顺着脖子伤口处不断涌着血水的小熊罴浑身毛发奓立，它猛地立起身来。

“啪”的一声枪响，祁兵扣动了扳机，几乎就在这同时，“啪”的又是一声枪响，祁兵身后不远处冒出一道亮光火线……小熊罴的两只眼睛顿时失去了光彩，随着一声长长的闷声嚎叫，“扑通”一声，熊罴栽倒在祁兵的眼前，那两眼处已是两个血肉模糊的黑洞，整个躯体一动不动了。

祁兵回过头来，看见枪王，四目相对，二人似有默契地彼此点了下头。

张崇斌这边听到两声短促的枪声，随即又听到一声凄惨无力的嚎叫后，顿感心中一块重石落地，他打开手电，和段涛一起向枪声响过的地方跑去……此时，祁兵和枪王也迎面向他们走来。

确认了两只熊罴都已毙命后，段涛接过手电，向四周照去，过了好一会儿，白纸扇一个人持着枪不声不响地像幽灵一样从黑暗中冒了出来。可是巴特尔的身影，却没有出现。

白纸扇来到散落着老六残缺肢体的地方，目睹脚下的一堆残肢，他神情沮丧，持枪的手臂不断地抖动着，仿佛依旧惊魂未定。此刻，在这片黑暗空荡的荒滩草地上，围站在一起的其他人也都胸口剧烈起伏着相顾无语，保持着一份不自然的黯然沉默。伴着空气中浓烈的血腥味道，张崇斌紧皱眉头四处环望……

“巴特尔下落不明，车子也出了故障，而且，这一地带周围是否还潜伏着其他凶险，实难预料，显而易见，原地呆立着绝非办法。”想到这些，张崇斌率先发话道：“此地不可久留，大家赶快集中到车里躲避。”说完，他来到白纸扇身边，低声道：“三哥，走吧，我们需要马上做出下一步行动的安排。”

白纸扇这才缓过神来，他看了眼张崇斌，一言不发地转过身朝自己坐的车子方向走去。众人来到车子旁，齐力将倾倒的车子抬起复位，然后陆续上了车。这回，白纸扇主动坐在驾驶座位上，他将车子开到巴特尔的车子附近停了下来。下了车，白纸扇提枪走到倒卧在地的大熊罴身边，端起冲锋枪对着那兽物的脑袋就是一顿猛射，直到子弹全部射光才罢手。然后，白纸扇闷头不语地又回到了车上。

众人聚集在一个车里，依旧都不说话，一时间，车内的气氛沉重压抑……张崇斌左右看了看，再次首先打破了沉寂，问道：“巴特尔呢？有谁知道他在哪里？”

等了片刻，无人回答。

张崇斌又道：“没有了向导，那后面的路将无法成行。现在，需要把他给找回来。”

“哼！”白纸扇的鼻子里发出个声音，紧接着，又发狠地说道，“巴特尔，他敢回来，老子非亲手宰了他不可！”

张崇斌看着白纸扇，语气严肃地回道：“三哥，你需要冷静。今晚上的事，确实很邪性、很意外，但这不能完全怪罪巴特尔。首先，是我们的车先陷入了水坑走不动了，这一耽搁才没有及时离开此地。”说到这儿，白纸扇瞥了眼张崇斌，却没有说什么。张崇斌见他没有反驳，又接着说道：“因为我们没有火力武器，整个局面才会如此被动，否则，老六不会死的。所以，我认为，原先的合作方案需要调整。”

白纸扇阴沉着脸，这会儿开了口：“张兄，还调整什么？这没枪的人一个没死，有枪的倒死了人!”

“枪，要看是谁用，怎么用。”祁兵在一旁插话道。

段涛见此，也张开了嘴，他一边指着张崇斌右侧肩膀撕裂开口的羽绒服一边说道：“你们现在倒来劲了！我大哥为了救你们冒险开车撞那野兽，这才让你们有时间从车里逃出来。可我们呢……看看这儿，这要不是我大哥福大命大，我们这边早就出大事了！你们呢，在我们最危险的时候，为我们开过一枪吗?!”

“好了，都别再说了。”看到段涛越来越激愤的样子和白纸扇红一阵白一阵的脸色，张崇斌打断了段涛的话。

“匡军，大涛，你们俩现在下车去把巴特尔给我找回来!”张崇斌说，然后转头又对白纸扇说道，“三哥，老六的枪现在就在匡军手里。最后那只熊罴，就是匡军用枪干掉的，这枪以后就留给我们防身用了，三哥不会不同意吧?”

白纸扇阴着脸不作言语。

“纠正一下，最后那个家伙，是我和韦兄一起干掉的。”祁兵说道。

这时，枪王从一个硬纸盒子里取出一颗 7.62mm 口径的子弹放在白纸扇跟前，白纸扇看了眼枪王，又看了眼祁兵，这才开口道：“可以，但子弹由枪王分配。”

祁兵无声地冷笑一下，伸手将这颗子弹捏在手里，转身带着段涛跳下车去。

第二十三章　进山的“钥匙”

1. 文身的幸存者

大约过了40分钟，祁兵和段涛回来了，他们果然带回了一个人。可是，这个昏死的人却不是巴特尔，望着祁兵和段涛迷惑不解的神情，众人更是惊惑不已。在张崇斌的催问下，祁兵解释道，他和段涛走了一大圈，没有发现巴特尔的影子，但在距离这边50米左右的地方发现地上蜷缩着这个人，一摸脉搏，还有跳动，竟是个活着的人。

众人下了车，走近跟前，各自从不同角度打量着眼下这位身着藏装的男子。观其容貌，张崇斌判断此人年纪在60岁上下。从其后背的衣服被撕扯过，脖子和后背也有着却不够致命的伤痕情况看，张崇斌马上联想起刚进入这片领地时发现的那些被撕碎了的遍地尸块。“也许，他就是那伙人中幸运活下来的同伴或向导。”想到这儿，张崇斌让祁兵和段涛将此人抬到旁边巴特尔的车上，找出保温瓶，给他喂点热水，再加盖上睡袋保暖，想办法让他尽快苏醒。

众人各自散去。趁白纸扇和枪王又回到自己的车上时，祁兵凑到张崇斌身边，小声说道：“巴特尔找到了，人就在附近，他不肯来，只想单独见你。”

“巴特尔竟然跟自己玩起了‘捉迷藏’。”张崇斌虽然感到一些意外，但并不吃惊，他能理解巴特尔内心的感受。于是，张崇斌拿着手电按照祁兵示意的方位朝车子后方走了过去。果然，在距离车子20多米远的地方，张崇斌看到了趴在地上的巴特尔，他将手电关闭，慢慢蹲下身去。

趴在地上、浑身湿透睁大着眼睛的巴特尔看着张崇斌，嘴唇哆嗦地念叨着：“求求你，求求你了，你们放过我吧，我没想害你们的。”

张崇斌轻声说道：“别担心，巴特尔兄弟，我相信你不会有意伤害我们的。现在呢，只要你听从我的安排，我就可以保证你的人身安全。”

巴特尔没有回话，嘴角依然抖动不已，眼神闪烁不定。

张崇斌又道：“现在，两部车子都出了故障，如果不能将车子修好尽快赶路，恐怕，我们每个人都有危险。这里所有的人，包括那些欺负你的恶人，也都非常需要你的帮助。只要你能活着出去，大家才能都活着出去。巴特尔，你去将车子修好，我保证以后的路程，你会和我们坐在一个车上。”

巴特尔两眼圆睁紧紧地盯着张崇斌的眼睛好一会儿，终于，他将手伸了出来，张崇斌有力地握住他的手，拉他慢慢地站起身来。

重新回来，白纸扇看见巴特尔又出现在眼前，脸颊的肌肉不禁抽搐了几下。巴特尔低着头，仿佛谁也没有看见，他直奔自己的车前，和一旁的祁兵一起立即对车辆进行全面检查修理。其间，张崇斌和白纸扇打了招呼，说巴特尔已经吓破了胆，精神有些恍惚，这后面的路程，就让他开自己熟悉的车。白纸扇点头同意，他本来就没打算再由巴特尔来开他的车子。

幸运的是，车子的重要部件并没有损毁。大约半个小时，临近凌晨3点，车子修好了。虽然人人都感觉到身心极度疲乏，但想尽快离开此地的强烈愿望使众人都强打起精神，各自检查好自身的物品后，全部回到了车上。

巴特尔换了身衣服，重新开上了自己的车子。这回，他车子开得很生硬，而且整个人也似乎有点神经质，车身每颠簸一下，他浑身就不自主地抖动一下。车里的人担心巴特尔的状态，途中停车时，由祁兵替换下巴特尔开车上路。

天色渐渐放亮。两部越野车一路曲折迂回行进，在穿过一个叫托吉的小镇后上了大路，终于，又回到通往神山的既定路线。此地已是绕过仲巴县，与该县城相距十几公里。

随着一阵咳嗽声，躺在巴特尔车子后座上的那个不明身份的藏民恢复了知觉，他慢慢睁开眼，先是看到了坐在他身边的段涛，不禁身体一抖，转眼又看见段涛旁边的巴特尔后，他用力向前伸出一只手，这只颤抖不停的手似乎要抓住什么，同时，又以微弱的声音不断地说着令人无法听懂的藏语。

从睡梦中惊醒过来的巴特尔有些不知所措地看着藏民，一旁的段涛忙让巴特尔听藏民在说什么，张崇斌则扭过头来，察看着藏民的状况。

巴特尔倾身听了会儿，又用藏语和他对了几句话，然后起身凑到张崇斌跟前说道："他叫索朗，说是因为迷路，他们一伙人遇见了吃人的怪兽，死了人，他要逃命。"

"他们都是些什么人？"段涛问道。

"我问过，他说不清楚，反正不是这边的人，并说他是被强迫的。"巴特尔回道。

"不是这边的，难道这伙人来自境外？"听了巴特尔的翻译，张崇斌顿时警觉起来。于是，张崇斌让巴特尔再去问索朗这伙人来此地做什么，为什么要强迫他。可是，索朗这回却紧紧闭上了眼睛，不再说话，似乎又昏厥过去。

巴特尔问不出来，则低头无语地沉默着，过了一会儿，突然自言自语地低声说道："我看，他们是来偷猎羚羊的。"

"偷猎羚羊？"段涛转头看着巴特尔质疑道。

巴特尔抬起头来，说道："你们可知道，这藏区的羚羊身上可有着比黄金都珍贵的羊绒，用这种羊绒制成的披肩，能从一枚戒指的中间穿过，很多外国人就为了得到这'戒指披肩'的原料，不惜越境冒险跑到这里。他们做这种事，怕是不好说吧。"

听了巴特尔的解释，张崇斌皱了皱眉头，没再说话，其他人也就没有继续追问下去。途中，巴特尔提示这边有个修车的铺子，仲巴县城也有大医院。于是，张崇斌用对讲机联系上白纸扇，提议暂在此地休息一下，把破碎的车窗修补好，顺便，他将受伤的藏民用巴特尔的车子送到离此地不算太远的县城医院。

白纸扇同意了修车的决定，但他却提议将索朗找个没人的地方扔下车，并不耐烦地说到救人会耽搁时间，而且容易招惹麻烦。在这个问题上，张崇斌和白纸扇发生了争执，张崇斌坚持自己的主张，因为索朗的伤很重，再加上高原地带，人的生命抵抗力极为脆弱，这救人一命图个吉利好冲冲晦气。其实，张崇斌很清楚白纸扇真正担心的是巴特尔会借机跑掉，如果他跑脱再去公安局举报，那寻宝的整盘计划就极可能泡汤。不过，在张崇斌看来，去神山的行程已经走了一多半，而且，这种救人一命的举动会让巴特尔有所感触，至少，会让他感觉到这伙人中有善良可以信赖的人。

为了让白纸扇真正放心，张崇斌表示只让段涛陪他一起去医院，祁兵留下。

听着张崇斌坚定的语气，面色阴沉的白纸扇最后勉强同意，但提出只给一个小时活动时间，到了时间看不见人回来，他们就将强行带着祁兵继续上路。张崇斌在与祁兵的眼神交会中，答应了白纸扇的条件。

远离了白纸扇一伙人，巴特尔逐渐恢复了正常神态。在去医院的途中，他一边心痛车子破损成这样，一边责问张崇斌为什么要将他牵扯到这个危险的旅途，他上有老下有小的，早知道租车的是这么一伙危险的人，给多少钱他都不会跑这趟车的。听他发完牢骚，张崇斌说道："巴特尔，我理解你的感受，你所有的损失我都会给以补偿。不过，你现在需要先稳住情绪把索朗尽快送到医院，这事回头我再跟你解释。"说完，张崇斌低下头来，默默地看着一直紧闭着眼睛的索朗……

随着车子的一阵颠簸，索朗的眼皮开始滚动，而泪水竟从眼角汩汩地涌出来，张崇斌见状，对巴特尔说道："索朗醒了，你帮我翻译给他听，让他坚持住，马上就到医院了。"

巴特尔用藏语大声翻译着，索朗却突然睁开眼睛，手脚齐动，整个人显得焦躁不安，同时，他嘴里快速地嚷着什么。

"他在说什么？"张崇斌一边注视着索朗一边大声地问道。

巴特尔并没有回话，似乎没有听到张崇斌的问话。

车子仍旧飞快地行进，段涛俯身按住不断扭动身躯挣扎着的索朗肩头。突然，巴特尔一拧方向盘，将车靠在路边，停了下来。段涛顿时急了，他大声问道："巴特尔，干吗停车，这救人要紧不知道吗？"

巴特尔仍未言语，而是急忙打开车门，跳下了车。

张崇斌心一缩，"难道他想逃跑？！"

段涛见状，也回身迅速打开车门准备下车。

巴特尔并未远跑，而是绕过车头来到车身一侧，大力拉开边门，伸进头来，他面容惶恐地对张崇斌说道："他……他是被人绑架的，他说他不能去医院，有人要杀他！"

张崇斌听了一怔，回过头来再次仔细地打量起眼前的索朗，这回，他发觉这个藏民的面貌似乎有些特别。这个干瘦的藏民一头啡褐色的乱发，并不是藏民特有的黑发，而且其面部特征似乎也有着与藏民不尽相似之处。

"难道他不是藏族人？"寻思到这儿，张崇斌开口问道："巴特尔，你问问他老家是哪里的？还有，他的背景情况。”

巴特尔忙贴身过去，语速很快地和索朗一问一答着。对完话后，巴特尔解释说索朗的老家在藏区的山南地区，西藏和平解放后他随母亲来到藏西北松西地区，至今他还没有结婚也没有子女。母亲现已去世，他对父亲没有印象，因为很小的时候，他的父亲就离开了他们母子二人。

听过后，张崇斌让巴特尔继续询问索朗的父亲为什么要抛弃他，这伙外来人为什么要劫持他这样一个孤寡之人？

经巴特尔问过后，再度解释，张崇斌了解到原来这索朗是个混血私生子。他现在只记得父亲的名字叫彼得，是个德国人，在西藏解放前和解放初期曾在藏南一带生活过。母亲告诉他，父亲是从印度到西藏的，和他父亲一起来西藏的还有一个德国人，他们曾寄居在母亲家隔壁的一户人家里。父亲年轻擅长绘画，而且会用麦子和豌豆酿酒，这让父亲在当地很受女孩子喜欢，他母亲就是那个时候怀上了他。解放后，不知为什么母亲突然悄悄带他离开了家乡去了遥远偏僻的藏西北一带。而这回突然来了一伙人劫持他，是因为他身上有个标记。针对这“标记”的询问，索朗有些迟疑，半天才嗫嚅地说了一句话。巴特尔在解释这句话时，神情也是怪怪的，他对张崇斌说道：“他说，这个标记是在他很小的时候，父亲要离开西藏时在他身上留下的纪念。这个标记小时候容易看到，长大后就不容易看到了。”

段涛听了这个解释，诧异的表情和巴特尔差不多。

张崇斌想了想，说道：“巴特尔、段涛，你们帮他把裤子脱下来。”

巴特尔、段涛先是一怔，马上明白过来，二人也不跟索朗解释就将他的裤子褪下。果然，一个“标记”显露出来。但这却让张崇斌吃了一惊，因为索朗的下体竟是“青龙”，仔细看去，原来那长着阴毛的地方都被剃光，而就在那块光秃的皮肤之上有个半只巴掌大小的刺青图案，这图案然竟是一个倒立的三角形，在三角形内，还有一个黑色的圆！

张崇斌仔细看过，神情严肃地说道：“巴特尔，你问一下，为什么他父亲在他身上的这个位置刺下这个图案？”

巴特尔这回的询问结果是索朗本人也不清楚，唯一的线索是，母亲曾告诉他，当时他父亲是照着一本不知从何处得来的古旧手抄本上面的图，刺下了这个标记。

“古旧手抄本？图在那上面？！”张崇斌想着隐世老者留给自己的图案，它们竟如此相似，这难道是巧合吗？想到这里，张崇斌开口道：“巴特尔，再问他，究竟是谁，为什么要杀他?”

巴特尔这回问出了答案：原来，这伙人绑架索朗是准备去尼泊尔，在抄近路时，遭遇了猛兽的追袭，并且有人伤亡。于是，幸存下来的人曾在车上要索朗回答一个奇怪的问题。问过后，正当他们准备除掉索朗的时候，索朗拼命从飞驰的车里跳了出去，然后他就不记得后面的事情了……等再睁开眼时，他看见的就是眼前要送自己去医院的人了。

“他们都问了什么奇怪的问题?”张崇斌追问道。

巴特尔翻译着索朗的答复，可这回的答案却让张崇斌顿感迷惑。他们问索朗的问题是：喜马拉雅山脉的地下通道在哪里？而索朗的回答是自己什么都不知道，甚至都不明白该如何理解这个问题。

“他们居然问了这样一个问题，而且什么都没有问出来就要杀人?”张崇斌紧皱眉头，开始琢磨其中的意味。

“这伙人真是没有人性!”巴特尔愤恨地说道。

此刻，张崇斌又想起了之前的那个预感——这次的神山调查行动不会那么简单顺利，潜伏的危险绝不仅仅是白纸扇一方！此外，索朗的这番遭遇，也让他隐隐感觉到这伙绑架索朗的人也许发现了什么重要的线索，他们可能也破译出文在索朗身上的这幅“秘图”的隐意，但在遭受猛兽袭击的突发事件后，他们发觉带着索朗出境不再方便，又通过问了一个问题，进而发现索朗已没有可利用的价值，于是决定杀了索朗。此举可谓一举两得：既杀人灭口，也断绝了别人再找到“秘图”。

张崇斌快速分析了这整桩事可能的来龙去脉，他意识到这伙人对看似已无价值的索朗欲将除之的举动，恰恰暴露出索朗身上的这个“文身标记”非同寻常，其隐含的意义重大！此外，他也被一个颇为矛盾的困惑痛苦地折磨着，这就是那个奇怪的问题。因为这个问题除了隐含着“沙姆巴拉”洞穴的确切位置迄今仍是个安然隐匿着的秘密外，但同时也意味着，神秘能量的隐藏之地极可能是在喜马拉雅山脉中……可这个方位却与当前的调查方向有着巨大偏差！“难道神山之行又如‘赤土仙人洞’那样，是个错误的方向?”这一刻，张崇斌的心绪骤沉，脑海一阵轰鸣。

2. 破解“石磨的把手”

神山，它是冈底斯山脉的主峰，而冈底斯山脉是贯穿于昆仑山脉与喜马拉雅山脉之间，在喜马拉雅山脉之北，与喜马拉雅山脉近乎平行的呈西北-东南走向的一道山脉。此时，若是中途放弃神山之行，张崇斌根本就没有做好心理准备，也无法想象，那样做又会得到一个什么结果，他只知道，自己已无法再承受这样的失误！

“张……大哥，您的脸色不好，您怎么了？”段涛冲张崇斌问道。

张崇斌回过神来，看了眼段涛回道：“没事儿。”说完，又看了下表，已经过了半个多小时了。于是，张崇斌对巴特尔说道：“请你继续开车，赶快去医院，索朗在那儿会很安全的。”

巴特尔返回车内，重新发动了车子。

张崇斌点上一根烟，狠吸两口，然后身体尽量放松倚靠在座背上，闭上了眼睛，保持均匀的呼吸，整个人看着似入睡般。但这却是表象，当下，他的大脑却异常活跃，浮影迭现：站在地球仪前，他用左手食指指着“神山”，右手的食指指着“复活节岛”，两手指相对着……一旁的白纸扇两眼放光兴奋地嚷着——“地球轴心”！影像一闪，神山出现……一座天然的金字塔，藏地高僧隐喻其为“石磨的把手”。

“‘石磨的把手’！这把深埋在心底的‘钥匙’怎么差点给忘记了？当初，自己不就是凭着对这个隐喻的感悟而最终锁定了神山之行吗？”张崇斌不禁一激灵，一种激奋的喜悦自心底升腾。他再次默默地回顾起当初的感悟：“石磨的把手”这个隐喻，可谓隐讳至深。不过，古往今来，世间启人智慧的诸多圣典隐语其实早已将各种玄机暗示给后人，“石磨的把手”也是如此。要完整地理解这个隐喻，需要将“石磨的把手”先分解然后再整合起来理解。

先说这“石磨”，这个名词实际上是暗喻一种天文景观，确切地说是指天体周期性的运动机制，若形象地描述还可以用“天体的周期旋动如同漩涡或石磨的转动，大可如银河系、小可如太阳系的运动”。晋葛洪在《晋书卷十一天文志》中说：“天旁转如推磨而左行，日月右行，随天左转，故日月实东行，而天牵之以西没。”这里“石磨”隐喻的是“岁差周期”运动现象。所谓“岁差”，是指地球自转轴的倾斜度在地球沿着轨道运动的过程中持续发生进动微变的现象。在以太阳为中心、天赤道与黄道相倾成 23.5 度的天球中，此轴每年向西移动 50 秒，每 72 年移动 1 度，每 2160 年移动 30 度，每 25776 年移动 360 度，即一个“岁差周期”。

地球自转和公转、太阳与黄道十二宫的春分轮值和岁差周期这些天体运动机制对地球上的自然环境和万物生长都直接或间接地产生了深远的影响。对于人类而言，就会以“昼与夜”“四季交替”“新太阳纪”“冰河时代”等这类词语来形容自然事物的周期变化和与之对应的各种身心感受，而且明白只有掌握自然的这种演化规律，才能更好地顺应并借助天时地利在恰当的时节春耕秋收、夏长冬藏，进而悟得阴阳相生、周而复始的道理。依天地这般运化，老祖宗制定的古老历法，以十个“天干”和十二个“地支”符号按照严格的规律相互排列组合，六十年一个循环构成。天干与地支也是传统方术推定人、事、物“吉、凶、悔、吝”必不可少的运算工具，这些看似“玄之又玄”的概念之本体和它们作为“运算系统”的术用，合起来就反映了古人“天人合一”的自然朴实的宇宙观。天体在宇宙时空这般有规律地周期运行，地上万物又契合地与之交感相应，这就如同一个设计精巧、结构精密不断运转的庞大生化机器。所谓“以天地为洪炉，造化为大工”，道家又将这些自然感悟用“造化洪炉”以喻其有机一体、造化万物。相同或类似的认识与感悟，同样也出现在世界其他民族诸多的古老神话传说中，他们往往说是“诸神的石磨不停地、慢慢地转动，而碾磨出来的往往是灾祸”。

回顾之际，张崇斌突然又想起了布达拉宫的地下，那神秘的年轻喇嘛指着时轮坛城说道：“它是一种符号，既代表人体，也代表宇宙。时轮金刚大法的要义对‘时间’尤为看重，你可以把时间想象成一个不停旋转的轮子，它每分每秒、一年四季都在转动，这个轮子创造出五光十色的天地万物；同时，又将它们一个个粉碎，不留痕迹。记住，这是外时轮，以后你还要重温我刚才说的这些。”

这一切，难道不都是在提示“石磨”——究其根本，它不就是一个肉眼看不见的抽象的“时间”概念吗？那么，它的“把手”，就应该是一种可以“控制时间”的特殊“工具”！

埃及有句谚语说：“人类惧怕时间，而时间惧怕金字塔。”的确如此，科学家不是已经发现放置在胡夫大金字塔内的有机物体不会腐烂变质，甚至生锈的金币放置其中过段时间还会变得光鲜，这说明金字塔内部有某种可以阻碍甚至逆转自然演化进程的能量场。既然埃及的大金字塔这般神奇，那么“神山”——这座更为雄伟壮观的“金字塔”，怎么知道就不具备同样的神奇？希特勒要找的那个“地球轴心”，不正是因为他相信得到它的人将成为时间的主人，而且还将获得青春永驻的生物保护场吗?!

此时，回头再来思索这喜马拉雅山脉的地下通道，张崇斌认为即便真的有这条通道，也与神山之行并不矛盾。他的这个想法的启示仍是来自埃及大金字塔。众所周知，埃及金字塔长期以来一直被世人传道是法老的坟墓（实际不是法老的墓室），人们猜测那里面会有无数稀世的财宝。所以，欲将这些宝藏窃为己有或执火明夺的人从古至今恐难以计数。历史上，开罗的一个叫卡利夫·阿尔玛门的伊斯兰教总督就打过这个主意，在公元9世纪，此人曾率领一队石工师傅，从金字塔的北面掘了一条隧道进去挖宝，经过一连串幸运的巧合，他找到了被现代考古学家称为“玛门穴”的一条通路，这条通路与金字塔内部的几条通路直接相通，其中既有下坡道，也有上坡道。此外，距离大金字塔约半公里远，位于西南台地的狮身人面像的下面也有一个巨大的三层地下宫殿。

“那么，神山的下面会不会也有着通道呢?”

神山的地理位置与喜马拉雅山脉距离并非遥远，如果确有一条地下通道在喜马拉雅山脉中，那它延伸的方向……难道不会是通向神山的吗?“神山之行，不会错的!”感念至此，张崇斌再次睁开了闪烁着光亮的眼睛。

3. 怪异的“词汇”

当张崇斌等人赶到仲巴县城医院的时候，时间已经用去40多分钟。

车内的索朗知道自己被送到医院后，他挣扎着、祈求着，希望能让自己单独离开。张崇斌则吩咐段涛和巴特尔立即将索朗抬到医院马上接受医务处治，然后尽快赶回去。

在段涛上前背起索朗的时候，索朗突然全身又抽搐起来。

急救室里。

段涛将昏迷过去的索朗放在指定的病床上。正当张崇斌等人准备离开病房时，躺在病床上的索朗突然苏醒过来，并挣扎着要起来。旁边正准备给索朗输液的护士忙喊人过来帮忙，同时强行按住索朗。巴特尔转身跑了过去。张崇斌回头看到索朗焦急痛苦的神情，他恍然想起了什么，快速地将随身带着的心形锦包快速打开，把那张隐世老人留给他的谜图取出展开，然后拿到索朗眼前给他看。

索朗看见这幅图，顿时眼睛圆睁，哑然怔住。

“巴特尔，告诉他，不用担心，他身上的标记不是什么特殊的图案，我们是专门研究过这个标记的。”张崇斌对巴特尔说道。

听巴特尔解释完，索朗平静了许多，平躺下后，他目光迷离地看着天棚，嘴里自言自语着："苦艾柯、苦艾柯……"

张崇斌问巴特尔这话是什么意思，巴特尔却茫然地摇着头。

索朗这时说出这么个怪异的"词汇"，也许有着特别所指，但是时间已拖滞太久，不能继续究问下去了。虽然张崇斌有着这般直觉，但考虑到时间问题，他招呼着段涛和巴特尔一起快速地离开了病房。

出了医院，张崇斌尝试着用手机和对讲机联系祁兵和白纸扇，却发现接收不到信号，无法联系上。于是，张崇斌催促巴特尔快速原路返回。然而，巴特尔却无动于衷，独自点起一根烟，蹲在一个墙根处悠闲地吸了起来。

段涛看着巴特尔这副样子，急得要冲过去，被张崇斌使劲拽住了。张崇斌独自来到巴特尔跟前，说道："巴特尔，你这样做会影响我们执行任务，而且还会给匡军兄弟带来极大的危险！"

"我……我凭什么赔上自己的命跟你们走？"巴特尔反驳道。

"你说这话是什么意思？我们难道没有救过你吗？"站在远处的段涛眼睛立了起来。

"巴特尔，你的命和我们的命，同样宝贵。不过，一个人若是没有起码的信仰，只知苟且偷生，那样活着也没有什么意义。"张崇斌说道。

"谁没有信仰？我早就皈依佛祖了。你们呢？你们到底是干什么的……谁知道啊？"巴特尔争辩道。

"那好，我告诉你。巴特尔，你听好了，有人要登顶神山！"张崇斌直截了当地说道。

"什么？登神山之顶?!"巴特尔顿时满面惊恐地怔住。

"现在已有些不怀好意的人在打神山的主意。绑架索朗的那伙人就是其中的一伙，而与我们同行的人中，也有这种亵渎神明的狂徒。"张崇斌继续说道。

"不可以，那是万万不可以的，任何人都不能登顶的，那会触怒天界的神明！登顶的人一个都活不了的！"巴特尔缓过神来，大声地说道。

"我们的任务，就是去阻止这一切，你难道不愿意帮助我们吗？"张崇斌盯着巴特尔的眼睛道。

"原来你们……"巴特尔突然低下头来，手指哆嗦地将手中的烟头丢在地上，然后站起身来说道，"我现在就带你们赶路。"

"巴特尔，你不愧是草原的英雄！不过，这件事一定要严加保密！"张崇斌嘱咐道。

巴特尔使劲地点着头，张崇斌和段涛跟随巴特尔紧走几步上了车，车门关闭，“轰”的一声，车子迅速启动，朝着来时的方向飞速驶去。

第二十四章　突破四维空间的妙想

1. 神枪手与枪王的较量

白纸扇依靠着车身，似乎在享受着日光浴，其间他看了几回腕上的登山表。

眼看约定的时间已经到了，依然没有看见路上有车辆出现，脸色愈发阴沉的白纸扇斜身瞥了眼不远处独自静坐在石头上的祁兵，他扭过头来低声跟一旁的枪王嘀咕了几句，然后自己先回到了车上。

枪王离开车旁，慢慢地走向祁兵，靠近祁兵背后时他开口说道：“上车吧。”

祁兵原地未动，眼睛一直注视着前方说道：“不急，等我大哥回来再说。”

枪王没再说话，突然一扬手将不知何时已握在手中的枪抬起……与此同时，祁兵以难以置信的速度转过身来，手里的一把手枪也亮了出来，两人用枪互指着彼此的胸口，一时僵住。

这时候，白纸扇从车窗里探出头来，将冲锋枪的枪口对准了祁兵，撇着嘴嚷道：“把枪给我放下！”

“你只有一颗子弹。”枪王冷漠地看着祁兵说道。

祁兵依旧保持着持枪姿势，眼睛毫不游离地盯着枪王的眼睛，没作任何回应。

“匡军，你小子有种！哼，我早就看出你没受伤，你敢耍老子！”说着，白纸扇使劲拉动了枪栓。

枪王却朝白纸扇一摆手，示意他先不要动手，然后不动声色地看着祁兵说道：

“上车去，这是事先说好了的。”枪王第一次说了一句超过十个字的话。

祁兵仍旧直视着枪王的眼睛，说道：“你我都曾是军人，为保卫自己的国家出生入死地效力过，想不到今天，你竟然……”

“走到今天，每个人都有不需要解释的理由。”枪王打断了祁兵的话。

“无论如何，让我不管我大哥就走人，那是办不到的！除非……”祁兵卖了个关子，话说半截。

“除非什么？”枪王问道。

“我不难为你们。你不是枪王吗？那我们就比试一下，你我都一发子弹，我们背对相距50米，三哥喊号就出枪，看谁手快枪准。如果我被打死，那是技不如人，我认了；若是没死，只是伤了，就听你们随意安排。要是不敢比试，那大家就原地一起等着我大哥回来。怎么样，敢试试吗？”祁兵的话锋语气充满着挑衅的意味。

白纸扇从车上跳了下来，方才听到祁兵说的这些，他小眼珠一转，说道：“好！我看这样很公平。枪王，你就让他知道知道厉害，嘿嘿……”

一处荒芜的滩涂上。

空旷的滩涂之上，阵阵劲风袭扫而来，不断扬起的沙土黄尘击打在面部如同蚊蝇叮咬，刺痒难耐。此时，祁兵和枪王已是各自背对背地站好位置，两人都微闭着眼睛，持枪的手臂自然放松垂落在身体一侧，保持着一动不动的站姿，如同欧洲中世纪骑士间的决斗。

此刻，枪王脑海里不断闪现祁兵自信的眼神……还有那个夜里，他们同时击毙熊罴的默契感应，这一幕让他想起当年越战时和自己俯卧在一个战壕里同命相依的战友。只是，对方主动下了战书，而且是用“枪”的方式，这让他无法拒绝。

这当口，祁兵的脑海也思维活跃，他知道自己是在冒险，但从来就不甘心服气的心性让他此刻的感觉更有着莫名的兴奋，只是……想起对方也曾是一名军人，而且那夜里对方及时地开了一枪帮自己化解了危险，他的心不由得一颤。

“嗒嗒嗒”，突然一串枪声响彻当空，白纸扇在这个时候鸣枪示意了。

随着这惊心刺耳的枪声乍起，祁兵和枪王同时急速扭头侧过身来，两条甩开的手臂也同时伸直，手臂前段，是两个乌黑的枪口，彼此遥遥相对着。

竟然没有枪声响起！

白纸扇左右看着原地持枪的两人，完全看不懂这究竟是怎么回事。惊诧中，他将手中的微型冲锋枪枪口瞄向了祁兵。

就在此刻，空气中突然传来“啪、乒”两个同时爆响的枪声，听力敏锐的白纸扇浑身一个激灵……缓过神来，再定眼看去，让他大为不解的是，眼前两个持枪的人竟依然在原地静静地站立着。

回程路上，巴特尔将车子开得飞快。途中，张崇斌不时地看着手表，同时，他也在回顾着索朗看见老者的谜图后所表露出的惊异神情，还有他嘴里一直念叨的那句话。“难道，这个像是某个词语的‘发音’会有着与谜图相关的某种含义吗？‘苦艾柯、苦艾柯……’它到底是什么意思？若不是藏语，难道是德语？如果是德语的话，那眼下可就没辙了，因为这里谁也不懂德语，就是回到县城，找到真正懂这个语种的人恐怕也不容易；若返回医院再问个明白，时间上已是不允许，祁兵那边还不知道怎么样了，但愿他和白纸扇都能沉得住气。”

解不开这样的“谜”对张崇斌而言，简直就是一种折磨。虽然一时找不到头绪，但张崇斌的头脑并没有停止转动，转念间，他又想到，这不会是个英文单词吧，因为英文中“Quack”这个单词的发音极为接近“苦艾柯”！顺着这个思路继续想下去，张崇斌又困惑了，因为“Quack”这个英文单词的词义是“庸医”。

“不应该是这种意思。那这个‘苦艾柯’究竟会是什么意思呢？……”就在张崇斌继续陷入深思的时候，突然，他听到远方传来类似放鞭炮的声音，紧接着又听到两声急促的爆响。

“不好！”张崇斌的心顿时一紧。

“哎呀，是队长跟他们干起来了……”段涛说着，身体从后座上一下弹起，扶着前座靠背，睁大着眼睛向前方看去。

荒芜的滩涂上枪王慢慢将手臂放下。

祁兵也放下了平端着的手臂。

看起来，两人都毫发无损。

白纸扇看到这一幕，顿时满面狐疑皱起了眉头，心中暗想：“难道他们都打偏了？可这怎么可能？这枪王究竟玩的是哪一出？”这样想着，他一言不发地向前走去。突然，白纸扇停住了脚步，慢慢蹲下身子，从地上，他捡起一片破裂的金属片，拿到鼻下一嗅，浓烈的火药味道。再抬起头来，他那看向祁兵的眼神里充满惊愕。原来，两颗飞速射出的子弹在眼睛无法捕捉到轨迹的情况下，竟然头对头地直线迎撞在一起，这根本就是一个绝难出现的奇迹！

开枪前那一刻，祁兵在身体还没有完全转到位的刹那，他先是一甩头，敏锐地发现枪王的枪口并没有对着自己的头部——这个职业狙击手最爱的部位，于是他屏住气控制住手指的触动；同一瞬间，枪王看到的是祁兵训练有素的专业出枪姿势，但那枪口指向的位置却不在自身的致命处，于是扣在扳机上的手指停顿了一下……片刻之后，在一份难言的默契感应下他们不约而同地用手中的枪口找对方的枪口，在目测到两枪口成一条直线的时候，枪王和祁兵同时扣动了扳机，“啪!”两枪混成一响，“砰!”子弹相互撞击在一起。

当张崇斌回到托吉镇的时候，看见祁兵、白纸扇、枪王正从不远处走来，彼此相安无事，这才将悬着的心放下。

白纸扇看见张崇斌，神色不爽地询问起缘由来。张崇斌解释因一路躲避检查，耽搁了时间。另外，既然顺利回来了，且没有招惹上任何麻烦，张崇斌就让白纸扇别太急，因为巴特尔的车子也需要简单修理下，同时，他有重要的事情需要告诉白纸扇。于是，在巴特尔修车的当口，张崇斌将索朗作为向导而被一伙来路不明的人绑架，而且这伙人好像也在打神山的主意的情况透漏给白纸扇。白纸扇听张崇斌这么一说，脸色变得更加难看起来。借此机会，张崇斌又提醒到，现在不能光顾着赶路，一会儿到前面找个有公用电话的地方，白纸扇需要与那些提供特殊装备的人员联系一下，看是否已经准备妥当。

再次上路，张崇斌和段涛听了祁兵说起为了拖延时间和枪王的那场“决斗”，张崇斌为他的独自冒险狠狠地捶了祁兵一拳；段涛则为错过这么精彩的一幕而狠拍着大腿。在众人激奋之余，张崇斌泼了“冷水”，他严肃地看着车里的每一个人，告诫道：“真正的决斗，还没有到来，现在不仅白纸扇会更加提防我们，而且，潜在的敌人已经露出头角，从现在起，大家要打起十二分的精神!”

2. 爱因斯坦的错误

两部越野车沿着崎岖的道路行驶差不多两个小时，来到了海拔4600米的帕羊镇。经巴特尔说明，众人知道了这是世界上最高的小镇，在这个镇上，有路边商亭的公用电话可以打。此后的道路直至神山，都将是在近乎一片荒芜的无人区穿行。

张崇斌和白纸扇分别下车后，一起来到附近的一个标示有公用电话的小店铺里。白纸扇拿起电话与负责提供登山设备的道上朋友联系着，看来一切正常，白纸扇挂了电话神情得意地对张崇斌说：“我这边的朋友办事，尽管放心。所有的装备都已经备齐，他们已在目的地等候着了。”

张崇斌确认了这一环节没有出现问题后，悄声地对白纸扇说道：“如果接下来一切顺利的话，我们就可以在两天内登顶神山。”白纸扇听着，颇为得意地点上支烟先行走出了商店。趁白纸扇离开店铺的时候，张崇斌抓起电话拨打了公司商调部的电话号码。

电话接通，孔超在另一端听出是张总的声音后很是兴奋，在汇报工作情况时，他告诉张总唐凯在UFO专项课题研究中有了些进展。张崇斌听过汇报，就让孔超将唐凯叫来接听电话，同时，指示孔超立即查询有关“Quack”这个单词的所有详尽解释和构词分析，并提示要特别留意能与德国存在关联的相关信息。孔超听明白后，立即着手做事。唐凯接起电话，开心地告诉张崇斌他很喜欢这份工作，回家后他也没有闲着，天天都会忙到半夜。唐凯这样的表现，让张崇斌很欣慰，但因时间关系，张崇斌让唐凯直接汇报他的工作进展情况。结果这个“天才”的第一句话，就让张崇斌吃了一惊。

“张总，爱因斯坦的光速不变原理，是错误的!”

“什么?!唐凯，你凭什么这么说?你应该清楚，这可是迈克尔逊-莫雷实验早已证明了的科学原理。”惊疑之中，张崇斌更有着期待，因为他是真希望唐凯能有天才式的突破性发现。可爱因斯坦更是一个公认的天才，他是谁都能轻易超越的吗?

“我可是看了好多UFO的报道的。张总，你知道吗，它们在空中悬停时，自身的颜色会随着旋转的速度而发生变化，这就可以将物质运动速度与能量的关系，能量与物质发射的电磁波频率的关系联系起来。这样，根据颜色的变化，我比较分析了多起UFO的运动方式和飞行速度。我发现，UFO在能量变化趋于最强时，会出现突然消失的现象，我想那是因为隐形效应或是瞬间进入时空隧道的缘故。”唐凯一气说了这些。

张崇斌其实很早就清楚色彩与电磁波之间的内在关系，所以唐凯说的前半段话，他都能轻松理解。但是，唐凯后面的话，张崇斌却感觉表述得不够严谨，于是说道：“时空隧道现在只能算是个猜想，可这并不能说明爱因斯坦的光速恒定原理是有问题的。”

“是这样的，很多资料显示，UFO作为一个光源体，它不是一直处于静态恒定的状态。这方面，我发现了爱因斯坦光量子能量公式（$\varepsilon=hv$）的局限性，因为这个公式里没有涉及光源所据空间能量强度和密度的条件，所以它仅适用于光源体与时空能量相对稳定的理想状态。相应地，这个公式就无法描述光源体处在高速旋转的强电磁场中或者光通过这样的旋转磁场介质后，光的波长、速度、能量等特性是否发生改变。我看有的报道说，有的 UFO 可以发出长短可自由伸缩的可见光柱，还有，UFO 瞬间消失的现象都说明光的特性发生了改变。张总，你还记得那个物体自发移动的试验吗？现在我有些明白了，其实，原理是大地下面不同深度存在温差电场，这会导致负性静电场产生，这个静电场会对地上物体进行吸引，这样就等效于重力现象。我的那个实验是因为手机电磁脉冲扰动，使局部电磁能量区间产生了一个与地球电场相排斥的电场力，于是就出现了那个反引力效应。”

唐凯的这番解释，已让张崇斌的内心有着某种触动的感觉，而唐凯的话仍未说完，他继续说道：“这方面，我还查到了相关的资料，发现 1996 年 9 月 27 日的《科技日报》第三版登载了《反引力研究的一大突破——超导引力场效应首获验证》的报道。那上面说美国亚拉巴马大学的李宁博士通过一项实验创立了高速旋转超导体存在引力场效应的理论，他还预言这种超导引力场完全能够抵消物体的原有重量。这个报道，一方面说明只要有特殊的材料和装置，物质的反引力效应是可以重复而且更容易实现；另一方面，我觉得应该是更有趣的事，报道里却没有提到。”

“什么事，还能更有趣？”张崇斌问道。

“时空隧道啊！那报道竟然忘说这事了。”唐凯像发现新大陆似的兴奋地说着，可张崇斌却没有跟上他这种跳跃的思维。

“唐凯，你把话说完整点，这反引力怎么一下子又跟时空隧道扯到一起了。”

“张总，你难道忘了广义相对论里的那个引力和惯性力的等效原理吗？你还记得爱因斯坦把引力场又归结为什么吗？”

听到这里，张崇斌方才有些明白过劲来，说：“爱因斯坦将引力场又归结为物体周围的时空弯曲。唐凯，你别再问我问题，只说你的理解和结论。”张崇斌催促道。

唐凯立即加快语速说道：“把引力场归结为时空弯曲，也就等于说时空曲率同样会产生引力，而且任何物质在相对时空的运动都要顺着曲率轨迹，速度最快的光也不例外。这个理论是对的，因为无论从数学表示，还有观察水星摄动来验证，都与事实相吻合。这样的话，UFO 的自身旋转或是它的动力发动装置在加速旋转的过程中，不仅可以改变光的特性，而且还能够改变局部时空的曲率。这也就是说，如果 UFO 有足够大的能量系统，那它也就能够产生足够强大的引力场，而足够强的引力场就会增大时空曲率，这样只要突破一个临界点，弯曲的时空就会出现一个无视界且与原来的时空相垂直的隧道，它也被叫作‘虫洞’。这样的话，两个甚至多个极其遥远的不同时空就可以通过‘虫洞’连接起来，UFO 进入这个‘虫洞’后，就可以进行超时空飞行，用很短的时间就能飞到极远的另一空间，这不就是相当于超过光速飞行了吗?”

天才就是天才，唐凯这番汇报果然没有令张崇斌失望。

“小凯，你确实很出色！谢谢你的工作，你说的这些对我很重要!”

“可是……可是 UFO 的动力系统，我还是没搞清楚。”唐凯似乎并不满意自己的表现。

“小凯，别急。这么短的时间里，你已经较好地解释了 UFO 反引力和‘超光速’飞行的原理，很了不起！UFO 的动力系统和它的能量来源我也正在思考，我要提示你的是，这方面，反物质领域你要关注一下；还有，你刚才说的‘超光速’与时空隧道听起来也具有一种等效性，但那种‘超光速’是否真正超越了光在真空中运动的恒定 C 值的那种速度，还有些模糊。因为正常曲率时空的两点距离经‘隧道’垂直贯通后，感觉缩短的是一种特殊空间的距离，而非 UFO 在这个隧道中飞行速度的绝对提高，这还需要你再深入想想，这种等效性与真正的超光速是否存在某种关系？还有，超光速和时空隧道这些现象算不算是突破了四维空间？换句话说，人有没有办法利用超光速、时空隧道或者其他什么手段突破四维空间走在时间的前面?”

3. 莫比乌斯环

“‘突破四维空间’，哈，这道题也很有趣！我以前就想过，可以突破的！还有，那个超光速和时空隧道的等效……”唐凯不假思索地说着。

“等等，小凯，你说可以突破?”张崇斌又是一惊道。

“可以啊。”

“用什么突破?”

“还是能量。”

“这还用说嘛，我想知道的是，究竟什么样的能量，怎么突破?”

“是什么能量……那个能量……”唐凯有些支吾，似乎不知该如何表述。过了一会儿，他突然说道：“我是在玩‘莫比乌斯环’的时候想到的。”

“‘莫比乌斯环’？什么意思？”这个术语，张崇斌竟然没有听说过。

“是纸环啊！哦，就是用一个长条纸带，把这个纸带旋转半圈后再将那两端粘起来，这个纸环就是‘莫比乌斯环’啊！”唐凯解释道。

“嘀……嘀……”这时，屋外传来了刺耳的汽车喇叭声。

“小凯，你继续研究这些问题，今天就说到这儿吧，你现在赶快把孔部长给我找来。”

张崇斌知道白纸扇已经等得不耐烦了。

听到孔超接过电话，张崇斌忙说道：“快告诉我，关于那个单词的信息。”

“字典里，这个单词主要有两个意思，一个是鸭子发出‘嘎嘎’声音的意思，另一个是冒牌医生的意思。”孔超回道。

孔超的这个解答让张崇斌很失望，他又问：“难道，就没有任何与德国相关的解释？”

“没有，我刚才还跟一个外国语学院的朋友联系过，让他帮助查找一下，但他一直没有给我回信。”孔超无奈地回道。

“那就这样吧，我得继续赶路了。记住，协助唐凯抓紧时间研究，把研究出来的结果形成报告发到我的邮箱。”说完，张崇斌挂了电话。

走出商店，张崇斌正准备抬腿踏进停在门口已经敞开车门的车子时，突然商店里传来了电话声响。张崇斌连忙转过身，快步跑进店铺，看见店铺的老板正接着电话，张崇斌用手一指自己，那老板连忙点着头，将电话递给了张崇斌。张崇斌接听起电话，正是孔超，孔超兴奋地说道：“张总，找到了，我那个外国语学院的朋友刚才来电话说，这个英文单词与德语单词‘Quecksdber’有联系，而且，这个单词的最早来源就是这个德语单词。”

“太好了！那这个德语单词是什么意思？”张崇斌问道。

“是‘水银’的意思。张总，这对您有帮助吗？”孔超有些不解地问道。

这个时候，白纸扇一声不响地又走进店铺，有所察觉的张崇斌对着电话继续说道：“哦，我知道了，回头我邮寄给你，没事儿，不麻烦。”说完，张崇斌挂了电话。转过身来，他对悄然来到身后的白纸扇说道：“呵呵，老家那边的朋友还以为我在这边旅游呢，让我捎点纪念品。”说完，张崇斌用手对店铺的老板比画着，让他将货柜上那用红布条缠裹成一根圆柱形的西藏古铜币拿来。价格不贵，二十块钱搞定后，张崇斌和白纸扇一起走出店铺回到了车上。

再次上路，祁兵开着车，沿着一条开阔荒芜的土路向西北继续行进，坐在副驾驶位置的张崇斌让段涛拿张白纸来。段涛从包里取出一个本子，撕下一张纸来递了过去。张崇斌接过后很快就将这纸折叠成一个长条带状，他用手捏住一端，再将另一端旋转一百八十度，之后将纸带的两端拼合在一起，于是，一个线条扭曲的圆环在他的手中出现了。

开车的祁兵看着身边张崇斌自娱自乐的样子，说道："要想放松，就闭眼休息会儿吧。"

"你认为我这是在玩游戏吗？"张崇斌回问一句，同时继续摆弄着手中的纸环。

"那你这是在做什么？"祁兵笑着看了张崇斌一眼。

"做什么？"张崇斌边说边举起手中的纸环，目光透过眼前的纸环，向远方看去，突然又冒出一句，"也许，我们也许会穿越一个常人看不见的隧道。"

"穿越隧道？是那个喜马拉雅山的地下通道吗？"段涛从后面探过头来问道。

"对了，崇斌，你打电话的时候，段涛跟我说了索朗身上的那个标记，还有喜马拉雅山的那个地下通道，这些是怎么回事？"祁兵跟着问了一句。

张崇斌没有马上回答这些问题，而是将手上的纸环重新拉伸成长条状纸条带，然后又让段涛拿支铅笔过来。接过铅笔，张崇斌开始用这铅笔在纸条带朝上的一面快速地画上一道道斜线，他一边画着一边说道："我刚才给公司去了电话，得到两个非常重要的信息。"

"哪两个重要信息？"祁兵问道。

"'水银'和这个'纸条带'。"张崇斌说道。

"这两个信息……与咱们的调查有关吗？"祁兵问道。

"'水银'与索朗身上的标记有关，'纸条带'与隧道有关。不仅如此，这两个信息之间，我感觉它们……应该也有着微妙的联系。"

祁兵和段涛听着张崇斌的这个解释，不禁都茫然地拧起了眉头。

看着他们俩的表情，张崇斌诡谲地一笑道："这样吧，我先出道题，考考你们。"说着，他就用手中的铅笔尖点压在画满黑线条的纸带面上，嘴上说道："假设这铅笔是我们乘坐的这辆'车'，笔尖是'车轮'，这画有线条的一面就是我们现在所走的'路面'，而这纸条带的四周截面是车轮不能越过的'悬崖峭壁'。现在，我们要去的地方是这纸条带的另一‘路面’……”说着，张崇斌将纸条带翻转一百八十度，露出没有画上黑线条的另一面，接着又道：“问题是这样的，这铅笔尖——也就是‘车轮’，在不允许有丝毫起空的情况下，我们的车如何才能跑到另一‘路面’上？”

段涛眨巴着眼睛，又挠了挠头，伸手向张崇斌借走了铅笔和纸条带，然后亲自尝试着用铅笔顺着纸面移动，但移动到截面处就停住了。他摇了摇头，小声嘟囔道：“这怎么可能？”

祁兵从后视镜看见段涛为难的样子，笑着说道：“段涛，你的观察力还要提高啊，出题前，张总已经把答案演示过了！”

段涛一愣，半信半疑地将手中的纸条带两端衔接捏合在一起，圈成了个纸环。打量了一下，感觉不对，突然，他像是发现了窍门所在，迅速地用手将纸环一端翻转过来再衔接另一端捏合起来，然后用铅笔尖顺着纸条带慢慢地画线绕行，绕了一周，笔尖回到原处，再将纸条带展开。

“哈哈，奥妙在这里啊！”段涛咧着嘴笑了起来，他手里来回翻转着的纸条带两面，可以清楚地看见两面都有一条黑色直线。

张崇斌微笑着将纸条带又拿回手中，圈成一个正常的纸环，说道：“好，现在，大家再来思考这样一个问题：假设我手中这样一个未经旋转扭曲的圆圈纸环，它是一个封闭的宇宙空间，纸环的内外两面分别代表两个不同维度的时空，如果有人想从其中一个时空‘自然地’进入另一个时空，应该怎么做？”

祁兵和段涛稍作思考后，同声应道：“将时空扭转！”

“正解。”张崇斌点头道。

“可……可这时空不是纸条，无边无际的，怎么能扭转它？”段涛问道。

张崇斌道：“爱因斯坦早就用相对论描述过了。利用能量，通过能量场将时空弯曲。”

“崇斌，你前面说的我还好理解，可一说到爱因斯坦这样的人物，这事就复杂了。我想知道，你说的这时空扭转弯曲什么的，这些与我们的调查行动有什么联系吗？”祁兵问道。

张崇斌的面容恢复了平静，他眼睛凝望着前方，说道：“祁兵、段涛，我们马上就要到达神山了。这神山数千年来一直被很多国家的信徒顶礼膜拜，每年转此山的人更是络绎不绝。可这转山的路，漫长难行，途中也没有什么急救站。因此，每年死在转山路上的人也不少，但死在神山，却会被当地人认为是一种荣耀。目前，据我所知，还没有人敢登神山之顶，它的神性究竟是怎样的，好像也没有谁能真正说得清楚。这次，我们选择了神山之行，可到了神山，究竟会遇见什么、发现什么，是吉是凶，这一切，真的很难说。不过，有一点我们应该清楚，我们能走到今天、走到这里，都是因为那个神秘的能量！”

“你的意思是，找这个神秘的能量，我们会进入另外的时空？”祁兵问道。

“进入异度空间?!”段涛也瞪大了眼睛。

“你们知道，这埃及的金字塔据说是能够聚集宇宙能量的一种建筑结构，而神山本身就是一个天然的大金字塔。二战期间，纳粹要找的那个‘地球轴心’也是与能量相关的某种东西，如果我们真的找到了这种东西，或者说接近了这个能量，那会发生什么事情，你们考虑过吗？”张崇斌进一步提示道。

“难道还会遇见活死人？”祁兵半开着玩笑道。

“会是什么样的能量？那能量的威力……它还能有都溪林场那个折断大片树林的能量大吗？”段涛在一旁问道。

4.“水银” 的奥妙

“具体是什么能量，我也说不清楚。不过，索朗最后说的那个词义不明的‘单词’，孔超帮我找到了一个解释，就是我刚才说的那个‘水银’。这个解释……很有点意味，我也是刚才才想到。可是，如果真是那样的话，那这能量就太不一般了。”张崇斌意味深长地说着。

“哦？怎么个不一般法？”祁兵问道。

“我想，它是一种人类尚未了解的能量，甚至可以说，那是一种具备高级智能的奇异能量！”说完，张崇斌转过头来严肃地看着祁兵和段涛。

显然，张崇斌的话让祁兵惊觉到什么，他突然踩了脚油门，车子猛地一顿，祁兵急忙一收腿，紧接着又一转动方向盘，绕过路面一个土坑，与此同时，祁兵大声地问道：“会有具备高级智能的能量?!”

张崇斌回头看了巴特尔一眼，巴特尔看来真的是太疲倦了，刚才的剧烈颠簸也没有让他醒来。转过头来，张崇斌对祁兵说道：“祁兵，有些事情虽然你曾亲身经历过，但你可能意识不到。你知道那夜咱俩闯进那个‘鬼屋’里，你都干了些什么吗?”

“我……我干什么了？对了，崇斌，你这么一说，我倒想起来了，你说我差点要了你的命?！可……可现在我什么都记不得，最后怎么出了那房子都想不起来了，现在只记得头晕恶心，浑身难受的感觉。”

“张总，你也进那房子里了？你和队长……”一旁的段涛很是吃惊的样子。

“段涛，我和祁队长算是从小一起光屁股长大的，我们一直都是最佳拍档。不过，祁兵，那天晚上，你小子是把我当沙包了，拳打脚踢的，差点废了我！幸亏我还有点基本功。”

“什么?!”段涛难以置信地瞪大了眼睛。

“啊？怎么可能!”祁兵也面呈惊愕状。

看到他们二人显然都无法相信和接受这样的事实，张崇斌又继续说道：“那天夜里，祁兵，你就像是被一种无形的力量控制了心智。我想，你和那活死人搏斗的时候，也应该是处于神志不清醒的状态。”

祁兵不再说话，他的脸色变得铁青，沉闷了一会儿，他语气压抑地问道：“崇斌，你说，那具备智能的能量，人有没有办法制服住它？还有那‘水银’，它跟这能量究竟又是怎么一回事儿?”

“祁兵，你知道，索朗身上的那个标记其实与隐世老人留下的那幅谜图极为相似。关于那谜图，我此前已分析过。”说着，张崇斌将谜图从随身携带的锦囊包里取出，指着上面的图案说道，“这个‘三角形’，纳粹当年对其情有独钟，而且频繁地使用这个图形作各种标记。党卫军头子希姆莱在1934年曾修建了一座三角形的城堡——维威尔斯堡，作为具有特殊意义的党卫军的梵蒂冈（梵蒂冈，拉丁语中意为‘先知之地’）。据说，纳粹集团是想借此‘圣堂’获得神秘能量相助，之所以建成三角形，我当时分析是因为这个图形在北欧神话中代表着‘生命’；再看这中间有着射线的黑心圆，它是黑太阳的标志。而当年的纳粹集团有个代号为‘黑太阳’的计划，党卫军E-IV局是当时执行这个计划的秘密部门。其实，这个计划的目标就是研究并寻找地球上未被人类发现的新能量。”

“张总，队长，咱们这次的进藏行动，要是找到了当年纳粹想要得到的那个神秘能量，队长的冤案不就可以平反了吗?”段涛插话道。

“如此看来，这个谜图，和索朗身上的标记，都与神秘能量有关。崇斌，你这么一说，我感觉，这里面确实有问题。这个隐世老人怎么会知道纳粹的这些隐秘?

还有，这‘水银’，你上次曾经提到过日光灯管里有水银蒸汽，而且它具导电性，我知道温度计也会用上这东西，那是利用它恒定的体积膨胀性，可这种能量有什么特殊的呢?”祁兵问道。

“队长，水银还有毒啊！我还听说，过去帝王的坟墓里就灌注水银这玩意，听说是为了防腐、防盗，这会不会就是水银能量的特殊性?”段涛又插问道。

从祁兵的反应中，张崇斌看得出来，祁兵对隐世老人的身份已经起疑。其实，他自己也曾自问过这个问题。不过，当时仅凭直觉，他认为老人家的身份应该不会与纳粹扯上什么干系；而现在，通过这个“水银”，他感悟到了一些更深的东西，只是，这种感觉让张崇斌开始对整个的调查行动如何继续进行下去产生了很大的困惑。此时，他的眼前，仿佛出现了一个幽暗且看不到尽头的迷境。

看得越深，感知得越多，反倒是越看不清前方的路了。此外，有些事宜如果不事先暗示或点明，他担心祁兵和段涛两人都极有可能会因无思想准备而陷入措手不及的危险中。想到这儿，张崇斌开口道：“祁兵、段涛，你们都用心听我接下来说的这些，也许有些话听起来不太好接受，但你们一定要在精神上绷紧这根弦，这绝没有坏处。”

祁兵和段涛看着张崇斌严肃的表情，都抿起嘴唇，使劲地点了下头。

“祁兵，我认为隐世老者与纳粹无关，这个我稍后来解释原因。我先说索朗身上这个标记的位置——这个标记是文在下丹田处。祁兵，咱们小时候练功都知道，人体的这个部位很重要。”

“是的，丹田混元气，那里是气功练门。”祁兵回道。

张崇斌又道：“再说这‘水银’，它的专业术语也称为‘汞’。这个‘汞’除了你们刚才说的那些用途外，可还知道，古代的一些修道之术和西方的炼金术里，这个术语也常被提及。”

“对，过去有很多丹士就用铅、汞什么的药物炼那个金丹，说是吃了那玩意就可以长生不老。不过，很多人吃了那东西后不仅没有长寿，倒是中毒早死了。”祁兵说道。

“那些人可真够冤的，听说还有不少是皇帝呢。”段涛道。

张崇斌却轻轻地摇了摇头，道：“真正的‘炼丹术’不是你们理解的这么简单。你们知道，现代化学是直接起源于西方近代的炼金术，比如‘化学’这个单词（Chemistry），它就是从‘炼金术’（alchemy）演变来的，化学方程式中加热符号是个尖头朝上的三角形，炼金术中表示火的符号（△）就是这个三角形，化学方程式中还有个尖头向下的三角形，用以表示水。我可以告诉你们，化学方程式中的这些符号和内在含义，都不是随意写画上的。”

“嗨，都是三角形！”段涛眼睛一亮。

“我以前就说过，三角形是个很特殊的结构，除了北欧神话里它有‘生命’的寓意，它的三个顶点分别代表‘生命的开始’、‘生命的将来’和‘生命的终结’。我国的道家、印度的瑜伽、佛家的密宗在修炼方面都很注重‘三角形’。从最直观的方面说，这人在盘腿禅坐的时候，整个身姿体形就是一个下宽上尖的三角形。更奇妙的是，人体内的脉轮、密宗的那个海底轮也是三角形，而海底轮与脐轮之间的下丹田，密宗又称之为‘生法宫’，据修炼人士内视观景，这个‘生法宫’的形状正是两个彼此上下尖端相对着的等边立体三角形。”

说到这里，张崇斌将手中的那个纸条平展开，用铅笔在上面画了两个同比例的三角形，然后用手沿着线段裁撕开来，片刻工夫，两个三角形纸片已被他拿在手上。

张崇斌将它们尖端相对，模拟做成“生法宫”的形状，“你们再来看……”说着，他将两纸片相对交错移动，待它们的中心部位重合，张崇斌停止了手上的动作，他捏着这个整体已呈“六角形”的图形说道：“这个六角形，知道它又叫什么吗？”

“犹太人的大卫之星！”祁兵看了一眼道。

“不错，在17世纪，这个图形被犹太人当作统一的标志。而六角星最初出现在犹太文献中是在12世纪，原意为‘大卫之盾’（Magen David），也称‘所罗门封印’。犹太人相信，这个图形具有强大的力量；同样是这个图形，在古印度，它叫六芒星（Hexagram），组成这个图形的两个三角形分别代表着男根和女阴，六芒星则象征‘男根-女阴’结合为一体。从中我们可以看出，这‘三角形’是与人体、与生命也是与能量有着密切联系的一个象征符号。现在，如果我们从人体修炼的角度，再来看这个谜图，你们认为这其中的‘圆形’代表着什么？”

祁兵想了想，略有迟疑地说道：“是内丹？”

“对，我国道教南宗一派非常看重这个内丹修炼。这一派也叫金丹派，张伯端（984—1082，字平叔，号紫阳）是这一派的圣祖。”

“可我听说，这金丹是用八卦炉炼七七四十九天后，炼成个药丸子的啊？”段涛迷惑不解地说道。

“段涛，你小子一定是《西游记》看多了。”祁兵说道。

“你说的那是炼外丹，属于另一派别之术。按照张真人传给后人的教化，如果一个人不懂得《阴符经》《道德经》《周易参同契》这些道家修炼圣典的真旨，未有内丹实修的亲身体悟，那炼外丹的火候是根本掌握不了的。自古以来，‘长生不老’这个境界对世人的诱惑实在太大了，所以，古往今来，无数聪明绝顶的人都曾梦想过，也朝这个目标努力过。可是，真正得道的人，极少。这里我要说明一点，虽然‘化学’这个学科近代快速发展在很大程度上得益于西方炼金术的一度盛行，可是说到根处，西方炼金术真正的源头却是在东方，炼金术就是道教外丹派炼丹之术的一种别称，传到西方算是火种延续、异地演化。可惜，这些不懂东方古老玄学真旨的老外连炼丹的基本概念都完全理解错误!”

“怎么会是这样?”段涛问道。

“这要是细说起来，那话可就长了，我就简单地说说吧。其实，丹道之术自上古时期就有了。上古圣人黄帝那会儿，运作此术的理论就已经成形，黄帝传下的《阴符经》就是道教最有名的丹道圣典之一。到了老子那会儿，其所著《道德经》的五千言更是将丹道真旨要义隐晦点破。而西方的炼金术最早出现据说是在希腊时期，距今只有两千年左右。在公元八九世纪的时候，这门炼金术又从希腊传入阿拉伯，在那个时期，我国的医药和道士炼外丹时发明的副产品‘火药’也传入阿拉伯半岛。此后，阿拉伯人在与欧洲的一些国家作战时率先使用了火药兵器，他们之间打了很长时间的仗，在这个过程中，欧洲人也逐步掌握了制造火药和火药兵器的技术。可以想象，当初欧洲人发现这火药武器在战争中会有如此强大的威力，远比利刃长矛厉害后，他们一定会想搞明白这火药的秘方和能产生这般威力的道理。于是，通过各种途径，他们最终一定会了解到‘炼丹术’这个源头，也会耳闻这个秘术中原来还藏有比火药更具诱惑力的东西——就是那个可以使人长生不老的‘金丹’。可是，这炼丹秘术的真髓岂是不谙东方古老秘术的欧洲人能轻易透悟堪破的，他们更有可能是受到了当时阿拉伯人认为的——所有金属都是由‘硫黄’与‘水银’两种元素构成的这类概念的迷惑，认为炼金丹就是将那些名称为雌黄、雄黄、硫黄、朱砂、水银、铅、硝的外丹药物混合起来，再经过火烧、蒸馏等催化方式就能炼出金丹，或是理解上更偏离丹道本意的金子来。西方人这么鼓捣炼金术，这并不是说他们不够聪明，只是这种古老丹道秘术传承到他们那里，多半已是支离破碎和以讹传讹的版本。聪明盖世的牛顿当年就陷入这个地方一直没有走出来；另外，即便他们得到了完整的真言秘籍，如果不能透彻理解古老东方的思想根源，仍固执地沿用他们习惯的逻辑思维方式，那就如同无法理解中医一样，就算他们用最先进的器具把人体切成无数碎片放在显微镜下研究，也发现不了人体的经络和气脉，最终恐怕只会得出一个'不科学''虚无'的结论。"

"啊！原来'炼金术'还有这番周折。那么那个炼外丹的水银、硫黄什么的药物到底是怎么回事？"祁兵问道。

"呵呵，别看这些药物名词，人们似乎都很熟悉，但搁在丹道中，那可不是人们通常理解的概念。要说这古人为了参透圣人所言之道，可谓用心良苦。不过，在没有高人指点的情况下，这却给不识真味的俗人带来了诸多麻烦，甚至是要命的灾祸。我虽然谈不上参透了丹道的玄机，但这些年来感悟了一点心得体会，我可以有把握地说，这些外丹药物的名称都是对应内丹修炼的象意类比。换句话说，这丹道所指的'水银'根本就不是那个金属'汞'，那个炼成的'金丹'也不是什么肉眼可以看见的大药丸子，更不是那个惹人眼红的金子。你们要知道，我国道家一直是把人体视作与天地宇宙相对应的小宇宙，所以，身心修炼也被视为是体悟天地之道的基础，这也是《易经》'天人合一'的一种体现。这《易经》最早的版本就是八个卦象符号，当年伏羲做这个八卦时那是仰天俯地，近取诸身、远取诸物地忙乎过，他这样做是为了什么呢？孔圣人在《系辞》中说了，是为了'以通神明之德，以类万物之情'。至于后来周文王将此经演绎成六十四卦的《周易》、孔子也撰写了《象》《象》和《系辞》这些东西，目的就是让这部蕴含了天地之道的经典被更多的人理解，并将其中的道理运用到社会实践中去。

"道家的丹道经典也是如此，从最初三百言的黄帝《阴符经》到后期五千言的老子《道德经》，再之后的魏伯阳《周易参同契》、张伯端《悟真篇》等，这些经典都是对炼丹术真旨的苦心阐释，可正如道家所说的'道本无名，圣人强名；道本无言，圣人强言'，为了让有心得道的人能够较容易地理解这些玄机道理，已经得道的真人不得已采用了《易经》中'以类万物之情'的方式，竭力表达了他们心中那些本该意会实难言传的'通了神明之德'的修炼感悟。我告诉你们，这'水银'在丹道中，其实是指人的'元神'。这个'元神'，其实还有多种象意类比的称谓，譬如'流珠''龙'。在卦象中，它是离卦，象征'日中精华'，《易经》中此卦又为中女，这样，'姹女'也常被隐喻为'元神'。此外，外丹那个叫'铅'

的药物，它是意指‘元精’，在卦象中，它是坎卦，象征‘月中精华’。至于那个金丹，其实质是由这‘元精’和‘元神’化合而成的天地之精，所谓‘真铅真汞天地精’，那些得道真人视‘金丹’为色身至宝，认为它是沟通人体小天地和宇宙大天地能量交流的桥梁，甚至暗喻它也是有生命且有着高级智慧的产物。”

“崇斌，你说的这些，听起来是够玄的，我想，现代的科学恐怕无法解释这些东西吧。”祁兵说道。

“是啊，这些古老经典秘术的渊源甚远，且其真旨多秘不外传，再加上只知皮毛或别有用心之人的讹传误导、年代弥久的散落遗失、人为的销简焚书等天灾人祸，所以才会让后人感觉到玄之又玄。而当代科学哲学观是建立在20世纪渐成为主流的西方逻辑实证主义之上的。而这个实证主义，是把科学的发现和发展建立在‘可观察性’和‘可测试性’的基础上，这几乎就等于把人类认识自然的方法限定在人的观感上。可是，宇宙的深邃博大岂是人的眼睛和仪器所能看遍看透的，近代的科学界人士也逐步认识到宇宙整体至少有80%是由暗物质构成的，而那却是人类目前一无所知的领域。”

“连现代科学都解释不了，我现在真是太佩服古人的智慧了。”段涛道。

“如果那黑色的圆就是‘内丹’的话，难道说，索朗的那个德国父亲是得到了一本炼丹秘籍，然后照着秘籍文了那个标记？”祈兵问道。

张崇斌又摇了摇头，道：“祁兵，我感觉……这里面可能隐藏着更深的玄机。前面我说了这半天，就是为了让你们能够理解我接下来真正要说的东西。”

“哦?!”祁兵和段涛又是一怔。

“你们要知道，这‘水银’是元神，‘金丹’是天地之精这些概念，都只是内丹修炼过程中元气、元精、元神交感互化，丹士切身体悟凡此种种性命相合神通妙用的象意表述，明白这些概念并不是道家丹士最终追求的东西。丹士追求的是什么呢？用一句话来说，就是通过炼丹采得宇宙能量而成就摆脱生死轮回的仙道。试想，一个人若真是入了长生不老的仙道，那又意味着什么呢?”

“是不是就进入了异度空间?”段涛忙回道。

张崇斌笑了笑，道：“这样的理解，可以。若细致点说，这意味着炼内丹可以改变人类生命的正常演化进程，而且，那限定生死的时限也可以被超越!”

“超越时空?!”祈兵惊叹道。

“是的。现在看来，这古老的内丹修炼之术能使人体聚集天地能量，当这个能量强大到可以扭转某一局部时空时，也就是丹士通了神明得道之时，于是丹士就可以摆脱这个物质空间进入仙道所在的另一时空。”张崇斌点头道。

“爱因斯坦的相对论竟然可以跟炼丹修真联系起来，这真是太玄妙了！”段涛兴奋地叫道。

“啊！崇斌，真有你的！”祁兵使劲一拍方向盘。

“我的话还没说完呢。祁兵，还记得那天夜里我从江孜县城回来，跟你说过那个修炼印度《吠陀经》的密宗上师的腾空术吗？”

“记得。你还说那法术里面可能隐藏着制造UFO的机制原理。”

“没错！但那时，我还只是作为一种大胆的猜想，现在，我有了更深的理解。要知道，这纳粹研制的碟形机动力系统，据说是来自‘古代印度的神秘配方’，这个神秘的配方究竟是什么，暂且不说。我要说，前几天，我在看孔超给我发来的有关印度古籍的邮件时，发现印度最著名的那些经典史诗中曾多处记载过诸神乘坐的一种名为‘维曼纳’的飞行器，这种飞行器的性能，若按照书中的描述，它们与当今的一些UFO性能很类似，而且，书中还提到‘维曼纳’飞行器的工作原理与密宗的腾空术有关联。这里，我要强调一点，其实密宗修炼之术与我国道家炼丹之术实质上是相通的。现在，我们回头再想一下，这人的身心修炼过程及证道后的诸多奇妙的神通变幻功能，与UFO展现的一些性能类比，是不是有很多相似之处呢？”

“我明白了！崇斌，你的意思是破解UFO的性能和它的机制原理可以从道家的炼丹术中进行参悟！”祁兵又猛地一拍方向盘，情绪有些激动地说道。

“UFO，嗬！这UFO也与炼丹术联系上了！”段涛也激动着。

“还不止这些，我们再来看冈仁波齐山，这座‘金字塔’形的神山本身就是一个大三角形，如果把它比作盘坐的人体，那‘地球轴心’不就是它腹中的‘金丹’吗？”

“神山，原来真是有灵性的啊！”段涛瞪大了眼睛。

“人、UFO、神山……看来都有能量，都是宇宙天地之灵！”祁兵感慨道。

“所以，我说隐世老人不会与纳粹有什么潜藏的关系，他留下的谜图是与人体修炼直接相关的，而且他还曾留言明指西北高原是圣贤求道神明育德的风水宝地。天人合一，大道虽然无名无形，但其理却类情似形地化于天地万物万象中。

同样道理，‘金丹’若是有灵性有能量的一种生命物质，且能让得道之人穿越时空，那蕴藏‘地球轴心’的神山的某处也就可能存在时空隧道，我们若真正接近它，就极有可能会穿越到另外一个陌生的空间！”

张崇斌的话音落下，刚才还兴奋激动着的祈兵和段涛顿时无语，各自都陷入了沉思中。“穿越时空隧道”这种事作为科幻奇谈，或放松的时候看看电影看看书什么的，琢磨起来会是越离奇越吸引人，可若在现实中突然发现有机会亲身体验到，那就完全是另一回事了。

“真的有异度空间吗？如果有，那能顺利地进去吗？或者进去了，人的肉身能适应吗？那个空间究竟是怎样的？怎么知道那一定就是神仙居住的上道妙幻天境，而不是妖魔鬼怪出没的下道凶险迷境呢？”看着祈兵和段涛的样子，张崇斌也不由得陷入了思维的黑洞中。

第二十五章　不可告人的登山计划

1. 抵达神山

不知不觉间，天色已是渐渐暗淡下来，火红的太阳悬在山峦起伏的雪线之际，映红了西边连片的山峰和天空。在一片空旷的草坝山地上，一条公路蜿蜒绵长，两辆行进的越野车正穿行在这条路上。公路两侧覆盖着一团团茂密的草丛，隐约可见的一些牦牛和羊群掩没其中，见到车辆，它们会向草丛深处缓慢移动，只露出浅浅的脊背。

张崇斌透过半开的车窗，贪婪地望着眼前这幅浑然天成的风光画卷，迎面吹来的阵阵凉风中，可以嗅到丝丝草原牧场特有的味道，好一个“牛羊散漫落日下，野草生香乳酪甜……”，此番风情，不由得令张崇斌想起元代诗人萨都剌曾留下的那首诗。

“前面就要到马攸木拉山口了。”这时，不知何时醒来的巴特尔对大家提示道。

张崇斌跟段涛要来地图，看过之后，他拿起对讲机联系了白纸扇，提醒他前面有检查站，而且，车子将要翻越海拔 5211 米的山口，需要将车子先停下来，车上的人都下来放松放松，增加点血液的含氧量，同时把必要的准备工作做好，然后一气冲关。

车子停在路边，众人先后都下了车。

裹着厚厚羽绒服的白纸扇朝张崇斌这边走了过来，到了跟前，他开口问道：

“张兄，还要走多久才能到达神山?”

张崇斌将巴特尔召唤过来，问及这路程，巴特尔说道：“如果照这个行进速度，一会儿继续上路的话，今晚午夜时分就能到达神山。”

白纸扇一听，提出要抓紧时间继续赶路，他要今晚就看见神山。

再次上路，巴特尔换下了祈兵，他亲自驾车顺利地通过检查站后，将车子朝东侧的一道长长的斜上坡开去。这个坡道不同于之前所走的盘山道，而是笔直地通向高高的天地线。驶过大约有 2 公里长的坡道，车子来到山口，前方又呈现一片平缓的草坡。

“这里，是日喀则与阿里地区行政分界，从现在起，你们才算是真正进入阿里的地界。”巴特尔说道。

“什么？此前我们走的那片无人区不是阿里地带?”段涛问道。

“呵呵！真正的无人区还在西北方。”巴特尔笑着道。

车子驶过山口，开始下行的时候，张崇斌看见左前方草场深处有点点的亮光，仔细看去，原来亮光是从一些散布在草场中的黑色帐篷里发出的。在帐篷的前方，是一片面积不小的湖面，于夜色中，绽放着迷离惑目的幽蓝光彩。“那是什么湖?”张崇斌问道。

“是公珠错。”巴特尔回道。

“哦，我还以为那是玛旁雍错圣湖。”张崇斌向湖面望去。

“圣湖离这里也不太远了，过会儿就能看到。”巴特尔道。

“嗨！看，那些跑得飞快的，是什么东西?”段涛用手指着窗外的一群群来回跳动的黑影问道。

“那是黄羊和野驴，晚上，还会有野狼到这边找野食。”巴特尔道。

“什么？这么高的地方还有狼?”段涛有些不相信。

“是喽，阿里可是有名的野生动物的天堂!”巴特尔说道。

此刻，天幕渐渐浸黑，星光开始灼闪映照，远处依稀可见的连绵群山似乎低矮了许多，山脚下的草甸也如收割般地缩小了面积，但周围依然显得空旷寂静，深浅不一的溪流不断地出现在行进的路面上，这使得车子无法跑得更快。又走了几十公里，车子的左前方渐渐又露出一角平静的湖面。“看那边，那就是玛旁雍错圣湖。”巴特尔大声说道。

随着车子的移动，前方的圣湖渐渐敞露出平坦宽阔的水面，犹如谧宁含蕴的天然宝石，让人很有扑过去拥抱它的冲动……正在众人陶醉于梦幻般的美景之际，张崇斌突然注意到距离圣湖不算很远的南面，悄然耸立着一座雄伟的金字塔形山峰。

“神山……那一定是神山！”张崇斌感到心头一股热流涌动。

“冈仁波齐神山到喽！你们看，远处那个白色的雪峰，就是神山哦！”巴特尔指着前方提示道。

“在哪儿？啊！看见了，神山！我看到了！……终于到了神山！”祈兵和段涛激动地叫了起来。

这时，张崇斌的手机突然响了起来，这边已是可以收到信号了。他接起来，原来是白纸扇打来的：“哈哈！张兄，我看到了神山！不错，是像个金字塔，周正、漂亮！”

“是啊，总算是到了，兄弟们都看到了。”张崇斌回道。

“张兄，今晚我们就在神山脚下休息，我这边的朋友已经安排好了，等到了冈底斯宾馆后，我们一起再研究下那个登顶方案，你让那个巴特尔把车子再开快点。”说完，白纸扇挂了电话。

“冈底斯宾馆在哪儿？离这儿还有多远？”张崇斌问巴特尔。

“哦，在塔钦，离这儿有20公里左右。要去那边？”巴特尔回问道。

“是的，我们今晚就住那边。还有，请把车子再开快点。”张崇斌点头道。

“哦，我尽力吧，别看这段路不长，却是路况最差的一段，你们可要坐稳喽。”巴特尔提醒道。

在上下来回的颠簸中，张崇斌拿起手机给孔超去了电话，同时又让段涛启动笔记本电脑，查看一下当地明日的天气预报。

孔超得知张崇斌等人到达了神山，却没有表现出符合他性格的兴奋来，从他那沉闷的语气中，张崇斌感觉公司似乎出了什么问题，于是就让孔超立即如实汇报。果然，孔超给张崇斌带来的是一个意想不到的坏消息——唐凯失踪了！

“什么？人失踪了？怎么可能，这到底是怎么回事？!”张崇斌急问道。

“今天下班后不久，他妈妈给我来电话，哭着说邻居发现唐凯在家门口被两个不明身份的人给带走了。”孔超回道。

“唐凯这才来公司几天啊，竟出了这样的事！”张崇斌感到不解，马上又问道，“公司最近有身份特殊或行为举止反常的陌生人来过吗？”

“应该没有。”孔超肯定地回道。

“那么唐凯最近和什么人或部门有特别的往来联系吗?”张崇斌继续追问道。

“没有，至少在公司里没有发现。目前，我还没有给他配备手机，我刚才查了下公司的电话记录，也没有找到什么线索。”孔超回道。

“电脑呢?登录的网站地址都查过了吗?”

“我现在正在排查，暂时没有发现什么线索。”

“那你明天一早就去唐凯家，带上财务小李安慰好陈姨，别让她太担心。顺便，看看唐凯的房间，包括他家里的电脑记录。”

“明白。”孔超回道。

“我要的报告，是不是还没有整理出来?”

“是的。谁想到竟会出这事。”

“孔超，这个时候，你一定要冷静，告诫所有员工提高必要的警惕性，但也别搞得过于紧张。我相信你会处理好这件事的。”

“张总，请您放心。”

“唐凯一旦有消息，就第一时间告知我。找到唐凯之前，让小李每天去陈姨家上班，负责照顾好她。”放下电话，张崇斌紧抿着嘴唇一言不发，他感觉心口堵得慌。

祈兵神情严肃，在一旁也默不作声。段涛刚要开口，被祈兵一个手势给制止住了。

巴特尔这时开口说道:“你们干的这个工作，风险不小哦。不知道你们究竟是做什么的，但我知道你们都是好人，和那伙人不一样。我长这么大，还是第一次遇见这样的人……命都差点丢掉，他们以前一定杀过人，你们不能放过他们。”

巴特尔的话音落下，却没有人回应，车内的气氛顿然沉闷压抑。

张崇斌控制好情绪，这会儿才开口说道:“巴特尔，很感谢你这几天为我们做的这些。但我要提醒你，这一路上，你所知道的和看到的任何事情，以后都不要和别人讲。一会儿到了宾馆，我会额外给你些补偿，你拿了钱立即离开这儿，先找个地方休息。我们计划用三天转山，回程时，你再来接我们，具体时间和地点等我通知。还有……也许，回去的时候，你需要先接一个人返回拉萨。”

“先接谁?”巴特尔问道。

“这你先别问，不过请你放心，那个人是可以信赖的真正朋友。”张崇斌回道。

巴特尔沉默片刻，说道:“好吧，神佛会保佑你们的，你们一定要阻止登神山的人。还有，你们在转山的时候，也千万不能登神山的顶峰，这边的信徒如果发现有人登了神山的顶，那人就下不了山了。”

“下不了山？为什么？”段涛问道。

“登顶的人若下山，守山的信徒就会用乱石砸死这亵渎神明的人！”巴特尔说道。

段涛听完，愣住了！慢慢地，他转过头看向祁兵，又看向张崇斌。张崇斌和祁兵都没有说话。不过巴特尔刚才说的这番话和他的表情，张崇斌感觉似曾相识，这份熟悉却让他的心咯噔一下！他想起了那天巴特尔登上白纸扇的车，在关上车门的瞬间被他一瞥掠见的那个神情……

2. 密谋登山方案

夜半时分，两部越野车终于抵达神山脚下，驶到冈底斯宾馆。

车子停住，众人下了车，发现这宾馆门口的院子里，竟搭起不少的临时帐篷。当白纸扇走进院子时，从宾馆里面走出几个人来，圆脸竖眉的汉子也在其中。他那双如灯泡般圆鼓的眼睛扫看了一眼众人，没有说话，而是径直来到白纸扇跟前，将一串钥匙交给了白纸扇。

白纸扇再见到老朋友，精神顿时振作起来，一直佝偻着的胸脯挺了许多，他抬起头来，看了看眼前的宾馆，然后将拿到手中的房间钥匙朝张崇斌这边扔过一把，说道：“张兄，我先回房间冲个澡，然后再来找你谈点事。”说完，他与枪王一起随那几个人走进宾馆。

张崇斌随后也走进宾馆，按钥匙牌号进入了房间。

巴特尔这边帮着祈兵和段涛一起将车上的各种装备器具搬放到张崇斌的房间，完事后，巴特尔从张崇斌手中拿到早已备好的份钱就匆匆离去。

见房间没有外人，段涛靠近祈兵小声问道：“祈队，你说这神山，咱们要怎么登啊?”

“张总已经拿好主意了，你不用担心。”祈兵回道。

张崇斌在卫生间洗了把脸，这会儿走出来正看见段涛紧皱着眉头，望着自己。

“段涛，你有事吗?”张崇斌问道。

“我……张总，巴特尔说的话您也听到了，我在想，这神山……”段涛有些犹豫地说着。

张崇斌打断了他的话，道：“段涛，这回，你不需要登神山。”

“我……我不是那个意思！我是担心您和队长！”段涛脸涨得通红，急切地解释道。

张崇斌走到段涛跟前，拍拍他的肩膀，说道：“还记得在越南，我让你做过什么吗？”

段涛眨巴眨巴眼睛，说道：“这回还像在越南那样，我只在外围配合？”

张崇斌点了点头，道：“一会儿，白纸扇找我谈事，应该是和我细碰登山的方案。这样，就等我回来后，再确定咱们的具体行动计划。你不用过于担心，目前的一切都在我的预料中。对了，明天这边的天气状况如何？”

“哦。”段涛不好意思地挠了挠头，然后又道，“预报是晴天无雨。”

“那就好！看来老天爷还是挺照顾我们的。”张崇斌笑了笑道。

这时，房间电话骤响，张崇斌接起一听，正是白纸扇打来的。他放下电话，一个人提着笔记本电脑就朝门外走去。

祁兵和段涛都站了起来，张崇斌冲他俩一摆手，说道：“不会有事的，在这儿安心等我回来再说。”说完，走出了房间。

张崇斌来到白纸扇的房间前，敲门进去后，发现除了白纸扇，枪王和那个圆脸胖子也在屋内，白纸扇穿着件睡衣坐在沙发上，一边喝着茶水一边冲他说道：“这屋里没有外人，张兄，你就把上次和我说的那个方案，再跟这两位兄弟说说，让兄弟们一起拿捏下，一定要做到万无一失。”

枪王和圆脸胖子从张崇斌一进屋，就一直盯着他的表情看。当下，圆脸胖子斜依在一张椅子上，歪着个脑袋，那跷起的二郎腿不安分地来回抖动着……枪王则正襟危坐，用审视的目光看着张崇斌的一举一动。

张崇斌点了点头，将笔记本电脑朝写字桌上轻轻一放，说道：“三哥做事从来谨慎，兄弟我一直欣赏佩服。既然大家都是自己人，我也正求之不得，所谓‘三个臭皮匠，顶得上一个诸葛亮’，何况，诸位个个都有赛诸葛的智慧和过人的胆识。闲话不多说了，没错，在来到神山之前，我曾与三哥共同商定了一套方案。今天晚上，第一次目睹了神山的风采，它比我原先想象的更为雄伟绝拔，气象非凡。所以，原方案恐难免会有些疏漏，这里还望诸位集思广益，一起来完善此方案。”

“开场的话就不用说了，张兄，你就直接说说，登上神山后会怎么样？”圆脸胖子插话道。

“兄弟莫急，还是从登山开始说起吧。”白纸扇发话道。

张崇斌瞥了圆脸胖子一眼，接着又道：“想必诸位都知道，这神山在宗教信徒的眼中，是世界的中心，众多天界神明尊者修行的圣地，凡人是登不上顶峰的，这边也不允许凡人去登，据说目前还没有哪个俗人敢登顶此峰。现在这个时节，又赶上来自世界各国的信徒和游客前来转山的热闹时候，这样，周长56公里的转山地带，白天将会是一道流动着的圆周人墙。只有在晚上，转山的人才会集中在转山道上的五座寺庙里休息。所以，登山的时机，我认为要在夜间。”

“在夜间？”枪王突然发问道。

“是的，只能在夜间。我已查询过明天的天气，是个无雨的晴天，应该适合登山。”张崇斌肯定地说道。

“如此高的山峰，从职业登山的角度，白天登都不容易，夜间登山怎么能保证安全？”枪王似乎变了个人，他第一次这么长且流畅的问话，张崇斌听着还真有些不太习惯。这当口，张崇斌扭头看了白纸扇一眼，从白纸扇不置可否的表情中，张崇斌判断出他并未对枪王提及登山的具体行动方案。于是，张崇斌将桌子上的笔记本电脑打开，回头对枪王说道：“韦兄，确切地说呢，我们不是在登山。”

枪王听了一愣！

张崇斌又看向圆脸胖子，说道：“这位兄弟，不知道三哥让你准备的东西是否保质保量地备齐了，这可是此次行动成败的关键！”

“放心好了，所有的装备，这边的兄弟都已备好。张兄，我们这回可是出了不少的血，听说路上还折了一个兄弟！现在，我们就看你的了，你可别让我们……”

“那就好！”圆脸胖子的话还没有说完就被张崇斌打断，“你们看……”

张崇斌用手一指电脑屏幕上显示的放大后的神山特写照片，说道：“这是神山的南面，这道由峰顶直通向下的巨大冰槽与这道横向岩层相交，构成了佛教的万字格，这就是神山的著名标志。现在再来看这张照片……”画面变换，神山的另一面出现在屏幕之上，“这是神山的北面……你们看看，从这两幅照片中，发现了什么异常没有？”

“一个有标志，一个没有……神山南面出现这样的标志，我看就很奇怪。”圆脸胖子道。

“这个标志在藏语中是佛教的‘雍仲’符号，象征精神力量，意为佛法无边。

不过，我看它更像个‘十字架’。”白纸扇补充道，看样子他为此做了些功课。

张崇斌却摇了摇头，道：“虽然这个符号深究起来，可能还有更多更深的隐含寓意，但这并不是我所指的异常方面，你们再仔细看……”说着，张崇斌连续点击鼠标，让两张照片来回快速切换。

“怎么一面有雪，一面没有？”白纸扇突然说道。

“三哥好眼力。”停下手，张崇斌站直身子道，“诸位要知道，正常的情况下，山的南面朝阳，北面背阴，如果阳光充足，南面的积雪应该先化。而神山的顶峰，长年有雪的一面是南面，而无雪的一面却在北面，这种现象难道不反常吗？”

白纸扇听着点了点头。

“为什么会出现这种异常现象，我想，这很可能就是与神山内埋藏着的宝藏有关。”张崇斌说道。

圆脸胖子闻听此言，顿时两眼凸出放光。

“你们再仔细看这道笔直的冰槽，它的边棱形状像不像一磴磴的台阶？还有，说起神山顶峰这种构型，不知道诸位对中美洲的玛雅神庙的构造了解多少？”张崇斌左右看了看众人问道。

“张兄，别总问我们了，你就直接说说这台阶是怎么回事就好，怎么这又绕到地球那一面去了？”圆脸胖子看来是有些迫不及待，也有点不太耐烦。

“多余的废话，我从来不说！你听明白了吗？”张崇斌盯着圆脸胖子的眼睛道。

“请张兄继续说下去。”枪王冷眼瞥了圆脸胖子一眼。圆脸胖子见此一怔，有些不知所以然。

“兄弟别太性急，张兄的话多听听没什么坏处。张兄，你说这玛雅神庙与这个神山，它们之间又是怎么回事？”白纸扇忙打了个圆场，插话问道。

“三哥，我曾对你说过，这个世界上，有金字塔的地方不少，而且金字塔本身就具有诸多神秘之处，玛雅神庙也是如此。要知道，很多玛雅神庙的外形其实也是呈金字塔形，所以玛雅神庙也被称作玛雅金字塔。玛雅的神庙，从外观上看，有这么两大特点，一是塔身呈层层错叠的阶梯状，这些台阶便于人登上塔顶，而且这台阶的数目是很有讲究的，据说与天文学数字有密切关系；二是塔顶往往有一个祭神的神殿。据此，考古专家认为玛雅神庙的用途主要是用来祭祀或观察天象的。现在，我们再来看神山的这个角度……”说着，张崇斌将一张从 Google Earth（谷歌地球）上截取的卫星图片调了出来，一张神山顶峰的俯视图，“这是神山的峰顶，看，它的形状并不是一个尖锥形，而是一个圆冠形，按照佛尊杰尊·达孜瓦在《冈底斯山海志》的描述，这神山峰顶，还有个七彩圆冠戴帽。”

“还有七彩颜色？我怎么从来就没有看到。”圆脸胖子嘟囔道。

“难道神山也曾是座神庙？”白纸扇仔细看过照片后，转过头来问道。

“在我看来，这座出现在冈底斯山脉西北部的神山，很可能在极为远古的时代，就是一个受人崇拜的圣帝之台。”话音落下，张崇斌见这三人全都迷惑不解的样子，就接着道，“这么说，主要有三个方面的理由：一个是，当前不少国家的信徒崇拜这座神山的传统由来已久，仅从可查考到的史料上看，人们对神山的崇拜就可上溯至公元前1000年左右，那个时候，包括佛教在内的一些宗教还没有创建。二个是，中国历来就有祭拜天地神明的传统风俗，而且多是建圣坛、圣殿登高祭拜。有关这方面最早的记载，在一本上古奇书《山海经》中多处可见，那个治水的大禹就曾为先祖圣帝建造过帝尧台、帝喾台、帝丹朱台、帝舜台、共工台，这些众帝之台的地理方位都在中原地区的北面。三个是，玛雅人崇信太阳神，并将一种‘带羽毛的蛇’当作太阳神的化身，而这条羽蛇，每年定期还会在玛雅神庙上游动显现……”

“什么？难道会是显灵了?!”圆脸胖子惊诧道。

“这种神物，现实中存在?”白纸扇也是一脸狐疑。

“这绝不可能。”枪王神情严肃地看着张崇斌放出这句话来。

张崇斌微微一笑道：“我刚才是形象地描述了一个现象而已。事实是这样的，玛雅人留下的遗迹中展现了很多高妙的雕刻工艺，在一个叫库库尔坎的玛雅神庙台阶上，就有一条精心雕刻的带羽毛的蛇，蛇头形象逼真，而蛇身却藏在阶梯的断面上。在每年春分和秋分的下午，随着太阳西落，在斜日的映照下，神庙阶梯那一排排棱角构成的曲折线条就会从上到下交错成波浪形，放眼看去就如一条飞动的龙蛇自天而降，似潜似腾，逶迤游走啊。”

“呵呵，原来如此。”白纸扇开释地一笑。

“有意思的是，《山海经》里就有这么一段描述共工之台的话，这原文是‘不敢北射，畏共工之台。台在其东，台四方，隅有一蛇，虎色，首冲南方’。

“这句话若按今天的白话解释，就是说‘射箭的人不敢向北方射，因为敬畏共工威灵所在的共工（共工：上古水神，传说不周山就是被他一怒撞折，引发天地巨变）台。共工台在东面，台是四方形的，每个角上有一条蛇，蛇身上的斑纹与老虎相似，头向着南方’。”

“哦！玛雅人建神庙的那门技术，原来是从神话故事里学来的啊！”圆脸胖子一脸恍然大悟状。

“至于神话不神话的，还有这玛雅文明与中国古老文明的渊源关系，今天我就不多说了，这不是今晚的主题。我要说的是，人们曾在玛雅神庙里面发现的一些东西。也许，知道这些，会对我们顺利找到宝藏有所帮助。”张崇斌不紧不慢地说道。

“张兄，那你快说说，神庙里发现了什么宝贝玩意儿？”圆脸胖子眼睛又直了。

张崇斌看了眼白纸扇，白纸扇眼珠子一转，轻松地说道：“张兄，这次神山之行，这位兄弟出了不少的力，将来找到宝藏分给他们一份也算公平。你不是说那宝藏里的宝贝很多吗？”

“那算谁的份？”张崇斌显得有些不爽的样子。

“呵呵，张兄这么小气啊，那就算我的，你那50%不变。”白纸扇咧着嘴回道。

“我这个人做事比较认真，约定好的事，不习惯轻易改动。”张崇斌道。

圆脸胖子在一旁鼓着腮帮子，满面通红，一声不吭地盯着张崇斌。

“知道了，张兄，你继续说神庙里发现了什么宝贝？”白纸扇催促道。

“亲兄弟，明算账。这是干这行的规矩。这种事，三哥你应该事先跟我说一声的。”张崇斌依旧不依不饶。

白纸扇神情有些尴尬，强挤出几声干笑：“呵呵，这不就是跟你打招呼了嘛。”

有意为之的张崇斌见火候差不多了，点到为止，于是，又继续说道：“说起来，玛雅人的这些神庙在很长一段时间里，被那些满怀希望而去却几乎都是空手而归的寻宝人看作一堆无价值的石头废墟。但这并非意味着玛雅神庙里从未有过宝藏。事实上，玛雅人有将各种宝贵的祭祀品奉献给神明的习俗。如今这些神庙变得如此寒酸，那多半应该归功于一伙贪得无厌却愚昧至极的欧洲人。在16世纪早期，哥伦布发现了玛雅人所在的这片新大陆，不久，西班牙人就登上了这片陆地。这伙人在大肆掠夺金银财宝的同时，为了推行他们信奉的宗教，砸碎了无数神像和祭坛，其中一个叫狄亚哥·迪兰达的神父，竟然在曼尼城中心广场上亲手烧毁了成千上万的玛雅古籍抄本、故事画册和书写在鹿皮上的象形文字书卷，而他的理由竟是：这些记载了比他信奉的宗教更为久远的历史记录都是些无聊的迷信和撒旦的谎言。至此，玛雅人原本脉络清晰的历史文明如今成了困惑世人的不解之谜了。”

“嗯，现在古卷比金子值钱多了，这帮欧洲人，真他妈的不识货！”圆脸胖子嘟囔道。

“神庙里会有宝藏的，不过光是这些古董，也没什么稀罕的。张兄，你上回不是说神山中会有比舍利子更珍贵的伏藏吗?”白纸扇开口质问道。

“神山的宝藏到底会是些什么，有多少，坦率地讲，这谁也说不好。不过，我说这些玛雅的历史，目的是帮助诸位开拓下想象力，形成个基本的判断。三哥，你刚才说玛雅的宝藏不稀罕，这你可就说错了。你可知道，20世纪50年代，美国和苏联曾投入了大量的人力和物力，利用最先进的仪器专门研究过玛雅文化吗?”

“哦?”白纸扇那三角眼里的黑眼球再次变圆了。

“起因是这样的：在1924年，墨西哥政府公共教育部和卡耐基研究院发起了一次大规模的玛雅遗迹发掘和修复工作，在卡斯蒂罗城下的神庙中，人们发现一个真虎大小的美洲虎宝座，这宝物上面镶嵌了很多绿玉圆盘。同期，还出土了大量的壁画和建筑雕刻。通过研究，他们感觉到这些壁画和雕刻的内涵很不可思议。此后不久，也就是三年后，一个叫安娜·赫杰斯的幸运女孩，17岁生日那天，在位于中美洲危地马拉邻国伯利兹的古玛雅遗址的一个地下城堡中，意外地发现了一个水晶雕刻而成的骷髅头骨……”

“水晶头骨！这个我听说过，这倒是个真正的宝贝！”白纸扇有些兴奋起来。

“它确实是个稀罕宝物。要知道，这个水晶头骨与真人头骨一般大小，而且下颌也是可以活动的，看起来不仅外观十分逼真，据说连内部结构都与人的颅骨骨骼构造完全相符，它是从整块的水晶石上镂刻下来的。现代的专家仔细研究后，认为这个‘艺术品’展现了成熟的解剖学与光学技术，但他们却无从知晓古老的玛雅人究竟是利用了什么怪异技术制成的。因为即使应用现代最新科技，人们也难以制成一个同样水准的复制品。诸位想象一下，在一个荒芜的丛林地带，一个消失的神秘古国的废墟中，竟不断发现这种种挑战当代人类科技的怪事，美国和苏联的情报机构和科研人员能轻易地放过吗?”

“乖乖，玛雅人竟然这么厉害！这不会是外星人搞的吧?”圆脸胖子冒出一句富有想象力的话。

“这还不算，1966年，在前期大量研究的基础上，有人破译了一块玛雅石碑，发现那是一部编年史。而这部编年史中竟然记有发生于九千万年前至四亿年前的一些事情。我们都知道，按照教科书上的说法，那个时候，地球还没有人类出现。那这个编年史编的是谁的史？玛雅人又如何知道那么久远的历史呢?”

说到这里，白纸扇、圆脸胖子和枪王都已哑然失语。

此时，张崇斌觉得灌输得差不多了，至于1968年一批科学人士用X射线探测的那个更离奇的发现没必要再让他们知道，否则过犹不及，于是他将话题拉回来，道："人类真实的历史，也许是一个永远解不开的谜团。这样也好，我们至少可以有种期待，就让我们大胆想象一下，神山就是远古时期的一个伟大的神庙，从古至今，受到无数人的祭拜，神山里面有的是超出人类想象的传奇经典和超越当代科技的精妙宝藏！"

"张兄，那你就说说怎么去掘这些宝藏吧。"白纸扇道。

"是啊，别尽想得美，就算宝藏再多，如果拿不到手里那也是白搭！"圆脸胖子鼓噪道。

"张兄可知道进入宝藏之地的通道在哪里吗？"枪王也问道。

张崇斌走到电脑跟前，静默地站了会儿，然后回身看着这伙人，说道："诸位，现在你们问到了核心的问题。在解答你们的提问之前，我首先要声明的是，我们这次的寻宝行动，可以被看作一个极为特殊，也极为复杂的系统工程，这是客观条件决定的。这就需要诸位和我一样要有足够的耐心、信心和决心，同时还要相互信任密切配合。否则，一个环节出了差错，就会全盘皆输！现在，我从行动的三大步骤上说起。第一步——登顶神山。刚才韦兄问到这山在黑夜里怎么登，现在我可以告诉你，我们不是登山，而是用'飞'的方式跳到神山上去。如果明天的天气不发生意外突变，我们就在午夜时分乘着热气球飞向神山之顶。我查询过资料，目前中国热气球飞行员携带氧气的最高飞行高度为7680米，世界纪录是17000米，所以，热气球飞行的高度完全可以满足我们的要求。不过，大家要多穿点，因为那个高度的空间温度会是在零下55摄氏度左右，每个人都必须备上氧气。至于热气球的飞行方向，可以通过控制热气球的飞行高度，依靠不同高度的风层来调整，这样，我们再利用热气球可大量载重的特性，携带上所有必需的工具包，到了神山之顶后，用小型降落伞将工具包投放到指定区域，每个工具包上都装有GPS（全球定位系统）信号跟踪器。然后，人再下去。"

"人怎么下去？"枪王问道。

"哈哈，我知道，是用动力飞行伞。"圆脸胖子抢话道。

"是的。曾有个英国人用它飞越过珠穆朗玛峰。而且，动力飞行伞可以在有一定坡度的地面上随时载人起飞。这样，下山的问题，也迎刃而解了。"张崇斌进一步解释道。

枪王默然地点了点头。

“呵呵，”张崇斌冲着枪王一笑，接着道，“第三步骤我刚才提前说了一部分。大家先别分神，听我接着说。目前，我的想法是，为了抓紧时间，我们在投放下工具包后，人从热气球上跳伞下来，在空中启动动力装置，这种做法，应该是可行的。”

“啊？我可从来没玩过这个，三哥，这是不是太危险了？”圆脸胖子看着白纸扇道。

“连这点险都不敢冒，那你最好别跟着上山了。”张崇斌说道。

白纸扇点燃一支烟，不置可否地等着张崇斌继续说下去……

“好，既然没有异议，这第一步骤就算通过。下面我说第二步骤——探寻宝藏通道。”

这一刻，屋子里的人都睁大了眼睛看着张崇斌……

张崇斌看了看每个人的面目神情，然后压低嗓音开口道：“据我所知，玛雅神庙的内部构造是一层层隔分中空的，通向内部的通道往往不止一处，有的通道口是在顶部，有的就在阶梯之中。所以，我的方案是人员到达这个部位后……”说着，张崇斌用手一指电脑屏幕上神山南面那道冰槽的根部，“我们就带上工具设备顺着这个阶梯向顶峰攀登，在上登的过程中，就寻找可能存在的通道口，尤其是与这道横向岩层相交的凹陷部位，我们要格外关注；如果这道冰槽阶梯上没有洞口，我们就到圆冠顶峰处。”

“要是两处都没发现通道呢？”白纸扇眯缝着眼睛问道。

“若不亲自上去看看，光靠猜测，我想是没有什么实际意义的。不过，三哥，你想的这个问题我的确是考虑过，在这个环节上，我有一个后备方案。”

“什么方案？”白纸扇问道。

“爆破。”张崇斌说道。

“啊？难道要炸山?!”圆脸胖子一惊道。

一直面无表情的枪王也皱起了眉头……

“这样倒是省时省力。”白纸扇嘴角一翘道。

“三……三哥，这神山可不能炸啊！兄弟这回整这些炸药可没想着是炸山的，这边的弟兄很多都是信教的，我们若炸了神山，以后还怎么在这地儿混啊，那帮信徒还不吃了我们？再说，这座山，它……它毕竟是……”此时，圆脸胖子一脸的恐慌，最后紧张得话都说不全了。

白纸扇小眼睛左右快速转了转，于是又说道：“张兄，这个方案是不是过于火爆了？再说，弄出这么大的动静岂不是让人都知道了我们的行动？”

“这个后备方案不是立马采用的。我们可以先定点定向埋好炸药，然后选择时机定时或遥控爆破，那时一定会发生雪崩，这就可以掩盖爆破的声音和痕迹。只是，我们需要二次登山。”张崇斌解释道。

圆脸胖子这时瞪起眼珠子，终于忍不住了，他猛地一拍座椅扶手气急败坏地指着张崇斌大声嚷道：“张兄，你肚里是有点墨水，可我看你的心也掉到肚里，太黑了！炸完了你们拍拍屁股走人了事，我们这班弟兄你考虑过吗?!”

“兄弟，你是不是进错门了？哼！明明是在做贼，怎么，还想着要当圣人，立牌坊？做大事要是这么优柔寡断前怕狼后怕虎的，那还不如趁早回家守着老婆孩子该干什么就干什么去。三哥，事先说好的，我可只负责选点掘藏。既然大家都不同意这个方案，那你们有什么更好的主意，都说说，我洗耳恭听了。”说出这话的时候，张崇斌表露出一副不屑不解的表情，但他的内心却是一阵欣慰，这正是他要的效果。因为他知道只有如此的“丧心病狂”，才能让这伙人完全相信他是真为寻宝而来且准备充分。此外，通过这个方式，把矛盾分歧转嫁出去，一旦没有及时摆脱掉这伙人，且在神山上找不到通道，这伙人也不至于把怨气一股脑地都撒在自己的身上，到那时，这伙人势必会重新考虑爆破的方案，这就可以再赢得宝贵的时间。“至于炸神山，哼！即便这伙人一致同意，我也绝不会让他们得逞！”想到这儿，张崇斌暗自握紧了拳头。神山，就如一座圣殿，从看见她那一刻起，已深深地印在张崇斌心中，而如何进入这个圣殿，张崇斌那特有的灵感已是幽冥暗动，另设通道，但他却未对任何人提起……

这当口，圆脸胖子胸口起伏着，要说什么却又说不出来，样子显得滑稽可笑……

等了一会儿，见没有人说话，白纸扇嘿嘿一笑，道：“张兄的确是做大事的人才。不过，兄弟们既然是一起做事，就要讲究个相互照应，善始善终。也许，是我多虑了，待上了神山，可能就会发现张兄说的那个通道。”

见白纸扇表了态，张崇斌马上接过话头，说道：“是的，我们要做最坏的思想准备，但更要有积极乐观的做事心态。时间不早了，明天干活的话，今天都要早些休息，现在我就抓紧时间说说这最后一个步骤——离开神山。这里先要提醒诸位的是，时间是关键，诸位一定要把握好。这回，我们备上足够 5 个人 20 个小时用的氧气和一天用量的食物。那也就是说，找到通道进入神山内，我们只有 14 个小时的活动时间，余出的 6 小时要放在登山和撤离的行程上。毋庸置疑，无论我们是顺利找到通道取出宝藏，还是一无所得，我们都得活着离开神山，我想诸位都不想成为冰雕标本吧。最后，说说两种情况的处理。第一种是一无所得的情况。如果真的出现这种背运的意外，请诸位都要想开些，换个角度看，即便如此我们还是有收获的，至少是缩小了寻找神山通道的范围。这种情况下，我们就直接乘动力伞连夜离开神山，回到指定的接应地点，重新制订方案。第二种情况，我希望大家仍要保持冷静，不要被兴奋冲昏头脑，更不要过分贪婪。找到宝藏后，到底什么样的宝贝值得带走，到时候就看个人的眼光了，反正个大的不见得就是最好的，我的建议是大家尽量取那些体积小重量轻，却是世间难得一见的宝物，诸位也不要看见好的就去抢，我相信那里的宝物堆积如山，咱们一回拿不了，那就二回、三回地来取。”再次提及宝藏和宝物，众人的眼睛又是个个闪亮，白纸扇抿舔着薄薄的嘴唇，圆脸胖子更是两腮通红地攥紧了拳头……

张崇斌看了下手表，然后合上笔记本电脑，问道：“诸位还有什么问题吗?”

“那起程和接应的地点在何处?”枪王问道。

“这个嘛，等明天白天兄弟们一起去实地考察考察，然后再行定夺。”白纸扇说道。

“那今晚就到这儿吧。”说着，张崇斌提起电脑朝门外走去，到了门口，他转过身来冲白纸扇说道，“三哥，明早 7 点，咱们就在楼下大厅集合。”

“好的。”白纸扇点头应道。

3. 隐秘的行动计划

张崇斌回到房间，祁兵和段涛一骨碌从床上都坐了起来，两个人身上穿着防寒衣裤和登山鞋，看样子像是待命随时出发。张崇斌招呼他们围坐过来，然后将刚才与白纸扇这伙人一起商定方案的情况简明扼要复述一番。

听完这最新的登山方案后，祁兵兴奋地说道：“太好了！除掉他们的机会来了。”

“张哥，你说，要我们怎么做?”段涛睁大着眼睛问道。

“不错，这是我们彻底摆脱他们最好的时机。”说着，张崇斌伸出两手，分别用力握住祁兵和段涛的拳头，压低声音道，“我知道，大家早就等着这个机会了。白纸扇这人，阴险狡诈且心狠手辣，是个杀人不眨眼的恶徒，今晚迎接他们的那个圆脸胖子，也不是什么善茬。为了完成我们的使命、为了神山不受恶人玷污，也为祁兵兄弟和秀婷在越南遭受的羞辱雪耻，必要的时候，除掉白纸扇他们，我们算是替天行道！”

“对！替天行道！”祁兵和段涛同声道。

“好，现在我就说下咱们的行动计划，大家都听仔细了。段涛，先说你的任务。明天午夜，我和祁队两人与白纸扇他们乘气球登山，你留在地面做好接应。巴特尔的电话，你要记在心里。”说完，张崇斌拿出油笔在段涛的手心上写下一组号码。写好后，又继续说道：“明天，我找机会与巴特尔电话联系上，让他等你的电话到指定地点去接你。另外，要切记，我和白纸扇定下的那个接应地点，无论什么情况，你都不要去。你要去的地方，是在我们来时的路上，靠近玛旁雍措圣湖的那个下山路口处。我和祁队办完事后，就去那边。”

“就是我们第一眼看见神山的那个位置吗？”段涛问道。

“是的。”张崇斌点头确认。

“可是……”段涛有些犹豫的样子。

“还有什么问题吗？”张崇斌问道。

“崇斌，这里好像是有点问题。段涛单独一个人行动，白纸扇那伙人会放心吗？我担心段涛到时走不脱。”祁兵提示道。

段涛听了这话，忙点了点头，这也正是他所顾虑的。

“呵呵，强将手下果然无弱兵！段涛这小子看问题比以前缜密了。”张崇斌这样想着，嘴上道，“我的话还没说完，段涛，你继续听好了。明天一早，我们都要去神山实地考察，但那也只是大致看看，因为真正要转完神山，需要三天时间，最快也要两天，这对空降登顶的计划而言，转山一周完全没有那个必要，时间上也不允许，因为还要腾出时间找到起程地。显然，起程地不会设在神山脚下，应该是一处远离神山的偏僻地带，且与接应地点方向背离，在那儿，登山人员还要做好起程的所有准备工作，看白纸扇这一路的急迫难耐样，他根本就没有这个耐心。所以，至迟下午，我们就会返回这个驻地。到时候，白纸扇就会和我商定好接应地点。这期间，我会让白纸扇接受安排一个人去神山南面的一个寺庙的提议。”

说到这里，张崇斌将电脑打开，调出神山转山示意图，指着图示说道："你们看，我们现在所在的位置，是在神山的东南面，塔钦正是转山的起点。这个寺庙离转山起点距离不是很远，更巧的是，它是转山途中的一个供转山的信徒和游客夜间休息的地方，也是观看神山南壁风景的一个绝好地点。我想，转山的信徒也应该多集中在那里。段涛，你就去这个地方。之所以要安排你到这个寺庙，理由是登顶神山的行动时间最长可能要在山上驻留十几个小时，而且山南面又是主要活动区域。其间，如果山上的行动被山下的人发现，那后果将很不妙。所以，安排一个人负责观察转山人群和守山的信徒是否有异常动静，一旦发现问题，可以及时通知山上的人。当然，这些是我对白纸扇要说的'废话'。段涛，你在去寺庙的途中，见机行事，如果没有发现可疑的人，就可以提前出山，找个好识别的地方让巴特尔去接你。"

"这个办法，我看可行。这伙做梦都惦记宝藏的歹徒，到了那个时候谁会有心情老实地待在庙里，我估计他们很可能都会在接应地等着算计我们抢分财宝。"祁兵道。

"没错。即便白纸扇想安排人手盯你的梢，只怕是没人会真正听他的了，老六死了后，他就已是孤家寡人。"张崇斌说道。

段涛听了张崇斌和祁兵的这番话，严峻的神情顿时舒展开来。

这时，张崇斌转头看向祈兵，说道："读书的时候，咱们兄弟联手那可是所向无敌，我一直忘不了那段时光。"

祈兵眉头一扬，道："看来这回，咱们要重温一下以前的感觉了。"

张崇斌会心地一笑，道："祁兵，你我的行动，我是这样安排的。我估计，明天，他们会有三个人乘气球登山，分别是白纸扇、枪王，还有那个圆脸的汉子。地面接应的人，具体人数目前不清楚，估计会有几个人，他们应该是圆脸胖子最信任的手下。这些人，我们都要避开，不与他们直接接触。所以，行动方案中，暂不考虑这些人。我们要对付的，就是热气球里的那三个人。"

"那你打算何时动手?"祁兵问道。

"在他们无法出手握枪的时候。"张崇斌说道。

"零下 50 多摄氏度，都戴着手套，的确是好时机!"祁兵心领意会地说道。

"到时候，我来操控热气球，让它迅速升高，等气压表显示 7000～8000 米的高度时，你看我眼色行事。"

"没有问题，到时候，我让他们都变成'空中飞人'!"祁兵自信地说道。

张崇斌思忖了会儿，抬头看着祁兵，道："白纸扇和圆脸胖子，需要先解决掉！至于枪王，你觉得有必要吗？"

祁兵一怔，但马上严肃地说道："这种行动事关生死，我过去多次执行过特殊任务，明白一个道理，如果我们心慈手软，就等于给对方机会！"

"祁兵，你说的确实有道理。不过，我怎么有种感觉，这枪王与白纸扇不是一路人。如有可能，我想通过制服的方式先留他一命。"

听了张崇斌这么一说，祁兵皱起了眉头道："我是这样看的，枪王此人，城府较深，我们对他都了解甚少。其实从个人的角度，我也不想这样对他，但是，这次我不是单独行动，崇斌，你的安全，我必须考虑。"

"是啊，张哥，对敌人的仁慈，就是对自己的残忍。"段涛在一旁说道。

"冤有头，债有主，现在真正对我们构成威胁的，是白纸扇和圆脸胖子。祁兵，你和枪王决斗，彼此都能安然无事，在我看来，你们算是英雄惜英雄。而且，方才与白纸扇商定方案的时候，我感觉枪王身上有股'盗亦有道'的气质。除掉这样的人，我确是于心不忍。所以，我想在制住他的时候，跟他解释清楚，我们此番前来是专门设计收拾白纸扇的，神山寻宝只是一个圈套而已，与他本无冤无仇，留他一命让他走人。当然，如果枪王威胁到我们的生命安全，那就另当别论。"张崇斌解释道。

"崇斌，如果你真决定那样做，到时候你就将枪王先控制住，只要别让他有机会动枪就行，给我几秒钟就可以，我负责将白纸扇和那个胖子解决掉。"祁兵道。

"好的，那就先这么定。"张崇斌用力握了下祁兵的手，马上又说道，"不过，考虑万一有什么意外变故，在气球上动不了手的话，那第二套行动方案就放在山上。因为高空风大，估计跳伞后大家会被吹散，我们就分头行动，白纸扇跳的时候我就跟着跳下，我盯住他，你就先盯住圆脸胖子，这样找到合适的机会就动手，最后再一起找枪王。当然，我希望最好不会出现这种情况。"

"跳伞，我受过专业的训练，你怎么样？"祁兵问张崇斌道。

"我这人的兴趣爱好你难道不知道吗？蹦极、攀岩，还有这动力飞行伞，这些刺激运动我会放过吗？虽然谈不上玩得多专业，但绝对拿得出手，别忘了我'冒险王'的绰号，那可不是浪得虚名。"

"呵呵……"大家齐笑了起来。

第二十六章　高空逃亡

1. 是福是祸——神山鉴证

次日凌晨时分，以神山为中心，方圆数十公里的地界似乎都被一层从天空弥散下来的迷雾笼罩。

一间窗帘半掩的黑暗房间里，室外暗淡的光顺着缝隙如幽灵般透射进来。幽暗中，张崇斌、祁兵和段涛三人和衣躺在床上，伴着有节奏的鼾声，疲惫的人终于可以睡上个安稳舒坦的觉。

这时，张崇斌轻轻地翻了下身，虽然眼睛闭着，但他却已无睡意。此刻，他的脑海里不时地冒出各种念头……“唐凯究竟出了什么事？会是谁劫持他呢？本来，自己有一个重要的信息要告诉他的，以唐凯的天分，他很可能会给自己一个期待的答案，那样的话，整个调查工作就可以顺利推进下去，甚至迅速完结。现在看来，必须尽快摆脱掉白纸扇，赶回公司找到唐凯的下落，孔超一个人怕是解决不了问题。”想到这儿，张崇斌睁开眼睛，看了下表：5 点 20 分。张崇斌左右看了看正安然入睡的祁兵和段涛，然后慢慢地坐起身来，悄然下了床，一个人轻步走出宾馆。

外面天色蒙蒙亮，寒气浸身。张崇斌朝神山方向望去，却是一道山脊遮挡住视线，无法看见神山的全貌，只见一白色山尖在一片清淡浮云下若隐若现……想到晚上就要飞到这巅峰的上空，他内心有种莫名的触动。收眼环望四周，他发现塔钦是个面积不大的小村庄，他们住宿的附近，算是繁华地带，周围有不少用帐篷搭建的饭店，其中居然还有一家山东水饺店。张崇斌活动了会儿腰身，然后顺着宾馆门口的公路，来到上面的一个停车场。在停车场的一边，有个公用电话亭。见周围无人，张崇斌走进电话亭用公用电话联系了巴特尔。电话顺利地接通，张崇斌告诉巴特尔今天要注意接听段涛的电话，并做好接人的准备。

办完这件事，张崇斌又朝冈底斯宾馆南面不远处的一条小河走去。这小河的东侧有一排排扎堆的帐篷，像是一个集市。随着天色的逐渐放亮，越来越多早起的人从帐篷里进进出出地忙乎起来。在随意闲逛中，张崇斌看见三个戴着墨镜的老外也在附近游荡，凭感觉，他判断这些人应该是英国人，上去主动打了招呼。

果然，对方都是满口标准的伦敦音，这让曾在英国留学的张崇斌有了兴致，于是和他们攀谈闲聊了几句，了解到他们是国内某地质勘探部门的外资合作方，到此地也是因仰慕神山前来转山的。

看时间差不多了，张崇斌回到住宿宾馆，与白纸扇一伙人碰了头，大家一起简单吃了早点。早餐结束，圆脸胖子提着一大包矿泉水和干粮，在宾馆门口，他找到一个牵着牦牛的导游。其余人则分别带上望远镜、摄像机、对讲机等几样简易设备，在导游的引领下，开始向神山方向轻装出行。

这队看似转山的游人一直向西走去。一路上，众人不时地向神山方向遥望，却发现前方的视线越来越模糊……大约走了 5 公里，来到一处狭长的山谷处，可以看见不远处立着一柱 20 米高的经幡。导游这时停止前行，转身告诉众人已经到了进山的入口。

“这就到了？”众人相互瞅着，有些迷茫，因为谁都没有看见神山在何处。

导游向前紧跑两步，用手指着一个方向。顺着那个方向，张崇斌只看见一团团似乎近在眼前的白色迷雾，这些慢慢柔动飘摇的迷雾后面隐约有个巨大而厚重的东西，但他的视线却无法穿透看个究竟，只能从迷雾的下面看见一道厚重斜耸的灰色土坡。此时，导游开始讲解起转神山的路线来：转神山实际上有两条路线，分别是内圈和外圈。内圈是绕山南侧的因揭陀山的小环山路线，外圈是以冈底斯山为核心的大环山线路。而且转山的方向也有不同。藏传佛教徒和印度教徒顺时针转；苯教徒则是按逆时针绕行的。绕神山外圈一周的距离是 50 多公里，徒步转山需要 3 天工夫，磕长头则需 15~20 天，只有转满 13 圈外线的人才有转内圈的资格。而转满 108 圈，那就可以洗脱前生后世的罪孽而升仙。

因为完全看不见神山的面目，大家对导游说的这些有点麻木，似乎找不到感觉。导游安慰道这种情况是常见的，除非运气很好，才能一到这儿就可以看到神山的全貌。不过，要是转山的话，总会有机会看见神山的面目的。

在导游去买进山门票的当口，白纸扇抱臂缩脖地晃动着身子，似乎有些不耐烦的样子，他扭头朝张崇斌看去，然后撇嘴道："张兄，这神山云里雾罩的，是不是要变天啊?"

"早晨有雾的天，往往会是个大晴天。也许，一会儿这云雾就散去了……"张崇斌正说着，突然，他浑身一震！只见漫天的迷雾似乎被一股强风从中间吹开，随着眼前最后一抹雾纱的飘散，一座雄伟的巨大"金字塔"陡然夺目而出……

"看！快看！神山！神山露出来了！"山谷里的人群顿时一片骚动。举头仰望，幽蓝的苍穹之下，神山犹如登天之塔，塔尖淹没在一片如撑开的伞状云雾中，云雾下端那道垂直冰槽仿佛是从天宫阙宇中放下的梯子。一时间，张崇斌屏住了呼吸，周围的一切似乎都静了下来，但空冥中分明又有一个声音，如钟鸣似鼓擂，悠荡蕴深，似从极高远处间歇传来……

"大哥，走了。"身边的祁兵扯了张崇斌一下。

张崇斌这才回过神来，他感到奇怪的是，那个声音竟一下子又消失了。"嘿，你刚才听没听到什么奇怪的声音?"张崇斌对祁兵问道。

"奇怪的声音?"祁兵不解地看着张崇斌。

"就是像敲钟敲鼓的那种声音。"张崇斌解释道。

祁兵想了下，依旧用不解的眼神看着张崇斌摇了摇头道："我没听到，刚才好吵，可能没注意到。你怎么迷眼了?"

张崇斌忙用手背擦拭眼睛，发现手背洇湿一片。原来刚才在不知不觉中，自己竟然落泪了。"也许是错觉吧。"这样想着，他嘴上回道："没事，刚才看神山一直没有眨眼，让风给吹的，走吧。"

跟随导游，这一队人马进了山门。路上，白纸扇走走停停，不时地用望远镜朝神山顶峰望去。胸前同样挂着望远镜的段涛也没闲着，这时他放下望远镜，指着神山顶峰的那片白色的烟云问道："真奇怪啊，这么晴朗的天，怎么就山尖上面有那么一块云彩?"

"那是旗云。"导游说道，看到段涛依然不解的样子，导游笑着又道，"神山顶上有神宫，那是天上的神来到山顶聚会燃起的桑烟。"

"哈哈，这么说我们一来，天神都下凡了。"白纸扇大笑道。

“三哥，您可是那洛上师的有缘弟子啊！”圆脸胖子一旁赔笑道。

“据说修行的高僧，是可以看见山顶上的胜乐轮宫和山上的五百罗汉呢。”导游说道。

“哈哈，张兄，你可看见这些罗汉，还有那个什么什么……轮宫没有？”白纸扇扭头问道。

“呵呵。”张崇斌只是笑了笑，没有作答，然后又抬起头来，望向那雪白的巅峰……这时，他手机突然振动，一看号码，是孔超打来的，于是张崇斌放慢脚步，与白纸扇等人拉开一小段距离后，才接听手机。电话里，孔超快速地说起早上和财务小李去了唐凯家的情况：陈姨目前情绪很不稳定，小李一直陪着安慰她。另外，通过查看唐凯的电脑记录，孔超认为发现了线索，理由是唐凯在最近几天连续登录了几个敏感的网址，其中有国家××反重力技术研究所和美国波音公司关于一个代号为“GRASP”项目的官方网站，通过网上搜索，他发现这“GRASP”项目是一个美国国家航空航天局支持的先进航天推进的重力研究项目，孔超担心唐凯使用了黑客手段进入这些网站。

孔超反映的这个情况印证了张崇斌曾经最担心的猜测，唐凯十有八九是被有关部门给控制住了！听完汇报，张崇斌指示道：把唐凯在公司的所有工作记录都做好备份，需要固定封存的证据一定要保管好。同时，让孔超嘱咐小李关照好陈姨，让陈姨在冷静下来的时候，把唐凯休学的档案记录，和能证明唐凯心智有缺陷的医疗诊断都找出来，他将在尽可能短的时间里赶回公司。

挂了电话，张崇斌紧走数步赶上队伍，祁兵默默地看着张崇斌的表情，没有言语。张崇斌小声地告诉他唐凯是安全的，让他放心。

众人继续前行，在通过一个塔顶挂着羊头的佛塔时，与几队转山的人流交会在一起。从这些人的模样装束看，其中有欧美人、日本人、印度人和尼泊尔人，他们都是背负行囊辛苦赶路的转山人。望着一张张虔诚而又灿然的神情，张崇斌一瞬间有了这样一种感应：“将迷茫的灵魂托付给神山是神圣的、幸福的。也许，那随风舞动的经幡，正是那神秘力量的召唤，那一堆堆一块块刻着真言的石头，寄存了每一个在此找到归宿的灵魂。那自己的灵魂呢？神秘力量的牵引、震荡幽冥的声音、不自觉的流泪，此时此刻，是不是前世今生的一个轮回，自己的灵魂是不是也曾寄托在这儿……”

当真正来到神山脚下，呼吸到神山的气息，张崇斌感觉自己变得越来越敏感。

他一边走着看着，心绪不断地感动着……就这样，又穿过了一片谷地，可以看到远处山上有一座寺庙。导游说那是年日寺，里面有塑像和壁画，过去可以歇下脚。

此时，白纸扇停住脚步，他端起望远镜向前方望去……

前方是一段上坡路，途中有着一片滩涂。放下望远镜，白纸扇又看了下时间，这个时候已是傍中午。白纸扇走到张崇斌身边，提出神山的实地考察可以就此结束了，张崇斌表示同意。于是，在导游诧异的神情中，这一行人掉头原路返回了。

回到冈底斯宾馆，已是下午。吃过午饭，白纸扇让张崇斌去他的房间。房间里，白纸扇从圆脸胖子手里拿过一张地图，在床上摊开，指着一个事先做了标记的地方说道："张兄，此地就作为接应地点。"

张崇斌仔细看去，标记画在"巴噶乡"上，其位置正处于神山和玛旁雍错圣湖之间。张崇斌问道："此地能确保安全吗?"

圆脸胖子挤过身来，说道："这个乡，只有十几户坐地人家，是个僻静的地儿。而且有道路交通，外来的游人都不会在此地停留。"

"那接应的方式呢?"张崇斌又问道。

圆脸胖子道："我这边的兄弟，已备了两部车，会提前等候着。山上这边，三哥和我用对讲机与接应的兄弟保持联系。待我们从山上下来时，接应的人点上篝火，我们就在见光的地儿会合。"

"宝物也在那边分吗？遇见公安怎么办？有应急措施吗?"张崇斌连续发问道。

"没错，就在那地儿分。遇见公安？哈哈，张兄，你以为兄弟我真是吃素的?告诉你，我们这边的人马和火力加起来足可以和一支部队开战!"

圆脸胖子颇有底气的话，让张崇斌隐隐感觉到，夜间的行动，可能会遇到比预想的要复杂的情况。

这时，白纸扇点上一支烟，嘿嘿一笑道："张兄，放心，你是我的朋友，他们也是我的朋友，朋友之间，我们是绝对讲信用的。准备的两部车，其中一部就是送给你的。"

"呵呵，三哥，还有这位兄弟，你们想得确实周到，我自然放心。现在看来，接应的环节应该没有什么问题了，这夜间行动的第一步骤，起程地需要马上明确下来，不知道你们是否已有合适的选址?"张崇斌问道。

"有。"圆脸胖子立即回道。

"在何地?"张崇斌又问道。

圆脸胖子从包里抽出一张地形图，摊开后，指着一处深凹的山谷说道："就在此地。"

张崇斌仔细一看，这道纵长的深谷位于神山北部的偏东北方向，与神山相隔两道山脊，距离神山大约10公里远。

"所有的登山装备，都已经存放在那边。"白纸扇道。

"我们需要去实地看看。"张崇斌说道。

"那是当然。三哥，您看我们何时动身？"圆脸胖子问道。

"抽完烟后。"白纸扇吐出一口浓浓的烟气道。

从起程地和接应地的选址上，张崇斌已看出来圆脸胖子是要"夺取"行动的主导权。虽然，他现在和白纸扇说话时姿态谦卑、满脸堆笑，但这种人往往就是性格狡黠且报复心极强的小人。

白纸扇对眼下的形势也看得分明，但考虑到此人在当地的势力影响，白纸扇也是有所顾忌的。圆脸胖子刚才这番抢话露底、志在必得的样子，白纸扇虽然什么都没有说，但他的郁闷猜忌，已然被张崇斌看在眼里了。

枪王，一直面无表情，自顾自地坐在一角用一张软黄鹿皮擦拭着他的枪，刚才这几个人的谈话像是与他无关。

一间屋子里，四个人的心里各自有着自己的小九九，而维系这种温和局面的却是那个虚无缥缈的宝藏故事。此刻，外面是晴空万里、艳阳高照，丝毫没有那山雨欲来风满楼的气象，但"纸是包不住火的"，张崇斌心里更清楚的是，今夜的一场你死我活的殊死搏杀是不可避免的了。

白纸扇丢掉烟头，开始准备出行的装束。张崇斌朝屋外走去，准备回到自己的房间，走到门口时，他突然转过身来开口道："还有一件事，差点忘了说，这很重要。"

闻听此言，屋里的人将目光齐射到张崇斌的身上，白纸扇问道："还有什么重要的事？"

张崇斌这才将需要安排一个人去神山的寺庙负责观察山下人群动静的提议说了出来。白纸扇听过，认为确有道理，尤其在张崇斌提出安排他自己这边的人过去后，更是得到白纸扇和圆脸胖子的一致认同。为此，圆脸胖子甚至主动提出待取出宝藏后，他将专程安排一部车前去接劳苦功高的段涛兄弟。

当下的事态发展，都还在张崇斌事先预谋的计划内。张崇斌回到自己的房间，便让祁兵和段涛立即整理好各自的出行装束，同时将最新确定下来的行动方案告知他们。整理完毕，张崇斌又郑重地告诉段涛，他不需要前往起程地，而是要先走一步，直接去神山。根据早晨实地考察的情况，张崇斌认为那个年日寺的地理位置和路途距离都很合适，所以他要求段涛提前到达那边，并在寺庙办理好住宿的手续，一切都要做得自然从容，不得露出丝毫破绽。

祁兵又将一个对讲机交给段涛，和他约定了几个不用说话，只需要手指敲击机体来表达意思的暗号。

看着精神抖擞、充满战斗激情的段涛，张崇斌走上前去，最后嘱咐道："巴特尔我已经联系过了，午夜之前，你无论看没看见神山上空的热气球，都要离开神山，和巴特尔在指定的地点等候我们的消息。如果……"说到这儿，张崇斌似乎犹豫了一下，马上又接着道，"如果在天亮之前，没有收到我们的任何消息，你就给当地的公安打电话，就说有外来的暴徒要炸神山。然后，你就坐巴特尔的车返回拉萨。"

"我自己走？张总，你这么说，是什么意思啊？"段涛一时愣住了。

"段涛，不该问的就不要多问。我说的，你听明白了没有？"张崇斌神情严肃地说道。

段涛急忙看向祁兵，嘴唇颤抖地说道："队长，我……我不太明白这个安排。"

祁兵看了张崇斌一眼，张崇斌给了他一个眼色，于是祁兵上前一步对段涛说道："这是我和张总定的第二套方案，暂时不需要你知道。你需要做的就是按照张总说的做，必须严格地去执行！"

"如果出现那种情况，你就在拉萨等候我的指示。记住，不得再出现贵阳那次的问题了。"张崇斌说道。

听到这里，段涛不再说话，他紧咬着嘴唇，胸口剧烈起伏着，眼里却渐渐噙满了泪水……

"别搞得跟生离死别似的，把眼泪擦擦。准备好了，你就出发。"祁兵在一旁说道。

段涛用手背抹了一把眼睛，抬起头来声音喑哑地说道："张总、祁队长，我一定保证完成任务！我先走了，你们都保重，我等着你们。"说完，段涛挺直腰板，向张总和祁队长行了个标准的军礼。然后，转身向门外走去。

"段涛！"张崇斌自背后喊道。

“有。”段涛迅即转过身来。

“好兄弟，我们都相信你，你放心去吧。记住，以后这才是我们的方式。”说着，张崇斌将右臂平伸出去，右手握成拳头，祁兵也伸出右拳。

段涛沉郁的脸上终于又露出笑容，他也平伸出右臂，三个紧握的拳头有力地顶在了一起！

段涛离开了房间后，祁兵问道：“崇斌，你实话告诉我，今夜的行动，是不是有什么难以掌控的环节？”

张崇斌眉头微微一皱，轻声说道：“祁兵啊，情况有可能比我们预计的要复杂。”

祁兵没有说话，只是眉头一挑，等着张崇斌继续说下去。

“白纸扇这边的朋友，就是那个圆脸的胖子，在这一带的势力很大，咱们整个计划活动的范围内，都有他安置的武装人马。今夜除掉这个人，势必引来这伙黑势力的疯狂报复。”张崇斌说道。

祁兵思索了下，开口说道：“依我看，这个胖子是在虚张声势。即便他手下有武器精良的大队人马，但这些暴徒应该不是当地人，极有可能，他们是来自印度或尼泊尔两国具有黑帮性质的乌合之众。因为尼泊尔自1996年发生内战以来，国内形势动荡不安，暴徒滋生。印度虽然没有内战，但国内的黑社会组织一直都很猖獗。此外，印度是有死刑制裁的国家，而尼泊尔已经取消死刑，所以很多杀人越货的黑帮分子来回在印度和尼泊尔边境一带倒卖军火，或为规避法律制裁来回潜伏、流窜活动，胖子这回纠集的很可能就是这么一伙人。若是这样，这伙暴徒就不敢过于猖狂，因为他们在这一地区缺乏广泛深厚的根脉基础。更主要的是，我国对打击此类暴乱分子的力度一直很大很坚决。所以，崇斌，你不用过于担心，这伙暴徒掀不起多大的风浪。”

“是福不是祸，是祸躲不过。今夜到底谁会笑到最后，就让神山来见证吧！”张崇斌看着祁兵，语气坚定地说道。

这个时候，窗外传来汽车的喇叭声。张崇斌和祁兵来到窗边一看，一辆越野车已在院外候着了，白纸扇等人正站在车旁。张崇斌与祁兵眼神对视一下，不作言语，二人转过身去，提起捆束好的大旅行袋，一起大踏步地走出房门。

2. 绝死之地

众人先后上了车。圆脸胖子坐在驾驶座位上，脚下一踩油门，车子“轰”的一声蹿出，顺着一条背离神山方向的土道，直奔既定的起程地而去。

这条路的路况极差，碎石遍道、杂草丛生，一看就是往日绝少有人走的生路。随着车子的颠簸，车里的人都跟坐上“过山车”似的，个个是前俯后仰、东摇西晃，没有个消停的时候。不过，这倒掩盖了一路谁都无话的沉闷。大约跑了两个小时，车子在穿过一片流水滩涂后，拐进一个两边山脊高耸的纵长峡谷中。顺着这条谷道远望去，前方有块宽敞的平地，地面上支立着三个绿色帐篷。

白纸扇这会儿用手一指前方，正要开口说话的当口，突然，最前面的那个帐篷里快速跑出 4 个手持冲锋枪面戴防风镜的藏民，他们半蹲着身子将枪口齐齐举起对准了车子的方向……“嘟嘟……嘟嘟……”，圆脸胖子连按了几下喇叭，这些持枪的藏民这才将枪慢慢收回，枪口垂下。

“哈哈，三哥，这都是咱自家兄弟。”圆脸胖子看着白纸扇得意地大声说道。

白纸扇慢慢摘下墨镜，眯缝着眼向前方望去，没作任何言语。

车子开到帐篷跟前，这些“藏民”个个暴露出本来面目。原来他们是外面套着藏服内着沙黄色迷彩服，手中拎着 AK47 和 MP5 冲锋枪，从露出的肤色和脸型看，有的像是当地人，有的像越南人，还有个说不出是不是印度人的大胡子，果然是支杂牌军。

众人下了车，在一个持枪暴徒的引领下，圆脸胖子带着众人分别前去另外两个帐篷参观。其中的一个帐篷里堆放着热气球，而另一个则堆放着飞行动力伞、氧气瓶、整套的防冻服和一些常备登山物资设备，还有一只保险箱大小的木箱子。

白纸扇看过后，不住地点着头，他走到木箱前，用手拍了拍，问道：“这里面是什么?”

圆脸胖子一个眼色，旁边的一个暴徒忙上前用一根铁撬杠插入箱盖与箱体的接缝处，使劲压一下，盖子启开了。圆脸胖子走过去将手伸进箱内，然后又小心翼翼地拿出来，手上却有了一块印有标识的锡纸圆筒。

“啊！炸药之王。”白纸扇看了眼，咧嘴说道。

“三哥，这‘旋风药弹’可是我从印度那边搞来的，运到这边那可是不容易啊。”圆脸胖子道。

白纸扇没有说什么，他的嘴角却不经意地翘动起来。

祁兵神情严肃地看着眼前的一切，不时地用眼角余光观察着四周携带武器人员的动态。

张崇斌不露任何声色，但在场每一个人的状态和表情都已印在他脑海里。

出了帐篷，众人跟随圆脸胖子走向来时路过的第一个帐篷。进去一看，只有脚下铺着的是一层厚厚毛毡，里面没有堆放什么东西，显得比较空荡，看来这个帐篷是专供人员聚会休息的。白纸扇找到一处宽敞舒服的地方先行盘腿坐下。圆脸胖子忙凑过去说道：“三哥，这个地方安全得很，闲杂人等还有这边的公安绝对来不到这边，你放心好了。”

白纸扇嘿嘿一笑，冲站在门口的张崇斌说道：“张兄，你刚才都看过了，应该没什么问题吧？”

张崇斌点了下头，道：“应该没有问题，这位兄弟的准备工作做得很到位。”

“哈哈，”圆脸胖子大笑起来，“能让张兄满意，实属难得啊。”

“叫人拿一套登山服来。”圆脸胖子话未说完，枪王突然说道。

圆脸胖子一愣，但看到枪王郑重其事的样子，他转了转眼珠，然后自语道：“对，检查一下更稳妥，去，把登山服拿来。”圆脸胖子对身边的两名手下吩咐道。

祁兵此时看了张崇斌一眼，暗示出去一下。于是，张崇斌开口道：“登山服我们自备了，你们检查自己的行头吧，我要出去观看一下风向，测测风速。”说着，他和祁兵一同向外走去。

来到帐篷外，天色已昏暗下来。张崇斌向四周望去，看不见神山踪影，唯有两侧狭长的土坡岩壁寂然荒立，在斜阳的映照下，拖着奇形怪异的影子躺在谷道间。此时，阵阵阴风夹裹着寒气迎面袭来，在耳边呼啸作响……张崇斌不禁打了个寒战，高原地带，白天黑夜温差变化极大，这外面的温度竟如北方的深秋，寒气逼人。

避开门外两名持枪站岗的暴徒，祁兵环视了下周边的环境，见再无他人，于是小声对身旁的张崇斌说道：“崇斌，要是有枪，我想现在就动手。”

张崇斌看向远处那两个去另一个帐篷拿登山服的暴徒的背影，低声问道：“你想夺他们的枪？”

祁兵点了点头。

张崇斌思索片刻，冲祁兵摇了摇头，说道："现在没有必要冒这种风险，而且下手早了，段涛那边也会有潜在危险。"说完，他一指左侧一道不太陡峭的山脊，"走，咱们去那边测试一下风速。"

祁兵跟随张崇斌攀爬上山脊的顶部，不做片刻喘息，祁兵从腰间的挂包里抽出一面小三角旗，举在半空中观察了一下说道："风向西南。"说着，又用手指比对吹起的旗帜与旗杆形成的角度，来回比画了几下，又道："风速大概每秒 10 米。"

"风向合适，风速比白天增大。"张崇斌说道。

祁兵仰头望着天空，似有担心地说道："这是地面风速，有些偏高，不知道高空的风速会是怎样？"

太阳似乎比往常落得快，当下整个山谷已被夜色笼罩，不时从山谷刮来的阵阵山风并不干爽，四周透着一股阴靡的气息。张崇斌的心里也有着隐隐的不安，看到这阴阳难分的天气，他开始担心午夜时分是否会出现不适合行动的恶劣气候。如果出现这种意外情况，那事先的计划将完全打乱。

"祁兵，你考虑下，如果在地面动手会怎么样？"张崇斌问道，他的心里开始做最坏的打算了。

"他们一共七个人，按照目前的形势，门口站岗的两个，要在不惊动任何人的情况下同时快速地处理掉，你我各自负责一个应该没有问题。然后进入帐篷，因为枪王枪不离手，所以必须先下了枪王的枪。胖子和白纸扇，还有两名暴徒，对付这四个人需要先擒住他们的王，这样就可以控制住整个局面了。"祁兵一边思索一边说道。

"凭你的经验，完全做到这一切，我们有多大的胜算把握？"张崇斌问道。

"如果你我配合得好，在不出现其他意外的情况下，应该有六成以上的把握。"祁兵回道。

"不行。这伙人中，现在没有谁是可以完全要挟住其他人的'贼王'！"张崇斌断然否决了这种冒险行动。

"你是说他们当中，没有真正的'头'了？"祁兵有所疑惑地问道。

张崇斌肯定地点了下头，说道："枪王，此人特立独行，这里谁的账他都可以不买，他手中的枪对我们构成最直接的威胁，所以，先把枪王的枪下了是对路的；白纸扇，虽然表面看起来他是这伙暴徒尊敬的大哥，但实际上，他现在已是孤家寡人，我们即便控制住他，但根本控制不住圆脸胖子和为胖子卖命的那些手下；最后说这圆脸胖子，显然，他也不是‘贼王’，白纸扇已经看他不舒服了，心里巴不得借咱们的手除掉他。所以，除非能将白纸扇和胖子同时控制住……”

正当张崇斌和祁兵这般商讨对策的时候，山谷里突然出现了几道四处乱晃的手电光柱，“看来，我们得下去了。”张崇斌说着，也用手电向下面照闪两下，提示下面的人不用“担心”。可让他没有想到的是，山下突然传来一阵枪声，张崇斌还没有做出反应之时，身旁的祁兵一下子将他扑倒在地……

“怎么回事？他们竟然开枪?!”张崇斌和祁兵卧在地上相互对视着，都感到不可思议。

“嗒嗒嗒……”“啪……啪……”又是一阵枪响。

“不对，这不是朝我们这边打来的，山下有其他情况!”祁兵猛地挺起身来向山谷中看去。

“难道是白纸扇和圆脸胖子发生了内讧?”张崇斌脑海里闪过这个念头，马上又觉得这不太可能，于是，他用对讲机向白纸扇呼叫，可是，对方却没有任何回应。

张崇斌和祁兵在山脊上紧张地观察着山谷的动静，却始终没有看明白这到底是怎么回事，直待下面完全安静下来，两人才向山下摸去。在接近驻地的时候，两人都蹑手蹑脚地尽量不搞出大的动静。但同时，他们也都感觉到气氛越发不对劲，周围实在是太静了，连个人说话的声音都听不见，仿佛从来没有人来过这儿!

张崇斌摸到第一个帐篷口处，顺着风吹起挡风帐帘的一角，他用手电向帐篷内照去，依然没有任何人息声响，祁兵见状猛地掀起帐帘挺身闯入帐篷内，张崇斌紧跟进去……奇怪！这供人休息的帐篷里，竟然一个人都不见了！张崇斌和祁兵不禁原地怔住……

“这实在是太诡异了！地上没有任何人的尸体，那枪声是怎么回事？他们这是去哪里了呢？难道是有人突袭将他们都劫持了？但这怎么可能？或是……又遇见了什么野兽而被迫离开了这里?”正当张崇斌毫无头绪地纷乱杂想时，祁兵突然快速地冲出帐篷。随着带起的一股寒气吸到肺内，张崇斌这才感觉到帐篷里的气味很糟糕，到处都弥漫着一股令人作呕的酸腐味，他忙用手电朝地面仔细照去，这才发现地面上到处都是一摊摊黏稠的污秽之物。张崇斌马上屏住气息，也迅速离开帐篷。来到外面，张崇斌看见祁兵正弓着腰身垂着头在那干呕，看着祁兵痛苦的样子，张崇斌忙问道：“你这是怎么了?”

祁兵吐出一口酸水，朝张崇斌摆摆手，重新站直身子，道：“没事，刚才不知为什么，突然很恶心……”

听了这话，张崇斌恍然意识到了什么，他抬眼再次看向这山谷的四周，发觉不远处的景物竟有些看不清楚了，似乎有一团团的雾气随着阵阵阴风向这谷道涌灌而来。此地阴邪之气浓重，联想到帐篷里那遍地的秽物，张崇斌内心陡生一股寒意，不禁脱口道：“祁兵，这地方好像不太对劲！”

祁兵此时也正警觉地观察着四周，突然冒出一句：“没错，这是‘绝死之地’！”

“什么？”祁兵这话让张崇斌一惊，心中暗想：难道这里会是传说中的人、畜进去都无法活着出去的“死亡之谷”？”

“这一带的地形，是最易遭受伏击的瓮坑形，我怀疑刚才是有人偷袭。”祁兵说道。

原来祁兵所指乃兵家之言。可是，张崇斌却不完全这么认为，他开始猜测白纸扇他们刚才是被什么毒物或毒气侵袭了，在恐惧中或是意识混乱下有人盲目开了枪，要不怎么解释那满地呕吐秽物，还有枪响过后无任何人兽尸体的痕迹？！

想到这里，张崇斌一边将绑系在小腿上的潜水刀抽出来一边小声对祁兵说道：“也许，不是那么简单。他们应该还在附近，我们到那两个帐篷去看看，他们有可能躲在那里。”

“那边太危险，我一个人过去就可以了，你在原地留守。”祁兵说道。

“等等。”说着，张崇斌又拿出对讲机尝试与白纸扇联系，呼叫了几回，终于听到了回应，白纸扇以一种急促不安的声音告诉张崇斌他在后面的帐篷里，说完就不再回话了，连个解释都没有。白纸扇的这个回话看似蹊跷莫名，不过，这却应了张崇斌刚才的感觉。确认了白纸扇还活着，张崇斌和祁兵开始朝另一处的帐篷慢慢移去……

当两人靠近一个帐篷进口处时，依然听不到里面有人的动静。于是，张崇斌打开手电，一边照过去，一边冲里面喊道：“里面的人都别开枪，是自己人。”

这时，帐篷里面传出了窸窸扑动的声响，张崇斌和祁兵慢慢挑起帐帘，进去一看，不禁又是一惊！只见靠近帐篷进口的两边内侧堆挤着一些头戴面罩，嘴对着氧气管深呼吸的“活物”，这些“活物”正用上下不断颤抖的枪口指着帐篷进口，如临大敌。

张崇斌和祁兵谁都不敢做出大的动作，生怕哪个“活物”过于紧张让枪走火。

就在两人僵立之时，有一“活物”从一个阴暗的角落里走出，来到张崇斌的身边，它猛地将面罩揭开，竟然是白纸扇！他的模样似乎变了一个人，黑暗中，摘了眼镜的白纸扇瞪着一双此前张崇斌从未见到的惊惧眼睛低声问道：“你们，刚才去哪里了？”

“我们在山脊上测试风速，听到枪声就下来了。到底出了什么事？为什么要开枪？”张崇斌问道。

“你们在山上难道没看见吗？”圆脸胖子的声音突然从另一侧传来。张崇斌扭头一看，他的形象比白纸扇更夸张，除了露出一个大脑袋，整个人的其他部分都蜷缩在一堆动力伞的后面。再仔细看过，发现胖子手下的人一个也不少都窝在这帐篷里。于是，张崇斌反问道：“看见什么？我正想问你们呢，人都好好的你们放枪干什么？至于搞得这么紧张吗？”

“你们到这儿来的路上呢？什么都没有看见吗？”白纸扇又问道。

“三哥，我不知道你指的是什么，我只看见地上到处都是一些令人作呕的东西，这到底是怎么回事，快告诉我！”张崇斌催问道。

“这……这个地方，有鬼！”白纸扇嘴唇哆嗦地说道。

“你说什么?!”张崇斌一惊，没想到白纸扇会说出这样的话来，看他的样子，却又绝不是带着试探意图的玩笑。

“不可能！哪里来的鬼，你们唬谁啊？”祁兵突然开口道，但他这么说着的时候，两手却不由自主地攥紧了拳头。

“你是没看见！”圆脸胖子挪开面罩气急败坏地嘟囔一句，马上又发出一种似要呕吐的声音。这个声音一出现，帐篷里的活物们顿时一阵骚动……

白纸扇紧张地端起枪，他弯着身子用枪口挑起帐帘一角，从敞开的一道缝隙向外小心地窥看去……突然，他整个人浑身一震，腿脚僵直地向后退去，嘴唇哆嗦着竟说不出话来。随着四周一阵枪械和身体碰撞摩擦的响声，张崇斌和祁兵见状本能地闪向一侧，整个帐篷里迅即安静下来。

3. 鬼魂军队

伴着周围急促不安的呼吸声，张崇斌想起了在贵州的鬼屋之夜，同样是在黑暗中，同样是诡异的安静，还有那份不知所以的等待，让他的身体愈发收紧，头皮也开始阵阵发麻。就在这时，不知是从何处传来阵阵似有节奏的沉荡之声，整个帐篷似乎也随着这个声音开始震动起来……

张崇斌突然感到一阵难以名状的头晕恶心，身心一阵恍惚，眼前的景物开始变得模糊起来，一瞬间，他感到极度空虚沮丧，陷入其中竟不由自主地呼吸急促，随之而来的是一种难以控制的窒息和难以名状的恐惧感侵袭身心。

“这感觉不对!”残留的清醒意识让张崇斌知道这不应该是他应有的意识，似乎有种无形的东西在控制、迷惑着他的心神。于是，张崇斌决定无论如何，要在自己的精神没有彻底崩溃丧失理智之前，离开这封闭的空间走到外面去。可就在他刚一动身的时候，他腰间系着的腰包突然不断地振动了起来。张崇斌伸出右手快速地向腰间摸去，一把抓住了它，原来是那柄曾救他一命的金刚杵！张崇斌迅速从包里掏出这法器，只见金刚杵的身柄如通电般地不断震颤着，而锋利的尖锥顶点竟然冒出荧惑的蓝光。说也奇怪，自张崇斌握住这金刚杵，头晕恶心的感觉顿时减弱。

这时，帐篷里开始频频传来呕吐呻吟的声音……“难道真的有妖魔鬼怪在此作祟不成？金刚杵，降魔金刚杵！它不是有降魔除妖的法力吗?”张崇斌想到这里，他挺直了身子，一个箭步冲到帐帘处，猛地掀起帐帘向外看去……

“我的天!”张崇斌简直不敢相信自己的眼睛，只见前方迷雾中竟然出现一大队若隐若现看不到尽头的兵马，其中很多人身披盔甲骑着战马，手里拿着刀枪和盾牌，正浩浩荡荡地朝帐篷这边列队走来……

“又来了！它们又……又来了!”白纸扇惊惧地叫喊道，帐篷里刹那间又恢复了安静，但这份安静旋即被打破，只见帐篷门口两侧的一堆“活物”像突然掉进热水锅里的老鼠般，疯狂地向帐篷门口处蹦蹿涌来……

站在门口的张崇斌被背后的这股力量冲挤了出去，差点扑倒在地。而身边这几个“活物”却一个个如同坐上弹簧一样，飞一般地“弹”出帐篷，戗地栽倒后都没有再站起来。张崇斌正纳闷这又是怎么一回事的当口，祁兵猛地从帐篷里跳了出来。

“我在这儿，快过来!”张崇斌忙冲祁兵喊道。

祁兵却站着没有动，他大口地喘着气，胸口剧烈起伏着，只用那圆睁的眼睛直直地盯着前方……

张崇斌的心顿时一惊！

正在这时，帐篷里又冲出一个人影，一出来就大喊一声“都趴下”，说着用力甩开手臂将手中的一个圆桶状的东西向前方的列队人马中掷去……

“不好，是炸药!”做出这个判断的瞬间，张崇斌反身向祁兵扑去，“轰”的一声巨响，张崇斌感到胸腹被大地猛地“拍”了一下，紧接着是一阵细碎的石渣粉尘撒落在身上。他吸到一口尘土烟气，不由得一阵咳嗽，转过头来，向爆炸点望去，只见浓厚翻腾的尘雾中，那队幽灵般的兵马已消失不见了。

张崇斌再转过头来看着身边的祁兵，他发现祁兵的神情也恢复了正常，而祁兵的一只手正紧紧抓着自己手中的金刚杵。

张崇斌慢慢站起身来，环望四周，他发现周围的环境发生了变化，原先的帐篷不见了，地上多出一堆篷布。此时，这堆篷布下面不断地有东西蠕动着，好一会儿，从下面爬出两个人来，分别是白纸扇和圆脸胖子。

白纸扇看着眼前的一切，一时惊怔无语。

圆脸胖子看到地上躺着自己的手下，转头看向祁兵，然后将冲锋枪端起，对准了祁兵。

祁兵慢慢挺直半蹲着的身子，眼睛直视圆脸胖子，而他垂下的右手却做出一个几乎察觉不到的动作，一把匕首已被大拇指按压在掌心中，四根并拢的手指遮掩住尖刃锋芒，随着圆脸胖子的一步步迫近，祁兵已开始缓缓拧腰曲臂……

就在此刻，张崇斌一步跨到祁兵身前，用身体挡在两人之间，“你要干什么?”张崇斌大声地冲圆脸胖子喝道。

“干什么?他刚才对我的人都做了什么?!”圆脸胖子面目狰狞地叫道。

“刚才的情形，每个人都不在正常的状态!”张崇斌大声喝道。现在他知道了，这些倒地不起的“活物”一定是被祁兵自身后用腿给大力踢踹出来的。

枪王这时来到圆脸胖子身边，将手按压住他手中的冲锋枪，冷静地说道：“炸药是我扔的，这些人是给震晕的。”

白纸扇这会儿缓过神来，当他听到枪王的话，又看到圆脸胖子无措的样子后，使劲朝地面吐了一口尘痰，然后眯缝着眼睛冲圆脸胖子说道：“这他妈的什么狗屁安全地带，你给老子说清楚，这到底是怎么回事?”

圆脸胖子显然没有想到白纸扇会冲他发脾气，一时语无伦次：“啊……这个……三哥，我他妈的也不清楚啊!”

“你怎么会不清楚?这地方是你选的，那些兵马……”说到这里，白纸扇突然半张着嘴没了话音。

“那些人马我从未见过啊，他们……他们根本就不是现代的……的部队呀！”圆脸胖子争辩道。

“难道是鬼魂军队？”白纸扇自语道，转过头来，对张崇斌说道，“张兄，你说，这会不会与我们要登神山有关啊？”

张崇斌回道：“三哥，刚才发生的这一切，确实是太诡异了！若不是亲眼所见，实难让人相信会有这种事情发生。”说着，他举目四望，发现虽然迷雾被炸药震荡消散了，但依然看不见夜空的星星，天空中似有浓厚的阴云堆积。于是张崇斌又道：“至于这是不是与我们要登神山有关……我觉得未必。刚才，三哥你提到鬼魂军队，我倒是想起些事情来了，这些事儿，说出来也许可以帮助我们理解这种诡异现象，让我们安心。”

“哦？”白纸扇眼睛一亮。

张崇斌道：“不知道三哥是否听说过这么一件曾在内地传得沸沸扬扬的传闻。据说在北京的故宫，曾有守夜的保卫人员多次发现，在打雷的阴雨天里，某些宫殿的宫墙上会突然出现翩翩起舞的宫女和执灯巡行的太监。后来有专家曾专门调查过此事，有种解释说这是因为宫墙是红色的，这种粉刷宫墙的涂料中含有四氧化三铁，而闪电会将电能传导下来，如果碰巧有宫女、太监经过，那么这时候宫墙就会起到类似录像机的作用，将当时的电磁场信息存储下来。如果以后再出现类似的环境条件，宫墙就会像放录像一样，显现出那些存储下来的人物影子。这个事件若属实的话，就可以解释今晚发生的这桩鬼事。还有，在我的印象中，古人也曾有过此类现象的记载。”

“古时候也发生过这种鬼事？”白纸扇问道。枪王、圆脸胖子也不由得凑围过来。

“宋朝时有本《太平广记》的书中曾提到过一起‘洛阳鬼兵’的离奇事件。据书中所载，当时洛阳就曾被一群不知何处而来的‘鬼兵’惊扰到，很多人为此惊惶奔逃，还有的人神经错乱自相残杀。起初，这些鬼兵是从洛水南岸经过，连城里的人都能听到喧嚣之声，待这群‘鬼兵’来到洛水北岸时，空中又好像有成千上万的兵马发出嘈杂之声。这种怪事当时连续几天夜里都出现过。”

“原来真是鬼兵！”白纸扇心有余悸地说道。

“这些阴兵鬼魂，能伤人吗？”圆脸胖子问道。

“能。”张崇斌回道。

“啊?!”圆脸胖子惊叫一声，张大了嘴巴。

白纸扇被圆脸胖子的反应惊了一下，他冷冷地看了圆脸胖子一眼，转头对张崇斌说道：“都是些虚幻的鬼影，怎么可能伤人?”

“我说的伤人倒不是指刀枪的直接杀伤。别忘了，头晕呕吐也是受伤，而且是内伤。”转过头来，张崇斌看着眼前幽暗的山谷又道，“安全地带，呵呵，你们知道这一带更可能是个什么地方吗?”

看着众人眉头紧皱的样子，张崇斌说道：“它很可能是一个葬送过无数人的绝死之地。”

“绝死之地?”白纸扇惊诧道。

“这种地形地势，无论进来多少兵马，若是被敌人前后阻截伏击，那将必死无疑。”说着，张崇斌向西北方一指，对圆脸胖子说道，“你应该很清楚，翻过这冈底斯山脉，阿里的那一带过去曾有个强盛一时的古格王国。这个古格王国在距今300多年前突然神秘地灭亡了，而这个王国的十万民众更是莫名其妙地消失得无影无踪。”

“你是说，刚才出现的鬼魂兵马是这些消失的人的冤魂?”圆脸胖子问道。

“那倒不一定。不过，要知道，如果古格王国的残余兵马要是撤退逃命或隐匿下来的话，他们就极有可能会朝这个方向而来。当年，古格王国的国王和他的兄弟发生内斗，这场兄弟之争最后是国王的弟弟搬来拉达克的军队攻打了王宫，而拉达克就是现今印度控制地区的克什米尔，位于古格王国的西北方。显然，古格民众不会朝那个方向逃命，而是应该朝背离的方向走。而这一地带，正是与拉达克相背离。”

张崇斌这话刚一说完，白纸扇就说道：“保不准这一带就是过去的一个古战场、万人坑，真是晦气!”

张崇斌又道：“倘若如此，这么多的冤魂，怨气会是很大的！我们现在能挺过来，说明我们身上的阳气比较足，手上的这些火力武器也是很好的辟邪家伙。不过，此地不可久留，你们看这天，越来越阴沉，还有这空气，全是股发霉的味。”说到这儿，只见众人不禁都皱起鼻子四下地嗅了嗅……“我担心，一会儿这山谷阴气凝聚，那些鬼魂军队还会再来，而且时间越接近午夜，它们的能量就会越强大。到时候一旦我们体内的阳气和这些辟邪的家伙都抗不过它们，那后果可就难说了，说不定我们也会精神失常、自相残杀!”张崇斌接着说道。

白纸扇看了下表，说道：“已经10点多了，张兄，我看，就现在登山吧。”

“也好，刚才搞出的那爆炸声响，说不定还会惊动不该惊动的人，早点走免得夜长梦多！”张崇斌应道。

4. 高空7000米惊魂逃亡

这时，地面上趴着不动的那些家伙，有两个晃晃悠悠地站了起来，圆脸胖子走过去，朝他们的屁股各踢一脚，让他们打起精神去将热气球拖出来准备点火升空。

白纸扇和枪王则将地上的篷布掀起，找到里面的登山服装，白纸扇拿起一套就开始往身上穿戴起来。

张崇斌和祁兵站在原地没有动，只用眼睛观察着这些人的活动和站位。祁兵此时正瞄着靠近圆脸胖子脚下仍躺在地上的一个暴徒手里的那支冲锋枪，当他看见圆脸胖子转过身去将注意力放在那两个摆弄热气球暴徒的身上时，祁兵开始朝那个方向慢慢走去。

可就在这个时候，枪王突然走到祁兵的前面，他一转身拦住了祁兵的去路，道：“兄弟，你们的装备在那车上。”说着，他朝车子的方向甩了下头。

祁兵停住脚步，看了看眼前的枪王，平静地说道：“我想去看看那位兄弟伤得重不重。”

“不必了。”枪王冷冷地回道。

枪王这种说话的语气和姿态，让祁兵不由得一愣。

张崇斌看到没有合适的机会，就在后面喊了一声：“匡军，走，到车上换服装去。”

两人来到车上，见周围无他人，祁兵小声道：“有点麻烦，枪王好像察觉到我们的意图。”

“不会吧，他可能比较敏感而已。”张崇斌回道。

祁兵摇了摇头，突然说了一句似问非问的话来：“崇斌，不知你是否注意到，枪王的枪放在哪里了？”

“放在哪里？”

“手套里！”

“什么？”

“我刚才发现，他戴着的那个大手套已做过特殊的处理。”祁兵神情严峻地说道。

“枪竟然放在了手套里！”张崇斌不由得倒吸了一口冷气，他这才意识到枪王为什么刚到此地就提出要仔细看看服装，原来他早有防备，这却出乎了事先的预料。

“那这枪王到底什么来头？”隔着车窗玻璃，张崇斌打量起远处正在穿戴登山服的枪王来。

“情况有变。看来，我们必须先除掉枪王！”祁兵提示道。

“看情况再说，既然他已经有了戒备之心，我们就多加小心，没有绝对的把握切不可轻举妄动。实在不行……就在空中动手。现在，咱们先换服装吧。”张崇斌心情复杂地说道。作为一名黑帮职业杀手，枪王身上体现出来的综合素质不断地让张崇斌刮目相看，此刻唯一让他心痛的是，这样的人怎么会成为一个杀人不眨眼的黑帮分子?!“道不同，不相为谋。”看来，心慈手软在今夜是行不通了。张崇斌暗念道。

此时，原本黝黑的山谷洼地被一团火光映亮。张崇斌和祁兵换好服装下了车，看见光亮的上空中一个巨大球囊正借着风势左右摇摆地鼓胀起来，球囊下部的开口处，冒出一团赤红的火焰，下面载人的吊筐被几道绳索固定在地面上。这会儿，几个人正在往吊筐里放置动力伞、氧气瓶等一些物品器具。

张崇斌和祁兵一起提着一个大旅行袋来到热气球下。站在一旁穿戴得跟一只黑熊似的白纸扇指着旅行袋问道：“东西还不少，里面装的什么?”

“冰镐、安全绳索，还有些地质勘探工具。没有这些东西，上了山也是白费。”张崇斌一边回道一边和祁兵将旅行袋放进筐内。

“看那，旋风炸药！”祁兵在张崇斌耳边小声说道。

闻听此言，张崇斌仔细看了看筐内已有的物品，然后转过身来，指着筐内的一个木箱问道：“三哥，不是说不需要炸山吗?”

“如果在山上，遇到了鬼魂军队怎么办？我看这玩意最顶用！”白纸扇振振有词道。

“不是炸山，三哥说了，只用来炸鬼。”站在白纸扇身后的圆脸胖子插话道。

“原来如此。”张崇斌应付一句，不作深究。其实，白纸扇内心的道道，从他刚才说话时的表情，就被张崇斌看透了。“炸鬼”，呵呵，理由倒是挺充分的，但这才是句真正的鬼话，炸神山才是他真正的目的！

全部准备完毕。白纸扇、张崇斌、圆脸胖子、祁兵先后按照顺序一个一个分别跨进球筐里，枪王最后一个跨进筐内。张崇斌站在球筐中间仔细看过点火器的构造后，他将火焰的强度逐渐调大。与此同时，圆脸胖子安排地面上的暴徒坐车离开山谷，去接应地点等候。四个暴徒斩断了固定球筐的绳索后，迅速乘车离去……

摆脱了绳索的羁绊，热气球直冲那深不可测的阴郁夜空飘升而去，随着高度的不断攀升，气温迅速降了下来。高空的风速比地面大得多，耳边尽是呜呜的声响，遇到对流层时，热气球则上下左右摇晃摆动个不停。第一次坐上这东西，球筐里的人都在努力地寻找适应的感觉。依照事先约定，张崇斌负责操控气球的飞行，他站在吊筐中间不时地调试着控制装置，以求尽快熟悉它的飞行特性。当高度达到5000多米时，他已是可以顺利操作热气球飞行了。

经过这一手忙脚乱的阶段，在稍作休闲的空当，张崇斌愈发感觉到原先准备在空中动手的行动计划怕是要落空。因为在这个远离地面不断晃动的空间内，为了保持平衡，枪王和白纸扇分别蹲坐在了祁兵和圆脸胖子的对面，他们四个人，每一个人守着一个筐角。不知道是不放心生手的操作还是觉得新鲜好奇，张崇斌发现自己的每一次动身活动都会引起他们的聚神关注。这会儿，他再次起身去查看高度，此刻凛冽劲风吹在脸上，犹如刀割。张崇斌看着海拔高度表上不断变换的数据，他的心也越跳越快，快要接近7000米的高度了，从眼睛的余光中，他发觉祁兵正在默默地看着他；而祁兵对面的枪王，两臂交叉叠放着，隔着面罩，他的眼睛竟丝毫不眨地盯着张崇斌和祁兵，那只肥大的厚手套顶部一直都稳稳地冲着前方……

气球又穿过一片随风游动的云层，张崇斌探头向四周的下方望去，只见斜下前方隐约浮现一道延绵起伏的山脊，在这道蜿蜒曲折的山脊上，一座雄伟的灰白金字塔肃然屹立于群峰之巅，那巅峰正被一片经白雪映照而柔白如玉的浮云笼罩着——那正是神山！

张崇斌甩开手臂一指斜下方，此时，蹲坐在球筐四角包裹得都跟黑熊似的人站了起来，白纸扇探头看了一眼，然后又扭头看向每一个人，连连点着头。

枪王在缓缓起身的时候依然平端着那只戴着大手套的手臂，他没有扭头，只是稍微转动了下眼珠瞥望一眼神山，旋即，眼神又瞄上了对面的张崇斌和祁兵。

原本预定在此刻动手的时机就这样被枪王“废”掉。

“看来只能采取第二套备选方案了。”意外突发的情形下，张崇斌脱下左手的手套，用嘴哈气暖暖这只手（给了祁兵暗示），然后他转过身去将点火器的火焰调小，让热气球下降高度。祁兵则开始检查准备投放下去的三个工具包，并将每个工具包中的 GPS 定位信号发射器电源启开。

随着神山顶峰的不断迫近，气球周围的迷雾逐渐增多变厚。张崇斌知道，只要再穿过这最后一层盘踞在神山顶峰的旗云，神山就将呈现在眼前了，工具包将在那个时候投放下去。可就在这时，他隐约听到了一种奇怪的声音，这个声音穿透迷雾，似乎正由远而近地向气球逼来，张崇斌连忙向四周看去，却什么都看不清，他一时难以判断这个声音究竟是从何方传来。不过，这个声音显然不是只有他一个人听到了，白纸扇和圆脸胖子惊愕的样子，甚至祁兵的神情都已说明，一个事先谁都未曾预料到的情况出现了！

热气球继续下降……

迷雾渐渐消散……

当神山顶峰那个巨大冰槽呈现在众人面前的时候，所有的人都不禁被眼前的另一番景象震惊骇然！

只见距离气球不到 200 米的远处，一架直升机正在几乎与气球同一高度的空中盘旋着……而且，神山脚下，到处都是通明的灯火。

“不好！登山行动暴露了！”张崇斌的心跳开始加速。

此时，直升机上有人用话筒发出语气严厉的喊话：“乘坐热气球的人员听着，我们是中国空军作战部队，此空域实行空中管制，你们的行为严重违法违规，请立即降落接受检查！”

白纸扇和圆脸胖子一对视，又一起转过身来，用手势急切地表示快速升起热气球。张崇斌迅速将点火器的开关旋至最大燃烧量，热气球旋即开始上升，重新飞进迷雾中……这当口，圆脸胖子哆嗦地把戴着薄手套的手从大手套里抽出，将斜挎在胸前的冲锋枪端了起来，面部肌肉抽搐着看向张崇斌和祁兵。白纸扇则猛地将面罩摘掉，眯缝着眼睛看向张崇斌，叫嚷道，“好你个张兄，竟敢算计老子，你是内地公安派来的吧！”

张崇斌也将面罩摘下，气愤地说道：“我要是公安，还用等到这个时候来收拾你们？一定是有人走漏了风声！”说着，他看向了圆脸胖子。

“看……看我干什么？你怀疑是我干的吗?!”圆脸胖子的面部抖得更厉害了。

“不是你？即便不是你，可你手下的那些窝囊废保不准是被公安给抓住了！想想你们选的那个地方吧，真晦气！”张崇斌大声说道。

“你……你派去神山的那个，怎么知道不是他走漏了风声?!”圆脸胖子辩解道。

“你们都别说了!”白纸扇气急败坏地叫道。

白纸扇扭头看向枪王，枪王依旧神情肃穆一言不发。白纸扇开口道：“韦兄，你是总部派来的，这里面一定有问题，你来处理吧，我要先走一步。”

“好。”枪王冷冷地回道。

白纸扇重新戴好氧气面罩，开始将动力飞行伞背缚身上。

“三哥，我跟你一起走。”圆脸胖子在一旁急叫道，也拿起一个飞行伞包准备往身上背。

“砰”的一声枪响，一道亮光从枪王的手套前端冒出。

“啊!”随着一道亮线擦着头皮而过，圆脸胖子一惊，顿时原地僵立住。

“别动。”枪王冲圆脸胖子喝道，顺手将他手里的伞包夺了过来。

“为什么?”圆脸胖子百般不解惊愕地问道。

“一起走目标过大。”枪王道。

白纸扇则对刚才发生的事不管不问，一个人独自迅速穿戴完毕，回身他又将炸药箱启开，抓起几个锡纸圆筒塞进衣服里。然后，他探头向吊筐外看看，又侧耳倾听了一会儿，最后转过身来，对枪王道：“韦兄，我们到下面再联络。”说完，转身抓住牵拉气囊的绳索登上吊筐沿台，一纵身跳了下去……

此时，热气球继续攀升，迷雾又渐消散。祁兵突然说道：“直升机就在我们的上空，需要下降高度。”

这一回，圆脸胖子慌张地挤过来，自己伸手急忙将燃气火焰调小。然后，他转身对枪王哀求道：“兄弟，该走了吧?再不走，那可就来不及了!”

“你现在跟地面接应的人联系一下。”枪王不紧不忙地说道，同时他将动力伞包熟练地穿戴在身上。

圆脸胖子急忙拿出对讲机呼叫起来，却一直没有应答的回声，圆脸胖子茫然无措地看向枪王。

枪王冲圆脸胖子点了下头。

圆脸胖子先是怔了一下，待反应过来后，立马从脚下拾起一套动力伞包手忙脚乱地穿戴起来。

张崇斌和祁兵见此，也开始弯腰寻找动力伞包。

“张兄，你们等一下。”枪王将手套的前端对准了张崇斌。

“韦兄，你这是什么意思？”张崇斌问道。

“你现在与神山的那位兄弟联系一下。”枪王道。

祁兵拿出对讲机对段涛进行呼叫，同时，手上加了几个敲击机体的轻微动作，很快，对讲机里传来了某种对应的敲击回音。

张崇斌的心此时却“咯噔”一下，他知道有些东西是瞒不过枪王的。因为这个时候能够联系上段涛，细心的人就会做出这样的判断：这要么是段涛根本不在神山，不知道神山脚下已经发生了这种需要及时通报的情况；要么就是段涛在神山故意走漏了风声，而这一切是事先知晓并经授意安排的。无论靠上这哪一种判断，自己这边都无法摆脱和澄清与内地公安或军方有特殊关系的怀疑。可是，这件事情，说“冤枉”也好，说“自作自受”也罢，他知道，这根本就不会是段涛走漏风声引起的。这时，张崇斌想到了巴特尔……

然而，枪王却又点了下头。

于是，张崇斌装作没事的样子招呼祁兵一起穿戴起来，可当他们将动力伞包抓在手里的时候，“砰”的一声，枪王的手套里突然又冒出一道亮光。

张崇斌和祁兵同时一惊，在他们互看对方是否受伤之时，枪王开口道：“把你们手中的东西都给我扔出去！”

原来刚才这一枪并没有打在任何人的身上，张崇斌随即恍然意识到了什么，正在他暗自惊叹的时候，祁兵却突然向枪王冲了过去……“砰”又是一声枪响，祁兵身子猛地一震，整个人顿时原地定住不动了！

“不好，祁兵中弹了！”看见一大片羽绒从祁兵的后背左肩下侧飞散出来，张崇斌的脑子顿时“嗡”的一声……

此刻，枪王将手臂高高端起，那手套上破着大洞的口子正对着近在咫尺的祁兵额头。

祁兵一声不吭，睁大的眼睛与枪王严厉的眼神怒视相对。回过神来，张崇斌连忙冲上前去站在枪王和祁兵之间。

“你竟然开枪?!”张崇斌红着眼睛看着枪王，大声质问道。

“按照我说的，把东西给我扔下去！”说着，枪王掉转枪口又对准了张崇斌的头部。

“听见没有？快点给我扔啊！”圆脸胖子眼睛一瞪，在一旁端起了冲锋枪。

此时此刻，被枪支胁迫的一方根本没有选择的余地。张崇斌抓起脚下最后的两个伞包，目光怒视着枪王的眼睛，一扬手臂，大力地将伞包甩了出去。

“现在都给我蹲下。”枪王再次发出指令。

张崇斌扶着祁兵在对面紧靠筐边处蹲坐下去。

看到对方不再有反抗的举动，枪王似乎满意地点了下头。然后，他和圆脸胖子一边警戒着一边提着炸药木箱踏上了吊筐边沿。随着吊筐一阵剧烈的晃动，圆脸胖子连忙用胳臂挽住面前的两道绳索，然后小心翼翼地伸头向下看去，顿时，他的两只手臂更紧地挽搂住绳索，同时身体开始难以自控地颤动起来。

这当口，张崇斌问祁兵的伤情如何。祁兵用手向左腋下探去，又轻微地动了动胳臂……眼睛突然一亮，小声说道：“只是皮肉伤，没大碍。”

听祁兵这么一说，张崇斌转头又朝枪王看去……枪王此时一手抱着炸药箱，一手钩着一根绳索，回看了张崇斌一眼，突然，他冲一旁的圆脸胖子喊道：“跳！”话音未落枪王已消失不见，几乎就在这同一瞬间，张崇斌和祁兵齐身扑向圆脸胖子。

圆脸胖子一惊，手一松，人忽地坠了下去。突然，他的身体竟又悬在了空中！

张崇斌和祁兵一人一只手牢牢地抓住了圆脸胖子身上的伞包背带，同时用力将他提升起来，此时，吊筐向这三人集中的一侧倾斜过来，张崇斌和祁兵一时竟无法将悬在外面的人拉进筐里。圆脸胖子一边惊叫着一边手脚乱舞地挣扎着，却无法摆脱掉牢牢抓在背带上的两只手，突然，他甩脱手套端起胸前的冲锋枪将枪口转了过来，在其正要扣动扳机的时候，只见一条飞腿凌空扫踢在他的面罩上，随着“啊”的一声闷叫，圆脸胖子猛劲挣扎的身体陡然一软，脑袋跟着耷拉了下来。

祁兵收回横伸在空中的左腿，和张崇斌一起将圆脸胖子提起扔进吊筐里。看着如死猪般趴着不动的圆脸胖子，张崇斌使劲朝他的屁股踢了两脚，胖子却没有任何反应，已是昏死过去。见状，张崇斌忙蹲下身一边解开圆脸胖子身上的伞包带一边说道：“祁兵，你穿上这个赶快离开这儿。”

“那你怎么办？”祁兵一边取下胖子身上的冲锋枪一边问道。

“我和你不一样，这事儿……我来想办法澄清，放心吧，我不会惹上多大的麻烦。”张崇斌语气急切地说道。

“可是……没有你，咱们的调查工作难以进行下去，还是我留下，你走吧。”祁兵又道。

“我有办法脱身的，你赶快走！对了，枪王这个人有问题，我怀疑今天的事情与他有关。”张崇斌提醒道。

祁兵慢慢站起身来，右手摸向自己的左腋下，陷入思索中……

张崇斌也站起身来，将伞包往祁兵身上一推，说道："记住，和段涛会合后，你们就先找个地方隐匿下来，不要再到这神山上。你走后，我会操作这热气球向玛旁雍错圣湖旁边的拉昂错湖方向飞降，沿途我会将这些工具包抛下去，如果有合适的机会，你和段涛就来找找这些工具包，但一定要注意安全。待我脱身后，再与你们联系。"

祁兵紧咬着嘴唇，点了点头。

这时，又一阵话筒喊话声传来，这已是发出最后的警告，热气球如再不现身就将被武力伺候。张崇斌帮着祁兵背上伞包，系紧背带，快速整理完毕。祁兵手中抓着冲锋枪，转过身来默默地看着张崇斌。

"赶快走吧，我要降落了！"张崇斌催促道。

祁兵用力点下头，猛地转过身去，两腿跨上筐沿，只见他飞身一纵，整个人顿时消失在茫茫的夜空中。

神山年日寺。

傍晚时分，段涛来到了神山脚下的年日寺，按照张总的嘱咐办理了住宿手续。这个时候，寺庙里没有多少停驻下来的游客，转山路上依旧是连绵不断的人流。段涛仔细观察没有发现可疑的盯梢人员后，他用手机与巴特尔取得了联系。大约过了两个小时，巴特尔赶到约定的地点与段涛碰上头，随后二人乘车直奔约定的接应地点驶去。

在就要到达目的地的时候，段涛突然接到了祁队发出的联络信号，在他做出回应后，对讲机的信号迅即又断掉了。段涛立即让巴特尔将车子先停靠下来，下了车，段涛向远处的神山顶峰望去，隐约看见那阴暗的空中似有飞行物在神山顶峰来回盘旋，当他再次尝试与祁队联络时，发现对方已将对讲机关闭。回到车上，段涛让巴特尔将车子继续朝目的地方向开去。

坐在车内，段涛始终坐立不安。方才与祁队联络的时候，那边发出的信号让他明白有特别情况发生，但他却一时无法猜透空中究竟发生了什么突发事件。

到了约定的地点，段涛再次掏出对讲机尝试着与祁队取得联系，可是那头的对讲机始终处于关闭状态中，这让心里没底的段涛焦躁异常。正当他在原地来回徘徊之际，突然，他手中的对讲机传来了呼叫声音……

第二十七章　开启的潘多拉魔盒

1. 军管区审讯

7月1日凌晨，某军管区审讯室。

神情有些疲惫的张崇斌戴着手铐被单独关在一间黑屋子里。

此刻，张崇斌环视着四周陌生的一切，完全不知道自己究竟身在何处，等待自己的又将会是什么样的结果。不过，有一点他很清楚，自己这回想要轻松地脱身，几无可能。到目前为止，竟然没有人前来提审。在这段虽然安静却让人感到窒息压抑的时间里，张崇斌的眼前反复地出现这些画面：热气球刚一落地，一队全副武装的军人从四面包围过来，自己被押解到直升机上，飞了近两个小时降落在一处戒备森严的军管区，然后就关在这间黑屋子里。还有，那些军人手中的钢枪、一张张冷酷严峻的面孔……这一幕幕如同放电影一般，不断滚动播放着。同时，张崇斌也在努力地思索着，他想从这些环节中找出可以大致判断自己将要面临的命运暗示。

可是，越思考越感觉浑身发冷，因为他意识到这根本不是对待一起简单违法事件的处理方式。“他们不会把自己当成恐怖分子给从严从重地军法处置了吧？”张崇斌知道，如果仅仅是以没有热气球飞行执照且未经当地空管部门许可而擅自违规驾驶热气球，这种违法的事交给当地公安就可以处理了。可现在的情形是，军方以这种态势招待自己，就极有可能意味着这个事件已经不被视为普通的民事甚至刑事案件了。

“如果巴特尔和枪王，尤其是枪王，他若是国家特派的卧底人员的话，不用多，就拿自己‘勾结’白纸扇和那天扬言炸神山盗宝藏而论，就足以背上《中华人民共和国刑法》中最严厉的几种罪名，这些涉嫌危害国家安全和公共安全的罪名若是洗不脱的话，那完全够得上被判处几个死刑的！唉！”张崇斌不禁长叹了口气，真是人算不如天算，自以为天衣无缝的策划行动，没想到会是这样一种结果。

时间一分一秒地过去，一直沉寂的屋子渐渐亮起来，张崇斌面前的桌子面映耀着一层冷冷的光。这光线是从一个一人多高焊接着一排钢条的小窗口射进来的，透过这个窗口，可以看见外面的天空已经泛白。

张崇斌一夜没有合眼，又冷又乏的感觉让他身体有些僵硬，正当他准备站起身来活动下腰身时，房门突然被打开，随即五个男人先后走了进来。其中，两名手持枪械的军人目视前方一左一右在门口两侧分立站定，走到张崇斌面前的有三个人，中间的一位是一身戎装的中年军人，看服装上那蓝底两杠一星的军衔，张崇斌知道他是位空军少校，少校的身边还分别站着一位身份不明的便衣男子和一位手持皮包的年轻上尉军官。

“你叫什么名字？”少校问道。

“张崇斌。”

“这些物品都是你的吧？”旁边那位个子不高其貌不扬的便衣男子一抬手，将一个塑料口袋放在了桌面上。

张崇斌仔细看过塑料袋里的东西：身份证、金刚杵、一卷西藏古钱币、一部诺基亚手机、一部对讲机、半包云烟、心形锦包、欧米茄手表、一把潜水刀、一个锡纸圆筒、三枚子弹壳。“这两样不是我的，其余的都是。”张崇斌一指那个锡纸圆筒和子弹壳道。

便衣男子盯着张崇斌的眼睛，没有说什么。转过身，他和少校、上尉军官走到桌子对面坐了下来。上尉军官这时从皮包里取出一个微型录音机，又拿出一个本子，然后用笔在本子上写着什么。

“坐下。”少校对张崇斌说道。

张崇斌重新端坐下来。

“张崇斌，我们的政策你应该是清楚的。你现在坦白交代，这次你勾结境外黑社会，组织武装暴徒在境内活动，究竟想要做什么？是谁指示你干这件事的？”少校语气严厉地问道。

张崇斌心一沉，回道："没有谁指示过我，事实情况与你们的理解完全不一样，这是个天大的误会！"

"误会？你最好不要心存侥幸。张崇斌，我可以告诉你，我们已经掌握了证据，坦白交代是你现在唯一的出路！说，你选择这个时机炸神山的真正目的究竟是什么？"少校大声讯问道。

张崇斌使劲咬了下嘴唇，说道："好，我就照实说吧。这次，我来藏区，也是有生以来第一次来藏区，根本就不是来炸神山的。我是要寻找一样东西。选择天黑行动，是形势所迫，时机赶上的。"

"赶时机，是吗？"少校眼睛一瞪，面布怒容地说道。

少校的这种反应多少让张崇斌有些纳闷，他想了一下，猛然又是一惊，他意识到，自己实在是太背了！因为今天刚好是个特殊的日子——七月一日。本来自己搅进的这一堆事儿就难以解释得清楚，这下更是有组织有预谋了！张崇斌的心情开始变坏，他努力平静了一下心绪，回道："我明白国家的政策和法律，请你们相信我，我一定会配合你们主动交代所有的事情。只是，我恳请你们能够耐心听我的解释。"

坐在对面的讯问人员没有说话，只用一双双锋利的眼睛注视着张崇斌的眼睛，仿佛要穿透进去。

"这件事情……说来话长。它的来龙去脉非常复杂。不过，我用人格来保证，我和那些武装暴徒根本就不是一路人。"张崇斌解释道。

"你不要提什么人格保证，我们注重的是事实和证据。你说你与武装暴徒不是一路人，不是去炸神山，那你怎么解释这个东西？"少校提起装有锡纸圆筒的塑料袋，质问道。

"这是那个圆脸胖子带过来的，你们现在可以提审他问清楚。"张崇斌回道。

"你把话说清楚，谁是圆脸胖子？"在一旁做记录的上尉问道。

"就是昏迷的胖子。我是来到这边才接触上他的，并不知道他的本名。"张崇斌回道。

少校又道："那个胖子现在还未清醒过来。我现在是让你来解释，不炸神山，你们为什么要携带它深夜去神山？"

"是这样的，这次我们深夜去神山一共有五个人，跑了的三个人中，有一个是来自越南的黑帮组织，人称三哥，其人本名我不清楚，他与这胖子很早就熟悉，这次胖子准备的炸药也是这个叫三哥的人指使的。"张崇斌疲倦地说道。

这一刻，他的心很烦乱，知道这种说辞几乎没有什么意义，因为军方上来就把自己当作这次组织策划“炸神山”行动的头目，而且明说他们已经掌握了证据，他们这么有把握地处理此事，那一定是有人通风报信了，这个人应该就是枪王！

“张崇斌，炸药这事我们先放下。你说说，和你一起过来的祁兵、段涛，他们现在何处？”便衣男子突然开口道。

张崇斌抬头看向这个年轻人，见此人剃着平头，眼睛不大，但神光内敛，看似平俗的形象却透着股精明干练劲，“这人什么来头，怎么会知道和自己一起的祁兵和段涛的名字？”一边想着，他一边回道：“他们目前具体在何地，我说不上来。不过，请相信，他们都是遵纪守法的公民，他们在此期间的所有活动，都是我指派的。”

便衣男子盯着张崇斌看了好一会儿，又说道：“祁兵是通缉在案的逃犯，你们去了越南，勾结上黑帮社团。然后，去了拉萨，又奔神山而去，这些情况我们悉数掌握。你本人曾做过律师，还有留学经历，算是受到过良好的教育，开阔了眼界。所以，我希望你能看清形势、明白是非，不要被所谓的江湖义气误了一生，甚至性命！”

“唐凯是被你们带走的，是吧？”张崇斌反问道。听了便衣男子的这番话，张崇斌反倒精神一振！

便衣男子面无表情，不置可否。

一旁的少校有些不解其意地看了眼便衣男子，转头对张崇斌严厉地说道：“交代你自己的问题，不要转移话题扯别的！”

“不管你们是否相信，我想说，我，还有祁兵、段涛和唐凯，我们正在进行一项特殊的调查工作，也是在尽一个公民应尽的义务。也许方式手段上有不妥之处，但实属无奈。如果你们真的清楚祁兵的遭遇，还有我们为此才有的这些所作所为，你们就会真正理解我说这话的意思。”张崇斌语气有力地说道。

“你们的所作所为，都是严重的违法犯罪行为！还敢狡辩！”少校一拍桌子道。

“解放军同志，我理解您的心情。我请您试想一下，如果我与他们是一伙的，那为什么他们都逃脱了，而偏偏留下了我和那个昏迷不醒的胖子呢？”张崇斌回道。

少校一时顿住……

这时，便衣男子将塑料袋中的物品倒在桌面上，从中将隐世老者留下的那张谜图向张崇斌展示了下，问道：“这张图是什么意思？从哪里来的？”

“这是一位老人家送给我的。此图，可能有多重含义。”张崇斌回道。

“老人家？那说来听听。”便衣男子道。

“在我这次来西藏之前，曾在贵阳偶然认识一位大隐于市的老者。我和老人家有过一次畅谈，此图正是他托人留给我的。至于此图的含义，开始我毫不知晓，后来，在开展调查工作的过程中，我才发现此图很不一般！”

“有什么不一般的？”

“最初，我发现此图与二战期间纳粹组织的一些隐秘活动似有关联，这也是我这次来神山的一个理由。后来，我发现此图还可作为道家修炼的一种象意图示，甚至可以说，此图也是神山的象意图示！”

“神山的象意图示？”便衣男子不禁皱起了眉头。显然，张崇斌的这番话引起了他的格外关注。

一旁的少校和上尉侧过身来，仔细看了看便衣男子手上的谜图，抬起头来，彼此是面面相觑。

“这怎么可能是神山？”年轻上尉先冒出一句。

少校和便衣男子转过头来，严肃地看向张崇斌。

“我知道，这么说，确实让人难以理解和接受。可我要说，自从我的兄弟祁兵涉嫌卷入一起凶杀案之后，我才决定做这项调查工作的，因为我坚信，祁兵是被冤枉的！可是……可当我着手调查之后，我发现，这起凶杀案件的背后，竟隐藏着某种神秘的力量，是这个神秘的力量左右了这一切！而这个神秘力量的来源，极有可能就与这神山有着……这个，我目前，还说不大清楚……但我确信，它们之间有着隐秘的关联，这幅图是其中的一个线索。”一时间，千头万绪，张崇斌有些不知从何说起。

“神秘力量？你到底想说什么？什么神秘力量？”少校问道。

“请问，你们是否相信UFO的存在？”张崇斌反问道。

“张崇斌，你给我严肃点，现在是让你交代问题，不要扯那些与本案无关的东西！”少校斥责道。

这时，便衣男子开口道：“先让他说下去。张崇斌，我问你，这跟UFO又有什么关系？”

“我想，您应该知道，祁兵所涉案件的发生地，位于贵阳北郊。那一带的附近，有片山林，叫都溪林场，而那片林场在十年前曾发生过一起轰动全国的‘空中怪车'事件。我曾咨询过UFO研究会的有关人员，对于那起神秘事件，现已被国内的一些研究机构认定为是一起典型的UFO事件。事实上，通过我们的调查，发现近年来UFO事件的发生，在世界各地呈现频繁上升态势。而在我国一些重要敏感的地区，也时常出现UFO。此类异常现象，难道没有引起你们军方的重视吗?"张崇斌又问道。

"UFO现象，很多是特殊的自然现象。张崇斌，现在我再提醒你一下，你只需回答我们的问题，不要自己提出问题!"便衣男子道。

"明白，那我就长话短说吧。通过我这一阶段的调查，发现UFO现象是客观存在的，而且，某些UFO是二战时期纳粹集团V系列的一款秘密军事武器，这种秘密武器的发明研制与当时的两个神秘社团有密切关联。据说，这两个神秘社团的核心人物，掌握着来自古印度和西藏的某种古老的神秘技术秘方。我怀疑，纳粹UFO的研制与这些古老的技术秘方有直接关系。"说到这里，张崇斌收住口，观察对方的反应。

少校和上尉军官显得有些迷惑茫然，而便衣男子却神情专注，两眼聚光，他开口道："请继续说下去。"

便衣男子的反应让张崇斌有了继续说下去的动力，"也许是偶然，也许是命中注定。我这次在贵阳、云南迪庆还有这青藏高原，先后都不期而遇地与一些精通佛道法理的高人大德相识结缘，还目睹了一些奇异的神秘现象。随着调查的深入，我意外地发现，这些看似毫不相关的事件，原来彼此之间竟有着极为微妙的关联。譬如这UFO，它的一些奇妙性能与修行之人表现出来的神通有着诸多类似之处，而人的身心修炼的玄机道理则来自古老东方的佛道经典和修真秘术。不知诸位注意到没有，这与传言中的纳粹UFO的神秘技术来自古老东方的秘方岂不是暗通吻合了吗?话说回来，这个外观呈三角形的平面谜图如果以立体空间的思维视角去观察，它完全可以被看作一个立体金字塔的平面投影。而世间公认'金字塔'正是西藏神山的标志山形。自古以来，神山也正是修行之人虔诚神往的朝拜圣地。所谓'天人合一'，这就是我说的此谜图既是道家修炼的一种象意图示，也是神山的象意图示的内在本义。"

便衣男子听后，微微点了下头，说道："张崇斌，那你可知道，近期出现在英国的一个麦田圈，与这个谜图的关系吗?"

2. 诡异的麦田圈

“麦田圈?”张崇斌不禁一愣。

“上个月，在英国的埃夫伯里·威尔特郡的一块麦田里，出现了一个麦田圈，这个麦田圈图案与这幅谜图的图案几乎完全一样。”

便衣男子的这番话让张崇斌暗吃一惊，因为麦田圈在他的心目中是一种与UFO同样分量的神秘现象。张崇斌在英国留学期间，一次去苏格兰高地旅游时，曾目睹过一个大麦田圈。当时，导游解释说每年这个地区都会出现类似的神奇景观，至于麦田圈究竟是怎么形成的，导游认为有可能是人为制造的，也有可能是上帝故意留给人们的谜题，与人类玩个游戏。出于对此类谜题天然的兴趣，旅游回来后，张崇斌为此专门登录了欧洲一些专门研究麦田圈现象的网站，他发现世界各地很多网友都对这一现象同样有着浓厚的研究兴趣。这些人从各自的专业，甚至融合多门学科的视角提出了诸多有启发意义的见解。给张崇斌印象最深的研究案例是2001年8月19日出现在英国汉普郡温彻斯特天文台附近的麦田圈事件：这是诸多麦田圈事件中最为诡异神秘的一起，因为同时出现在那片麦田里的两个麦田圈的直观图像之庞大复杂以及构成图像的麦秆缠绕结构之精巧，都足以说明那绝非某些热衷恶搞的人类用脚踩踏或用其他工具平推一夜之间就能够伪造出来的。更为不可思议的是，经过诸多专业人士对该麦田圈的破译，人们发现其隐含的信息竟然是一个有针对性的反馈信号。这两个图案其中一个是类似电子数码处理过的人的面孔，一个是与1974年11月16日人类科学家在美国波多黎各中部的阿雷西博天文台使用无线电波向球状星团M13星系发射的“阿里次波信号”有着密切的对应关联。人类当年发射“阿里次波信号”的目的据说是寻求与地球外部智慧生命沟通。令人震惊的是，将近30年后，在Chilbolton（奇尔波顿）天文台附近的麦田里竟然收到了以麦田圈方式的“回复”。这个麦田圈完全是按照“阿里次波信号”同样的信号编码排列顺序和讯息点构成的，打眼一看，像是一个图案和内容完全一样的复制品，但仔细观察，研究人员发现，对比“阿里次波信号”，这个回复改动了13处信号编码的排序结构，破译过来的讯息显示宇宙中似乎还有着其他智慧生命的存在。

这起神秘的麦田圈事件过去约一年后，由美国著名演员梅尔·吉布森主演的科幻电影《灵异象限》开始全球放映（影片曾蝉联北美票房冠军），该影片正是以英国汉普郡温彻斯特的麦田里出现了神秘的麦田圈为背景，主题反映的是这一神秘现象的背后是外星人对人类的恶意侵犯。可是，就在这影片放映期间，当年的8月15日，仍是在该地区的麦田里又出现了一个麦田圈，而这个麦田圈的图案竟然就是电影《灵异象限》中的外星人面孔，该外星人面孔旁边还有个圆形图案，研究人员利用二进位制对其破译后（破译的方式是麦子倒下的地方表示0，立着的地方表示1），发现图案讯息是这样一段话：Be ware the bearers of False gifts and their Broken Promises. Much Pain but still time. Believe. There is Good out there. We Oppose Deception.（要警惕虚伪的人给你们的假礼物和他们的假承诺。虽然痛苦仍在延续。相信吧，外面的世界有善良的存在。我们反对骗局。）

正是看到国外一些专业人士对麦田圈诸如此类的研究发现后，张崇斌才开始意识到麦田圈现象不是简单的大自然神奇现象。但若说它们都是什么外星人搞的，在当时，他依然是难以接受。不过，时至今日，张崇斌已改变了很多以前的看法，特别是这个麦田圈在当前阶段突然出现，他有种强烈的不安。

"如果可以的话，我想看看这麦田圈的图案。"张崇斌认真地说道。

"现在不行。"便衣男子说道。

"这位同志，请允许我提出一个请求，这事关重大！"张崇斌急迫地说道。

"什么请求？"

"我想和带走唐凯的专案组，还有对麦田圈和UFO有深入研究的专家说明一些特别情况。"

便衣男子沉静片刻，说道："你就跟我说吧。"

"我跟你们，恐怕说不明白。"张崇斌轻轻地摇了摇头道。

"张崇斌！你要搞清楚自己现在的身份，态度放老实点！"少校大声说道。

"你说吧，在这里，没有什么说不明白的。"便衣男子道。

"那好。刚才，你说的那个麦田圈如果真是与这幅谜图相似的话，那就意味着，潘多拉魔盒已经开启，想控制这个世界的'魔鬼撒旦'复活了。他们……也一定会来到这神山！"说到这里，张崇斌微微抬起头来，眼睛空洞地注视着天花板。

少校、便衣男子还有上尉一时全都惊住……

过了一会儿，张崇斌才收回目光，看着对面的人说道："我不是精神病患者，这个你们可以对我进行严格测试。我想说，这个世界除了有阳光的一面，同样还有阴暗的角落。这个麦田圈符号很有可能会被某些隐秘的境外组织利用，成为他们的图腾，而且，他们的背后，还会有某种强大的力量支持!”

“张崇斌，你老实坦白，你在这个组织里充当着什么角色?”便衣男子快速发问道。

张崇斌先是一怔，然后镇定地回道：“我现在提供一个线索，你们最好马上派人去仲巴县城医院找一个叫索朗的藏民。此人下身也有一个与谜图类似的文身，他会告诉你们一些情况。还有，我希望军方能即刻加强对神山一带的军事防卫。”

听到这里，便衣男子离开了座位，走出屋外。

屋内一时安静下来，少校和上尉看着张崇斌，目光里却多了一种异样的光彩。片刻工夫，便衣男子从屋外走了进来，坐回座位，说道：“张崇斌，你凭什么认为麦田圈会与某些境外组织的活动有联系?”

“首先，我认为，有些麦田圈不是简单的人为能够伪造的，麦田圈的出现极可能与UFO有关系。而UFO，刚才我已说过，早在二战时期就与纳粹组织有密切联系。其次，我在国外留学主攻的专业是危机管理，基于学术研究需要，检索了大量业内文献和相关资讯，从中了解到西方国家在不同历史时期成立过很多类型的隐秘组织，比如骷髅会、圣殿骑士会、玫瑰十字会、共济会……”

“不用再说了!”便衣男子突然打断道，然后转头又对少校说道，“上午，就先到这里吧。”

3. 天才的构想

国内某反重力技术研究所。

唐凯在两名便衣人员和三名反重力技术研究人员的监控下，又演示了一回空中悬浮硬币的游戏，然后，在众人惊奇的目光下，唐凯委屈地说道：“我说过的，我就是想尽快搞明白UFO的性能，如果……如果给我足够的时间，我一定会设计出UFO的。”

“嗬，口气不小!好，就算你自己发现了这个反重力现象，那你怎么解决飞行器的隐形无声和超高速飞行问题?”一位四十多岁戴着深度眼镜的研究人员问道。

“这并不复杂。飞行器的隐形无声，还有超高速飞行，可以通过选用‘左手材料’（指一种介电常数和磁导率同时为负值的材料，该材料电场和磁场之间的关系符合左手定律，颠倒了传统物理学的‘右手规律’）作为外壳机体，动力推进系统采用超导螺旋式电磁流体喷射推进和空间重力波脉冲装置实现在大气中和真空中的高速飞行。如果要突破光速飞行，那就利用‘特斯拉线圈’或具有旋转磁场位形的超导托卡马克装置获得瞬间增强的自旋系统共振内能，再通过一个可控的能量共振频率干涉装置转换并放大释放的内能，用这个方式改变局部空间的物质形态和场能。这样，飞行器就可以进入时空隧道，这也就等于实现了超光速。”

唐凯这番娓娓道来的解释，显然引起了刚才发问的研究人员的异样关注，他的面容由轻松渐渐转变为严肃直到震惊，看着眼前的这个不谙世事的孩子，他突然又问道：“这些概念，你是从哪里知道的？”

“我就是自己喜欢研究，看看就知道了啊。”唐凯轻松地回答道。

“为什么要选择‘左手材料’作为机体？”

“它具备合适的性能啊！哦，我的意思是利用‘左手材料’的逆折射效应和逆辐射效应，麻省理工学院的孔金瓯教授不是已经从理论上证明了这种材料可用来隐形吗？不过，真要是做 UFO 外壳机体，我想应该还需要一些使材料抗高温抗冲击和减轻重量的合成技术吧。”

“那你是否知道 UFO 动力推进系统的能量源和介质是什么？”

唐凯这回皱起了眉头，想了一下，不开心地说道：“你们非不让我回家，还不让我上电脑，本来再花点时间，我可能就找到了。”说着，唐凯看看周围的人面无表情的样子，又噘着嘴道：“要是张总在就好了，他最清楚我能做什么了，有他教我，我会做得更好更快。”

“张总是谁？”研究人员对旁边的一位便衣问道。

“乔主任，他说的那人是他所在公司的负责人。”便衣回道。

乔主任沉思片刻，让屋里的那两位年轻研究人员再和唐凯聊聊，他将其中一位便衣人员叫到自己的办公室。关了房门，两人坐下来，乔主任严肃地说道：“我不管他是通过合法或不合法的途径知道了这些东西，但我可以明确地告诉你们，这孩子是个天才！小刘啊，你知道他刚才说的那些话的科技含量吗？”

“科技含量我不是很清楚，但我知道，他说的那些涉及最前沿的军事科技领域。”小刘回道。

“是啊。像那个超导螺旋式电磁流体喷射推进系统和空间重力波脉冲装置，这些都是各军事强国正在加紧着手研究的尖端技术课题，欧洲和澳洲方面正在联手研究的 DS4G 离子引擎，据我们测算，一旦研制成功，这款新离子引擎将比当前承担月球探测任务的月球探测器上的传统引擎在燃料效率方面提高十倍，配备这种引擎的飞船不仅能到达月球，而且可以穿越整个太阳系。至于那个空间重力波脉冲装置，则是在‘高速旋转超导体存在引力场效应’的原理基础上开展的科研项目，这个项目从动力推进方面说，那就是物体从静止到突然运动起来，不需要借助外力的反作用，只需通过系统内部定向输出的一种能量波就可以实现空间移动。若是从军事科技上说，这种装置将会是一种可怕的新型武器，它可以使卫星偏离轨道，让弹道导弹偏离弹道轨迹。”

“这么厉害！不过，这个装置的动力系统听起来似乎违背了经典的动量守恒定律？”小刘疑惑地说道。

“呵呵，表面上看是这样的，早前研究这种理论是被科学界认为搞伪科学。不过，近些年来，科技进步很快，科学理论也不断得到发展和完善，科学界逐渐加深了对空间场能的认识。其实，这个空间重力波脉冲装置，就是美国国家航空航天局支持的美国波音公司代号为‘GRASP’的项目。至于这个装置的作用原理，目前还不是很清楚，波音公司声称若是通过这个装置实现重力修正，那将会改变整个宇航界。他们说得没错，过去，人类制造的车辆、轮船、飞机这些交通工具都是依靠主动轮或螺旋桨反向推动路面、海水、空气来产生前进的动力，火箭则依靠反向喷射推进剂，产生冲力加速。其实，当前光是这类传统动力推进系统，通过采用新能源，也还是有很大的技术提升空间。”

“是的，德国正在研制的U212A级高技术潜艇，其动力将采用PEM（质子交换膜）燃料电池。这样的动力系统占据空间小，无噪音，算是潜艇动力技术发展的一个里程碑。”小刘感叹道。

“唉！你要知道，如果这孩子今天说的那种动力系统能实现的话，那配备上这个动力系统的飞行器将远远超越当前世界上所有最先进的飞行器。尤其是他竟然提到了飞行器进入时空隧道的概念，这实际上就是我们经过20多年研究，在反重力理论上属于最高级别阶段的工程项目，这是让物质以能量虚态，使其进入超三维空间而实现隐形和反重力的‘虚化再显形’重大项目课题。要我看，这样的人才，应该好好培养并保护起来！”乔主任甚为感慨地说道。

4. 揭秘麦田圈与金字塔能

国内某符号学研究所。

“丁零零……”一阵电话声响。

一位正伏身于案头仔细观看着什么的老者放下手中放大镜，接起电话：“喂！哪里?”

“秦教授，您好！我是小董。”

“哦，是董科长啊，有什么事儿吗?”老者捋捋灰白的头发问道。

“秦教授，我处这边有件重要的事情需要您的协助，请您将有关麦田圈的一些研究资料带上，我们的车子已在外面等您了。”

“好的。”挂了电话，秦教授将锁在柜子里的一个文件袋和一个笔记本电脑放进手提包里，转身走出了这个四周挂满各类奇异符号图案的房间。

秦教授出了院门，直接迈入停在院门口的奥迪车。车子随即启动，秦教授向司机问道：“去哪里?”

“机场。”司机回道。

某军管区审讯室。

漆黑的夜里，张崇斌一个人乘着热气球朝拉昂错湖飘飞过去……那平静的湖面越来越近、越来越低，张崇斌站在吊筐边沿上，正准备从空中跳下去，突然，他听见一个奇怪的声音传入耳中，紧接着，下面的湖水翻滚起来，只见一架直升机竟然从湖里浮出升起，直奔热气球迎面撞来！

张崇斌猛地一惊，手腕上冰冷的手铐碰在了额头上，生痛的感觉……他睁开眼睛，这才意识到刚才自己是伏在桌子上睡着了。他抬头望向窗外，蒙眬的视线中，迟暮的光线已不再那么耀眼，但是，耳边却传来一个由远而近的熟悉的声音——直升机螺旋桨发出的。

几分钟后，房门打开，上午讯问张崇斌的那些人又走了进来。不过，这回人群中多了一位头发灰白的老者。待众人坐定后，便衣男子对新来的老者说道：“秦教授，此人就是张崇斌，您看到的那幅谜图就是他留下的。”

老者用了种考究的目光看了看对面的张崇斌，然后就开门见山地问道：“年轻人，你说麦田圈不是人伪造的，那么，你认为麦田圈是怎么出现的?”

张崇斌看着秦教授，回道："您既然是教授，想必就是这方面的专家，我非常高兴能与您沟通。麦田圈，直言不讳地说，排除掉人为伪造的那些，我认为它的出现是在某种特殊能量的作用下，瞬间形成的。"

秦教授面容沉静，手指头不经意地轻敲了两下桌面，又道："你根据什么这么认为?"

"我以前关注过麦田圈现象，看过国外方面的一些研究案例，也通过自己的一些分析，或许还凭着点直觉，我就是这么认为了。"说到这里，张崇斌看见对面的每张面孔都呈现出质疑的神情，于是又说道，"我想，您一定知道美国生物物理学家列文嘉德博士对麦田圈现象进行研究之后得出的这样一个结论：那些真实麦田圈四周作物的细胞结构在没有出现任何变异的情况下，它们内部的生理性质却发生了遗传基因的改变。同时，他还发现，这样的农作物的颗粒生长速率要比其他农作物高出45%。此外，一个由美国物理学家领导并由25位研究人员组成的研究调查小组自1991年对一些出现过麦田圈的田野土壤进行取样分析，发现在这些土壤中，具有一种自然界所没有的生命期很短的同位素。他们最后认为，一种类似微波性质的高频率的电磁波，使得那里的农作物和土壤产生了这种辐射效应。至于麦田圈如何瞬间形成的，我就说一个案例：在1991年6月4日，英国一个以迈克·卡利和大卫·摩根斯敦为首的6名研究人员组成的探测队在英国威德郡迪韦塞斯镇附近摩根山顶上的指挥站里，他们用夜间观察仪器、录像机，以及定向传声器等待了25天，终于在6月29日清晨，发现一团浓雾降落在监视的那片麦田的正上方，定向传声器同时感应到强超声波信号。当雾消散后，麦田上就出现了两个奇异的圆圈。我想这些，都足以说明真正的麦田圈是某种神秘的力量故意'制作'的，至于那些宣称麦田圈是自己搞的恶作剧的各色人物或组织，英国曾有一本发行的文集，文中暗示了这些'麦田圈恶作剧'论者是英国政府某秘密机构的成员，他们的目的是为了阻挠麦田圈现象的研究，以引开人们对它的注意力，使英国政府能秘密垄断此项研究。"

秦教授听张崇斌说完，用手捋了下头发，沉默了片刻说道："看来，欧美国家对这个现象比较敏感哦。年轻人，你看来也确实关注过，听说，你还挺有想法的。那我问你，麦田圈若是神秘力量造成的，那这个神秘力量从何而来，这样做又有什么目的?"

"这个神秘力量的来源，让我来做出解释，呵呵，您这是在难为我，我不是专门研究此项课题的专家。”张崇斌回道。

秦教授看了眼便衣男子，便衣男子开口道：“张崇斌，秦教授就是这个领域的专家，你不是说和专家才能说明白吗?”

“刚才教授问的问题，我想，教授本人恐怕也说不明白吧?”张崇斌看着秦教授道。

秦教授看着张崇斌，一时无语。旁边的少校道：“张崇斌，这是让你来回答问题，你说话要……”

这个时候，秦教授朝少校做了个手势，打断了他的发话，再次开口道：“我想和这个年轻人轻松地交流下。”转过头来，教授又道：“年轻人，我是研究符号释义的，你刚才说到麦田圈是在某种能量下瞬间形成的，我曾看过类似的影像资料。不过，来之前，我听说，你说过那个谜图与什么潘多拉魔盒、魔鬼撒旦有关联，我对这个说法有些好奇，你现在能说给我听听吗?”

张崇斌点了点头，道：“谢谢您，秦教授。我想，我可以和您说明白些事情。我还是先来尝试着回答下您开始提出的那个问题吧，说清楚这个问题，也许就回答了您刚才问的问题。”

秦教授微微一笑，点了点头……

张崇斌清了下嗓子，说道：“麦田圈现象，其实古已有之，据文献记载，麦田圈最早出现在英格兰是1647年，距今已三百多年。虽说麦田圈出现在英国的数量最多、最集中，但实际上范围是世界性的，美国、俄罗斯、澳大利亚、包括我国都曾出现过。而且，不仅仅是在麦田里，在油菜地，甚至沙漠、冰雪地面上，都曾被人发现过。我记得有人统计过，在最近30年内，世界各地发现的麦田圈已过万例。近些年里，麦田圈出现的频率呈明显上升趋势，其形状规格和图案结构也都表现出趋于复杂且暗含隐意的特征来。不过，有意思的是，与此类神秘现象呈现对应表现状态的，还有一种神秘现象。”

“是什么现象?”秦教授问道。

“UFO现象。”张崇斌回道。

秦教授皱起了眉头，说道：“你的意思是，麦田圈现象是飞碟造成的?可是，你要知道，我看见的影像资料是空中盘旋的光点，而你自己说的那个案例也只是团雾，这些跟飞碟应该没有什么关系吧?”

“严格地说，UFO不等同于飞碟，或者说，飞碟只是UFO的一种形态类型，而

UFO 的形态据说可达数百种之多。”看着秦教授依然紧皱着眉头，张崇斌思索了片刻，又道，“也许我的表达方式不太合适，说得过于简洁直接，这样吧，我先说一个现象。想象在一个局部空间内，地面上放置一片平面金属板，其上撒一层面粉。这时，如果在这个空间内引入一个声源，让发出的声音对着金属板，随着声调的不断调高，您说，这金属板上的面粉将会发生什么变化?”

秦教授没有回话，但从他闪亮的目光中，张崇斌知道自己可以继续说下去。

“在我刚才描述的条件下，我们将会发现这样一个有趣的现象：金属板上的面粉如同被一只看不见的画家之手，不断地被‘描画’成图案结构各异的对称图形，而且，随着声调的不断提升，图案结构将变得越来越精密复杂。”

“哦?”秦教授不由得一怔。

便衣男子、少校与上尉也都显出几许惊疑……

张崇斌接着道：“众所周知，音调的不断升高，说明声波振动频率越来越高，当高到一定程度时就会成为人类耳朵听不见的超声波。我前面提到的 1991 年那起一团浓雾出现在麦田后出现怪圈的案例中，研究人员利用敏感的仪器就曾在现场捕捉到强超声波信号。所以，我认为形成麦田圈的那个神秘力量与超声波有某种联系。不过，超声波恐怕不是神秘力量的全部。”

“请继续说下去。”秦教授有些激动地催促道。

“方才您提到您看过影像资料，并说到空中有盘旋的光点；而我说的案例中，有团浓密的雾气出现，如果我们将这两起被人类监测到的麦田圈瞬间形成的案例结合起来分析，不难发现，仅凭‘超声波’是无法对这类麦田圈的形成做出全面合理的解释的。”

秦教授点了点头，手指头不由得又敲了两下桌面，“那还会有什么力量的参与呢?”

“还以这两个案例来说，这两起看起来并不一样的表象的背后却有一个共性的东西，不知道您是否注意到了?”张崇斌回道。

秦教授眉头皱起，一时无语。

“难道是等离子体?”少校突然插话道。

“没错!”张崇斌应声回道，“那个光点和雾气，它们都是等离子体。解放军同志，您作为空军部队的干部，我想您一定了解等离子体的特性。秦教授，不知道您是否了解这种既普遍但又有些特殊的物质的特性?”

秦教授又是一捋挡在前额的头发，道：“年轻人，你说的这些内容超出了我的研究领域，坦率地说，我不是很清楚。不过，我觉得了解这些应该对破译麦田圈符号是有帮助的，我想听听你的看法。”

秦教授平易坦诚的态度，还有便衣男子与少校此刻关注的神情，让张崇斌知道自己必须把握好这个机会，来证明自己的调查工作是有现实意义的，于是他振作起精神，道：“说等离子体普遍，是因为这种物质遍布宇宙空间；说它有些特殊，是因为它的形态不是我们通常所见的固、液、气三种物质形态，它是物质的第四态，用专业的术语解释的话，它就是一种‘由部分电子被剥夺后的原子及原子被电离后产生的正负电子组成的离子化气体状物质’。这种宏观上呈‘准电中性’的物质很容易被带电粒子的热运动和外界带电粒子的闯入而发生偏离，从而引起强电磁场，所以它又呈现出高度激发的不稳定态，处于这种状态的等离子体会在各种能量的激发下产生等离子体复合运动。而这种复合运动有平稳的，也有剧烈方式的，其本质上是一种将积蓄的能量释放的过程。于是，这种原本人的肉眼不可见的物质就会以可见的电磁云雾、火焰、极光、雷鸣闪电、火球等表现形式展现在人类的眼前。”

“哦，这么说来，等离子体复合时释放的能量也是麦田圈形成的一个重要因素，它本身是带电磁场的，嗯，这可以解释麦田的磁场和农作物基因为什么会有改变，这可是大自然的力量，你说的UFO就是这种自然现象吧？”秦教授似有所悟道。

“若是从麦田圈里的麦秆呈旋涡式地弯折与等离子体常具涡旋结构的对应关系，以及UFO本身的定义来看，麦田圈是很像大自然力量的天然杰作。可问题是，这些恐怕都只是展现在人类面前的外在表面现象。我倒是想知道，有没有人深入地思考过超声波与等离子体同时作用的背后又是什么力量？为什么有的麦田圈图案会与人类古老的文明、当今的困惑，甚至与人类未来的发展进程有着联系？难道人类真的意识不到其中隐含着的具有智能性质的信息吗？”张崇斌拧眉问道。

坐在张崇斌对面的四个人，此时都沉默无语。

秦教授这时似乎突然想起了什么，他弯下腰身将放置在腿边的黑皮包打开，从中拿出一个笔记本电脑，放在桌面上，启动电源。然后抬起头来，对张崇斌说道：“年轻人，麦田圈图案作为一种符号，近些年来已被符号学界广泛关注。至于这种符号究竟隐含着什么样的信息，这还需要进一步深入研究，目前不宜过早地下定论。你今天提出的一些观点，我还是第一次听说。现在，你来看看这个麦田圈。”说着，秦教授将电脑转了过来。

展现在张崇斌眼前的电脑屏幕上，是一片青黄色的平整麦田，在这块麦田的中间有一个如同压印上去的巨大等边三角形，三角形里面是一个四周有着放射状线条的圆圈，其中一条线条竟然穿出三角形，原来这正是与谜图相似的麦田圈！

“年轻人，你说说，从这个麦田圈，怎么就能看出潘多拉魔盒已经开启，魔鬼撒旦也复活了？”

张崇斌倾身仔细地看着这个麦田圈，尤其对那条打破整体图案对称性的线条角度与方位格外留意，通过一番默算推导，他重新挺起身来，目光深邃地说道：“不错，此麦田圈确实与谜图极为相似。现在，我可以有把握地说，潘多拉魔盒确实已经开启，‘魔鬼撒旦’复活了！”

“怎么看出来的？”少校一边问道，一边将电脑屏幕迅速转了过去。

便衣男子一边看向屏幕，一边用不解的眼光看着张崇斌。

秦教授则专注地盯着屏幕，似乎以前没有见过这个麦田圈。

“张崇斌，你把话说清楚，就这么个图，你从什么地方看出那些东西来了？”少校追问道。

张崇斌垂下眼光，似乎盯着手上的手铐，但口中却说道：“请注意图中那条穿透整体图案的放射状线条。要知道，通常情况下，麦田圈的图案都是近乎完美的对称结构。而这个麦田圈图案，本来也是标准对称的，这可从它外面的三角形是个等边三角形，内在的圆也处于整体图形的中心点，其外圈一周是长短错落排列有序的24条放射状线条看得清楚。可是，这24条线条中却有了这么一条破坏了完美对称结构的线条。这个现象，具有特殊性，我的理解，这并不是‘制图者’不小心的笔误，恰恰相反，这应该是一个故意‘画’上去的醒目提示。”

“什么提示？”秦教授问道。

凭着记忆，张崇斌继续说道：“请你们再仔细看那条线与三角形一边交叉的位置。此线与三角形的一边是平行的，根据等边三角形内切圆半径与其高之比的数学关系，我们可以精确地推算出，那条线与三角形一边交叉的位置，是在以与其平行的三角形一边为底边的三角形三分之一处。请先记住这个位置。”

“这个位置……有什么特别之处吗？”秦教授继续问道。

“不知道各位是否知道有关埃及金字塔的这样一则特别报道。”张崇斌慢慢抬起头来，看向对面的人道，“早在20世纪30年代末期，有个名叫鲍维斯的法国人，他当年到了埃及的胡夫大金字塔参观游览，回国后他做了一个千分之一比例的缩小版金字塔模型，他把模型按南北方向放置，并按照金字塔内‘王室’的位置在中轴线距塔底三分之一的地方设置一平台，其上摆放一只死猫，结果这只死猫也没有腐烂，而是木乃伊化了。鲍维斯将这种可以让有机物长期保鲜不腐的特殊功能称作‘金字塔能’，于是，这种神奇能量得到了世人关注。后来的研究人员又发现，不仅动物这样的有机物在金字塔内的这个位置不会腐烂，而且一些生锈的钱币、刀片在此摆放一段时间之后也会光滑如新，甚至还有传言美国的一对老夫妻将自己的房子修成金字塔状，结果住了一段时间后他们竟然有返老还童的迹象出现，一些疾病也不治自愈。”

“‘金字塔能’？你的意思是，这个麦田圈就是金字塔的平面投影？”秦教授谨慎地问道。

“这是它所包含的象意之一。而以‘金字塔’的象意对刚才的麦田圈符号进行解读，却只是我要说的一部分内容。”张崇斌冲教授一笑道。

“照你的说法，三角形里的那个四周有着放射性线条的圆，就是‘金字塔能’喽？”秦教授又问道。

张崇斌点头道：“没错，那个圆直观上是太阳的象意。据我所知，古埃及人很崇拜太阳神，认为世间万物生化冥死都受太阳神强大能量的控制，埃及法老都自称是太阳神之子，人们相信其至高无上的权力也是来自太阳神。此外，古埃及人相信国王死后还会成为神，他的灵魂要升天回归。我记得，《金字塔铭文》中就有这样一句话：‘为他建造起上天的天梯，以便他可由此上到天上。’于是，金字塔又被埃及人喻为登天之梯，是法老神权的象征。我想，这些奇异的概念应该与金字塔所具有的神奇能量有着某种隐讳的关联。不过，古埃及人的宗教信仰不是我今天要说的内容主题，这里，只是作为一个提示。现在，我请你们将这个麦田圈图案看作金字塔的一个二维平面的侧视图，再运用空间立体思维感察一下麦田圈中的‘圆’和金字塔内‘王室’的位置关系……”

稍微停顿片刻，张崇斌接着道：“如果我没说错的话，诸位一定会发现它们的位置是重合的。对此，我要进一步说明一点的是，这个位置在这种几何结构中，其实是非常特殊的，所谓的特殊是指这种结构的外心（三角形外接圆的圆心）、内心（三角形内切圆的圆心）、重心（三角形三条中线的交点）、垂心（三角形三条高的交点），它们都在三角形内三分之一高处会集为一点。古埃及人认为这个位置可以让人的灵魂升天，现代科学也发现这个位置有不同寻常的能量作用，那么从这个位置放射的那条穿过三角形的线条，又将意味着什么呢?”

“能量对外放射?”一直没有说话的上尉军官忍不住插上一句。

“正三角形，在几何学中是最稳固的结构，它也被一些宗教视为具有‘封镇妖魔’法力的符号。”秦教授自言自语道，突然，他眼睛一亮，冲张崇斌说道：“年轻人，‘金字塔’就是那个‘潘多拉魔盒’，‘金字塔能’则是‘魔鬼撒旦’，这是不是你想表达的意思?”

张崇斌点了下头，又摇了下头，然后说道：“您说的这层意思，也是一种理解，却不是我真正要表达的意思。”

秦教授闻言，不禁又绷起刚刚放松下来的神情：“哦?”

“秦教授，您是符号学专家。按说，在您面前解释此类符号，我是班门弄斧了。”

“年轻人，不要有顾虑，请说出你的真实想法。”秦教授说道。

“那好。在我看来，理解这条线的含义，我们必须了解那个‘金字塔能’。可是，这‘金字塔能’究竟是如何产生的，它具备什么样的性质，目前好像还未有科学的定论。不过，我以前曾注意到这样一条新闻，记得是日本某个联合研究小组发现，在高能状态下，以前认为应呈球形或椭圆形的原子核结构发生了变化，变化的结果是原子核会变成扁平的正三角形状。在我看来，这就意味着，金字塔形的空间结构能够聚集宇宙中那些处于高能状态的粒子，并使会集在一起的高能粒子在这个相对封闭的空间中的特殊交会点处产生谐波共振，‘金字塔能’也许就是这种具共振频率的特殊能量。再联系埃及的一句谚语‘人类怕时间，时间怕金字塔’，那么，我就有个大胆的推测，即当‘金字塔能’积蓄到一定程度，通过某种触机，就会在金字塔内部或外部的某个空间点产生一个可以穿越我们这个四维时空的‘时空隧道’。这个‘时空隧道’，就是我所指的‘潘多拉魔盒’，那条穿透三角形的线条则意味着‘时空隧道’开启，‘金字塔能’与异度空间的神秘能量连通，并相互发生作用。”

听闻张崇斌的这番话，上尉、少校和便衣男子一时皆肃然无语。

秦教授开口道：“年轻人，你说的这些概念……虽然我一时还难以完全理解，不过，我想听你继续说下去，那个‘魔鬼撒旦’在你看来又是什么呢?”

“‘魔鬼撒旦’是想得到和控制这种能开启‘时空隧道’能量的人。所谓‘魔鬼撒旦’复活，是指这些人已经开始行动了。”张崇斌回道。

“等等，张崇斌，你刚才说‘时空隧道’就是‘潘多拉魔盒’，而你此前说过‘潘多拉魔盒’已经开启，‘魔鬼撒旦’也复活了。这样的天机都被你破解了……而你最近一段时间行踪诡秘、活动频繁，这岂不是说，你就是那个‘魔鬼撒旦’?”便衣男子突然发问道。

“不，真正的天机深不可测，我并没有破解。如果一定要让我在这类事件中充当一个角色的话，我想，我应该算是一个阻止‘魔鬼撒旦’行动的人。”张崇斌回道。

“既然你还没有破解天机，就凭一张谜图和麦田圈上的一条线段就敢说‘时空隧道’开启了，这是不是想象力太过丰富了?”便衣男子又问道。

“虽然确凿有力的证据暂时还无法得到，不过，当前麦田圈频繁出现且图案内容趋向复杂化、智能化。还有，各类 UFO 现象的不断增多，如果不是因为‘时空隧道’正在开启，那么，这些以往在我们这个四维时空极少出现的现象究竟意味着什么呢?也许，不久的将来，这一切将越演越烈，人类未知的神秘能量会让每个人都感到恐慌不安，到那个时候才发觉‘时空隧道’早已开启，而我们却错过及早发现研究、安全控制甚至有效利用的时机，这种后果，恐怕不是后悔和遗憾所能弥补的。”张崇斌答道。

“那么，你要阻止‘魔鬼撒旦’的什么行动?”便衣男子再问道。

“半个世纪以前，德国纳粹的考察队曾来到藏区寻找‘地球轴心’。时至今日，我相信，依然会有某些隐秘的组织在做着同样的事，确切地说，他们已经开始行动了。我的调查工作的另一个主要目的，就是想办法抢在他们的前面找到这个神秘能量的源头。”张崇斌坚定地说道。

张崇斌这番话令秦教授倍感吃惊，显然，“地球轴心”这一事件已经超出秦教授的研究范围，张崇斌本人的“神秘性”更是让秦教授看不透，一时间，他感慨颇多而怅然无语。

无人再次问话，房间内顿时沉静下来。这时，少校和便衣男子眼神交会了一下，便衣男子点了下头，少校转过头来对张崇斌说道：“今天就到这里。”说着，众人一一起身，准备离去。

“请等一下。”张崇斌突然开口道。

“你还有什么要说的。”便衣男子问道。

“我有一个请求。”张崇斌回道。

“你说吧。”

“我希望，能与负责唐凯案件专案组的人见上一面沟通一下。时间紧迫，我有重要线索需要与唐凯一起论证。如果可以，那不仅可以帮助我们澄清这些问题，而且，也很可能会揭开一个古老的能量源秘方。那样，也许还会对我们国家的军事科技有借鉴作用。”

便衣男子没有表态，只是专注地看了看张崇斌，然后，转身离去。

第二十八章　挑战专家联手攻关

1. 时空场共振理论

7月2日上午8点30分。

便衣男子一早来到军管区机要办公室，通过内线直接拨通了××反重力技术研究所主任办公室的电话，几声响铃过后，传来回应：“我是乔建国，请问您是……?”

“乔主任，您好！我是国安局小董。现在说话方便吗?”便衣男子问道。

“哦，是董科长啊，方便，有什么事情请说。”

“经您亲自鉴定考察，唐凯对反重力技术，还有UFO现象有自己独特的见解，是这样的吗?”

“是的，这孩子在这方面很有天赋，是个难得的人才。”

“乔主任，我这次找您，还有个问题想向您求证一下。”

“什么问题?”

“您说，高能粒子在某种结构中产生谐波共振，是否会出现‘时空隧道’这种现象?”

“哦，‘时空隧道’啊……理论上，是可行的。此类观点，美国航空航天局依据‘时空场共振理论’曾提出过。这种理论认为宇宙中各时空点都有其确定的能量流动特性，并可以用一组谐波来描述。这也就是说，如果能够通过人工方法产生一定的谐波结构，使它与远距离某时空点的谐波结构特性相同，则二者就会产生共振，形成一个人造时空隧道。”

“那是不是意味着，时间的特性也会在谐波共振下发生改变？”

“是的。‘时空场共振理论’是以爱因斯坦和海森堡的‘统一场论’为基础建立的。美国人艾伦·霍尔特是这个理论的创建人，他认为时间是能量在时空中高频振荡的结果，宇宙间各时空点的性质取决于该点电磁场的结构特性，谐波共振会引起能量波动频率的改变，从而改变时间维度的特性。”

“乔主任，谢谢您的解答。”

“不客气。”

挂了电话，董科长马上又拨打了一个电话，电话接通，董科长站直了身子说道：“隋处长，我是董浩明，关于张崇斌案件，有些情况需要立即向您汇报。”

“说吧。”

“通过对张崇斌两次提审讯问，同时，根据我们收集的相关证据和查实的部分事实，处长，我认为现阶段还不能将张崇斌定性为国外特务组织的成员。不过，他组织策划的调查工作范围和方向确实很特殊，里面牵扯到都溪林场‘空中怪车’事件，其他方面，也触及我们的工作范围。”

“哦？那他的调查工作是什么背景？”

“目前，暂时看不出有什么特殊背景。他的调查活动动机似乎比较简单，最初就是为了找到能证明祁兵无罪的证据而临时开展的。后来与越南黑帮勾结在一起，情况变得复杂，他们的‘神山行动’，我感觉似乎也不是普通的危害国家安全的行为。张崇斌这个人，很有点特质，他的一些想法很奇特，思维异于常人，属于高智商类型。所以，他的行为背后是否还隐藏着更深的阴谋，这还需要进一步侦查。不过，关于那幅谜图的破译，秦教授的意见是应该对张崇斌破解麦田圈符号的分析推断给予充分重视。刚才我与研究所的乔主任联系过，从理论上，也验证了张崇斌的一个大胆推测的现实合理性。处长，如果张崇斌交代的情况符合事实的话，那将是非常重大的国家安全事件，甚至是世界性的重大安全事件。”

“那就抓紧时间尽快调查清楚，相关进展情况，随时向我汇报。”

“是！”

2. 揭示“水和空气”的能量秘方

上午10点。两名全副武装的军人将张崇斌带出戒备森严的房间，其中一名军人前头带路，另一个紧随张崇斌之后，一路无话，三人步行穿过两栋矮平的楼房，又经过一道长长的封闭走廊，最后来到一间会议室门口。随着厚重的室门被推开，迈进房间，张崇斌看见便衣男子、少校还有年轻上尉已事先等候于此。

上尉走上前去，将张崇斌带到对面的位置上坐好。

两名押解的军人随后退出房间，将房门关闭，然后背对室门，并排肃穆地持枪站立于门口。

这会儿，便衣男子来到张崇斌身边，说道：“一会儿，我们将通过远程视频连接唐凯专案组，你现在有点时间，将需要说的事情先梳理清楚。”说完，便衣男子将桌面上事先摆放好的纸和笔推到张崇斌的面前。

张崇斌静静地坐着，没有说话，也没有伸手去动桌上的纸笔，而是默默地闭上了眼睛。

这时，随着房间一面的遮光窗帘缓缓垂落，整个房间顿时暗黑下来，而房间正前方的一块投影屏幕逐渐明亮起来。

“张崇斌，你把眼睛睁开。”上尉说道。

张崇斌睁开了眼睛，扭头看向闪亮的屏幕。他看到屏幕里有四个人正看着自己，其中却没有唐凯。

“他们就是专案组的，你可以和他们通话了。”隔着会议桌坐在张崇斌对面的便衣男子说道。

张崇斌前倾了一下身子，对着桌上的一个微型麦克风说道：“我是张崇斌，唐凯所在公司的负责人。我想知道，唐凯他人现在哪里？”

“正在接受我们的审查。”屏幕里的一个男子回道。

“我现在可以和他本人通话吗？”张崇斌问道。

“张崇斌，你先交代一下，你有什么重要的情况要说？”男子反问道。

“我是有话要说。不过，我想……先见到唐凯。”张崇斌答道。

男子没有马上回话，似乎在考虑着什么。

张崇斌见状，又开口道：“是这样的，唐凯本人心智有缺陷。虽然岁数上，他已是成人，但从法律意义上说，他并不是一个具有完全民事行为能力的正常人，为此，曾被学校勒令退学。我公司招录他，除了因为他具备某种专长，也是为了帮助他尽早适应社会，成为一个身心健康的有用之才。事实上，他才来公司没有几天，因为最近公司的一个调查项目，根据他的专长，我亲自安排了唐凯的所有工作。所以，如果唐凯的行为无意中触犯了什么法律规定，我可作为其监护人之一来承担相应的责任。这个情况，我希望专案组能给予充分考虑。”

“依据事实和证据是我们的工作原则，你刚才反映的情况，我们也会充分考虑的。现在请你解释一下，你说的唐凯有某种专长，具体指什么？”男子问道。

“非常感谢！”张崇斌点了下头，接着又道，“用通俗的话说，唐凯类似那种‘白痴天才’，智商极高，情商近乎为零。他的专长表现在对数字和超维空间物理构想方面有着非比寻常的敏锐感觉。由于过去在高等院校接受过系统的教育，虽然后期教育中断，但他底子很好。所以，我让他负责收集有关UFO性能的各种资讯。”

“为什么要收集这方面的资讯？”男子拧眉问道。

“这与我公司近期开展的一个调查项目直接相关。简单地说，通过我们的调查，我认为，UFO现象不应再作为虚幻的，或者是与人类无关的特殊自然现象来对待。这个现象的背后，极可能隐藏着一个影响人类的生存与发展的神秘力量。这个神秘的力量究竟是什么？它作用的目的又是什么？我想，任何一个敏感且具科学探索精神的正常人，都会提出这样的自问。我们人类是地球上的高级智慧生命，地球是我们唯一的家园，这个家园的环境已被严重污染，现在又出现了似乎远超当代人类文明和科技水准的神秘力量。所以，出于求知的天性，也出于生存安全的危机意识，更出于履行宪法规定的公民应维护国家安全和利益的义务，我决定对这个神秘现象进行深度探索。可以说，UFO之谜是世界之谜，能否破解它是对全人类的一个严肃挑战，这关系到人类真实的文明历史，当下的诸多困惑，甚至人类未来的发展，其意义重大。我要见唐凯，正是因为他能给我的调查工作带来别人难以给予的推进动力。这里，我不妨试问一下，不明飞行物超高速运动的动力系统机制，和它的能量源究竟是什么？谁能现在给出一个解答？”

屏幕里的人一时怔住，他们将目光慢慢转移在一个岁数偏大的男人身上。

“张崇斌，你认为唐凯能解答出这样的问题吗？”岁数偏大的男人开口道。

“很有可能。”

“科学是讲求实证的，你凭什么这么说？”

“如果你们给他证明的机会，就会发现唐凯对反重力还有UFO的性能都有他独到的见解。要是你们现在让我和唐凯见上一面，也许，他会当着你们的面，再次展示出他的惊人天赋!”张崇斌自信地说道。

“这里不是科学实验场所，他怎么展示天赋?”屏幕中，一个戴着眼镜的年轻男子发问道。

“用他的超常思维。我希望你们那边能有专家现场鉴定一下。”张崇斌说道。

“你刚才提到的那个UFO动力系统能量源的问题，我曾经问过唐凯。不过很遗憾，他解答不了。”岁数偏大的男人又开口道。

“刚才说话的乔主任，就是这方面的资深专家。张崇斌，你要清楚，如果你们是在搞欺骗的把戏，那是行不通的，而且还会带来更严重的后果!”戴眼镜的年轻男子说道。

“我明白。既然如此，那我要事先说明一下。因为UFO现象比较复杂，表现出来的特性花样繁多，从古至今都有相关的记载报道。我调查的UFO主要是针对有资料记载的二战期间德国纳粹研制的碟形飞行器，以及这种飞行器与古印度和西藏经典文献中提到的‘维曼纳’飞行器之间的关系。根据有关资料，纳粹研制的飞碟，其动力系统和燃料配方据说是来自古老东方的经典秘籍。”张崇斌说道。

“‘维曼纳’飞行器?古印度和西藏会有飞行器?”乔主任质疑道。

“乔主任，如果您看过古印度的经典《吠陀经》《罗摩衍那》，还有史诗《玛哈帕哈拉特》，您就会知道‘维曼纳’飞行器是个什么概念。如今，在印度的一些寺庙里，人们也还可见到这些飞行器的建筑雕刻。当然，这些古老的传说记载，通常是被人当作神话故事。这不奇怪，违反传统教科书上描述的人类文明进程的任何记录，人们总是难以接受，今天，我不想在这方面做过多解释。不过，看起来，您至少还没有怀疑德国纳粹曾研制过这东西。有资料显示，纳粹在二战期间研制的HaunebuIII型飞碟直径有70米，能够乘载32人，速度更是达到7000~40000公里/小时，这可比当前最先进的战斗机速度快10余倍。如果这是事实的话，那么这种明显超越时代的科技德国是怎么获取的?这难道不值得我们深思吗?在我看来，无论纳粹是从何处获得这种技术，破解这种UFO的动力系统及能量源的问题，我认为是很有价值和必要的。这方面，美、俄、英等国家恐怕早就动手了。”

“张崇斌，关于高能效的动力系统和能量源的问题，目前世界各国都在研究，我国也不例外。你的愿望也许不错，但你要知道，这是一个非常复杂的尖端课题，不是仅凭想象就能找到答案的。”乔主任说道。

“不可否认，您说的是有道理。不过，爱因斯坦也曾说过“想象力比知识更重要”。我想，很多伟大的发明最初都是来自灵感。我和唐凯都不是专业的科研人员，所以，我有一个请求，在UFO动力系统能量源这个问题上，如果唐凯在我的启发下，能给出一个有科学价值的解答，我请你们从爱护特殊人才的角度，认真考虑我曾说过的话，尽快查清事实，让这个不需要承担法律责任的孩子早日回家。”张崇斌恳切地说道。

“不要说有科学价值的解答，哪怕就是说出一个具有启发性的推论思路，那也将是了不起的人才！只要是特殊人才，就会得到我们研究机构的特别援助。”乔主任认真地说道。

闻听此言，张崇斌用力点了下头，道：“那我们一言为定!”

“让唐凯和张崇斌通话。”便衣男子对着麦克风说道。话音落下，屏幕里，另一个年轻男子立即起身走出画面。片刻工夫，男子回来了，同时，他身后跟进一个身材单薄的大男孩——正是唐凯。唐凯看起来有些失魂落魄、不知所措的样子，待他从屏幕中看到张崇斌时，眼睛顿时睁得老大。

“小凯，是我，听我说，放松下来。我告诉你，你现在经历的一切，都是一个游戏，你和我都在这游戏里面。现在，到了非常关键的攻关时候了，我要给你出道题。”张崇斌开口道。

“什么题？做出来可以让我回家吗?”唐凯噘嘴问道。

“只要你听话，并能做出这道题，游戏就结束，你就可以回家。”张崇斌说道。

“真的?!”唐凯一下子兴奋起来。

“小凯，游戏里，UFO这道谜题是最有挑战性的，我把它留给你，也留给了我自己。现在，需要我们一起来做一做了。”张崇斌微笑着说道。

“那太好了，你快说怎么做。”唐凯已是迫不及待。

“小凯，你听好了。这一关，我们要制造出一个碟形UFO飞离地球，现在的问题是要解决它的动力系统能量源。我提示你一点，这种UFO早在60多年前，德国就研制出来了，其动力装置据说是用水和空气为燃料的反磁力发动装置。这种动力装置和能量源，你认为是否可行?”

张崇斌的话还没有说完，唐凯就不断地摇着头，并快速回道：“这种燃料能量源，不行。反磁力发动装置？应该是反引力装置吧，如果让我来设计，我会做超导螺旋式电磁流体喷射推进的动力系统。只是，到底用什么东西做推进燃料，我还没有想好……”

唐凯身旁的乔主任这时点上一根烟，轻轻地摇了下头，面无表情地吐了口烟气。

“小凯，以水和空气作为燃料的新型能源并非空穴来风。有资料显示，这是一个叫弗·绍贝格尔的奥地利人发明的能产生光能、热能和动能的新型‘爆炸式’能源，德国纳粹的一款碟形飞行器动力驱动系统也曾采用过。我是这样想的，这里的水和空气不会是单纯的字面上的意思，出于保密，这种表述很可能是该能源作用时的一种状态。那么，我们是否可以再这样设想一下，那水不是简单的水，可能是某种液态物质，那空气，也不是人呼吸的自然气体，可能是某种雾化的东西。小凯，你顺着这个思路，想一下，如果水银这种物质作为一种能量源的话，是否会产生那种‘爆炸式’的效果?”张崇斌提示道。

“水银?”唐凯眨巴一下眼睛，然后整个人立即陷入思索状。

“水银做燃料?”空军少校自言自语道，他看了便衣男子一眼。

张崇斌和唐凯的对话，便衣男子听得很专注，他始终没有说话，只是用他那锐利的目光紧紧盯着张崇斌。

在唐凯思考的当口，张崇斌通过眼睛的余光观察到少校和便衣男子的反应，于是，他转过身来解释道：“水银这种物质，德国的纳粹集团似乎对它很看重。我曾看过一篇报道，说是二战末期的 1945 年 2 月，德国的一艘潜艇满载飞机零件和一些有毒化学物质由德国基尔港出发，准备前往日本。在驶抵挪威附近海域时，德国的这艘潜艇被英国潜艇击沉，当时这一事件并未引起人们的特别关注。只是后来，人们发现那潜艇沉没的海底附近的鱼类体内含有大量汞元素，挪威海军在查档案资料后才确切知道，那艘沉没的潜艇上竟然装有 1857 罐、总重 65 吨的水银。我想，作为即将战败且想着卷土重来的德国纳粹，在那个时候秘密转移的物资一定是非常重要的。德国是个资源贫乏的国家，一战失败后就一直迫切地想研究出和找到新能源……”

“哈，我知道了!”唐凯突然发出的这一声打断了张崇斌的说话，他忙扭头看向唐凯。

“张总，你看没看过《海底两万里》?”唐凯兴奋地问道。

唐凯竟然说起了法国科幻作家儒勒·凡尔纳的小说，这令张崇斌诧异不解，道："听说过，没有看过，你提这个干什么？"

"那书里的'鹦鹉螺'号潜艇就是以海水和汞为动力，在水下跑得可快了，航速能达到每小时200公里呢……"唐凯解释道。

张崇斌感到脸上开始发热。"这孩子怎么突然变傻了？难道是受了什么刺激？……"带着几许疑虑，张崇斌着急且尴尬地说道，"小凯，那是科幻小说，你不能用……"

"我知道的，可那小说写的是有道理的啊！"唐凯看起来比张崇斌还急，没容张崇斌再说话，他开始快速说道："海水里，金属元素含量最高的是钠元素。而水银就是化学元素的汞，汞有很多特性，它是唯一在常温下呈液态的金属，而且还能溶解很多其他金属，其他金属和汞化合在一起，又叫汞齐。钠和汞如果混合在一起，生成的合金就是钠汞齐，这种合金可以是固态，也可以是液态。而钠汞齐正是一级遇水易燃物，这种物质遇见水会发生剧烈反应、大量放热、发光，同时还会生成氢氧化钠并放出氢气。"

"还放出氢气？"张崇斌回问道。

"是啊，会有氢气释放出来的。"唐凯肯定地回道。

张崇斌清楚，氢能量是种高能能量，尤其是液态氢，不仅可作为火箭和导弹的高能燃料，当前最高级的航天器的动力系统也离不开它。更重要的是，唐凯的这个解释等于把以"水和空气"作为燃料的能量秘方给找到了！所以，当唐凯肯定地确认了水银的这个作用时，内心激动着的张崇斌不由得看向屏幕上的乔主任……

乔主任看起来并没有感到丝毫惊奇，他淡淡一笑道："氢能源是不错，储存体积小，燃烧后产生水，没有什么污染，而且，其进一步开发应用的潜力和领域也还很大。不过，这种能量源已经不是什么新鲜概念，当前最前沿的飞行器动力推进系统是电推进的离子引擎，国外已经有人在研究铯离子作为宇宙火箭的推进剂，作为宇宙火箭的推进剂，其单位重量产生的推力要比现在使用的液体燃料高出上百倍。所以，我的看法是，你们这样的分析研究，恐怕……"

看到乔主任不经意间流露出来的失望神情，张崇斌急忙插话道："乔主任，您先别着急下结论，我还有话要对唐凯说。"转过目光，张崇斌说道："小凯，你刚才说的那个超导螺旋式电磁流体喷射推进的动力系统，我听起来就是种离子引擎，你的想法很好！既然铯离子可以作为动力推进剂，我想，汞离子也是可以的。你现在围绕这个思路再深入想一想。"说完，张崇斌平静地看着唐凯，但他的两手在桌下却已紧紧地攥成拳头……

唐凯眨眼想了想，快速说道："铯离子做推进剂不好，它的活动性太强，属于碱金属，对机体设备有很强腐蚀性。汞的沸点低，热膨胀率大，导电性强，受热后容易形成气化等离子体……"

正在唐凯边琢磨边说着的当口，乔主任又开口道："这些基本的常识概念不用多说了。我可以明确地告诉你们，汞离子是可以作为推进剂的，德国的科学家约瑟夫·弗来辛格和霍斯特洛布已经有研究设计。不过，目前离子引擎存在一个主力供电系统（一种太阳能设备）的效率低下问题，而这种引擎首先就是要制造出离子气体，目前这要由电子枪来完成，这个环节会消耗不少电能，之后还要再经磁化的电离室令原子电离成一价正离子，最后由高伏电压将离子加速并从尾部排出，形成离子束作为推动力。可想而知，如果这供电系统的效率提高不上来，那根本就谈不上设计出UFO那种性能的飞行器来。这个问题，正是当前离子引擎发展的主要障碍，你们要是能在制造离子气体这个环节上想出一种能够取代电子枪的装置来，节省下电能消耗，那我就认为你们都是特殊人才。"

乔主任这话一出口，屏幕中和会议室里立即有人交头接耳道："真不愧是专家啊。"

"就是，一下子就说到关键点。"

"这可是尖端的高科技难题，他们能攻克？开什么玩笑！"……

张崇斌收回心神，不再关注这些闲言碎语，他抬眼看向唐凯……此时，唐凯正咬着嘴唇，眼睛来回眨闪着看着周围的人，微微晃动的身体让张崇斌感觉到他的焦躁不安。待唐凯转头看见张崇斌时，有些不服气地说道："其实，不用电子枪，也能制造出离子气体。"

众人一听，齐齐转头看向唐凯。

唐凯怯怯地低下了头，不再说话。

"小凯，看着我。"张崇斌说道。

唐凯抬起头来，清澈的眼睛里似有泪光闪动。

"小凯，别着急，在我眼里，你是最棒的！你把刚才要说的话说完整了，好吗？"张崇斌鼓励道。

"就是有一个地方，我总想，想不过去……"唐凯难过地说道。

"现在，我和你一起去想。记住，要相信自己，也相信我，我们一起做事没有什么做不到的。告诉我，是什么地方想不明白？”引导唐凯的同时，张崇斌已给自己的大脑默下了指令——今天这个场合，必须证明自己，也要证明唐凯不是平庸之辈！

“其实，汞和钠结合时就会放热，产生汞蒸汽。可是……可是汞的比重大，而且汞和钠结合放热过程短暂，它们混合在一起，又会变成非气态的钠汞合金。”唐凯解释道。

“你的意思是，产生的汞蒸汽需要分离出来，还要长时间保留离子体状态，但如何做到这一点，你还没有想通，是不是？”张崇斌问道。

唐凯使劲地点着头。

张崇斌抬起身来，迎着道道严肃冷漠的目光，说道：“请给我几分钟时间，让我静一下。”说完，他深深地吸了口气，缓缓地闭上眼睛。

黑暗中，四周慢慢出现无数银光闪耀的水滴，这些水滴绕身旋转……慢慢地，水滴汇集在一起，成为一个不断自转的银亮圆盘……这个圆盘不断靠近，最后悬停在头顶，静停了几秒钟后，突然迅速膨胀，变为一团雾气，布散周身……“流珠化虚，元神返本”，一瞬间，张崇斌感念到《悟真篇》中“七返朱砂返本……本是水银一味”的内丹修炼真旨。水银在道家修真中，有以流珠朱砂象意元神的解释。按照道家的说法，这元神究其本质是来自周流在宇宙和人体中的先天真气，道家“玄中颠倒”的要旨也指出内丹反复凝练中，元神需自颅顶返回腹中并借阴阳时辰调配适机的火候重新返本归源炼养。

这个突兀而来的感觉很奇妙，灵犀闪现间，张崇斌意识到，这可能是一个重要的启示！因为，腹中丹田之气稍加意念，就会有热胀的感觉，这种感觉哪怕就是一个初学气功的人也能体会到。而水银只要受热不就可以成为气体状离子吗？带着这个灵感，张崇斌凝心静思……“天人合一”，人体诸多的反应和感觉与宇宙万物是类情相似的，那么，UFO 如何运用汞离子这个能量源，是不是就可以借鉴道家修真的“玄中颠倒”之秘术呢？人可以通过修真之术使丹田炼养之气能量增强且具有炙热感，那 UFO 的“修真之术”又会是什么呢？继续冥想……张崇斌眼前又出现口中不断咏诵梵音咒语的那洛上师，上师皱着眉头，从鼻孔里往外喷发带着共鸣音的阵阵粗气，上身也开始前后左右逆时针地扭动起来，速度越来越快……突然，整个人腾空而起！就在这时，张崇斌感觉眼前又是一黑，身体抖动一下，恍惚间，又听到一个从极为遥远的地方传来的“嗡”的声音……声音由远而近，眼前一道光亮闪过，只见一个蓝灰色的大“三角形”夺目而现，这个巨大的“三角形”渐渐又化作一个吹着海螺却看不清面容盘腿趺坐的人——是黑天大神！“轰”，身心一阵激荡，一道热流直冲颅顶，顿时，张崇斌的身心产生了一连串彼此关联的感觉触动：六字真言的首字母发着“嗡”音，还有那咏诵的“梵音咒语”，它们都是“声音”——这是一种声波能量！次声波可以作为伤人的武器，超声波和某种电磁能量的结合能够制造出麦田圈，描述过“维曼纳”飞行器的古印度经典《吠陀经》，它最早的文意不也是来源于宇宙间的一种声波吗？还有，《摩诃婆罗多》经典曾提到过，法力强大的黑天大神奎斯纳曾用一种类似巡航导弹的“箭”以捕获声音的方式，将在空中隐形的“Saubh”的“维曼纳”击毁。宇宙间的声波能量——麦田圈——UFO……如此说来，看似无声无息的UFO，其动力系统里面极可能存在超声波装置！伴随着难言的通透惬意，张崇斌猛地睁开眼睛，看着屏幕，他对唐凯说道：“小凯，你现在思考一下，如果UFO动力系统有能发出超声波的装置，那么在这种声波能量的干涉下，是否可以不用电能，或者用少量电能使汞离子引擎发挥作用？”

3. 超声波——UFO动力系统的神秘能量

“超声波……”唐凯小声自语道，随即，整个人也沉静了下来。

在唐凯思考的同时，张崇斌再次琢磨起那洛上师展示的人体腾空术所隐含的玄机：按照《吠陀经》所载，这种“腾空秘术”是属于一种名为“Laghima siddhi”的神通，而且，明示‘维曼纳’飞行器的工作原理就与这“Laghima siddhi”的神通有关联。那么，上师从鼻孔里往外喷发带着共鸣音的粗气，上身逆时针地加速扭动，然后整个人就能平地升起……难道UFO真的是那些通晓人体生命潜能且掌握了佛家密宗、道家修真秘籍的古代神明或外星人的产物？佛家的“六字真言”作为禅定诀语，据说具有不可思议的接引宇宙能量的功能；道家的符咒是山、医、卜、命、相五术之根本，认为咒语乃天神所颁，内含不可抗拒的力量，甚至可以役使鬼神和万物……总之，这些说法的意思就是人只要常念诵经咒就可以开启体内能量，并使之与宇宙大能量场沟通以获得加持，其间就会出现种种奇妙的神通现象。既然修炼之人盘腿禅坐身姿呈“金字塔”形，那么人在念动咒语时是不是就可以利用这个容易聚集高能粒子或能量波的肉身“容器”使人体三脉七轮的能量场与宇宙的能量场产生共振，进而借助肉眼看不见却无比深邃博大的宇宙能增强人体特异能量呢？而当这个能量达到一定程度时，人体就会克服地球引力，甚至隐形……如果这种猜想真的成立的话，那么，声波一定会是UFO动力系统中的一种特殊的能量源！

正在张崇斌回味思索之际，唐凯这时突然兴奋地喊叫道：“张总，我们可以过关了！”

张崇斌一听，连忙问道：“小凯，说一下，怎么过关？”

唐凯快速地说道：“真好玩！以前怎么没有想到?！超声波这种能量定向性好，而且有很强的穿透力，它的超高频率可以让吸收这种声能的物体分子快速运动，这样就会产生‘热效应’；如果物体是液态的，超声波还有‘空化作用’，这会使液体微粒之间发生猛烈的撞击，从而产生非常大的大气压强，这种相互作用会很剧烈，也会使液体的温度急速升高。这样，产生汞离子所需要的热量就解决了呀！”

“会产生这种效应？真是太棒了，小凯！”张崇斌惊喜道。若不是隔着屏幕，他真想抱起小凯转一圈。

“说得倒是不错，但这超声波从何而来啊？”乔主任突然发问道。

“利用超声换能器。”唐凯回答道。

“超声换能器？这也是一种电能向声能转换的装置，要利用压电现象的逆效应，但这依然要消耗电能。”乔主任道。

“可以采用低压电，再提高压电晶片的敏感性，让它的频率与电场的频率产生共振，这样就可以用很少的电能产生机械超声波。”唐凯反应快速地应答道。

乔主任似乎微微点了下头，但他马上又发问道：“超声波的‘空化作用’虽然可以使液体的温度骤然升高，但这个作用同时会让多种不同种类的液体发生乳化的搅拌作用，如果汞作为飞行器的混合燃料源之一，你如何让汞离子脱离乳化状态？”

唐凯这时又皱紧了眉头。

“乔主任，我来试着回答一下这个问题。”这时，张崇斌插话道，“首先，如果飞行器的燃料只是单纯以汞离子为推进剂，那么在超声波能量作用下，只要单独用汞金属做燃料就不存在如何让汞离子脱离混合液体乳化状态的问题了。退一步说，即便有其他液体燃料混合，超声波也许也是可以让汞离子分离出来的。我记得曾看过一篇报道，说是美国俄亥俄州立大学通过实验发现，将超声波技术和海藻联合使用可以清除沉积物中的重金属汞。这个清除，我理解就是一种分离的概念。”

乔主任看着张崇斌，不置可否。

张崇斌继续说道：“另外，我还有个大胆的猜测，那就是超声波能量除了具有上述作用外，这种能量很可能还可以让汞金属摆脱引力悬浮起来，这也将是最奇妙的分离技术!”

张崇斌的话音一落，众人顿时神情惊异地看向乔主任……

“乔主任，超声波真的可以让汞金属摆脱引力悬浮起来吗?”便衣男子问道。

乔主任似乎被手里的烟头烫了一下，他一边快速地将烟头在烟缸里摁灭，一边对便衣男子说道：“董科长，这个碰头会就到这里吧，回头我给你电话。”

军管区会议室内。

当天下午，董科长接到乔主任打来的电话，乔主任在电话中说道：“声波反射重叠会形成驻波，驻波会在限定空间上下振动，振幅最大处叫波腹，振幅最小处即看上去静止不动的位置叫波节。只要调节好声波反射端到发射端之间的距离，这个波节位置就是固定的。在这个固定点位，不仅可以悬浮起液体汞，甚至连蚂蚁这样的小型生物体也可以悬浮起来。我所刚做的此项实验，证实了张崇斌的那个大胆设想是成立的。将超声波能量与汞离子引擎结合的思路，呵呵，这的确是不同凡响的天才构想!”

通完电话，董科长交叉双臂于胸口，慢慢地走到窗前，无语看着窗外……

空军上尉这时从屋外走了进来，他来到少校和董科长身边，站定并行了个军礼，说道：“报告，那个昏死的暴徒经抢救已经苏醒过来，据其口述，他那夜是被张崇斌和祁兵暴力击打导致昏迷。”

第二十九章　夜袭追踪

1. 泄密人

神山登顶之夜。

段涛与祁兵通过对讲机联系上后，巴特尔根据祁兵描述的方位，终于在一个偏僻山口的玛尼堆处找到了祁兵。

车子还没有停稳，段涛就从车上跳了下来，当他看见祁兵孤身一人时，连忙紧张地问道："队长，张总呢?"

祁兵没有说话，他提着冲锋枪，目光犀利地扫视着段涛和巴特尔的眼睛，然后迅即跨出两大步来到巴特尔跟前，一把揪起巴特尔胸前的衣襟，声音低沉地说道："今晚的行动，是不是你报的警?"

巴特尔一时瞠目无语……

"快说!"祁兵手上加了力道，巴特尔整个身子竟被提起，只剩两脚尖触着地。

"我……我是想帮助你们，不能让坏人登神山啊!"呼吸急促的巴特尔急切地辩解道。

"你这是在帮倒忙!"祁兵大声斥责道，一把推开巴特尔，用脚使劲地踢向车门，"哐"的一声，车门一处顿时凹陷下去。

"你竟然私自报警?!"明白过来的段涛眼珠瞪向巴特尔。

巴特尔垂下头来……

看着巴特尔的样子，段涛握紧的拳头微微抖动着，一转身，他又看向祁兵，急切地问道：“那张总怎么样了？他人呢?”

“张总……”祁兵扭过头，没有继续说下去。

“队长，您快告诉我啊，张总他到底怎么样了?”段涛急了。

“应该在军方那边。”祁兵闷声道。

“那会不会有事啊?”段涛追问着。

祁兵没有再回话，只是将右手抬起按放在左腋下。

“你受伤了?”段涛又是一惊道。

“不碍事。”祁兵道。

此时，段涛的胸脯剧烈地起伏起来，突然，他从腰间拔出匕首直奔巴特尔而去。

巴特尔瞪着惊恐的眼睛看着逼近的段涛，身子紧紧贴靠在车上。

“把刀子给我收起来。”祁兵低沉地喝道。

段涛似乎没有听见，继续向前走去，祁兵前跨一步，一出手将段涛握着匕首的手腕紧紧扣住……

“队长，他破坏了我们的计划，必须受到惩罚!”段涛使劲地挣脱着手臂。

“真正该受惩罚的不是他!”祁兵眼睛一瞪。

“他不报警，张总不会被抓，你也不会受伤的啊……”段涛依然气愤难平。

“我让你把刀子收起来，听明白没有?”祁兵严厉地说道。

“唉!”段涛使劲一跺脚，把匕首往地上一扔，扭头朝一边走去。

缓过神来的巴特尔慢慢走到祁兵面前，忙躬下身子摊开双手，抬起头来双手合十嗫嚅地对祁兵说道：“对不起，对不起，我……我没想到会是这样，我只是告诉了守护神山的喇嘛，没有去报警。你伤在哪里，我带你去医院。”

“不用。巴特尔，你现在带我们去拉昂措湖一带，到那之后，你就可以走人了。”祁兵说道。

“哦，好的，这就走。”说着，巴特尔快步登上车。祁兵和段涛先后上了车，车门关闭，巴特尔立即发动车子朝鬼湖方向驶去……

“队长，去那边做什么?”段涛问道。

“调查工具包投掷在那一带，我们需要赶在白纸扇那伙人前面找到。巴噶乡，就在那附近。”

“巴噶乡。”段涛念叨一句，他想起这是白纸扇一伙人约定的接应地点，眼睛一亮，“队长，今晚是不是要有一战啊！”

“他们的手上有烈性炸药，很有可能会被他们用来炸神山。现在，张总虽然不在，但我们必须阻止他们的犯罪活动！”祁兵说道。

突然，车子猛地一抖，立即停了下来，“炸神山?”巴特尔猛地回头，睁大了惊恐的眼睛看向祁兵和段涛。

段涛看着巴特尔的样子，气愤地说道：“我告诉你巴特尔，用枪指过你脑袋的那伙人是一群杀人不眨眼的黑帮暴徒，为了钱财，他们没有什么不敢做的。我们早有计划除掉他们，本来就在今天晚上动手，可你却……”

“神山绝不能炸啊！你们一定要阻止他们，需要我为你们做什么，求你们告诉我，我一定做到，哪怕这命不要了，算是我赎罪……”巴特尔一时悔恨难当，不断地用拳头敲打着自己的胸脯。

“巴特尔，如果你仅是告诉了护山的喇嘛，那我们今晚行动的失败，就不完全是你的责任。你不用过于自责。”祁兵说道。

“队长，你这么说是什么意思?”段涛不解道。

“枪王有问题。”祁兵紧皱着眉头道。

“枪王?”段涛一时怔住。

“巴特尔，如果你想帮助我们，那就赶快开车，别再耽误时间！”祁兵说道。

巴特尔扭过头去，立即重新发动了车子。

“把车灯关掉。”祁兵又跟上一句。

尽管没有光亮照射前行的道路，但巴特尔却将车子开得像脱缰的野马，于夜色中无羁狂奔。当车子开到距离鬼湖不远的一道土坡上时，车速渐渐放缓下来……坐在车里的祁兵一边注视着车外的情况，一边看着手中的 GPS 跟踪器。“停车！”祁兵这时突然喊道。

车子停住。祁兵跳下车去，段涛也紧跟着下了车，二人将手电打开，向周围照去……“看，队长，在那儿。”段涛兴奋地指着前方地上一个捆扎得鼓鼓囊囊的帆布包裹道。

祁兵连忙走过去，用匕首将包裹划开一道缝隙，里面正是各种登山装备。顺着敞开的缝隙，祁兵快速找到包裹里的 GPS 定位信号发射器，把电源关闭，又将包裹外面的伞绳割断，然后冲段涛小声说道：“把包裹放车上。”说着，二人一起提起包裹返回车里。

放好包裹，祁兵说道："还有两个工具包，也在这附近。巴特尔，你在车上等着。段涛，你和我分头去找。"说完，二人又分别跳下车。

2. 冷枪惊魂

夏尔玛山谷。

位于雄巴村北面夏尔玛山谷的一个荒凉山坡脚下，是一片古墓遗址。这一带杂草丛生，碎石遍地，唯一突兀的景物就是十几根1~2米高的孤立静矗的石碑，地上也横七竖八地横卧着一些倒掉的碎碑散石。

一股阴凉的夜风扫过，空旷中顿时传来阵阵似哭似笑的呼啸……白纸扇缩着脖子，他两手紧紧抱着冲锋枪，眼睛左右巡视着周围，当目光移到身边神情镇定的枪王身上时，才挺直了身子，对站在他对面的四个全副武装的暴徒说道："你们的大哥，我的最好兄弟，已被那个姓张的内地人残忍地做掉了！我们接应地的兄弟们，也给抓走了！他们原来是内地的卧底公安，我们都被他们给耍了！今天晚上，若不是韦兄神勇，我差点也见不到诸位兄弟了。这个账，不，这笔血债，一定要让他们用血来还！"

"对，血债血还！"其中一个暴徒举起手中的冲锋枪咬牙切齿地号叫道。其余的暴徒顿时如群魔乱舞般地躁动起来。

白纸扇见这番鼓动达到了预期效果，于是他提着枪率先登上停靠在不远处的一辆越野吉普车内，其余的暴徒见状也纷纷抢先钻进车里。人员全部到位入座后，车子开动起来，方向朝着鬼湖驶去。

白纸扇叼着根烟卷坐在副驾驶的位置上，他的面前摆放着个GPS跟踪器，不时地，他会瞄上两眼。突然，白纸扇用手一指GPS跟踪器的显示屏，扭头向身后的枪王问道："这是怎么回事？"

枪王瞥了一眼，发现跟踪器显示屏上少了一个亮点，说道："还有人也在找我们的东西。"

"什么？难道……是张兄他们？"白纸扇不禁眯缝起眼睛看向枪王。

枪王摇了摇头道："不可能是张兄。"

"那会是谁？拿不回这些东西，神山就白来了！"白纸扇有些急了。

“可能是内地军方。”枪王道。

“停车!”白纸扇立即喊道。

车子停住，白纸扇拿起GPS跟踪器跳下车。随后，车内的暴徒都下了车。白纸扇朝四周远处伸脖看了又看，然后又低头看向GPS跟踪器……沉默片刻，突然又抬起头来，他转身对簇成一团的暴徒们发话道：“弟兄们，我们要找的东西就在前面不远的地方。只有拿回它们，我们才能重新登上神山，上了神山，我们就能找到几辈子也花不完的宝藏。内地军方，哼！没有什么了不起的，你们看，前面没有灯光，也没有大的声响，是不是军方还不一定，即便是，他们也不会有多少人。再说，咱们手里也有枪，还有这炸药!”说着，白纸扇从口袋里掏出一个锡纸圆筒，“弟兄们，敢不敢跟我赌一把?”

刚才还信誓旦旦狂喊“血债血偿”的这些暴徒，此时个个都默不作声了。

“哗啦”一声，白纸扇拉动了手中冲锋枪的枪栓，看着已将手枪端在手里的枪王道：“韦兄，这里如果有谁敢抗命，你就来执行家法。”说完，又转过脸来说道：“我告诉你们，现在我就是你们的老大，今晚，我把命就押在这儿了，你们也一样，不想赌也得赌！只要赌赢这一票，我就带你们去香港，去世界各地，玩最漂亮的洋妞，享尽人间的富贵荣华!”

“老大，老大……我们都听您的!”暴徒们再次激奋起来。

“小声点!”白纸扇提醒道，“很好！现在，我们就过去，如果发现可疑的人，你们要听从我的指令，我会一个不留地做掉他们!”

高原夜色，幽蓝深惑的鬼湖静韵无声，湖面弥漫的水汽随风飘至地势隆起的山坡之上，这使得正在山坡一带找寻东西的祁兵等人感到周身阴冷。这会儿，段涛按照祁兵指明的方向找到了一个包裹，他默默地背起包裹朝车子那边走去。

巴特尔看见段涛回来，忙从车上跳下，来到后备厢处，将后车门掀起，两人一起将包裹放进车内，正当他们退身出来准备关上车门的时候，段涛和巴特尔突然感觉到背后被什么东西有力地顶住……段涛猛地回头，不由得一惊，原来身后是两个全副武装端着冲锋枪的陌生人。

巴特尔惊诧地看着段涛……

“兄弟，不要误会，我们是来找东西的，如果你们想要，就拿去好了。”段涛大着声音说道。

“哼!”随着一声冷笑，又一个人影出现了。

“原来是三哥啊，我还以为是遇见打劫的了。”看到是白纸扇，段涛故作轻松地说道，同时用手去拨拉顶在身上的枪口。

白纸扇走上前抬手将冲锋枪的枪口顶在了段涛的胸口处。

“三哥，你这是什么意思?”段涛一边惊问道，一边将右手暗自放下，向别在后腰的匕首移去……

枪王这时走了过来，一伸手将段涛腰后的匕首抽走。然后，他来到段涛面前，将自己手中的手枪对准段涛的额头，声音低沉地说道：“你报警了!”

白纸扇见此，将手中的枪放下，站在一旁，冷眼观看。

段涛盯着枪王的眼睛，开口道：“如果是我报的警，就不需要现在摸黑过来找工具包了。我大哥现在还生死不明呢!”

“还敢在老子面前耍花枪，你们事先若不是串通好了，怎么知道工具包会在这里？哼，韦兄，你来处置吧。”白纸扇将枪挎在肩上，点上一根烟说道。

“往前走。”枪王对段涛说道，同时握枪的手臂慢慢平伸拉直，黑洞洞的枪口一直对着段涛的头部。

就在这时，巴特尔突然冲枪王大声喊道：“警是我报的，我决不会让你们登神山的！你们要杀就杀我吧。”

白纸扇斜眼看了看身体不断抖动着的巴特尔，身子晃晃地走过去，将烟头靠近嘴边，猛吹一口气，一撮带着火星的烟灰扑了巴特尔一脸，“哼！若不是张兄罩着你，你早见阎王了。既然你活得不耐烦，今天正好，老账新账一起算。”白纸扇说完，冲那两个暴徒一甩头。

“走!”两个暴徒押着段涛和巴特尔朝一个背风的坡地走去。枪王紧随其后。走到20米开外，段涛和巴特尔被叫站住。身后的两名暴徒端起冲锋枪各自瞄准一个人的后心。

“我来。”枪王说道。

在距离段涛和巴特尔不到5米远的距离，枪王再次将出枪的手臂平伸出去，紧接着，但听“啪、啪”连续两声枪响，只见两个人影应声倒下。

看见眼前倒地的两人，枪王先是一惊，因为他刚才根本就没有扣动扳机，凭着本能，他在枪声未落的瞬间也扑倒在地，手中的枪瞄向方才斜前方冒出火光的位置。

在这同一瞬间，段涛和巴特尔先是脑子一阵轰鸣，待缓过神来，段涛猛推一把仍在原地呆立着的巴特尔，同时大声喊道："快跑!"巴特尔如惊梦中醒来踉跳着往坡下跑去。就在这个时候，只见一个锡纸圆筒从空中飞过来，那抛物线落点正与巴特尔奔跑的前方落脚点重合，段涛来不及多想一个鱼跃扑向巴特尔……"轰"的一声巨响。

紧接着，黑暗空旷的谷地传来"嗒嗒嗒……嗒嗒嗒……"冲锋枪扫射的声音。

"轰"的又一声巨响。爆炸点正在最初枪响的地方。

趴在地上的枪王一阵耳鸣目眩。

此时，卧在地上惊魂未定的巴特尔感到喘气困难，猛一翻身，发现一个人从自己的身上滚落下来——正是段涛。

"大涛兄弟，你……你怎么了，快醒醒。"看着伏在地上没有任何回应的段涛，巴特尔忙推着段涛的身体急唤道。

突然，巴特尔的头又被一只有力的手按压下来，伏在地上的巴特尔侧过头来，看清楚来人正是祁兵。祁兵瞪大眼睛看着巴特尔，伸出一根手指放在嘴唇上，然后提着冲锋枪就地一滚，来到段涛身边，紧张地用手探摸着段涛的头、胸和腹部，最后他用大拇指使劲地按压在段涛面部的人中穴。

白纸扇这个时候摆手让身边的两名暴徒停止射击，他们躲在巴特尔车子的后面，身子贴在地上的白纸扇顺着车底盘的缝隙向外张望着……黑茫茫的一片坡地，除了近在咫尺的碎石杂草，远处什么都看不清楚。此刻，他那充满惊恐的面孔夹杂着茫然无措，显然，他根本没搞明白刚才枪响之后，为什么倒下的竟然是自己的人，更令其心惊胆战的是，回过味来他意识到那枪声根本就不是枪王手中的枪发出来的！那会是谁干的呢？

白纸扇的这个迷惑，此刻对枪王而言，似乎已有了答案。伏在地上的枪王，看清楚眼前的两个人中弹的位置都在眉心处时，他立即就想到了那个曾与自己相互对射的匡军。只有他，也只能是他才能在这种恶劣的条件下用非狙击步枪连续打出如此精准的枪法。但这样去想，枪王也有个迷惑，那就是匡军这时怎么可能会出现在这里？无论这到底是怎么一回事，有一点他很清楚，就是这个开枪的人刚才手下留了情，放过了自己。

上过战场的人就是有着这般生死一线瞬间的直觉，没错，那两个暴徒正是祁兵用冲锋枪点射击毙的。段涛和巴特尔这边一出现情况，祁兵就迅速迂回潜伏下来，在他选择射杀目标的时候，最开始是瞄准了枪王，因为枪王当时是最危险的"暴徒”，但是，他突然又想到崇斌曾说过的“枪王有问题”，还有自己虽然被枪王开枪射过，但那明显是种“放水”的举动……夹杂着这些矛盾的情绪，在扣动扳机的瞬间，祁兵本能地选择了那两个暴徒的脑袋。

此时，段涛的胸膛猛地扩张了一下，然后张大嘴巴大口地喘起气来……

“大涛兄弟，你可醒过来了！”巴特尔压着嗓音激动地说道。

“段涛，你怎么样？”祁兵附在他耳边问道。

段涛眨巴着眼睛，似乎在回忆着什么，过了会儿，迷蒙地问道：“队长，这是哪里？”

“小声点，白纸扇就在这附近，你小子刚才给震昏过去了。”祁兵道。

听到这里，段涛猛地翻过身来，警觉地向四周看去……

“拿着。”祁兵将手中的冲锋枪放在段涛的手里，自己从腰间拔出匕首，又道，“你们都待在原地别动，保持警戒。”说完，祁兵将匕首横在嘴前用牙齿咬住，匍匐地向停车的方向移行过去。

白纸扇看不见枪王，不知道枪王是死是活。突然，一股骤风扫动草头扑面而来，他不禁又打了个寒战。黑暗中，四周不时发出的窸窣草动声，更让他心惊肉跳，潜意识里感到情况不妙的白纸扇慌忙起身拉开车门钻进车内。当他看见车内已经有了两个包裹，而且车钥匙留在插孔处时，眼睛顿时闪亮起来，他立即旋转钥匙将车子点火启动。

车外的两个暴徒见状也连忙拉开另一扇车门，争先恐后地往车里钻去。

就在这时，突然有人发出“啊”的一声惨叫，白纸扇转头循声望去，只见最后一个上车暴徒的后腰处被一把匕首深深插入，整个人悬在车外，只用两手紧紧抓住敞开的车门，眼睛绝望地看着白纸扇。

另一暴徒端起冲锋枪靠着敞开的车门向外面一阵盲目地扫射，直到打光了弹夹里的子弹才罢手，然后弯腰伸手欲拽同伙上车。

这时，远处下山坡处蹿出一道火舌，一串子弹向车子这边飞来……伸手的暴徒连忙将身子缩回车内。此时，车子动了起来，白纸扇低着脑袋瞥了眼一直上不了车却扯着车门不松手的这个家伙，脚下猛地一踩油门，同时快速转动方向盘，将其晃甩到车下，车的后轮胎从暴徒的身上碾轧过去，“啊呀！”一声短促凄厉的叫声，车子剧烈颠簸了一下，随后以更快的速度向远方疾驶而去。

3. 连夜追击

快速赶过去的祁兵从躺在地上已经毙命的暴徒身上取下冲锋枪，然后站起身来，无语地望着车子远去的方向……然后又猛地回过头来，冲着山坡下大声喊道："韦兄，出来吧！"

随着话音乍落，只见段涛和巴特尔两人一起慢慢地站了起来，而他们的身后，正是手持短枪的枪王。

祁兵平端着冲锋枪对准枪王，一步步地迎面走去……在相隔不到2米的距离，祁兵站住了，眼睛直视着将枪口顶在段涛后脑的枪王眼睛。

二人这般僵持了几秒钟，枪王先开了口："多谢手下留情。"说着，将手中的枪口移开，手臂垂放下来。

段涛立即转过身来，用手中的冲锋枪对准枪王的胸口，同时一伸手要夺下枪王手中的枪。

枪王没有松手，而是面无表情地看着段涛，巴特尔这时冲过来欲帮助段涛夺枪，枪王猛地一抬手，只见手枪的弹匣脱落下来，同时，枪口朝天"砰"地打了一枪。巴特尔又是一惊地呆愣住……

"我的枪没子弹了。"枪王紧紧地握着枪，沉静地说道。

祁兵上前，按下段涛的枪口，说道："韦兄，我们现在互不相欠，扯平了。"

"队长，扯什么平了，您还受了伤呢！"段涛在一旁叫道。

"我的车子啊……你们这些恶人！你还要杀人！"巴特尔激动地舞着双手。

突然他右手插入怀中抽出一把藏刀，猛力朝枪王刺去，枪王迅速做出反应，猛地一侧身。

但巴特尔的举动太过突然，而且使足了劲道，他手中藏刀的大半刀身刺入枪王身上的羽绒服，然后，顺着枪王闪身的方向又猛地斜抽回藏刀，闪着寒光的刀刃带着片片羽绒在半空中划了一道圆弧。

枪王蹙着眉头，一边用手捂住腹部一边后退。巴特尔似乎杀红了眼，但见他举起藏刀再次向枪王扑去。

眼前突发的这一幕让端着枪的段涛一时怔住了，他没有想到看似温和甚至是怯懦的巴特尔发起狠来竟会如此疯狂！

就在这当口，只见祁兵一个箭步冲了过去，转身用身体护住枪王，同时，举起手中的枪挡住斩劈下来的刀锋，冲着巴特尔，祁兵一声大喝："给我住手!"

巴特尔先是一愣，但紧接着又举起藏刀冲了过来，嘴上嚷道："让我杀了这个亵渎神明的恶人!"话音未落，只听"扑通"一声，巴特尔跪跌在地，他手里的藏刀竟落在了祁兵的手上。

祁兵将手中的这把藏刀在巴特尔面前尖头朝下高高举起，然后用力使劲地甩插在地上，说道："如果他真是恶人，现在就不会有这么多人还站在这里!"

坐在地上的巴特尔闻言后，目瞪口呆地看着祁兵，祁兵转过身去，看向枪王。枪王将羽绒服用力撕扯开，左手隔着内衣按抚住腹部，他掌下的内衣渐渐被一股温热的液体浸透……

"你受伤了。"祁兵说道。

枪王淡然一句："这才算扯平。"

"韦兄，如果没有说错，神山之行，你有着特殊的使命。"祈兵道。

枪王平静地看着祈兵，反问道："你怎么会出现在这里?"

"那个怕死的胖子把降落伞借给我用了。"

"呵呵。"枪王难得地笑了一下。

"韦兄，你究竟是什么身份，我不问，你也不必去说。不过，我想搞明白的是，既然你阻止了我们的行动，那你为什么要放纵老三？你应该知道，他才是最危险的敌人!"祁兵正色说道。

枪王点了下头，道："善恶终有报，只是时候未到。"

"我看，时候已经到了。"祁兵回道。

"匡军兄弟，我来问你一个问题，那三颗义齿在谁的手上?"枪王突然冒出这么一句。

祁兵一怔，看着枪王，嘴角一翘回道："韦兄，实话告诉你，它们在越南，就已经被毁掉了。至于老三拿到手后做了什么手脚，我们并不清楚。不过，即便他留了一手，那也是聪明反被聪明误，他什么都得不到。"

这时，段涛走了过来说道："队长，你看。"说着，他将GPS跟踪器拿到祁兵眼前。

祁兵一看，不禁握紧了手中的枪。

"车上还有一个包裹，我没有关闭电源。"段涛说道。

“巴特尔，你过来一下。”祁兵忙唤道。

巴特尔站起身来，走近祁兵，祁兵指着屏幕上慢慢移动的红点问道：“这个移动方向通向哪里？”

巴特尔低头抬眼比量着方位看了一会儿，说道：“往西北方向……那应该是古格王朝遗址，再往前，就是克什米尔边境了。”

“想越境逃跑？队长，我们绝不能放过他们！”段涛说道。

祁兵摇了摇头道：“白纸扇不会轻易放弃神山的。不过，我们必须赶在他们到达边境前除掉他们，以防他们重新纠集人马组织武装。”

“对！”段涛应道。

“可是……现在没有车子，怎么追啊？”巴特尔无措地问道。

祁兵看向枪王，道：“韦兄，你们不会是走过来的，车子停在何处？”

枪王回道：“你们不要再介入此事，会有人阻止他们的。”

祁兵皱起眉头，胸脯随着呼吸的加重也跟着起伏起来。突然，他大声道：“韦兄，我不管你究竟是代表谁在说话，我要告诉你的是，这整个事件是因我而起的。我个人被冤枉，受点伤算不得什么，可我的大哥被抓，现在生死不明。所以，我必须亲手惩罚这个危害社会的人渣。此等紧急情况，事不宜迟，否则，将贻误战机！”

枪王低下头来没有说话，似乎还在犹豫。

祁兵上前一步又道：“你我过去都是军人，也曾为这个国家出生入死。也许，你现在还是一名特殊战线上的人员。可你要知道，当我握枪的时候，我就是一名军人，为了确保神山不受破坏，维护国家的安全，我有责任和义务去做这件事！”

“轰隆隆……”这时，天际传来雷鸣声，阵阵骤风乍起。

枪王抬起头来，看着祁兵坚定的神情，默默地点了点头，然后抬腿带头朝白纸扇车子所在的方向走去。

第三十章 青藏高原——远古的极北之地

1. 被监视的人类

军管区禁闭室。

随着房门的开启，静静待在屋内的张崇斌侧头看去，只见上尉军官一个人走进屋子，他大声说道："张崇斌，出来一下。"

张崇斌观察着上尉的神情，停顿片刻后方起身随上尉走出房间，二人沿着同样的路线再次来到上午的会议室。此时，便衣男子和空军少校已端坐在会议桌前，上尉示意张崇斌坐在对面。

便衣男子盯看着张崇斌好一会儿，然后微微一笑，平静地说道："张崇斌，你是我见过的最特别的一个对手。"

"其实，我从来都不是你们的对手。"张崇斌回道。

便衣男子又道："你可知道，你和祁兵，都是危险人物。"

张崇斌想了下这话的意味，回道："人活在世上都不容易，危机无处不在，很多时候，身不由己。"

"说得不错。社会就是一张网，每个人都是这网上的一个节点，动其一点，就会牵动整张网。"便衣男子道。

"我是一个想凭自身本事干活吃饭的人，能耐和眼界也就局限在一个或几个节点上，看不到更多的节点，更看不透那布满空虚的整张网。所以，我做人做事的信条是：不求有功，但求无过，缘至命随，无愧良心。”

“顺其自然，随遇而安。呵呵，这可不是你的本性吧。”便衣男子又是一笑道。

“那要看怎么理解这个‘安’字了。对我而言，生与死，都是一样的，但不要误会，我并非消极厌世。如果一个人能够明白‘死也是种活法’，那他就会在热爱生命的同时，也会尊重死亡，从而真正能够做到内心安宁。我的兄弟祁兵，因为被误解而遭受通缉，拯救他是我的良心，这就是对生命的热爱。我个人遭遇挫折，甚至经历死亡威胁，我对此没有抱怨，因为我同样尊重死亡。而人的心愿，是可以穿透生与死的界限。我和我的兄弟祁兵的所作所为，无论面对生还是死，都无愧良心。”张崇斌慨言道。

便衣男子沉静了片刻，说道：“我的意思是，你们的调查工作已经触及非常危险的领域，作为一个民间机构，你们应该将精力放在公司的经营管理和收益上，不要贸然闯入一张看不透深浅的网中。”

张崇斌应声回道：“这位同志，你应该知道我最初为什么要开展这项调查工作的。难道说，祁兵的案子撤销了？政府已恢复了他的人身自由？”

“祁兵的问题，会另案处理。”说完，便衣男子看了眼身边的少校。

少校站起身来，一旁的上尉对张崇斌说道：“张崇斌，站起来！”

张崇斌应声站立起来，少校这时开口道：“张崇斌，你在藏区的行为触犯了我国《民用航空法》的有关规定。但鉴于事出有因，你本人主观上没有犯罪的故意，客观上也没有造成重大危害后果，且有一定立功表现。经本部研究，决定给予行政拘留两天的处罚。你在本军管区已被羁押两日，折抵处罚刚好期满。”说完，少校又对上尉说道：“将手铐打开，让他签字。”

上尉走上前将张崇斌手腕上的手铐打开，然后将一纸书面的《释放证明》放在桌面上。

张崇斌看着眼前的《释放证明》，手里捏起笔，却迟迟不肯落笔签字。

“为什么不签字？”站在身后的上尉问道。

张崇斌慢慢抬起头来，说道：“签字很容易，而且是恢复我人身自由的好事。可是，有些事情，在离开这里之前，我必须说明白。”

上尉看着少校和便衣男子，等候指示。

“你说吧。”便衣男子道。

“首先，我要说的是，祁兵不是杀人凶犯，他是被冤枉的。他的遭遇，可能是近代司法史上最离奇特殊的一桩案件。他过去是一名为了国家利益出生入死、屡立战功，且为国争夺过荣誉的优秀军人。同时，他也是和我从小一起长大情同手足的最好兄弟。如今，他蒙受奇冤，四处漂泊，有家不能归……可他，始终没有对政府、对处理这起案件的任何人抱怨过什么，他只是觉得自己很倒霉！他也没有自暴自弃，就此开始做伤天害理的事，更没有去寻求他曾保卫过的首长们的庇护！是的，他很要面子，我不说他人多么要强……从根源上说，这是因为他是清白的，他相信政府、相信办理此案的司法人员一定会还他个公道。可是，这个案子的特殊性质，我这个从事过法律工作的人很清楚，这绝不是一桩容易洗刷污点还之清白的案件。这个时候，我不去帮他一把，而只顾及着自己的公司，只想着去挣钱的话，那我还叫个人吗?”

张崇斌在说这番话的时候，情绪很激动，便衣男子、少校和上尉都默不作声地沉寂下来，只用专注的目光看着他……

张崇斌抹了下有些模糊的眼睛，努力平静下来，继续说道：“我要说的第二件事，就是我们在调查的过程中的发现。最初，我们的调查方向就是努力收集能够证明祁兵无罪的证据。可是，随着调查的深入，我们意外地发现，祁兵涉嫌故意伤害的那个死者，她的真正死因是与一个诡异的能量有关，而这个能量的背后，极有可能隐藏着一个可怕的危机!”

“可怕的危机?”少校不解地问道。

便衣男子身体前倾，眼睛一亮，问道：“这个危机，你指的是什么?”

“这个危机极有可能威胁着国家的安全，甚至是整个人类的生存安全。”张崇斌回道。

便衣男子、少校和上尉都不由得一惊：“请你把话说清楚些，这个危机究竟是什么?”便衣男子严肃地问道。

“还记得昨天，我和秦教授就那个麦田圈图案提到了‘潘多拉魔盒’和‘魔鬼撒旦’吗?”张崇斌反问道。

便衣男子道：“你说过‘潘多拉魔盒’与时空隧道有关，而‘魔鬼撒旦’是想得到和控制这个开启‘时空隧道’能量的某些人。你的这种言论，是基于大胆的想象，顶多算是自由开放的一种学术言论，但这些与你刚才所说的‘危机’，并非同一个概念，你凭什么如此危言耸听地说?”

“张崇斌，我希望你在回答这个问题时，最好不要扯出些荒诞的字眼，像这个魔鬼什么的。”少校在一旁补充道。

张崇斌沉默片刻，看着便衣男子和少校，同样以严肃的口吻说道：“不知道你们有没有过这样的感觉，我们所在的这个生存空间，我们人类……是被监视的。”

“我们被监视？被谁监视？”便衣男子问道。

“大到宇宙空间，小到我们地球的生存空间，甚至就在我们现在的房间里，我们都是被监视的对象。”张崇斌道。

“这是高度戒备的军管区，张崇斌，你胡说什么？”少校大声道。

张崇斌无奈地摇了下头，回道：“这个世界，在不同人的眼睛里，是不一样的。如果不是因为在调查过程中，我亲身经历了那些诡异的事件，我说不出刚才的那些话来。你们可知道，那个女尸所在的房间，在夜里，会‘闹鬼’吗？”

“‘闹鬼’？怎么又扯到‘鬼’上了？”少校说道。

“是啊，‘闹鬼’这种说法不科学也不严谨，这往往是不明真相的人对无法理解的现象的一种迷信说法。可是，那别墅在夜间确有异常的声响和物体莫名地自行移动现象，这种诡异现象与‘闹鬼’的传言相印证。在我看来，这就不是一起简单的迷信事件了，尤其这种诡异的现象与祁兵的命案，它们牵扯到了一起！”

少校和便衣男子面面相觑地对视了一下。

“关于这种诡异现象，我曾检索过相关的文献报告，发现这并非历史上从未出现过的特殊现象。而且，不少西方学者还对大量类似现象做过深入细致的研究分析，他们把这一现象统称为‘波尔代热斯’现象。”

“‘波尔代热斯’现象？”便衣男子不自觉地重复道。

“‘波尔代热斯’这个名词来自德文，它的意思是指在没有人为举动的情况下，物体自行移动或者房屋内莫名发出怪异的声音等不寻常的现象。甚至有人把这个名词与‘鬼魂’联系起来。”张崇斌解释道。

“会有这种事情？”少校质疑道。

“针对这种现象，研究的结论是什么？”便衣男子问道。

“专家研究分析的结论是：这种诡异现象的背后，有某种无形的能量在操控着作用对象，而被操控的对象中，就有‘人’。当‘人’被这个似乎具有思维或者说智能的诡异能量操控时，其所表现出来的行为，甚至内在的精神意志都将处于无法自控且旁人无法理喻的癫狂状态。这听起来很不可思议，但它却真实存在，相关的研究报告，我已从国外得到。不过遗憾的是，关于这个能量更深层的本质，目前并没有被揭示出来。我在看这些研究报告时，最令我震撼的感觉是：这个世界，极有可能存在着我们人类肉眼看不见的未知空间，而且，宇宙中还存在可能比人类更具高深智慧的特殊智能生命。”

2. 失落的地球上古文明

听完张崇斌的这个解释，所有的人都瞪大了眼睛。

张崇斌接着又道：“坦率地说，这种感觉一开始让我很难接受。因为我本人过去一直都相信人是万物之灵，只有我们人类才能够认识并有能力改造这个世界。可是……我现在才深刻地意识到，对于浩瀚深邃的宇宙，人类其实很渺小！我想，你们应该都知道十年前发生在贵阳，也就在那个别墅附近林区的‘空中怪车’事件吧？”

闻听此言，便衣男子身体不由得前倾，神色变得严肃起来。

“关于‘空中怪车’事件的性质，目前虽然众说纷纭。不过，我本人亲自去过实地调查勘验，也咨询过相关研究机构的专家，在诸多解释中，我倾向‘这是一起UFO事件’的定性结论。如果这真是一起UFO事件的话，以贵州一带特殊的地理位置，难道不应该引起我们的警惕吗？”

“你的意思，这个危机与UFO有关？”便衣男子拧眉问道。

“UFO?!”上校和上尉也惊觉起来。

“如果UFO仅仅是一种人类尚不了解的特殊自然现象，那它跟‘危机’就不搭界了。可是，经过调查，我发现，这UFO现象竟与失落的地球上古文明有着很不寻常的关联!”张崇斌神情严肃地说道。

“失落的上古文明？”便衣男子又是一问。

“那天，我在与乔主任的视频交流中，曾提到‘维曼纳’飞行器。这种远古飞行器在藏区的很多经典古籍中都有记载，我想这也是纳粹当年多次到藏区进行秘密考察的原因之一。他们认为，素质优秀的日耳曼人作为亚特兰蒂斯帝国神族后裔，他们的神族祖先就曾生活在藏区。”

“藏区怎么就成了那个神族的所在地？”便衣男子问道。

“坦率地说，回答这个问题，是需要超乎寻常的想象力和很大的勇气的。如果你们有耐心听我解释，我可以尝试地说说。”张崇斌回道。

“那你就说说吧。”便衣男子道。

“其实，所谓的亚特兰蒂斯神族，我想，应该就是地球上古时代的最后一期拥有高度物质文明的人类种族。关于亚特兰蒂斯帝国的传说，古希腊的文献中曾有记载。传说中，亚特兰蒂斯帝国就有类似 UFO 的飞行器，它所在的那片面积辽阔的大陆在距今 12000 年左右，因为突然遭受所谓的天谴，依我看，应该是天灾，在一天一夜间沉没于大西洋的海底。万年之久的历史，足以让当时人类创造的绝大多数辉煌的文明风纵尘扬、沉洲浮荒。不过，人类对于如此惨绝人寰的大灾难的记忆，应该不会轻易忘却，它会如基因般积淀在骨髓里，甚至化于不朽的灵魂中，这也正是世界各地各民族诸多古老神话传说中，都曾提及远古时代人类曾被一场可怕的大洪水近乎灭绝般地毁灭过的渊源。同时，我也发现，当今人类在认知事物方面，有个务实但也存在明显缺陷的习惯方式，那就是，人们只相信‘眼见为实’。还好，幸运的是，一些能够反映上古文明显著特征的遗迹至今还存在着，今天的人们仍可以亲眼目睹到。”

“这些遗迹至今还存在?”上尉问道。

“是的，譬如说埃及的金字塔。”张崇斌道。

“金字塔……呵呵，它和万里长城一样，确实是世界的一大奇迹。可那是古埃及人民为了修建法老之墓而建造的伟大工程，它的建造年代并没有那么久远。”便衣男子反驳道。

“您说的那是传统的教科书的说法。事实上，根据最新的研究发现，在古埃及法老制王朝成立之前，金字塔就已经存在了。而且，后期人们进入大金字塔墓室后，并没有发现任何法老的遗骸。所以，金字塔是法老墓穴之说已渐被学术界否定。而且，有人通过深入研究金字塔前方那个巨大狮身人面雕像的水浸风蚀痕迹，推断出它存在的时间已近万年。这个时间跨度，已是超越当前主流认为的人类文明只有六千多年的进化历程。此外，金字塔这种奇特的建筑不仅仅在埃及存在，事实上，在大洋彼岸的中、南美洲，甚至在海洋深处，人们也已发现这种建筑，这又如何解释?”

“没错，古代巨石建筑现象是比较普遍。”便衣男子道。

“金字塔之所以被今人看作奇迹，不仅仅是因为它宏伟的规模，在我看来，更是因为这种建筑本身所蕴含的神奇高深的科技文明。说句不客气的话，埃及最大的那个金字塔，若让当今科技最发达的国家集中所有的人力物力，再去照葫芦画瓢地造出一个，我想这恐怕也会是个极难完成的工程。那么试想一下，远古的人类，如果真如那些教科书所写的都是些茹毛饮血，连基本的生存都没有保障的原始人，这种远古文明遗迹的存在岂不是最荒唐的逻辑和谎言？可是，现实中，它却一直矗立在我们每个人的眼前！”

听了这番话，便衣男子不由得陷入沉思中……

3. 极北之地

稍作停顿，张崇斌接着道：“如果我们再解放一下思想，先假设人类上古确实存在过高度的物质文明，也存在那个亚特兰蒂斯帝国。那么，在这个帝国即将被海水吞灭的时刻，我想这个帝国的人民一定会有一些人远走逃命。试问，这些人如果要逃，在当时，可能是整个地球大部分的陆地都将被罕见的大水淹没的时候，他们应该往哪里逃生？”

“你的意思……在那个时期，一些幸存的亚特兰蒂斯人来到了这青藏高原？”便衣男子道。

张崇斌回道：“根据我国地质研究报告，青藏高原的高度早在距今 100 万年前左右，就达到了 3500 米，而在 15 万年前就已接近现在的高度，成为‘地球之巅’。如此，即便历史上曾经有过一场洪峰达上千米的水患天灾，青藏高原地区，特别是高原之上群峰连绵的雄伟山脉，将不会被洪水吞没。因此，我们可以想象，这片看似荒芜绝尘的高原大地，很可能正是本次人类文明的源头和发祥地。”

“远古的历史，是有很多未知的秘密。不过，高度达上千米的洪水……这听起来，太悬乎了！张崇斌，你的想象确实够丰富、够大胆。”少校睁大了眼睛说道。

张崇斌笑了笑道：“《山海经》《易经》还有《淮南子》这类古籍，不知道你们看过没有？”

“你提这个，什么意思？”便衣男子问道。

这时，张崇斌站起身来，指着贴靠在墙边的一块写字板说道：“可否允许我画个图？”

便衣男子和少校点了点头。

于是，张崇斌走到画板前，拿起一支笔在画板上按照上南、下北、右西、左东标出四个方位，然后，在西北方位画上一排排连绵起伏的大三角形；在相对的东南方位，则画上低势矮小的三角形，最后又用三道高低不一的黑粗横线将两个方位的图形上下依次分隔开。画完，他转过身来，说道："这个图的方位，与我们今天的地图标示的方位刚好相反，但这却是我国古代地图方位标注的习惯方式。二者之间并没有本质上的矛盾，只要我们将图转动一百八十度就恢复到我们现代的方位习惯。这里，我需要先说明的是，这些三角形，是代表高出地面的山脉和山峰，而这三道黑粗横线，是代表高度不一的水位线。我画的这图，很简单直白，但容易说明问题。这幅图，可以简明地将《山海经》《易经》和《淮南子》这些古籍中所记载的一些东西联系起来，我的观点也可以从中找到根源和依据。"

众人不语，等待着张崇斌说下去……

显然，张崇斌的这种特别表述方式再次引起了他们的关注。此刻，张崇斌心里很清楚，这绝不是一个生活在当代的人用语言就能轻易表述透彻的话题。曾经夜读这些古籍经典，虽然不时会有阵阵心领神会的惬意，但又总有看不透的迷障，迷茫之中，似有一点光亮在前方指引着自己，顺着这光，张崇斌曾不断摸索追寻着……此时此刻，他感觉到体内有股热力在激荡，直冲颅顶……一时间，身心通透的感觉令他一振，张崇斌抬起手一指画图上那突起在最高的黑粗横线之上，西北方位连绵起伏的山峰群，说道："这就是《山海经》和《易经》的源头！"

"山峰……洪水……群山……海水……《山海经》。"便衣男子自言自语道，似有感悟。

"如果水位上升到这个位置，那么地球高原之上的地理景观将与今天的大不相同，生活在高山上的人眼里的世界就会是这一列列'金字塔'式的山峰和填充群山周边的河道汪洋。而我国先秦古籍《山海经》这部奇书，其内容不仅仅是对洪荒时代地理风物面貌的记载，其实它的名字本身还蕴藏着一个远古的秘密，而这个秘密正与我国另一部上古奇书《易经》有着隐秘的关联。其实《山海经》这部书，今天我们能够看到的是按十八卷，分'山经''海经''大荒经'篇章划分的文字版本，而原始的《山海经》是有图有文字的，共三十二卷。"熟悉古老经典的张崇斌娓娓道来。

"《周易》与《山海经》也有隐秘关联?"少校不禁插话问道。

"确切地说，不是《周易》，而是《连山易》与《山海经》的关系非同一般，看透这个关系，也许就会明白中华历史文明的演化规律。"说完，张崇斌转身在画板上又写上了两个汉字："艮""兑"。

"艮、兑……这好像是周易八卦的卦名。"便衣男子说道。

“没错，这两个字正是取自《周易》八个卦名乾、兑、离、震、巽、坎、艮、坤其中的两个。‘艮’在八卦中代表‘高山’；‘兑’则是‘海洋、河流’。这里需要事先说明的是，现在很多人一提到《易经》就把它等同于《周易》。其实不然。《周易》是距今3000多年的周式《易经》版本，是由周王朝的开创者文王根据以前的《易经》文本，再凭借其超凡智慧和重天命轻鬼神的变革立意完成的作品。而在《周易》之前，还有《归藏易》，再之前，就是《连山易》。遗憾的是，由于年代久远，据说出自黄帝时期的《归藏易》和神农时期的《连山易》如今都已失传。不过，此三易皆根于伏羲所创八卦之本源，《周礼·春官宗伯》有这么句话：大卜掌三易之法，一曰连山，二曰归藏，三曰周易，其经卦皆八，其别皆六十有四。这就是说，在周朝的时候，有人不仅见过而且还掌握了运用此三易进行占卜的法术。由此可见，此三易虽然渊源甚远，直抵上古时期，但它们却都已各自完成尊起卑落的推演之序。现代人们看见的《易经》八卦排序是以‘乾’卦为首，‘坤’卦为尾。人们研究《易经》发现，这六十四卦的排序其实是很有讲究的，起首卦往往‘位尊受崇’，以‘乾坤’为首尾的先天卦序，既是一种天地定位结构，同时也表达了天尊地卑的思想。而我写上‘艮’‘兑’这两个卦名是因为，《连山易》的卦序正是以‘艮’为起首卦，‘兑’为尾卦。此外，再请各位注意，在先天卦序中，‘艮’所在方位正是西北，‘兑’的方位是东南。对应地理方位来看，青藏高原地处西北，而东南则是低洼之地直延至太平洋。说到这里，我要再说说《淮南子·天文训》里的一段记载，这部古籍曾对上古时代的天地变迁有过这样的描述：昔者共工与颛顼争为帝，怒而触不周之山，天柱折，地维绝。天倾西北，故日月星辰移焉；地不满东南，故水潦尘埃归焉。这段话里提到的共工与颛顼，还有那个不周之山也是来源于《山海经》。今天，我们先不枉自猜测这超乎寻常人理解范围的共工为了争帝最后去撞不周山究竟是怎么回事，但‘天倾西北，故日月星辰移焉；地不满东南，故水潦尘埃归焉’这种不带感情色彩的对天地突变后的场景的客观描述难道也是无稽之谈吗？我们先来发挥一下空间立体思维，看看这‘天倾西北，故日月星辰移焉’究竟是种怎样的景观……”

“天向西北方向倾斜，日月星辰都移动了位置……什么力量能让整个天空倾斜？这怎么可能？”上尉忍不住道。

张崇斌道：“所以，我说要发挥一下空间立体思维去想象。其实，天并没有倾斜，地也没有陷进坑中。事实上，这段古老文字很精妙地描述了地球上的人对大尺度空间相对运动的一种视觉感受。试想，如果我们现在抬起头来突然发现天空的星辰整体向西北方向移动，我想，大家除了震惊之外，如果我们的眼睛顺着星空移动的轨迹寻其源头，一定还会看见脚下大地的地平线处不断地冒出冉冉升起的星辰，而那个方向必定是东南方。相对的感觉，就是大地同时在朝东南方向下陷……而这种天与地之间相对运动的产生，绝不会是两股分别拨天踏地的巨大力量造成的！"

"那会是什么原因造成的？"上尉忙又问道。

"难道是地球磁极倒转？"少校开口道。

面对少校疑惑的目光，张崇斌轻轻地摇了摇头，道："深层次的原因，恐怕不是那么简单，地球磁极倒转只是一种附随效应，而且，不会是一百八十度的倒转。"

"嗯，如果日月星辰空间位移在视角上是倾斜的，那的确不会是一百八十度的倒转。"少校点了点头，紧接着又道，"这么说，难道是地球自转轴发生了偏移？"

"是的，一定是地球自转轴在远古时代发生了罕见的偏移现象，而且是在很短的时间内完成的。"张崇斌回道。

"自转轴快速偏移？于是引发了洪水海啸？"上尉惊叹道。

"没错！惯性力巨大的地球自转一旦运动轨迹出现大的波动或改变，地势低洼的陆地势必会被高达上千米的洪峰席卷吞没，这对地面上的生灵来说，是灭顶之灾，而这场灾难就发生在12000年前左右。"张崇斌回道。

"这样去解释世界各地传说的远古大洪水的来由，似乎也有些道理。虽然古地磁曾经有过倒转是有科学研究论证的结论，可地球大规模的地动变迁，这应该是种猜想，好像还没有得到科学论证。我只记得科学上有大陆漂移学说和地壳变动说。"便衣男子道。

"您说的那是魏格纳的大陆漂移学说和哈普古德的地壳变动说。没错，它们是一种科学学说。不过，在我看来，它们是用来描述地壳板块长时间渐变的学说。可是，我们也应该知道，事物运动的方式，除了有相对平稳的渐变，同时还有激烈的突变，就如同有量变，还有质变的道理。甚至有时候这两种运动方式还会叠加呈现共同作用。现在，我请诸位再来设想这样一种景象：假如远古时代地球自转轴的北极端曾在这青藏高原某处，而且地球绕轴自转的运动轨迹仍旧是以目前从北极上空看到的逆时针转动，突然有一天，因为某种原因的触动，整个地球沿着翻转运动阻力最小的经度纵向翻动起来，于是地磁场在一段时间内完全紊乱，但在地球自转运动的巨大惯性下，快速做完翻动运动的地球又逐渐恢复了相对平稳的自转，只是自转轴已发生了偏移，方向是，从这青藏高原移向当前的地球北极。”说到这里，张崇斌停顿下来。

“翻转和自转运动叠加……”上尉拧紧眉头自言自语着，少校闻声转头看了旁边的上尉一眼。上尉回过神来，倾身贴近少校耳语了几句，然后迅速翻开做记录的本子，在空白的一页中间用钢笔先画了一个圆点，在其正上端又画一圆点，再用一条箭头朝下的竖直线将这两个圆点贯穿，然后再从上圆点处起笔开始不断地逆时针画着一串半径逐渐放大的圆圈，直到最外层的圆圈碰上中间的圆点时，再次起笔画了一条穿过这个外圈圆点箭头朝右横切外圆的直线，最后在这两条箭头分别向下和向右的线相交构成的夹角平分处画上一条贯穿整个页面呈近四十五度倾斜角度的粗直线，并在线段斜上的一端写下“西北”两字。

少校将这本子拿到眼前看了看，又将本子递给了便衣男子。便衣男子端详一番，再次抬起头来，目光已不再是咄咄逼人。

依仗自己的眼力不错，张崇斌站在远端，上尉所画的图他看得清楚，于是他接着道：“‘天倾西北，地陷东南’若真是古人看见过的天地之象，那必然是经历了一场罕见的地球翻转突变和自转轴同时偏移这两种相叠加的地动巨变。承认这种巨变不是古人凭空想象，而是史实的话，那远古的很多传说记载和今日的地貌形态就很容易解释了。”

“比如说……”便衣男子道。

“就拿这与青藏高原毗邻，同样有着悠久历史文明的印度来说，它的一篇古老经文中有这么一段记载：一年只升起一次的太阳，落下后神明保管半年。此外，该国的一部被联合国教科文组织称为世界最古老的经典《吠陀经》，其诗篇部《梨俱吠陀》中有不少赞美‘曙光’的诗歌，多次提及这‘曙光’一直停留在地平线上，发出光亮，有时候从看见‘曙光’起到看见太阳露出，需要花几天的时间。过去很多人读到这些晦涩难懂的描述，就会认为这些不过是古人基于想象的神话传说，不过，如果我们相信过去的一段时期，地球的北极之地就在这青藏高原之上，那么结合极地所特有的极光和半年黑夜半年白昼的天象特征，回头来看这诗歌是不是就容易理解了呢？”

“难道青藏高原真的曾是北极之地？”上尉不禁惊叹道。

“印度是四大文明古国之一，一些古老经典也许记载的是其他地域范围的自然现象。”便衣男子说道。

张崇斌回道："一切皆有可能。印度作为一个古老的宗教国家，灵性思想渗透了印度文化的各方面，在印度传统文化中，这《吠陀经》是备受尊崇，此经典也被称为《天启经》，因为在印度人看来，该经典中充满了有关宇宙的神秘知识，'吠陀'这个词本身具有知识、智慧和看到真理的含义，可以说如今印度的各种哲学和宗教思想都能从该经典中找到根源和启示。不过，据说这部经典最早是印度的雅利安人的宗教经典。"

"雅利安人?"便衣男子眉头一扬。

"对，是雅利安人。"张崇斌回道。

"这么说，雅利安人的祖先确实是在印度了?"便衣男子追问道。

"不是的。根据古印度文献记载，那支生活在印度的雅利安人是在公元前2000年左右通过武力入侵到印度的外来种族。其实，'雅利安人'这个人种称谓历史上很早就有了，也因为该人种在世界范围内分布很广，据说欧、亚、非诸洲都有其活动痕迹，所以人们也将雅利安人作为印欧诸民族的总称，只是后期因为希特勒对该人种情有独钟另眼相待后，'雅利安人'一下子成了敏感的词汇。话说回来，印度的这支'雅利安人'当年究竟是从何方迁入印度的，学术上有多种说法，但目前并没有定论。至于希特勒为什么会相信雅利安人是地球上最优秀的人种，并派遣考察队郑重其事地到西藏去寻找'雅利安人'的祖先，却并非毫无来由的胡闹之举，这种行为的背后恰恰是从另一个角度说明了远古的这场天地巨变确实发生过。"

众人顿时个个神情专注，睁大了眼睛……

张崇斌接着道："说起来，希特勒这个人，在欧洲历史学家眼里，他也算得上是个博览杂书的文化人，其对欧洲古老神话传说很感兴趣也很神往。而在古希腊的神话中，总提到遥远的北方有一个'极北之地'，那里存在着一个国家，国民是净土之人，都具有超自然的力量，后来为了躲避某种灾祸而隐藏起来。希特勒早年曾接触过的一个叫'日耳曼古典研究会'的隐秘社团，它就是后期被纳粹集团收编的'遒力会'，而这个会的名字直译的话，就是'极北社团'。显然，当年能将北欧神话中象征宇宙之轴周围通天引力的'卐'符号倒转过来作为纳粹集团党徽的希特勒一定是对这个同样神秘的'极北之地'推崇备至。事实也是如此，希特勒认为最纯净的雅利安人种就来自'极北之地'，那就是他们的神族祖先所在之地。说到这里，我们会发现，'极北之地'与远古的神明联系起来了。"

"'极北之地'不就是北极吗?如果青藏高原在远古时期真的曾经是地球的北

极，纳粹派出考察队来西藏……难道，他们发现了这个天地巨变的秘密！”上尉突然问道。

张崇斌没有马上回答这个问题，而是走到摆放着归还给他的私人物品桌前，拿起心形锦包，从中抽出一张纸条，按照上面的文字读了起来：“天地唯西北高，东南低。以风水论，是右边白虎，太极盛矣。是以圣贤求道神明育德西北一边，以山高耸秀，出于天外故也。”读完，他走过去将纸条放到便衣男子的桌前，道：“这也是一个有力的证据。”

便衣男子拿起纸条，看了起来……

“这张纸条也是那位大隐于市的老者留给我的。”张崇斌补充一句。

便衣男子默默地点了下头，没有再说什么，然后把纸条交还给张崇斌。

“今天说了很多，很感谢你们能给我这个机会，让我把内心的很多想法说了出来。”说完，张崇斌回到座位，拿起笔在《释放证明》上签下名字。

便衣男子这时走到张崇斌身边，问道：“张崇斌，离开这里，你准备去哪儿?”

“回神山。”张崇斌平静地回道。

便衣男子直视张崇斌的眼睛没有马上说话，沉静片刻，才开口道：“我劝你还是回 N 市吧。你应该清楚，尊重和保护当地的宗教信仰是国家的政策，神山是不允许任何人攀登的，你去了也只能够在外围转山。”

便衣男子的这个反应，张崇斌并没有感到意外。不过，他坚信，只要是自己想做的，就一定能办到！于是，张崇斌回道：“请您放心，再去神山，我不会去登顶神山，也绝不会在公众场合做出任何违法和冒犯宗教禁忌的行为。”

“神山你都已经去过，还惹了那么多事，为什么还要去?”少校问道。

张崇斌看着少校，道：“去寻找我要的东西。还记得我曾说过，复活的魔鬼撒旦吗?”

“想得到开启‘时空隧道’能量的人。”上尉跟上一句。

张崇斌说道：“我这就离开，但走之前，我想重申，请你们重视我说过的那个可能威胁国家安全的危机。还有，请你们一并对祁兵和唐凯的案件审慎处理，他们都是对国家和社会没有任何威胁的公民。而我的调查工作，非常需要他们的协助，如果可能，希望政府能给我们足够的活动空间和信任，哪怕是‘戴罪立功’，我希望我们能够尽自己的所能，协助政府抢在‘魔鬼撒旦’的前面找到那个控制开启‘时空隧道’的能量源。”

第三十一章　罪有应得

1. 札达土林

阿里札达县境。

7 月 1 日的凌晨时分，夜雨蒙蒙，黑幕下一辆上下颠簸左扭右拐像醉汉般行进的越野车在穿过了一片荒滩戈壁后，顺着一条下行的坡道驶去，继续向前行进了大约 3 公里，车子的速度突然放慢下来。

“这……这是什么地方?”借着汽车灯光，白纸扇透过车窗睁大了眼睛向外望去，朦胧中，但见前方似横列一排壁垒森严的碉楼，眨眨眼睛再看，似乎又像是一个个高矮不平的宫殿古堡。

“已经到了札达，前面那些东西是土林。”白纸扇身后的暴徒说道。

“土林? 这一个个窟窿也能叫作个林? 我想知道，此地离边境还有多远?”白纸扇不耐烦地问道。

“老大，再往前就是古格，到了古格，南面和北面都有边境的通道，那边有很多自家兄弟。”说着，这个暴徒拿起手中的对讲机开始试着呼叫。

“很好!”白纸扇的眼睛又眯缝起来，他脚下一踩油门，车子“噌”地向前蹿去……

此时，距离白纸扇车子大约 10 公里远，另一辆越野车正疾驰追来。车上，祁兵眼睛盯向前方，两手紧握着方向盘，巴特尔坐在旁边不断地提示前方路况，枪王和段涛坐在后面，段涛不时地看着 GPS 跟踪器显示屏上那个移动的光点。

“又接近了 5 公里。”段涛说道。

“巴特尔，照这个速度，我们能否在他们抵达边境前追上去?”祁兵问道。

巴特尔挠了挠头，有些犹豫地说道：“这一带……我也没来过，要到了札达土林，才好知道。”

枪王没有说话，只是将一长条弹夹拿出来，先用嘴对它吹了口气，然后，将弹夹里的子弹一颗颗推出来，一共 4 颗子弹。枪王将每一颗子弹都用身上的羽绒服内面擦拭过后，重新装进弹夹。

“就剩这么几发?”段涛看着这明显大于一般手枪的弹夹不解地问道。

枪王只是微微一笑，没有回答。

“射击的手感很重要，段涛，以后你要学习学习‘修风’。”祁兵扫了眼后视镜后说道。

段涛这才恍然点了点头，可当他再次低头看向 GPS 跟踪器时，不禁惊叫道：“队长不好，光点不见了!”

“什么?!”祁兵突然猛地一踩刹车，车子顿时停住。

段涛稳住身子，忙将 GPS 跟踪器拿到祁兵眼前，只见屏幕上一片墨绿色。

祁兵牙关紧咬、眉头深锁，默默转过身来，眼睛凝望着灰蒙蒙的前方。沉静片刻，车子突然再次启动，以更快的速度向前冲去。

大约开出 5 分钟，一直紧张不已的巴特尔瞪大着眼睛突然用手指向前方，与此同时，只听“咔嚓”一声，枪王将弹夹推进枪柄，然后迅速抬起手臂。

只见前方 300 米处突然出现几道光柱朝这边照射过来，其间，这几道光或暗或亮地闪耀起来。

“那……那是车灯!”巴特尔半张着嘴惊喊道。

“一、二……共四道光柱! 队长，那不是一辆车?”段涛倾身前望，当他看清光柱来源时，也不禁大吃一惊。祁兵脚下踏着“刹车”，车速明显放慢下来。

“韦兄，这是怎么回事?”祁兵问道。

枪王没有回话，只是皱着眉头，手臂依旧平端着，黑黑的枪口指向前方。

“是敌人的增援!”祁兵话音落下的同时，只听“嘎”的一声，车子急停住。

且说白纸扇在古堡幻城一般的土林地带一路逃窜，当越野车又驶向一道上行土坡时，整个车子就如一头疲惫的闷牛长鸣嘶嚎着但速度却提不起来了，白纸扇狠跺着脚，几次将“油门”踩到底，可车子再没有了冲劲。情急之下，白纸扇忙用手来回擦拭了两下仪表盘，然后眯缝着眼睛仔细看了看油表指示盘，这才发现油箱没油了。白纸扇顿时瘫软地伏在方向盘上，张着嘴大口喘着气……突然，他抬起头转过身来，大力踹开侧门，跳下车，顶着雨水，他绕道来到车的后面，启开后备厢开始四处寻找装油的桶子。油桶没有找到，但他却在登山器具包裹里意外地发现了那个时闪时灭的GPS定位信号发射器。这一刻，白纸扇就像一片经不住风雨吹打的凋零枯叶，在阴湿的黑暗中浑身上下颤动摇摆起来，伴着脸上扭曲的表情，他一把将信号发射器生拉硬拽地扯下，然后使劲地摔在地上，再用脚狠狠踩去。

这时，车上的那个暴徒拿着对讲机，脑袋探出窗外冲白纸扇兴奋地大声喊道：“老大……联系上了，咱们的兄弟正朝这边赶来!”

听到这个消息，白纸扇猛然收住狂乱舞动的手脚，他眯缝着眼睛，一动不动，只是死死地盯着这个身边唯一的手下。

正当这个被盯得发毛的暴徒茫然无措时，白纸扇突然仰头朝天“哈哈”大笑两声道：“天无绝人之路啊，既然老天不收我命，看谁敢跟我斗！哈哈……”顿时，幽暗中传来阵阵狂笑的回响，使得荒凉空旷的土林宛如游魂乍醒夜鬼出没。白纸扇悚然一惊，立即收住口，他似乎警觉到某种危险潜伏，身体不由得又团缩起来，两只竭力睁大的眼珠子朝四下来回巡视着。

“此地不可驻留，我们去那边。”察看过后，白纸扇一手抓紧了斜挎在肩头的冲锋枪，一手拿着一个没有启开电源的手电筒带头朝远处一方高耸的土坡走去。身后，拿着对讲机的暴徒赶忙跟随。

待二人气喘吁吁爬上了土坡，面前又出现一道近乎垂直的坡壁，这大约5米高的坡壁下方是一个个看不到尽头的黑乎乎的洞口。白纸扇看着眼前的洞口，耳郭不时地收缩着，他放缓脚步，身体慢慢朝其中的一个洞口靠近……突然，他听见了什么声音，不过这声音不是来自面前的洞穴，猛一转身，只见远处低洼地带有几个亮点正不断地晃动着、移动着。

“老大，弟兄们赶到了，他们是来接我们的!”一旁的暴徒指着那点点摇曳不断移近的光亮兴奋地叫嚷起来。

白纸扇浑身一震，顿时，他两眼放光挺直了身板，一股电流穿身般的激荡心潮让他有了就地狂舞一番的冲动，他不禁激动地跷着脚、举起拿着电筒的手臂，正当他准备朝光亮处打信号时，突然整个人又僵住了。

“怎么回事，那边怎么也有灯光？”当白纸扇看见来时经过的路段处也出现了光亮时，不禁大声地向身边的暴徒嚷道。

“这……老大，那……也是赶来接我们的兄弟吧？”暴徒磕磕绊绊地回道。

“老大，快给他们发信号吧！”那暴徒有些迫不及待。

“你给我闭嘴！蠢货，其中有一伙是来对付我们的！你若暴露目标，老子就先拿你开刀！”白纸扇一边将枪口指向暴徒，一边恶狠狠地说道。

暴徒顿时浑身上下像筛糠似的颤抖个不停，张大着嘴却说不出话来。

“去！你现在赶快给我搞清楚，究竟哪一边是自己人。”白纸扇踹了暴徒屁股一脚，自己一猫腰朝洞穴钻去……

2. 自掘的坟墓

祁兵这边将车子停顿下来，与此同时，他抓起斜放在座位一侧的冲锋枪，低声发出指令道：“做好战斗准备！”

段涛闻声，迅即端起身边的冲锋枪，巴特尔则紧紧扣握住怀中的藏刀。这时，对面的光亮突然全部消失。

“赶快撤离！疏散开！”祁兵和枪王同时喊道。随着车门弹开，众人迅即跳出车外，快速朝一侧跑去，在距离车子大约30米，祁兵和枪王几乎同时就地卧倒在地。

“队长，我们该怎么做？”跟上来的段涛靠近祁兵小声地问道。

祁兵没有说话，眼睛看向枪王……枪王和祁兵对视一眼，道：“再观察看看……”

枪王的话还没有说完，但见远处光亮消失之处突然冒出一团火球，这火球中飞窜出一道耀眼的亮线直射向越野车，“轰”的一声巨响，祁兵他们刚才跳离的车子顷刻之间化作一团向四周飞散的巨大火球！

“果然是敌人！”段涛叫出声来。

“啪！嗒嗒嗒……”枪王和祁兵手中的枪同时开了火，远处火球冒出的地方应声传来了几声惨叫。

“立即离开原地，段涛保护好巴特尔。”祁兵说完，一抱枪身体迅速滚向一边，然后快速地向前方匍匐而去。

枪王则滚向另一边，潜伏下来。

段涛左右看了看，正当他准备追随祁兵而去时，一回头，他看见了正半蹲在原地怔神发呆的巴特尔，段涛紧咬着嘴唇，拳头往地上狠劲一捶，然后一转身抓住巴特尔的胳膊拖着他朝一片低洼地带滚爬去。

这个时候，前方幽暗地带突然从几个方位同时冒出数道火舌，顿时，枪声大作。

潜伏在洞穴中的白纸扇听到外边枪声乍起的这番热闹，禁不住来到洞口向外探头观望。这回，他看见尾随而来的路上，一辆破碎的车体正燃烧着熊熊的火焰，而另一边是数道交叉喷射的火舌。黑暗中，白纸扇的嘴角不由得翘起，一直眯缝着的眼睛贼光闪现露出不常见的眼白。得意之间，他举起手中的手电筒，开始向火舌喷射的地方一明一暗地打起了信号。

伏卧在草地上的祁兵猛地侧转头，望向远处山坡上冒出的一闪一闪的光亮，一惊之余，他立即判断出白纸扇极可能就在那山坡之上。此时，前方的一辆越野车发动起来，直奔信号发出的方向奔驰而去。

祁兵的眼睛紧紧盯着山坡，心急如焚。发出光亮的光源距离超出了冲锋枪有效射程，可他却无法挺身追击，因为前去的路已被一道道密集交叉的火舌给封住了。

怒火中烧的祁兵转过头来，迎着几乎是擦着头皮飞过的枪弹，他端起手中的冲锋枪，将枪口对准了前方正在喷火的位置。就在这时，他那正要扣动扳机的手臂被一只有力的手按住，祁兵侧头一看，是枪王！不知何时，枪王也已潜伏到此。

“兄弟，我来掩护你。”枪王说罢，就地向另一侧滚去，紧接着，枪王手中的枪响了，一道笔直的红线喷射出去，随着一声惨叫，前方的数道火舌顿时改变方向，集中射向枪王掩身之处。

见前进的道路没有了障碍，祁兵立即曲身提枪向山坡方向快速奔去。

站在洞口的白纸扇看清楚一辆越野车正朝自己这边驶来，内心难以形容的悸动让他一下子从洞口跳出，他将手电扔给身边喜极而泣的暴徒，让这个家伙继续发信号引路，他自己则手脚并用地溜下山坡，没走出多远，突然，一个熟悉的枪声令他原地定住！（正是枪王掩护祁兵发出的一枪。）

“难道是枪王？他还活着?!”白纸扇一时脑子转不过劲来，不过，这枪声却让他冷静了许多，惊吓之中，他本能地迎着前来的越野车踉跄地奔跑而去。

不断靠近山坡的祁兵在快速行进中，看见山坡上那个发出信号的亮光开始迎向越野车并不断地接近，在感觉已进入有效射程时，祁兵迅速收住脚步，原地半蹲着身子端起冲锋枪分别对准前方近200米距离的两个移动的目标连续扣动了两下扳机：第一个目标——发出信号的移动物；第二目标——越野车的轮胎。

“嗒嗒嗒……嗒嗒嗒!”随着连续两串枪声乍响，正在狂跑着的白纸扇就感觉一串亮点贴着自己的头皮飞了过去，紧接着他身后传来“扑通”一声，白纸扇忙回头一看，只见跟随自己的那个暴徒连叫都没来得及叫出一声就已被击毙，如破碎西瓜般的脑袋旁边，那只手电也熄光摔碎。转头再看，前面的越野车突然也七扭八歪地降下了行驶速度，这番变故令白纸扇浑身顿冒冷汗。

驶向山坡这边的越野车又勉强晃跑出二十几米远，最终停了下来。车子在原地静驻了一会儿，突然两侧车门同时弹开，两名暴徒从车里面分别跳下，左侧驾驶室这边的暴徒脚刚着地，就见一道火舌从一处黑暗的草丛中飞出来直接钻进他的躯体，紧随其后的则是一声枪响，这名暴徒应声倒地。

眼前的这一幕彻底惊醒了刚才还有些惊慌无措的白纸扇，他明白过来了，这一串串索命的子弹定是匡军送来的！此刻，白纸扇想起张崇斌在越南曾对他说过：匡军曾是中国特种兵中的精英；闪念之间，他眼前又出现拳台之上，“狂龙”PK（挑战；对决）“地狱屠夫”的绝地反击；戈壁滩上，匡军与枪王决斗时开枪互射后的神奇一幕。“自己面对的对手分明就是个打不死的‘战神’啊!”想到这些，白纸扇已是无心恋战完全丧失斗志，他掉过头去，连滚带爬没命地又朝刚才下来的山坡跑去……

祁兵观察到刚才前面还有一个跳车暴徒就隐匿在越野车附近，同时，他也隐约感觉到似乎还有一个“活物”在往远处的山坡上移动，但他不确定那会不会就是白纸扇。眼下，他需要先把前面的这个“障碍”除掉。于是，祁兵匍匐在地上，慢慢地向越野车逼近。在距离不到 20 米的时候，祁兵飞快地将手中捡拾到的一块石头朝越野车方向抛去，“嘭”的一声，石头砸中了车身，紧接着，车头右侧冒出一道亮光，一阵急促的枪声随即跟来，“叭!”这期间突然又冒出一声清脆的枪声，祁兵前方急促的枪声顿时戛然而止。

几乎在这同一时间，祁兵腾地跃起身来，提着枪继续飞速朝远处的山坡奔去。

白纸扇又回到了洞穴中，现在没有了手电照明，他眼前是一片伸手不见五指的漆黑。白纸扇一边哆哆嗦嗦地向洞穴深处摸索走去，一边用手寻摸着口袋里的打火机，突然，他脚下踏空，整个人“扑通”一声跌滚进一个凹陷的地坑中，顿时，坑底四处冒出来点点忽隐忽现的蓝色光亮，转瞬间，蓝光又无声消散。白纸扇这一下虽然灰头土脸地摔个不轻，但并没有伤筋动骨，原来这个地坑只有不到 10 米深，且地坑不是垂直向下，底部也不是坚硬的石头地面。以为自己刚才是摔得眼冒金星而惊魂未定的白纸扇这会儿两手胡乱摸着身下和四周，感觉到处都是一堆堆犹如枯树枝和碎布似的堆积物，他一时猜不出这些究竟是什么东西。不过，躺卧在这堆积物上而没有受到严重的创伤，他开始有些庆幸自己的大难不死了，只是，一股愈来愈浓烈的腐臭气味自身下冲鼻而来，这让白纸扇的胃搅动起来，本来惊吓就出了一身身的冷汗，现在再加上这股异味袭来，一股来自胃肠的酸苦液体涌上他的嗓子眼，“哇……”白纸扇的嘴角一阵痉挛抽搐，堆积在口腔里的温热秽物顿时喷吐出来……顶住又一阵的恶心劲，白纸扇终于从衣服内侧的口袋里掏出个打火机来，此时，他努力平静了一下，侧耳倾听着地坑上面是否有动静……在感觉没有异常声音后，他右手哆嗦着拨拉着打火机，前两次没有打着，第三次，“噗”的一声，白纸扇的眼前忽地跳出了一朵黄蓝相间的火苗，借着这点光亮，白纸扇伸出拿着火机的胳膊向身下看去……“啊！”白纸扇猛然跳了起来，嘴里发出一声如同见了鬼一般的破魂惊叫。

祁兵在追踪行进中，于半山坡处发现了第一个被击毙的目标，经过辨认，他确认了那不是白纸扇。于是，祁兵拿出当年潜伏抓“舌头”的功夫，保持高度警觉的同时，行动轻敏地继续向目标摸索而去……当他接近一道岩壁看见前面出现一排大小不一的黝黑洞穴时，立即停止了行动。

“白纸扇一定就隐藏在洞穴里！”祁兵很有把握地做出这个判断，但这个狡猾的家伙究竟会在哪个洞穴里，他一时无法断定。于是祁兵原地不动保持着静默，只用一双锐利的眼睛仔细观察着每个洞口的周边情况。

突然，祁兵听到一个洞穴里传来了一声令人毛骨悚然的怪叫，不禁也是一惊，“这是什么东西发出的声音？难道是白纸扇？怎么不像是人发出来的声音呢？”正在琢磨之际，紧接着，从洞穴里又传来了一声声的惊叫……

这回，祁兵判断出发出这种声音的东西还是人，只不过，那是极度恐惧中被吓破了胆的人发出的惊叫。做出这个判断后，祁兵迅速来到洞口，他紧握手中的枪，身体贴着岩壁悄然走进那个传出叫声的洞穴。

白纸扇借着火机燃烧的那撮光亮，他先是看见屁股下面好似几根粗细长短不一的枯黄骨棒，顺着这骨棒继续往前照去，又见一堆堆的胸肋骨架散乱一地，四周竟是数不清的无头干尸！“啊！”原来自己竟掉进了一个死人坑里！看清了这一幕，白纸扇就如触电一般，浑身悚栗慌不择路地乱窜乱蹦起来……他这一躁动，火苗

“噗”地熄灭了，眼前又变得漆黑一片，只有一股股的荧火连闪不断，这令白纸扇更加恐惧失措。黑暗中，脚下骨骸崩断脆碎的怪声混合着急剧的喘息声，他感觉身边似有一只只没有皮肉的干枯手骨向自己伸来……白纸扇禁不住地惊叫连连！

祁兵进入洞内，他被这一声声愈发变态的惊惧惨叫扰得心烦，于是端起枪朝着洞内射出一排子弹，射完，他大声喊道：“老三，你别他妈的装神弄鬼了，赶快缴械投降滚出来！”

洞穴在这一刻恢复了沉静，可没有过多久，洞穴深处又传来一阵阵“哈哈哈……啊哈哈……”的狂笑声！

听到这一会儿尖叫一会儿怪笑的声音，祁兵搞不清楚这白纸扇究竟是怎么回事，伴着这歇斯底里的笑声，洞穴深处突然红光映照。

白纸扇听到了枪声后，似乎被惊醒，不知道是因为恐惧还是听到人的声音后的激动，或是因污浊腐败气味的熏呛，白纸扇两眼竟然控制不住地簌簌流淌起眼泪……当他再次哆嗦着将打火机打着，抬头向上方望去时，突然看见头顶岩壁之上竟有一张“人”的面孔，这面孔与众不同，竟有三只眼睛，除了在正常位置的两只眼睛外，其额上正中处竟还有一只纵目立眼。白纸扇正是看见这只眼睛后，他两眼发直，仿佛是看见了令他神往的东西，禁不住地哈哈狂笑起来。

祁兵凭着职业敏感，感觉到这洞内有些不太对劲，他揣测白纸扇一定是看见了什么足以令他精神崩溃的东西，但那边究竟是怎么个状况，祁兵也是一头雾水。不过，在这种情形下，却是一个活捉白纸扇的绝好机会。祁兵显然是不想放过这样的机会，同时，他也想看看前方究竟是何种情况。于是，他屏住一口气咬紧牙关，握紧手中的冲锋枪，整个人突然如脱兔一般奔前方冒出光亮的地方冲了过去……当祁兵出现在深坑边缘时，急忙收住了脚步，而映入眼帘的一幕令他大为吃惊！

只见脚下黝黑空阔的深坑中，一个头发衣衫凌乱不堪、满面汗泪滚淌的脸孔堆浮着极为怪异夸张表情的男子正仰面中魔般地狂笑着……祁兵一时无法将眼前的男子与平时看起来有些洁癖且刻意显得文绉绉的白纸扇对上号，但他很快从该男子面部的几个重要特征确认了此人正是白纸扇！祁兵端起枪，将枪口对准了白纸扇的眉心，准备对白纸扇发出最后的警告。几乎就在这一瞬间，祁兵的目光透过准星隐约看到了白纸扇脚下四周似有着一堆堆的人形尸体，不禁浑身也是一激灵！与此同时，祁兵嗅到了一股令人作呕的气味，并注意到白纸扇的手里竟然没有拿枪，他一只手臂空垂着，一只手臂僵硬地举着一个点燃的火机，整个人不知所以地狂笑着……白纸扇这副极度怪异的姿态依然令祁兵感到不解。

“按说掉进了死人坑的他应该拼命爬上来才对，难道说，这洞穴里也有着可以控制人精神的能量?”转念到这，祁兵的心里似乎产生了某种难以言状的异样感觉，他不由得倒退半步，抿闭嘴唇不再开口，只是皱紧眉头用枪口指向白纸扇的脑袋。

白纸扇似乎根本不在乎祁兵的到来，更确切地说，他根本就没有看见祁兵的到来、没有看见那支指向自己脑袋的枪。笑过了这一阵，白纸扇依然仰着头，却又慢慢抬起那只空垂的手臂，他两眼放光面带惬意地向空中来回舞动着那只手臂，像是在同某人招手致意……

祁兵恍然意识到了什么，他猛地抬起头来向上方看去……愕然发现头顶岩壁之上竟有三只眼睛，而中间那只竖立着的眼睛似乎正在看着自己！祁兵心中一惊，紧接着，他陡然感觉到浑身燥热，心跳加速，而这只看着自己的眼睛也忽远忽近忽明忽暗地动了起来……“不对，这是幻觉!”祁兵猛然警醒过来，他掉转枪口举起冲锋枪对着那只眼睛用力扣动了扳机，“嗒嗒嗒……”整个洞穴顿时充满了震痛耳膜的阵阵回响。

放完这梭长枪，祁兵对着坑中的白纸扇大声喊道：“老三，你已经无路可逃，赶快上来跟我走，待在这里你只有死路一条!”

白纸扇似乎恢复了神志，游移的目光又有了神采，他浑身哆嗦地说道：“匡军……匡军兄弟，只要你，能给兄弟我留条活路，我保你今后，有享不尽的荣华富贵，快活一辈子!”

“呸!”祁兵朝坑下吐了一口，道，“别再糟蹋‘兄弟’这个字眼了！老三，你给我听清楚了，老子的真姓大名叫祁兵，我这辈子最大的快活就是收拾你们这些十恶不赦的罪人!”

“祁兵?!”白纸扇先是一愣，迟滞了片刻，他极度沮丧地说道，“跟你走，还不是死路一条。”

“该死该活现在由不得你，我今天明白地告诉你，自踏上这片土地，你已是有去无回了，你的所作所为，都将受到法律的制裁。”祁兵严厉地说道。

“哈哈……哈哈哈……”白纸扇突然又发出不同寻常的笑声，悲凉中充满了绝望。笑毕，白纸扇将手中的火机抛在了地上，洞穴顿时复归一片黑暗。

在白纸扇抛掉火机光亮消逝的那一瞬间，祁兵敏锐地注意到白纸扇的另一只手向自己的怀里摸去，他马上意识到不好，于是抬起枪凭着感觉向坑中扣动了扳机，但没有子弹射出，原来刚才的连排射击已将子弹打光。此刻，已是来不及犹豫多想，祁兵转身朝洞口方向急速跑去。与此用时，只听“轰”的一声巨响，整个洞穴在猛烈的爆炸中瞬间崩陷了。

3. 危命拯救

山坡之下，枪王、段涛和巴特尔突然听到远处传来一声猛烈的爆炸声后，不禁都怔住了。此刻，枪王卧在地上，他的右大腿内侧正汩汩地流着鲜血，枪王咬着牙关一边用手捂着腿上的伤口，一边侧过头来神情忧郁地向远处的山坡望去。在他的头顶前方，有两名暴徒躲在越野车后面用冲锋枪不断地交叉扫射着，压得枪王抬不起头来。

“队长！”突然有人大喊一声。随即，只见一个人影从另一处隐蔽的低洼草丛中站起身来，此人正是段涛。“我跟你们拼了！嗒嗒嗒……”段涛端起冲锋枪一边朝暴徒藏身的越野车方向猛烈地开着火，一边跑上前来……

越野车后面的两名暴徒显然没有料到这片荒芜的草地上，竟然到处都有潜伏着的对手，顿时乱了手脚，当他们慌忙掉转枪口向段涛射击时，再度抬起头来的枪王一甩手臂“啪、啪”就是两枪，越野车后的这两个暴徒一个当场被轰碎脑袋倒地而亡，另一个被喷溅了一身温热脑浆的暴徒则倚靠在车体上勉强站住，他的一边脸皮已被破碎的车窗玻璃崩划开，两个暴突的眼球也被头皮处不断渗淌的血液浸透，泛着垂死的凶光。此时，四周不再有同伙的呼应，也没有了刺耳的枪声，骤然恢复平静的荒野上又可以听见簌簌淋洒的细雨声。

“轰隆隆！”天际处滚滚传来一阵沉闷的雷鸣声，这个犹如一匹孤狼的暴徒在黑暗中哆嗦了一下，然后他踉踉跄跄地离开了车体，当他看见不远处有人手持冲锋枪向自己步步逼近的时候，嘴里发出一声凄厉的号叫，同时端起枪来欲作最后的顽抗。

“嗒嗒嗒……嗒嗒嗒！”连续几道火舌从段涛手中的枪口喷射出，“啊！”“嗒、嗒、嗒”，随着一声惨叫和射向夜空的几声枪响，暴徒应声四脚朝天仰摔倒地。

持枪冲上前的段涛来到枪王身边，巴特尔随后赶到，撑起身子的枪王这时用手一指远处的山坡道：“你们快去那边的山坡！”

“血，好多的血啊！”看见枪王伸出的手上满是洇湿的血迹，巴特尔不禁惊叫道。

“我没事，你大哥和老三在那边，那边出了情况，你们快去啊!”枪王大声地说道。

段涛抬起头顺着枪王手指的方向看去，身体渐渐地抖动起来，突然，他拔起腿就朝山坡处疯跑去。

巴特尔愣了一下，随即，也急忙跟随段涛向那山坡奔跑去。当祁兵从半昏半醒中努力睁开眼睛时，感觉眼前有两张人的面孔，同时耳边很是嘈杂……随着身体被不断晃动着，渐渐地，他看清楚了，那两张面孔是段涛和巴特尔。

“队长，你看清楚没有，我是大涛啊!”段涛撕扯着嗓子喊道。

“神佛保佑，总算醒过来了，神佛保佑……”巴特尔在一旁不断地祷告着。

“段涛、巴特尔……你，你们，都在这儿……”祁兵说这话的时候，感觉脑子里似有个运转着的马达，阵阵轰鸣声在脑海里回响。

“队长，你没有事吧?”段涛一边扶着祁兵坐起一边焦急地问道。

祁兵这才听清楚段涛说的话，他自己用力挺起身来，同时下意识地看了看又动了动自己的手脚，感觉手脚都能用上力地活动着……突然，他回过头向身后张望去，发现原先那道开张着一口口黝黑洞穴的坡壁不见了，取而代之的是一个形同巨大坟茔的散乱塌陷的大土丘。

“队长，我们就是从那土堆里把你拖出来的，这个地方被炸塌了，真是太危险了!”段涛心有余悸地说道。

“枪王呢?”祁兵转头问道。

“他受伤了，人在山坡下面。对了，队长，白纸扇他人呢?”段涛警觉地追问道。

祁兵借着段涛的肩膀用力一撑，站起身来，然后用手一指身后的土堆说道：“就在那里，他自掘的坟墓!”

风雨潇潇的荒野，沉静中透着忧郁的气息。枪王躺在湿漉漉的草地上，脸色苍白，人显得十分虚弱。祁兵走到枪王身边，蹲下身去，仔细地查看枪王腿上的伤情。

枪王看着祁兵，脸上露出一丝宽慰的笑意说道：“我老了。”

祁兵道：“韦兄，别想太多，你要挺住。”说完，祁兵让一旁的段涛赶快去停在不远处的那辆车上找寻医护用品，同时让巴特尔把车子开过来。

段涛和巴特尔立即行动起来，可没过多久，两人都垂头丧气地走了回来。

“怎么回事?”祁兵忙问道。

段涛没有回声，只是轻轻地摇了摇头。

“车子坏了，不能发动了!”巴特尔无措地说道。

祁兵一听，心不由得一沉，他看过枪王的伤势，知道枪王已是流血过多，现已处于极度危险的状态，如果不能尽快把枪王送到医院，在这个荒无人烟的高原之地，枪王的性命恐怕难保。想到这里，祁兵眉头紧锁，他俯下身子靠近枪王耳边小声说道：“如果可以的话，我希望你现在就与组织取得联系，让他们尽快派人过来救援。”

枪王嘴唇颤抖地说道：“你们……先走吧，不用管我。”

祁兵见状，没有继续强求劝说。虽然枪王一直没有表明自己真实的身份背景，但祁兵愈发感觉到枪王身份的复杂。“难道枪王是想支开自己，以便他单独与组织取得联系？不，他不会这样做的!”祁兵更清楚具有这种特殊身份的人绝不会因为自己的安危而暴露身后的组织，在陷入困境无法脱身的时候，他们往往会选择自杀了断。从枪王像是已经完成了使命随时都想“睡去”的表情中，和他身边无任何通信工具的情势下，祁兵迅速做出判断：枪王是不想连累自己耽搁时间，他已做好放弃生命的心理准备。

尽管时间对祁兵来说十分宝贵，他内心焦急着张崇斌的下落与安危，很想马上就找到这亲如手足的大哥，告诉他白纸扇已被除掉的好消息；但枪王目前的处境，他却做不到弃之不管。在祁兵看来，枪王能够受伤，那完全是因为掩护自己造成的。回首这一路上，他和枪王之间的明争与暗斗、生死关头时默契无间的出枪配合，这一切皆历历在目……此时，枪王在祁兵的心目中，就是一个在战场上并肩战斗、出生入死的兄弟和战友!

“韦兄，我们不会抛弃你的！你自己也不要放弃，一定要挺住啊!”祁兵大声说道。可是眼下，没有了车辆，调查勘探的工具和通信设备都已被炸毁，这可如何是好？正在为难之际，祁兵突然又想起了在追击白纸扇时他做过的一件事，于是他对段涛和巴特尔说道：“你们在这儿等着我，我马上回来。”说完，祁兵朝山坡那边奔跑而去……

过了一会儿，从山坡方向开来了一辆跑起来上下颠簸得厉害的越野车，车子开到枪王身边时停了下来。祁兵从车上跳下，他让段涛和巴特尔赶快将车子的两个爆胎卸下来，用旁边那辆车的好轮胎替换上。然后，祁兵来到枪王身边，慢慢将枪王扶起，指着刚开过来的车子兴奋地说道："咱们有车了，韦兄，我们马上就可以上路。"

枪王努力睁大着眼睛，看了看那车子，嘴角微微颤抖着，却已说不出话来了……

当车子的轮胎全部换好时，天色已经微微放亮，雨也停了。祁兵将处于半昏迷状态的枪王轻轻地抱上车，将其仰卧放在后座上，然后脱下外套盖在枪王的身上，段涛守坐在一旁。

坐在司机位置的巴特尔见一切都安顿好之后，启动了车子。越野车穿过这片弥漫着血腥味道的荒滩野地，又驶进了一片似乎看不到尽头遍布黄沙尘土的荒芜之地，顿时两道卷起的长长"黄龙"尾随着车子滚滚腾起……沿着前行方向，直线距离大约一百公里就是阿里地区的噶尔县。

阿里噶尔某医院。

上午近9时，一辆沾满泥尘的越野车驶到医院门口停住。车门打开，祁兵跳下车，他抱起已是深度昏迷的枪王急匆匆地闯入医院候诊大厅，在前面开路的段涛和巴特尔一边拨开挡道的人员，一边大声冲着呆愣望向他们的人群喊道："医生、医生在哪里?!"

咨询区的一名女医护人员见状忙跑到跟前，拦住了祁兵。

"快叫医生过来！抢救人啊！"眼睛血红的祁兵冲医护人员大声喊道。医护人员惊恐地看着面前浑身上下血迹斑斑的祁兵，不禁倒退两步。当她垂下目光，见祁兵怀中的"病人"脸色蜡黄，微微开启的眼睛已无神采时，忙转过身用手势招呼着祁兵跟随自己小跑来到一间急救室。

急救室内。

一位戴着眼镜的中年医师用剪刀剪掉枪王破口的裤子和缠裹在大腿上已被鲜血洇染湿透的布带条，然后又用护士递过来夹着酒精棉的镊子在大腿的伤口处来回擦拭着。突然，他停住手，慢慢转过头来看着祁兵，问道："是枪伤?"

一直盯着枪王看的祁兵沉默不语。

医师又看向站在祁兵身边的段涛和巴特尔。

二人见祁兵没有说话，一时也怔住不语。

此时，站在祁兵身后的那位医护人员悄然离开房间，关上房门，她快速跑回咨询台，然后拿起电话，拨打了“110”。

“伤了多长时间？你们为什么不早点送来？”医师有些火气地问道。

这时，祁兵抬起头来，说道：“是 MP5 冲锋枪伤，受伤 3 个小时左右。医生，我不管你用什么办法，但你必须给我把人抢救过来！现在赶快施救！”

“你们是什么人？这枪伤是怎么来的？”医师追问道。

“哐”的一声，段涛一脚踹向身边的一张桌子，然后转身跨步来到医师面前大声说道：“你哪那么多废话，现在赶快给我救人听懂没有？”

巴特尔这时忙拉开段涛，跟愣住的医师连连解释道：“他们都是好人，都是好人，我求您还是先抢救人吧！”

“请你们现在都给我离开这病房。”医师面无表情地说道。

“这个伤员，是国家公务人员，他在执行特殊任务，我请你务必尽全力抢救他。”祁兵说完，拔腿朝门外走去。

沿着来时的走廊，祁兵、段涛和巴特尔快速地朝门外走去，在接近大厅通口处，四名手提警棍的保安人员突然闪出拦住去路，他们让祁兵等人出示证件并办理登记手续。

祁兵站住，对其中一个体格最为强壮看似头目的保安解释道：“证件在外面的车里，出去拿来再办登记手续。”

“不行，你们现在不能出去。”保安冷冷回道。

“那我留下来，让他们出去把东西拿来给你们。”巴特尔在一旁急忙说道。

“不行，谁也不许出去！”这几个保安说着将身体排成一排横堵住通道，最为强壮的那个家伙站在中间，他将手中的警棍摆在了胸前。

“你们到底想干什么？”段涛眼睛一立，就要冲上前去。

“站住！”祁兵一声喝，段涛顿时原地立住，他不解地回头看向祁兵。

祁兵上前一步，将段涛拉到身后，然后对为首的保安说道：“你们没有权利这样做，现在请你们让开，否则别说我对你们不客气！”

为首的保安瞪着眼瞅着祁兵道：“你威胁谁啊？”说着，就将警棍朝祁兵身上捅去。“哎呀！”突然一声大叫，为首保安整个人“嘭”的一声后弹出去，随即一屁股坐在地上并滑出一段距离，其手中警棍则滚落一旁。

祁兵将伸出去的腿慢慢收回，整个人依然在原地站立着，仿佛刚才根本没有做过什么。

余下三个保安都原地怔住。

段涛从祁兵身后再次冲了出来向前走去，三个保安忙各自闪开让出一条通道。祁兵等人从闪开的通道穿过去，却发现医院候诊大厅竟然空无一人，当他们继续朝门外走去的时候，突然都停住了脚步……只见门口两侧，不知何时，竟然站满了手持枪械的警察和武警官兵。

噶尔县公安局。

7月1日中午，这个往常正是吃饭午休的时分，局里刑侦大队的几名工作人员却依旧忙碌着，谁也没有顾得上吃饭。自贵州省公安部门发布的B级通缉抓捕犯罪嫌疑人祁兵的档案记录从系统内部联网调取出来后，祁兵、段涛和巴特尔三人就被当作落网的重大犯罪团伙嫌疑人犯分别羁押重点看护起来。随后，刑侦干警对祁兵等人分别进行了审讯。

令审讯人员感到意外的是，祁兵在接受审讯的时候很痛快地承认了自己被通缉的事实，但他却不承认自己是罪犯，并提出要求会见当地军方代表，说是有重要军情汇报。至于其他的问题，祁兵一概不予多作解释；段涛则不惜自己扛下一切后果地为祁兵竭力辩解，并用去医院救人的善意行为来说明所有的人都不是什么十恶不赦的犯罪分子；巴特尔紧张而又激动地不断重复着所有人是为了保护神山，虽然杀过人，但杀的都是那些亵渎神明的恶人，该杀。初步审讯，案情牵扯出来的东西竟如此错综复杂，这让负责处理该案件的刑侦干警们颇感棘手。

次日上午，正当刑侦队长组织审讯人员研究制订新的审讯方案的时候，突然接到局里打来的电话，让他们立即停止对祁兵等人的审讯，等待一个特别专案组前来接手此案。

第三十二章　军方调查报告

1. 深不见底的鬼湖

某军管区所在地。

7月3日下午，张崇斌在《释放证明》上签了字，提着装有自己物品的行李包走出会议室。站在门外的两名全副武装的军人立即一前一后地将张崇斌“夹”送到营房外面的操场。操场中间停着一架已在发动着的军用直升机，张崇斌和两名军人迎着震耳欲聋的轰鸣声和阵阵扑面的强劲旋风一起登上了飞机。舱门关上，直升机旋即腾空，在空中“画”了一个半圆旋即快速攀升朝背向太阳的方向飞去。

大约飞行了两个小时，直升机徐徐降落在一个渺无人烟的无人区。下了飞机，张崇斌发现不知何时一辆军用吉普车已在地面等候着了。

直升机上的两名军人与从吉普车上下来的两名神情威严的军人互敬军礼后，张崇斌即被这两名不苟言笑的军人请上了车。随后，直升机与吉普车迅即各自分头离去。

一路上，坐在车里的张崇斌望着窗外完全陌生的景致，还有前方似乎永无尽头的荒野土路，他忍不住对坐在身旁的军人问起车子将要前往的目的地，但他得到的答复却只有一句话：到了就知道了。

张崇斌看了看军人的神情，没有继续说话，而是默默地转过头去闭上了眼睛，任由自己的身子随着快速行进的车子上下左右颠簸摆动。车子开过一片荒凉地区，又驶上一条宽阔的公路，终于在傍晚时分，车子停了下来。

张崇斌下了车，放眼向四周看去，果然，这回他看见了熟悉的景观——机场，吉普车竟然直接开到了拉萨贡嘎机场。

“解放军同志，对不起，我没说过要离开西藏。”转过身来，张崇斌对迎面走来的军人说道。

“这是今晚飞往N市的机票。”军人不做过多解释，而是直接将一张机票放在了张崇斌的手上。说完，军人转身上了车，吉普车随即发动驶离机场。

张崇斌手捏着机票，原地不动静默地站着，直到车子从视野中消失后，他将手上的行李包打开取出手机，开启电源，然后按下电话号码正准备拨打出去，突然，他收住手，关了手机。抬起头来，张崇斌往四下看了看，随即迈开大步向候机大厅走去。进入大厅，张崇斌来到公用电话区，他拿起其中一部电话，拨了一个号码，结果语音提示对方手机处于关机状态。紧接着，张崇斌又拨打了一个号码，对方手机也是关机。张崇斌原地怔了片刻，又将电话打给孔超，这回，终于传来电话接听的声音：“请问，您是哪位？”

“是我，张崇斌。”

“是张总啊！您还好吧？我这两天给你们打电话，结果谁都联系不上，可急死我了！”

张崇斌听到孔超这么一说，想到自己刚才打给巴特尔和段涛的手机都没有打通，心里不由得一沉，连忙问道：“孔超，祁兵这几天与公司这边联系过吗？”

“没有。张总，祁队长不是和您在一起吗？”孔超有些不解地问道。

“哦，前两天我让祁兵先找个安全的地方休整一下，既然他没有与你这边联系，说明他那边一切都正常，你不用担心。对了，唐凯那边有什么消息吗？”

“张总，我正要告诉你个好消息呢，唐凯昨晚已经回家了！”孔超开心地回道。

“那就好！”张崇斌心中顿生几分安慰。

“张总，您现在需要我这边做什么，请指示。”

“孔超，你先让唐凯在家休息好。有时间，你和财务小李代表公司去家里看看他们娘俩。我这边的调查工作……”张崇斌迟疑了一下，接着又说道：“也许，很快就会有突破性的进展，你做好思想准备，祁兵这几天很可能会与你取得联系，如果他问到我的情况，你就告诉他，我在伸手就能触摸到神山巅峰的地方。”

“明白。”

通完电话，张崇斌转身走出候机大厅，他招手叫来一辆在外等候着的出租车。上了车，张崇斌让司机直接去拉萨市区。

车子转过弯道，开始高速行进在开阔平坦的公路上。内心一直无法平静的张崇斌回头从后窗看去，只见灯火阑珊的贡嘎机场在身后渐行渐远，转过头来，又见前方天际道道霞光映红了一座座连绵起伏的山峰。如此炫目的暮色，不由得令他的心激越澎湃，暗想到谋划着的再进神山的调查行动，张崇斌渐渐握紧了拳头。

当天空被徐徐垂降的黑幕完全遮掩住的时候，车子到达了目的地。张崇斌再次回到了上次他和祁兵一起住过的那家旅馆。办完入住手续，张崇斌将行李放进房间后，很快又离开房间走出旅馆。穿过几条街口，张崇斌闪身走进一家正在营业的网吧。

一间贵宾室内，张崇斌启动电脑，在下载一个 Google Earth（谷歌地球）软件的时候，同时又打开几个搜索引擎页面。下载结束，张崇斌熟练地将 Google Earth 传输的数码图片按照坐标锁定位置聚焦放大。很快，两个紧挨着的深蓝湖面和其斜上方位置一块白色区域显现出来……待画面固定住后，张崇斌利用软件中测量距离的工具，分别测量了两个湖距那白色区域中心点的直线最短距离，结果分别是：25 公里和 33 公里。看到这组数据后，张崇斌的眉头皱了起来……但他的手指没有闲着，随着键盘不断被敲响，电脑桌面上顿时又出现了一条条关于“玛旁雍错”和“拉昂错”的各类资讯。张崇斌快速浏览着这些资讯，当他看到“鬼湖拉昂错与圣湖玛旁雍错相邻，相传，两湖水底之间有宇宙之门将两湖之水暗中相连”这则信息时，皱拧的眉头不禁又舒展开来，聚焦的眼神渐渐平视前方，目光似乎穿透了面前的一切……布达拉宫的地下甬道、乌黑孤寂深不见底的潭水，站在面前的年轻喇嘛娓娓说道：“穿越了黑暗，重回到光明，那个人确实还是活着回来了。只不过，他全身赤裸地从远离这宫殿的一个陆上湖面浮出。”……画面一闪，又出现一个熟悉的场景：祁兵一边开着车一边扭头笑着问道：“你在做什么？”张崇斌手举着一个线条扭曲的圆纸环道：“我想，我们也许会穿越一个常人看不见的隧道！”说着，他的目光透过眼前的纸环看向了前方。

“神秘高僧曾经暗示的那个能够从黑暗再次走向光明的生死启示，只要穿越扭曲的时空就能瞬间抵达异度空间的那个秘密隧道……冥冥中，这一切都早已指引了自己，再次进入神山的秘密通道——就在这水下！”张崇斌暗自坚定了这个信念。其实，从神山脚下的湖底潜水进入神山，这个超出凡想的行动计划早在张崇斌与白纸扇一伙人煞有其事地制定“空降神山”的方案时，就已经隐埋在他的心底。刚才的这一番资讯搜索和出神感悟，更进一步论证了他当初凭借直觉瞬间冒出这个隐秘方案的可行性。但是，欣慰之余，张崇斌也从诸多的资讯中发现了一个令他感到有些困惑不安的问题。从测量的数据看，号称鬼湖的“拉昂错”距离神山更近，而且湖面海拔也较紧挨着的“玛旁雍错”湖低，凭着这个地理条件，如果确定一条由水下通往神山的航道的话，这鬼湖显然是最为合适的入水通道口。然而，就如它的名字一样，“拉昂错”却是一个毫无生气且充满鬼魅邪恶气息的怪湖！

相关讯息显示：“圣湖”玛旁雍错的海拔4583米，其湖水是由喜马拉雅山北坡高山冰川积雪融化之水补给填充的，该湖平均水深46米，最大水深达81.8米，“玛旁雍错”在藏语中，意思是“不可战胜的碧玉湖”，大唐高僧玄奘在《大唐西域记》里称它是“西天瑶池”，佛教徒更认为“玛旁雍错”是胜乐大尊赐给人类的无上甘露，饮之清爽润甜，人若能以此湖水净身，则可清除心灵各种妄念、烦恼及罪孽。而鬼湖“拉昂错”海拔4574米，湖水呈深蓝色，味道咸涩。它的周围没有植物、没有牛羊，整个湖面和其周边环境完全就是一派死气沉沉的肃杀气象。传说中，它是罗刹王的主要聚集地，印度古代经典《罗摩衍那》中提到的诱拐美女斯达的九头罗刹王就住在这里。关于此类诡异传闻，张崇斌并未过多在意，倒是这鬼湖的深浅让他倍感困惑，因为它的水深迄今为止竟然无人知晓！

唯一的一条关于鬼湖水深的报道竟是这番内容：1906年，一个瑞典的地理学家曾经试图测量鬼湖的深度。此人是先顺利地测量完玛旁雍错的水深后，又来到了鬼湖北端进行探测，结果，却发现根本测不到底。虽然网络上找不到有关鬼湖深度的权威可靠的数据，但张崇斌还是从这鬼湖的名字“拉昂错”得到了一个暗示。相关资讯显示：拉昂措，藏语意为“五座山深的湖”。

“‘五座山深的湖’，什么意思？不要说海拔8000多米高的珠穆朗玛峰，就按藏区雪山平均海拔5000米的高度计算，五座山深将是超过20000米的深度。而世界最深的马里亚纳海沟最深处也不过才10000多米的深度！难道，这鬼湖水下不仅可以通往神山，甚至还能通往高原地下世界？”想到这里，张崇斌的心不由得加速跳动起来……这仅仅一道山丘之隔的两个湖竟然会有如此迥然不同的巨大差异，这是他当初没有想到的。此刻，张崇斌又想起了这一带的地下地震S波不能通过，专家认为地下有大规模的可导电的神秘流质，而他自己却认为那不是什么可以流动的物质，而是这不断隆起且滑移的高原地下深处存在着一个充满等离子体的巨大地下空间……

“神秘能量的根源……就来自那里!”这个念头冒出来的一瞬间，张崇斌感觉身体又是陡然一震！似乎整个房间也摇晃了起来……张崇斌抬手揉了揉眼眶，突然，他两手僵停在两侧太阳穴处，全身静止不动，恍然间，他惊觉起来，因为刚才的这种感觉好似熟悉！回顾这一路走来，这种情况已经出现几次了，张崇斌发现，每当自己在做出重大决定，或是将要“闯”入一个极为特殊的调查领域时，都会出现这种触电般的身心震颤。

“难道……它就是那只隐藏在命运背后，不断推动自己朝着一条既定轨迹前进的看不见的手？凭空解缘由，天意承受命。”张崇斌不由得又默念起隐世老者写给自己的那首谶言诗的最后一句。感悟至此，张崇斌顿时精神倍振，这份激奋来自他深刻地意识到，孤身的自己原来并不孤独，冥冥中，一直都有着禀承天意的“神明”在暗中引导并帮助自己在完成这个使命。这一刻，张崇斌终于下定决心，他决定独自一人潜入鬼湖进行纵深探索。

2. 紧急军情

噶尔县城医院。

7月3日傍晚，便衣男子和隋处长出现在医院的一间病房里。

昏暗的病房内只有一张病床，躺在床上的枪王手臂上正输着液。屋内有两个人伫立在床边一直默默地看着枪王。

这会儿，枪王慢慢睁开了眼睛，当他看见身边静静站着的二人时，眼睛一亮顿现神采，于是努力欲抬身坐起。隋处长忙上前按抚住枪王的肩膀，让其勿动。

平躺下来的枪王从洁白的床被里伸出一只手来，隋处长和便衣男子也分别伸出手去，双手握在一起时，没有任何言语，彼此的脸上只有默契的微笑。

贵阳北郊绿都别墅。

在这同一个时段，位于贵阳北郊的绿都别墅院门前出现了三辆外饰迷彩涂色的车辆。三辆车中，中间体积庞大的是辆改装过的军用越野房车，该车前后停靠着“枭龙”四驱军用吉普车。两辆吉普车的车门开启，从车内一共跳下来八名军人，其中两名身挎85式微型冲锋枪全副武装的军人立即对周边环境进行警戒巡视，其余的军人一起来到越野房车前。随着越野房车车门缓缓开启，周围的军人立即两人一组排站好，协助车内的人员分别将大小不一各种款式的设备从车内小心地搬运出来：远距离微光观察镜及照相系统、红外热像仪、辐射检测仪、脉冲磁场测量仪、静电感应周界探测器、声呐物位测量系统……全是高端精密的军用系列。这些军人显然都是特种专业的技术能手，他们分工明确，紧张有序地将相关设备仪器在“鬼屋”内外各处不留死角地安装好，并与房车内的整套车载监控测试系统联接起来。

午夜时分，绿都别墅所处的山坳风啸云涌，簌簌尘动，愈发落寞荒凉。然而，就在这“鬼屋”方圆百米之内，阴郁空荡的黑暗中，却多了一双双锐利的眼睛。黝黑无声定如磐石的封闭房车内，几名军人正端坐在各自的位置上，有的戴着监听耳机静心聆听，有的眼睛专注地盯着光谱分析器、盖格计数器等各型各色显示屏幕的曲线波动、指针摆动、数据变化。

大约在凌晨2点钟，房车内的监测人员出现一阵骚动，他们从各自关注的仪器自动分析数据中不约而同地发现“鬼屋”内外空间均出现异常现象！

7月4日凌晨5点30分，天色刚刚放亮。

两辆疾驰的车子突然一前一后骤停在噶尔县某看守所的门口。随即，两名公安干警和两名全副武装的军人分别跳下车来，四人直接走进看守所。公安人员向监管人员出具了提审手续后，被完全限制了人身自由的祁兵在众人前后左右的押解下走进停靠在门口的一辆挂着军牌的吉普车里。车门关闭，吉普车立即启动，另一辆鸣着警笛的警车则紧随其后。

路上，军人在车内给祁兵提供了事先准备好的简易早餐。祁兵也不客气，三下五除二地吃进肚里。

凌晨6点40分，两车行驶到一处军营所在地，前面的吉普车经站岗警卫检查后单独放行进入军营。警车则掉头原路返回。

吉普车在军事营区内绕了几道弯，最后停在一栋配有武装警戒的楼下。祁兵下了车，直接被随车的武装军人押解到楼内一间封闭的房间里。室内无人，但桌椅的摆设从布局上可以看出这是为审讯而准备的。祁兵坐在为自己准备的那个位置上，沉默不语。大约过了15分钟，会议室的房门打开，陆续走进来四名男子。

祁兵见状，站起身来，神情专注地看着这一行穿着军装和便衣的人。这些人站在祁兵对面，不约而同地从各自的站位角度上下打量着祁兵，每个人的眼神里都透着一种别样的关注。

“将手铐去掉。”为首的一位身姿挺拔、神色威严的军人先行打破了这片刻的静默。话音落下，从门外走进一名押解祁兵的军人，他上前将祁兵的手铐解开取走。

祁兵的目光一直盯着这位一身戎装的军人，喉咙哽动了一下，并无言语。

这时，众人在祁兵对面纷纷落座。几个人相互观望一眼后，来自国安局的隋处长开口道："董科长，你开始吧。"

便衣男子冲隋处长点了下头，然后转头对祁兵说道："你先坐下。"

祁兵坐了下来。

"你叫什么名字?"便衣男子道。

"祁兵。"

"祁兵，鉴于你及你的同伙最近一段时间内的所作所为，以及案情本身的特殊性质，今天，我们对你进行特别提审。党和国家的政策、法律你都清楚，希望你能如实地回答今天的讯问。"

"明白。我等的就是今天。"祁兵回道。

便衣男子看着祁兵，突然一时无语，沉默了片刻后，说道："我相信，一个珍惜他人生命、爱憎分明的人，一定会得到公正的对待。"

祁兵听到这句话，两眼一亮，胸口剧烈地起伏起来，随即开口说道："我想向组织上汇报一个重要情况，事关国家安全。"

便衣男子闻听此言，转头看向隋处长，隋处长和两位军人装束的男子相互交换了下眼色后，转过头来，隋处长开口道："祁兵，你有什么情况，现在就可以汇报。"

祁兵盯着隋处长，没作言语。

为首的军人开口道："祁兵，我是成都军区A级特种作战大队的，负责整个藏区的特别军事行动。如果这一地区有特别紧急的军情，你可以向我汇报。"

坐在其旁边的张政委道："祁兵，我是贵州军区的，通过你过去服役的部队，还有前期办案的公安部门，我们了解了你涉案的基本情况。今天在场的还有国家安全部门的领导，刚才和你说话的是邢大队长，我希望你不要背负过大的思想压力，请你以公民，不！请你以一名职业军人的忠诚和责任感，将你所知道的情况如实进行汇报。"

听完这席话，祁兵精神一振，立即站起身来，立正的同时行了一个极为标准的军礼，大声说道："各位首长、领导，祁兵现在向你们正式汇报一个紧急情况。"

"坐下来说吧。"张政委说道。

“是。”祁兵坐下身来，端着笔直的身板说道，“根据我们最近一段时间的调查，发现在我国藏西北一带地域，极有可能潜伏着一股，甚至多股以窃取地球特种资源或是特殊能量为目的的境外秘密武装组织。”

“境外秘密武装组织？你是基于什么做出这种判断？”邢大队长问道。

祁兵回道：“情况是这样的：上个月28日的夜间，在萨嘎县附近，一处有野兽出没的荒滩之地，我们曾发现一个被一伙来历不明的暴徒绑架的藏民。这伙人实施绑架行为，其目的是为了寻找一条据说在喜马拉雅山脉的地下通道。而经我们分析，他们寻找的这个所谓‘地下通道’，应该就是二战期间，纳粹集团曾在藏西北地区寻找的‘沙姆巴拉’洞穴。”

“‘沙姆巴拉’洞穴？”张政委皱起了眉头。

“‘沙姆巴拉’应该就是传说中的‘香巴拉’。”祁兵补充道。

“藏教传说中的净土？”邢队长不禁也皱起了眉头。

“你们将调查活动放在这一地带开展，难道与这类传说有关？”张政委问道。

“不完全是这样。我们将实地调查放在这片高原大地上，绝非完全是被传说中的东西所引导。事实上，贵阳地区发生的‘空中怪车’事件是最初的线索。我想，军方应该清楚那起事件的特殊性。”祁兵道。

张政委眼睛一亮，问道：“你们是如何将10年前的那起事件与这西北之地联系起来的？”

祁兵道：“如果认定‘空中怪车’事件是一起特殊的非自然事件的话，那么，联系二战前后纳粹集团曾暗中搞过的那些绝密军事活动，还有战后以美、苏、英等各军事强国为首的军事科技发展动态以及他们预设的敌对打击目标，再结合我国重要的国防军工及核试验基地，如此一来，断定这两起事件之间可能存在某种特殊的关联性，就不完全是捕风捉影。”

祁兵的这番话，让众人都不禁神情肃然。

“那你认为，会有什么样的特殊关联性？”便衣男子问道。

祁兵看看便衣男子，又看向张政委，说道：“纳粹集团在1941年6月，为发动对苏联的突袭战曾制定了一个‘巴巴罗萨’计划，我想各位领导都知道这个二战军史。而这个计划之所以叫‘巴巴罗萨’却很有意味。巴巴罗萨是中世纪德意志国王‘红胡子’腓特烈的绰号，这位戎马一生的皇帝是德国军国主义者眼中的英雄。关于这个皇帝的生死结局却是一个谜，史上说他是在远征时溺水身亡的。而民间的说法，腓特烈皇帝并没有死去，他是隐居在某个洞穴中等待重整旗鼓的时刻。再来说这‘沙姆巴拉’洞穴，据说就在我国藏西北一带。传说中，洞穴里藏着能量强大甚至可以改变世界命运的‘地球轴心’。坦白地说，我对这个说法的可靠性表示怀疑，也不认为这个说法是科学的。不过，整个青藏高原隆起的大地之下，是否存在着巨大的空洞，空洞里面究竟有什么东西，我认为应该进行深入调查，不容忽视。”

“祁兵，你的这些想法，还有概念，从哪里来的?”隋处长忍不住问道。

“我大哥——张崇斌，是他让我对这个世界有了更深的认识，也让我更为敏感。我想，你们应该见过他了，是吧。”说着，祁兵以期待的目光看向对面的众人。

“是的。”便衣男子回道。

“他现在怎么样？你们一定不要难为他，他做的这一切都是为了帮我洗刷罪名，是在拯救我!”祁兵急切地说道。

“不用担心，我们已经送他走了。”便衣男子道。

“走了？去哪里了?”祁兵忙问道。

“回 N 市。”

祁兵眉头一拧，嘴上说道：“不！他不可能回去。”

张政委这时开口打断了祁兵的话：“祁兵，你说的这个情况，我们会考虑的。对了，还有一件事情可以告诉你，关于你在贵阳所涉的案件，我们已经接手并组织专案组正在展开调查。我们相信，在真相面前，一个正直无辜的人，一定不会被冤枉的。”

祁兵看着众人，恳切地说道：“我个人的事情不重要。我希望各位首长和领导，能够重视我反映的情况。还有，我想尽快见到我大哥，他会有助于彻底查清这起事件背后的真相!”

这会儿，隋处长低声分别与邢队长和张政委耳语几句，几个人一起点了点头，然后他转过来面对祁兵说道：“祁兵，今天的讯问就到这里。这几天，你要保持稳定的心态，等候我们的处理意见。”

3. 大难不死的“鳐鱼”

拉萨某宾馆的一间客房里。

7 月 4 日清晨，难得酣睡到天明的张崇斌被手机闹钟催醒。他快速洗漱完毕，来到外边的小吃店一边吃着早餐一边给家乡的一个经营专业潜水用品的朋友去了电话，就湖泊潜水的相关事项咨询一番。朋友得知张崇斌这是要在高原地带的湖泊进行水下探索，吃惊之余，告诫道虽然海边长大的人水性很好，但这高原不是平原，湖泊也不是海湾，在高原湖泊进行潜水活动必须懂得根据不同的水环境去调节空气压力和浮力控制装置等专业技术。否则，这种潜水活动的危险性极大，尤其是在不知晓湖泊水下具体情况的情形下，实在是难以预料可能会遇见何种险情。

张崇斌却笃信地告诉这位朋友，自己有能力把控这些风险，并提出让对方想办法在最短的时间内打包航寄一套潜水必备用品到拉萨。朋友了解张崇斌的性格，既然做出这样的决定，他一定有着充分的理由，别人是很难改变的，于是答应了张崇斌的要求。

在接近中午的时候，张崇斌突然接到朋友的来电，获悉一个意外的好消息：一个刚刚完成在西藏高原纳木错湖潜水的香港人正急着转让他的潜水装置，而且，此人就在拉萨。在张崇斌看来，这可真是犹如神助！自己不仅马上就能得到潜水装备，而且还可以向有着实践体验的潜水员悉心请教。与朋友通完电话，心情畅快的张崇斌立即按朋友留给的电话号码与这个绰号叫“鳐鱼”的香港人联系上，并开门见山地说明了自己的意图。鳐鱼得知是要购买他急于出手的潜水装备后，立即表示希望张崇斌能直接到他的住处。

一切看起来都极为顺利。鳐鱼所在的地方位于拉萨老城区中心八角街附近的一个青年旅馆，距离张崇斌的住处竟然不足十公里。打的前去的张崇斌很快就来到八角街，穿行在一条热闹的步行道上，在一个临街的商铺前，张崇斌看到了一纸出售潜水设备的小广告，上前询问，经摊主指点，张崇斌侧头看到了斜对面的一个藏式风格的小旅馆。

在摊主的引领下，张崇斌走进旅馆敲开了一间房门，一个身披睡衣面色疲惫的中年男人探身出来，看到门外站着的陌生人，却不说话，只用两只似发炎红肿的眼睛上下打量着来人。

张崇斌开口道：“你是鳐鱼吧，我就是要买潜水装备的买主。”

男人点了下头，侧闪身体，让张崇斌进屋里聊。

在张崇斌向房间里走去的时候，门外的那个商铺摊主立即笑嘻嘻地向男人伸出手去。男人从睡衣口袋里掏出一张百元面值的钞票丢在摊主手里，然后转身关上房门。

“这些就是你要出手的装备?”张崇斌指着一堆铺放在靠近墙边的床上和地上的设备问道。

“是哦。”男子走到张崇斌身边回道。

张崇斌蹲下身来，提起一件黑色的潜水衣上下左右仔细地看了看，在几个关节处用力抓握几下，然后放下潜水衣，他又拎起加重腰带、呼吸器、面罩分别看了看。

“这些装备都没有问题，你看好了给个合适的价就可以提货走人了。”男子在一旁说道。

张崇斌站起身来问道：“你的这套装备质量都不错，看起来也没用上几回，为什么这么急着要卖掉?”

男子的面孔微微抽搐一下，他抿了下嘴唇回道：“是这样的，这些潜水装备买来的时间不长，只用了两回。但我现在要回香港，带着这些东西不方便了。”

张崇斌微微一笑道：“朋友，你不是不方便带这些东西走，如果我没有说错的话，你是以后不想再用这种装备了。”

闻听此言，中年男子一愣，有些嗔怒地对张崇斌说道：“你是想不花钱，就拿走这些东西?”

张崇斌摇了摇头，回道：“放心，如果我看好了这些东西，就算你不要钱，我也会给你个公道的价钱，我这人不习惯欠别人的。”

“那……你到底买还是不买?”男子问道。

张崇斌又是一笑道：“朋友，你用鳐鱼做绰号，很有点意思哦。”

男子原地站立着，两手交叉抱于胸前略显紧张地看着张崇斌，没有再说什么。

“鳐鱼是个平常看起来温和，但有的时候却能刺毒放电的鱼种。我今天过来可不希望被你刺着电着，呵呵……讲真的，我是诚意过来买你的装备的。还有，如果方便的话，我还想向你请教些潜水的技术。”说完，张崇斌从口袋里掏出香烟，递给男子一支，自己点燃一支。

男子紧张的情绪稍微缓和下来，他手里一边搓弄着烟卷一边说道：“既然真心要买，那我的这些东西你看看，价钱差不多就行。哦，看你好像没有太多的潜水经验，是吗?”

张崇斌点了点头。

“那你买这些做什么?”男子问道。

“我想体会一下高原湖下潜水的滋味。”

男子听张崇斌这么一说，脸色顿时阴沉下来，手中的烟卷竟不小心掉落于地。

张崇斌原地站着，目光从地上的烟卷转向鳐鱼轻微颤抖的手指尖，再一抬眼，目光直视对方的眼睛，同时，嘴里徐徐吐出一股浓烈的烟气。

显然，方才鳐鱼的反常表现引起了他的注意。

此时，鳐鱼也瞪着眼看向张崇斌，无言的对视下，鳐鱼原本红肿的眼睛愈发肿胀充血，呼吸也变得急促起来……突然，他埋下头转过身去，嘴上说道：“你走吧，这装备我不卖了。”

张崇斌眉头皱了皱，望着男子的后背，一言不发保持着沉默……

持续沉闷的气氛下，男子又慢慢转过身来，看着张崇斌有些无力地说道：“这装备我不打算卖了，你……还是请回吧。”

“来到此地，我曾耳闻这高原的地下深处，有潭湖水，有人曾穿游而过，由此跨越了生与死的界限，获得启示，整个身心都得到了提升。我也听说你曾潜游了纳木错湖，但不知为何，你现在看起来却言行颠乱、精神恍惚。”张崇斌质问道。

男子先是一惊，睁大了眼睛看着张崇斌，嘴上自言自语道：“生与死的界限……”忽然，他面色惨白，整个面目竟被一种说不清到底是恐惧还是痛苦的神情占据，那双赤红的眼眶里似有血水欲滴。

张崇斌的心“咯噔”一下，他似乎意识到了什么，于是慢慢走到鳐鱼身边，轻声说道：“朋友，你一定碰上了不同寻常的事儿。不妨说一说，把压力释放出来，这样会好受很多。”

鳐鱼怔怔地僵立着，嘴里喃喃地嘀咕道：“人……不能在这高原湖泊……潜水的，不能的!”

“这话怎么讲?”张崇斌问道。

“你听我的，不要去潜水就是了。”鳐鱼缓过神来，恳切地说道。

张崇斌清了下嗓子，说道：“实不相瞒，我不久前曾在水下遇过一回难，好在大难不死，并感悟到自己的使命。我知道，这片绝尘于世的雪域高原从古至今掩埋着很多不为世人所知的神奇，而我的使命就是要寻找到隐藏在这些神奇背后的东西。所以，即使风险再大，我也不会退缩的。”

张崇斌的这番解释，令鳐鱼浑身一震，同样有着探谜天性的人很容易为这样的理由而引发内心的共振。这会儿，鳐鱼有些激动地抓住张崇斌的一只胳膊大声说道："可你知道吗，这高原湖泊下面有湖怪！"

"湖怪?!"张崇斌显然也是一惊。

鳐鱼使劲地点着头，然后声音低沉地说道："你可知道，我在纳木错湖下看见什么了吗?"

"你看见什么了?"张崇斌神情严峻地问道。

"那湖的下面，有巨大的怪物，我以前在水下从未见过那样的东西！"鳐鱼瞪大着血红的眼睛说道。

"那个怪物，是什么样子?"张崇斌追问道。

"我当时太紧张了，没有看清楚。"鳐鱼回道。

"那你怎么知道它是巨大的怪物而不是一条大鱼呢?"

鳐鱼喉咙上下滚动着，似乎吞咽下一口唾液，然后说道："当时，我是自水下近 30 米的深处向上浮潜，是在返回的途中。本来一直都是很正常，可是，就在上浮的时候，突然，我感觉周围的水流有异常的波动，而且耳膜也感受到水压有变化，我不知道这是怎么回事，可就在我四下看时，突然发现，就在下面，离我不到 10 米的斜下方，有一个巨大的黑影在动！实在是太恐怖了！吓得我赶紧上浮。你知道，这样不减压迅速浮水是最容易患潜水病的，可我那时已经顾不得这些，因为我看见那怪物扭动身子时就能将身边的水搅成一个个漩涡，而且，它的身上，竟满是须子一般的毛发，这……这怎么可能是鱼啊? 还有，它发出的那种力道，人在水下，根本无力抵抗……"

"那你是怎么脱身的?"张崇斌再问道。

"算我命大，真是命大啊。有一阵，那漩涡……将我抽卷得分不清方向了，湖水完全是浑的，我什么也看不见，只能感觉下面有巨大的吸力拉我下沉！我以为这次一定是活不了了，好在关键时候摸到了身上的潜水刀，于是我就一边拼命踩水一边用刀割掉身上的氧气瓶，氧气瓶下沉时，冒出大串的气泡，那怪物好像是被气泡吸引开了，我这才重新回到水面上……"说到这里，鳐鱼两手掩面，浑身抖动不已，整个人似乎又陷入当时的恐惧中。

张崇斌此时沉浸在深深的思索中。提及湖怪，其实这并非一个多么新鲜的概念。张崇斌想起自己在英国留学时就曾去过位于苏格兰北部的尼斯湖，那个举世闻名的湖据说就有一种类似蛇颈龙模样的湖怪。虽然他期待能目睹到这样的湖怪，但在那湖里游了一水的张崇斌当时并没有看见什么湖怪和任何奇异现象。此外，新疆的喀纳斯湖同样也有湖怪的传闻，有专家说那湖怪其实就是学名叫哲罗鲑的大红鱼。所以，张崇斌在一开始听到鳐鱼提到湖怪时，心里并没有大的波动。

可当他听完鳐鱼的这番诉说，再加上眼前鳐鱼的这般强烈反应，张崇斌意识到这事还真不可轻视。但他转念又想，自己计划的潜水行动应该是命中注定的安排，此前已经历过生死考验，最后都闯过来了，也许冥冥之中有神明在保护着自己！于是，张崇斌伸出手臂轻拍鳐鱼颤抖的肩膀道："所谓大难不死，必有后福。朋友，放松些，你的装备，我全买了。"

鳐鱼放下捂着面孔的双手，困惑不解地看着张崇斌道："为什么？难道你不怕那怪物？"

张崇斌轻轻地摇了摇头。

鳐鱼皱紧眉头，垂下头来喃喃地说道："这些天，我查找了各种资料，发现，原来不是我一个人看见过它，以前很多人都曾在那湖里遇见过这怪物。"

"那怪物，你是在纳木错湖里见到它的，而我准备下潜的地方距离那儿千里开外。"张崇斌故作轻松地说道。

"那你准备在哪里下潜？"鳐鱼问道。

张崇斌略微思索片刻，笑着回道："告诉你也不妨，'拉昂错'。"

"'鬼湖'！"鳐鱼立即回应道。

"没错，正是此湖。"

"你为什么要潜这个湖？"鳐鱼追问道。

"我喜欢它，喜欢它的幽静，喜欢它宝石一样的深蓝色。"张崇斌随口回道。

鳐鱼瞪大眼睛看着张崇斌似有陶醉的样子，又道："不要看这两个湖距离遥远，你可能不相信，这整个藏区的湖，可能都是相通的！"

"哦?!"张崇斌听了这话不由得一怔。

鳐鱼道："你可知道，同样距离纳木错湖千里远的'错高湖'就与纳木错湖相通。"

"'错高湖'？你这么说有什么依据吗？"张崇斌问道。

鳐鱼回道："'错高湖'位于西藏东部林芝地区的错高乡境内，这个湖的岸边有很多树木，而藏区其他的湖岸边几乎都没有树木。可是，人们却可以在纳木错的扎西岛里看到'错高湖'岸边特有的树枝落叶。还有，你对俄罗斯的贝加尔湖应该不陌生吧？当地自古以来一直都有贝加尔湖水与腾格里海相通的说法。你可知道，这‘腾格里海’是什么吗?”

“‘腾格里海’是指什么?”张崇斌神色严肃起来。

“蒙古人称‘纳木错’就叫‘腾格里海’!”鳐鱼大声说道。

“‘腾格里海’‘纳木错’……”张崇斌垂下头自言自语道，同时，又陷入深思中:“贝加尔湖、错高湖，它们与‘纳木错’都相隔甚远，且各自的湖面海拔高度落差甚大，说它们之间相通，这明显违背了物理学‘连通器’原理。即便考虑到这些湖的水质和所在地域因海拔高度导致的气压不同，但这些因素也根本撑不住海拔落差所构成的巨大‘压力’。换句话说，如果这些千里之隔的湖真是彼此相通的话，那传统的科学认识将无法解释这种现象，除非……这高原地下的空间存在可以改变时空维度的特殊能量!”想到这里，张崇斌再次抬起头来，语气坚定地说道：“朋友，你说的这些让我对潜水更有兴趣了，尤其是在这高原湖中潜水。你的全套设备，开个价吧。”

鳐鱼原地愣着，半张着嘴却说不出话来。

张崇斌静静地看着鳐鱼。

“好吧。”鳐鱼有些无奈地点了下头，开口道，“看来我是劝不住你了。朋友，你的胆量，真的令我佩服。既然大家是同道中人，我不多要，6000 元你全部拿走吧。”

张崇斌道:“这样吧，8000 元，我们成交! 告诉我你的银行卡号，我让公司现在就汇钱。”

鳐鱼目光深刻地看着张崇斌，突然说道:“你绝不是普通的潜水爱好者!”

闻听此言，张崇斌只是微微一笑，没做任何解释。

鳐鱼从腰包里取出一张银行卡递给张崇斌，说道:“我喜欢跟爽快的人打交道。朋友，虽然你胆识过人，不过，我认为你还是应该掌握些潜水的技术，尤其是在高原潜水，这些，我可以免费指导你。”

“求之不得。”张崇斌一边接过银行卡一边回道。

“高原不是平原，你要潜水的地方气压比平原要低 36kPa 左右；这湖水的密度也是低于海水的，所以你要懂得深度表的减压修正，到这边来。”鳐鱼说着转身带张崇斌来到堆放潜水装备的位置，他拿起一个面罩说道，“高海拔地区，水层上下的温差大，普通的面罩会产生雾气影响视线，这款 Plasmasilicone（塑胶素）材质的面罩既防水又防雾。”说完，他又拿起一个呼吸器说道：“这是美国造章鱼式呼吸器，特别适用于严寒地带，在极地使用都没有问题。”

张崇斌点头道：“你这套装备的品质确实不错，我的安全就靠它们了。”

“光是装备好还远远不够，你还必须掌握潜水的深度以及上浮的时间。”鳐鱼认真地说道。

“的确如此，还望朋友多多指教。”张崇斌立即回应道。

“你潜水经验不多，每次下潜的深度最好不要超过 30 米，时间控制在 20 分钟内。返回水面上浮时，要缓慢上升，每上升一段就停留片刻。上升的速度控制在每分钟 18 米以内，简单的判断方法就是不要超过自己呼出气泡的上升速度……”

在鳐鱼讲授的过程中，张崇斌听着听着眉头却越皱越紧，此刻他突然插言道：“我要是潜入更深的水下如何做到？”

鳐鱼马上摇头道：“不可以，你做不到！”

“我虽然潜水经验少点，但自小在海边长大，自认为水性比一般人好很多，应该可以突破常规的极限。”张崇斌解释道。

“那我告诉你，再增加一倍的下潜深度，有人是可以做到的，但那是非常厉害的专业潜水员才能做得到，那个深度已达到人体承受的极限。我不建议、更不鼓励你去挑战这个极限，希望你不要拿自己的生命开玩笑。”鳐鱼严肃地说道。

“我知道水深每下降 10 米就相当于增加一个大气压。不过，既然有人能够潜 60 米深，那我潜个四五十米应该不算过分吧。”张崇斌继续探究道。

“你要知道，普通的潜水员在水下 30 米时会出现一种近似喝多了马提尼鸡尾酒的反应，整个人的思考和判断能力迅速下降，像喝醉了一样。下潜越深，‘醉’得越厉害，人就会感到愈加兴奋，这种现象就是所谓的‘氮醉’。一旦出现这种反应，即便还有清醒的意识恐怕也来不及了，你无法控制自己的身体，因为那时你体内血液里的氮气还会不断增多。”

张崇斌默默地听着鳐鱼的告诫，不再言语……

4.“鬼屋”监测分析报告

神山北部，一道狭长幽深的山谷中，三名以地质勘探为名进藏的英国男子正在检查山谷中遗留着的三个绿色帐篷，其中一名手持对讲机的男子正不断地汇报着他们的检查情况。这个地方正是当初张崇斌和白纸扇登神山的起程地。距离此地 1.5

公里远的一处高坡丘顶处，有个临时搭建的土黄色帐篷，帐篷外站立着一名面戴黑色墨镜身强体壮的英国男子，他手中端着一支冲锋枪，不断地向四处巡视着……帐篷里，手拿对讲机的尼科此时正通过笔记本电脑上的网络视频与白发师傅进行通话，神情严峻的尼科对着表情更为严肃的师傅说道："师傅，从我们目前掌握的情况分析，有不止一个秘密组织在凯拉斯山（即冈底斯山）一带活动。另外，我们失去了杰森的行踪。不过，我的判断是，他的活动范围仍会在这一带。"

白发师傅回道："如此看来，本会的行动将面临超出预期的更多障碍，杰森竟然也失踪了……尼科兄弟，我想现在是该让你知道 DP 行动宗旨的时候了。"

"请师傅明示！"尼科立即回应道。

"DP：Delete People.（除掉人）"白发师傅道。

"Delete People?"尼科惊诧地发出一声。

"是的，除掉所有阻碍本会行动的人，除掉所有胆敢违背使命的人，哪怕这个人曾是朋友、兄弟甚至亲人！"白发师傅面目阴沉地说道，"尼科，你应该清楚本会这次安排你去执行此项任务的重大意义，难道，你还有什么疑惑吗？"

回过神来的尼科点了下头，神色略显忧郁地回道："明白，除掉所有阻碍我们行动的人！"

白发师傅顿时面呈笑意地说道："很好！尼科兄弟，你的忠诚将会给你带来荣耀，这将照亮你前进的道路！所以，我现在要告诉你一个更深的秘密。"

闻听此言，尼科顿时又振作起来……

"这个秘密，就是沙姆巴拉洞穴。"

"希特勒竭力寻找的那个洞穴，本会早就知道？"尼科不禁惊叹道。

"呵呵，尼科兄弟，还记得党卫军的头子希姆莱最后是怎么死的吗？"白发师傅微微一笑道。

"记得，他是服毒自杀的。"尼科说道。

"他的确是自杀了。不过，希姆莱当时并不想死，当年他逃到不莱梅港的时候，曾想过要和英国方面做个交易。"白发师傅道。

尼科的眼睛不由得一亮："这么说，他是有意让英军抓获的了。难怪，他会在审讯时痛快地交代了自己的身份，还急着要见蒙哥马利元帅。原来，他是要用纳粹的秘密和元帅做交易！"

"第三帝国即将覆灭之际，希姆莱背叛了元首，德国已经容不下他了，为了自保，他只有这一种选择。所以，我们得到了纳粹最重要的秘密，呵呵……”白发师傅隐晦地笑道。

“既然我们早已知道沙姆巴拉洞穴的秘密，师傅为什么不早发指令，现在我们也不需要在这边兜圈子了。”尼科不解地问道。

白发师傅双目一瞪：“尼科，你所有的行动都不是在浪费时间。相反，你不仅通过了更高的忠诚检验，而且还验证了这个秘密的可靠性。沙姆巴拉洞穴的方位坐标马上会传给你，我现在就给你明确的指令：牢记 DP 行动宗旨，抢在所有夜贼的前面找到沙姆巴拉洞穴，夺回那个可以改变世界的能量源!”

藏区某军营会议室。

7 月 7 日上午 10 点。邢队长、张政委、隋处长和便衣男子聚集在一间会议室内，众人的手里都持有一份贵州军区出具的《关于绿都别墅（SESE）监测分析报告》。看着这份报告，众人沉默无语，良久没有人说话。

这时，神情严肃的张政委抬起头来看看左右，先行开口道：“通过几天来的监测观察，在特定的时间段内，被监测目标似有规律地出现局部空间温度突降、周边电磁场异常，还有不明来源的次声波这些反常现象。我看，这份报告，很能说明一些问题啊。”

“祁兵这种人，我看他第一眼就敢断定，他不会是罪犯，至少不会是那种类型的罪犯。”邢队长把报告往桌上用力一拍说道。

隋处长点上一根烟，说道：“虽然，那栋房子的内外空间环境存在异常现象，但这些都属于特殊物理作用的范围，这与祁兵所涉的案件究竟有何种关联性，换句话说，这些异常现象如何证明祁兵是无罪的，这是问题的关键。”

张政委推了下鼻梁上的眼镜，点了点头。

邢队长又道：“关联性应该是有的。就说这次声波吧，虽然人的耳朵无法直接听到，但不同频带的这种声波会对生物体产生不同的影响。大家都知道，地震现象发生之前，一些动物会烦躁不安，这是因为地震之前一般会产生 1~3Hz 频带的次声波，这种频率的声波振动能让动物事先察觉到。感觉特别敏感的人也能产生莫名恐惧不安的感觉，而 3~6Hz 的次声波就能使人的精神失常，失去理智。如果次声波的频带与人的腹腔、胸腔和颅腔的固有振动频率一致时，就会与这些人体器官产生共振，从而危及人的性命。此外，强磁场、阴暗幽闭的环境也会对人体的生理和心理产生直接影响或间接暗示的作用。”

“董科长，你有什么想法，也说一说。”隋处长说道。

便衣男子点了下头，说道：“刚才，各位领导的讲话从不同的角度提示了案件本身可能存在着极为罕见特殊的情况，让我很受启发。我个人认为，根据法律对犯罪构成要件的规定，如果要证明祁兵无罪，在本案，需要突破两个要件。这两个要件之一是‘犯罪客体’，也就是：祁兵的行为所侵害的受法律保护的社会关系的认定；其二是‘犯罪的主观方面’，即祁兵那夜实施的暴力行为究竟是属于清醒状态下的人为故意，还是意识恍惚或者是完全无意识的不受控制的行为。关于第一个要件，目前看对祁兵是不利的。因为尸检报告的结论是被害人的死因系暴力伤害致死造成的。而且尸体现已火化，无法重新进行法医鉴定。作为犯罪的对象，陈九妹的真正死因是对本案的定性有直接关系的。关于第二个要件，初步来看，对祁兵是有利的，如果邢队长刚才所提到的‘关联性’能被司法认定为与本案有直接关系的话。但是，这里面，还是存在一些难以说明的问题。”说到这儿，便衣男子面呈疑难神色。

张政委问道：“你说的难以说明的问题，具体指什么？”

便衣男子回道：“具体而言，主要是有这么两个问题。一是法律明确规定，只有精神病人在不能辨认或者不能控制自己行为的时候造成危害结果，经法定程序鉴定确认的，可以不负刑事责任。而祁兵呢，他能算是精神病人吗？我想，现在无论哪家鉴定机构对其进行精神鉴定，恐怕都无法确认其是精神病人，哪怕是间歇性精神病患者。无可否认的事实是，祁兵过去是一名优秀的军人，我们对其进行讯问时，他现在的表现也说明他不可能是精神病人。按照目前刑事司法的规定，祁兵行为背后的主观因素就可能只对量刑轻重有积极的影响，而难以直接适用免除刑事责任。还有一个问题，就是绿都别墅一带存在异常现象的本质究竟是什么，它对祁兵案件，以及对祁兵所反映的情况究竟有何种更为深层的关联，又该如何对其进行科学界定。此前，我曾与祁兵的大哥——张崇斌面对面地打过交道，张这个人对事物内在深层次的关联性很敏感且有独到见解，他认为绿都别墅是‘鬼屋’，并提到这个‘鬼屋’发生的异常现象就是一种在西方被称作‘波尔代热斯’的现象。‘波尔代热斯’这个名词来自德语，意思是‘吵闹鬼’。我后来查看了些相关资料，发现这种现象虽然不多见，但在国内外，从历史上看，这种现象长久以来的确是客观存在着。西方科学界对此类现象探究的较早也比较深入，但对此类现象的真正成因目前尚未有定论。有人认为：它是由于某种人在思维过程中产生的能量与空间的某种能量结合产生的作用；也有人认为：它是一种超自然能力的反应。总之，这类现象超出了目前科学可以认知的范围……”

“等一下，你刚才提到张崇斌这个人，他似乎很有些特质。”邢队长打断便衣男子的话插话道。

“是的。”便衣男子肯定道，“此人受过良好的中西方双重教育，视野开阔，知识面较宽，想象力和洞察能力很强。他认为，这种现象的背后是有一种无形的能量在操控着作用对象，而且，这种能量极有可能具有思维或者说智能，被这种能量操控的人，其内在的精神意志将会处于无法自控的癫狂状态。”

“他人现在何处？”邢队长追问道。

“目前已失去联系。”便衣男子回道。

“我记得，祁兵说过，他大哥张崇斌对这起事件已进行了深度调查。也许，距离揭开这背后的真相，也不远了。”张政委说道。

此时，便衣男子想起张崇斌临走的时候曾说过：“我这就离开……如果可能，希望政府能给我们足够的活动空间和信任，哪怕是‘戴罪立功’，我希望我们能够尽自己的所能，协助政府抢在‘魔鬼撒旦’的前面找到那个控制开启‘时空隧道’的能量源。”想到这里，便衣男子看着众人说道：“了解张崇斌的人，莫过于他的兄弟祁兵。张也曾提到这起事件与国家安全的联系。也许，他身上具有的特质，可以在这起事件的调查上给予我们一些有益的启示。”

“就你的判断，张目前会在什么地方？”邢队长问道。

“具体的位置，现在无法断定。不过，张在走的时候，曾表示他还要去神山。”便衣男子回道。

冈仁波齐峰。

7月，阿里地区冈底斯山脉的主峰——冈仁波齐峰——神山之王的山脚下，迎来了大批来自世界各地瞻仰这片充满着神奇文化和独特自然景观的朝圣者和旅游爱好者。作为世界三大宗教认定的宇宙中心，朝圣的人们都相信围绕神山转上一圈，可以洗净一生罪孽；转上十圈，可以在五百轮回中免受地狱之苦；而转山百圈者，可以成佛升天。于是，在这个时节，神山脚下内外两条转山道上呈现出壮观的循环流动着的人流。

这几天，转山的人群当中突然出现了一些特殊的游客，沿着转山的路线，他们三五成群“散乱”分布在众多转山者的队伍中，与那些口诵六字真言，三步一磕头，不断用自己的身躯去丈量路途的朝圣者为伍，使得这些一直缓步慢行的游客多少有些另类。看上去，他们似乎是在人群中寻找着什么……

与此同时，通往神山的各要塞路口的检查站突然增加了一支全副武装的部队军检人员，他们严格核查过往行人的边境通行证，对疑似装有危险物品的包裹及车辆一一进行电子查验。

第三十三章　异度空间

1．鬼湖深潜

神山脚下——拉昂错湖。

7月10日凌晨5点，半明半暗的天空翻卷着层层的云团，一道连绵高耸的黝黑山脉横亘天际与云团相接，山脉背后映耀成片的金黄光芒，直冲云霄。东方红色的云霞与当空灰色的云彩明暗相衬、渗透浸染，整个天空就像一幅色彩缤纷的写意画卷。天空画卷的下方，又有两幅小画卷，分别映照着当空的景致，平静而悠然。一阵骤风掠过，画卷顿时涟漪翻起，层层荡漾……这就是凌晨时分圣湖玛旁雍错和鬼湖拉昂错的迷人景致。

此刻，在拉昂错南岸一边，站立两个人，分别是张崇斌和鳐鱼。从他们所在的位置，恰好能够看见倒映在鬼湖水面的神山，张崇斌静静地遥望着远处的神山，多日没有理发剃须，他整个人似乎苍老了许多。

“真是人间仙境啊！”鳐鱼不禁说道。他张开双臂，闭上眼睛，大口呼吸着……过了会儿，他睁开眼睛，侧头看见身边的张崇斌依然原地静默伫立着，于是又开口道：“崇斌兄弟，你能选择在这儿潜水，我现在能够理解了。”

张崇斌侧过头来看向鳐鱼，笑了笑。

“真正的男人都喜欢冒险，尤其是在这有名的‘鬼湖’过一水，这以后可以跟自己的孩子吹牛了哦，呵呵，这湖水看着还真是让人有潜一水的冲动啊！”鳐鱼感叹着。

张崇斌望着前方空阔的湖面，说道："鳐鱼，认识你很高兴，尤其是你还能陪我到此。"

"你这个北方人，有胆有识。我们也算是志同道合，兄弟我想交你这个朋友，不希望你有什么意外。"鳐鱼认真地说道。

张崇斌转过身来说道："鳐鱼兄弟，虽然你是南方人，但身上不缺北方人的豪爽义气。所谓'人以群分'，我相信我们兄弟会成为一生的朋友！一会儿，到北岸那边，你要帮我把潜水衣和装备穿戴好。"

"这么早，你就下潜?"鳐鱼有些吃惊地问道。

"是的，我等待这一天已经很久了。"张崇斌回道。

二人重新上车，鳐鱼开着租来的越野车载着张崇斌向"鬼湖"的北岸驶去……随着天色的逐渐放亮，沿着湖边延伸隆起的那道隔望神山的土丘已由幽暗的青色渐成红黄色。越往北行进，这道土丘的地势就越来越高，天空则显得越来越低，渐渐地，远处被云雾半遮半掩的神山被不断升起的土丘隐没。

当开到北岸湖边一处形似港湾的僻静坳角地带时，车子停住了。这个位置，目测上看，是离神山直线距离最近的地方。张崇斌打开车门跳下车，径直奔最接近湖水的岸边走去。来到岸边，迎面吹来阵阵凉风，湖面之上似有层水雾冉冉升腾。张崇斌蹲下身子，将手放入水中试了下水温，感觉偏凉，不过还算是可以承受的温度范围。然后，又将沾了湖水的手指放在舌尖处，一舔舐，果然，味道咸涩。站起身来，张崇斌转头看了看身后的那道数十米高的红色土丘，再转回头，凝望着面前的湖水再度默然静立……此刻，他那看似平静的躯体内，一颗心却是剧烈地翻腾着。张崇斌很清楚，现在自己所在位置的湖水深不可测，也不知道这一带的水下有无鳐鱼遭遇的水怪。此外，到了实地现场，方更真切地感觉到距离神山的遥远。直觉告诉他，如果在水下每次只能潜 20 分钟的话，哪怕就是再延长一倍的时间，要在这么短的时间内到达目标位置——神山腹脏地带，那是根本不可能的。即便进去了，怕也是有去无回……可是，自己此行身兼使命，在这决定成败的关键时刻，哪怕困难再大，也绝无放弃的理由！在这短暂的静默中，张崇斌飞快地回顾了自己从 N 市到贵阳、到云南，再从越南到西藏的一路历程，其间不仅有跨越生死的坎坷磨砺，更有隐秘高人暗中相助，促使自我不断觉悟，修正前进的方向。也许，秉承天意的使命能够让自己穿越那道传说中的"宇宙之门"，进入一个全新的天地，找到神秘能量的源头，窥见隐藏在天地间最深的秘密！想到这里，张崇斌整个身心顿时又被阵阵的热流冲动激荡……

“鳐鱼，请帮我把装备准备好。”张崇斌转身朝站在车旁的鳐鱼说道。

鳐鱼点了点头，来到车尾部，将车后备厢掀起，将放在里面的潜水装备一件件小心地搬出，放置地上。

张崇斌走过去，在车子一旁迅速脱下外衣外裤，全身只剩下紧身的内衣裤，身边的鳐鱼拿着潜水衣快速地帮张崇斌穿上身，拉上衣服锁链。张崇斌伸展了几下手脚，感觉身上的这套潜水服很合身保暖，于是，鳐鱼又将BCD（浮力调节器）套在张崇斌身上。与此同时，张崇斌用沾着自己口水的手指涂抹着手上面罩的透面(以防下水后面罩模糊)。鳐鱼这会儿又将一个沉甸甸的气瓶用调节带绑在张崇斌背后，然后让张崇斌咬住呼吸器的咬嘴，感受呼吸是否顺畅。张崇斌呼吸之时，鳐鱼则观察着连接气瓶的压力表盘数据，手指非常谨慎地调整气阀，直到张崇斌用手势做出“OK”才停手。最后，张崇斌腰系18kg的配重带，手上握着一个水下手电，腕戴三联表，脚下蹬着脚蹼，一把潜水刀绑附在小腿内侧，这样，整套的潜水装备算是穿戴完毕。鳐鱼围绕着张崇斌在做下水前最后检查的时候，说道：“崇斌兄弟，通常深度潜水至少需要两个人一组配合下水，彼此好有个照应。但现在装备只有这一套，所以，你要多加小心，一定要记住我说过的每个注意事项。还有，潜水的时间不要过长，一旦……要是在水下遇见……哎呀，不说了，我在这儿等着你回来!”

张崇斌点了点头，看着鳐鱼说道：“放心吧！我的命运，上天早有安排。”说完，张崇斌让鳐鱼扶着自己慢慢朝湖的方向走去……

当二人走到湖边的时候，鳐鱼突然拉住张崇斌，用手指向湖面大声说道：“湖水好像有变化!”

张崇斌取下面罩，仔细向湖面看去……此时，之前一直像镜面般平静的湖面竟开始出现不时翻滚的波涌。“应该是风吹的。”张崇斌说了一句。

鳐鱼眉头紧皱，没有再说什么。

“我已经准备好了!”张崇斌说完，将面罩重新戴好，口中含咬住呼吸器的咬嘴，慢慢挪动脚步，他站在了一块湖岸边的岩石上，稳了稳身姿，突然他两腿向前上方一弹，“扑通”整个人直立地跳入湖中……

水下，张崇斌不断摆动脚蹼平衡着身体下降的速度和方向，借着手电的光亮，可以看见鬼湖下面是一片死寂般幽深沉静。张崇斌很快适应了水下的状态，根据三联表上深度计的提示，他开始慢慢地向脚下泛着幽蓝的深处潜去，10 米……15 米……20 米，到达这个深度时，张崇斌感觉耳朵里传来伴着闷痛的吱吱声音，他知道这是水压造成的，于是屏住一口气，用力向耳膜鼓气，“吱吱”声和闷痛的感觉顿时消散。再快速呼吸几口气后，张崇斌调整了下 BCD 排气阀，控制好浮力将身体稳定下来，然后用手电朝四周来回照去……光亮映照的距离有限，可见之处什么都没有发现，连条小鱼的影子也没有，下方则依然是深不可测的一片幽黑深蓝，根本看不到湖底。

“此处距鳐鱼告诫的 30 米极限还有 10 米的距离，再下去看看！”想到这里，张崇斌两腿摆动，身体开始再度向湖下沉去，25 米……30 米，终于到达了这个极限深度，张崇斌再次稳住身体，缓慢呼吸，用心感受自己的身心状态。还好，除了两耳深处又传来隐隐的闷痛，面部因面罩紧箍撑得有些难受外，头脑依然是清醒的，人也没有喝醉的感觉。手电的光亮在这个深度似乎变得弱了很多，光芒仿佛被颜色更加幽深的湖水吸收了，借着微弱的光亮，张崇斌依然没有发现水下有什么特别之处，根据腕表的指北针，他开始朝他认为是神山的方向游去。

鬼湖北岸绚丽明朗的天空，风云渐变。不知何方吹起的阴冷狂风阵阵鼓荡袭来，湖面波涌翻腾，雾瘴迷天……岸边的鳐鱼大睁着通红的两眼来回扫望着湖面，不时地，又低下头来看看腕上的手表。时间显示，张崇斌在水下已经 25 分钟，超过事先约定的 20 分钟了。此刻，一直蜷缩身子呆立着的鳐鱼有些稳不住了，他开始沿着岸边来回快速地走动，同时不断地向四处张望。

就在这个时候，湖面一处的水面突然冒出一串串气泡，接着，一个头戴面罩的人头露出水面，鳐鱼见状忙激动地朝那个方向跑了过去。

在鳐鱼的帮助下，一身潜水装备的张崇斌上了岸。坐在地上，张崇斌摘下面罩，大口地喘着气，人显得很疲惫。

“崇斌兄弟，你总算回来了，怎么潜这么久？”鳐鱼抱怨道。

张崇斌看着鳐鱼，长吐一口气说道：“放心！我没事儿，这鬼湖……鬼湖的下面，很深很暗。待休息会儿，我再下去看看。”

“什么？你还要下水?!”鳐鱼一惊。

张崇斌点了下头：“是的。”

闻听此言，鳐鱼顿时站起身来，用手一指湖面冲着张崇斌大声说道：“你好好看看这湖水和气候环境，崇斌兄弟，你应该清楚，现在已经不具备潜水的条件了！

再说，你已经潜过水，这玩也玩过看也看过了，再去下水……那就是疯子！”

张崇斌看了眼鳐鱼，没有回话，随后低下头来解除身上的配重带，脱下脚蹼，然后朝鳐鱼这边伸出一只手臂。

鳐鱼气愤地看着坐在地上的张崇斌，无动于衷……待张崇斌要收回手臂的时候，这才伸出手拽扯张崇斌站起身来。站在鳐鱼对面的张崇斌这时笑了一下，拍了拍鳐鱼的肩膀，开口说道：“没错，我就是个疯子！”

刚刚放松下来的鳐鱼面色顿时又变，他不解地看着对面的张崇斌，一甩手臂拨开张崇斌的手，眼睛里满是怨怒。

张崇斌保持着平静，他盯着鳐鱼的眼睛说道：“兄弟，你真的以为我潜水就是为了玩耍、满足好奇？”

“我早就知道，你不是一个普通的潜水爱好者。却没想到，你原来还是一个疯子！我真不明白，在这个湖里，你为什么要拿自己的生命开玩笑？！”鳐鱼愤愤地说道。

张崇斌转过身来，望着鬼湖，自言自语道：“疯子的行为，往往有悖于传统的认知，挑战了现实的底线，所以世俗大众难以接受。不过，一个人如果没有点疯狂的劲，恐怕一生都将庸碌无为。”说到这儿，他又转过身来看着鳐鱼道：“我的生命，无论长短，这都不是我所关注的，因为上天自有安排。我看重的是，生命的价值和意义。融入这高原湖水，生命就如一滴水珠，上天安排的命运如果要将这滴水珠推在拦道的碣石上，不错，那会是粉身碎骨，可只有这种碰撞才会绽放出激越夺目的水花，哪怕只是一瞬间，但那正是人生的辉煌，生命的升华！”

鳐鱼叹了口气道：“崇斌，你说的这些，很有诗意，也很动听，可我……还是希望你能面对现实。潜水就是一个爱好，或者说，是一个健身运动。你我都不是诗人，做任何事都要考虑到责任和后果的！”

“当然。能来到这个地方，正是因为我要负责任，不仅仅是对自己的生命负责，更为我的使命负责！鳐鱼兄弟，你恐怕自己都不知道你今天所做事情的深远意义。”张崇斌意味深长地说道。

“深远的意义？”鳐鱼不解道。

“你知道我在鬼湖下面发现什么了吗？”张崇斌眉头一挑，反问道。

鳐鱼忙问道：“难道……你也看见了怪物？”

张崇斌摇了摇头道：“我发现湖下面有一个甬洞，它深不可测。可惜，装备不行，我无法进去更深。我想再下去看看是因为这个甬洞似乎不太像天然形成的，而且因为是第一次下潜，前面浪费很多时间，等我发现这个甬洞的时候，按照咱们的约定我必须返回水面了，所以，没有来得及仔细看看这个甬洞的入口位置和形状。”

“这湖下有甬洞？”鳐鱼再次瞪大眼睛。

“呵呵，没有想到吧。我查过的资料显示，玛旁雍错的海拔是4583米；鬼湖拉昂错海拔是4574米。传说中，这鬼湖下面有个可以连通圣湖的‘宇宙之门’。可是，你注意到没有，这相邻的两湖海拔相差近10米，如果两湖真的相通的话，这意味着什么呢？”守着心中更大的秘密，张崇斌旁敲侧击地提示道。

“也许是水质不同造成的吧，但也不应该相差这么大……奇怪！”鳐鱼努力思索着，看得出来，他也被这个谜题“迷”住了。

“没错，这明显是一种违背科学常理的特殊现象。所以，再次下潜探索，我们可能会有重大的科学发现，这难道不是很有意义的事情吗？”张崇斌趁热打铁地说道。

“可是，崇斌兄弟，你看这湖水、这天气，再去潜水，实在是太危险了啊！”鳐鱼再次劝阻道，但语气已缓和许多。

张崇斌的神情此时变得严肃起来，他很清楚，鳐鱼所言非虚。因为在水下，在他发现甬洞的时候，他明显感觉到水压和传导到耳朵里的声音都发生了难以名状的变化，而他自己其实并不知道这种变化究竟意味着什么……可是，如果因为可能陷入不可知的危险就放弃此次行动，那自己所有的努力和付出都将前功尽弃；不仅如此，如果不能及早找到神秘能量的源头，揭示它的本质，那这个隐藏在世间的最大秘密，这个很可能具有改变整个人类文明和社会发展进程的能量恐怕会被意欲争霸地球的境外隐秘组织争先窃取得手，若出现这样的结果，那将不仅是国家的危机，更是整个世界人类的危机！这些念头在张崇斌脑海中闪过后，他深刻地意识到，行动必须抓紧时间，而且自己还得活着回来。

于是，张崇斌平心静气，迎着烈烈的风，放眼环顾面前波涛涌动的湖水、弥漫升腾的雾气、背后的土丘、远处的雪山……“高山之下，流水囤积”，此乃“上艮下坎”的“蒙”卦之象。凭着以前研究《易经》的心得，张崇斌迅速将眼下自身所处的地势格局排出卦名为“蒙”的卦象。根据此卦的彖辞“山下有险，险而止”，张崇斌从中获得的第一感应就是水下之行确有危险存在！如果就此罢手停止不前，那就会处于“前临高山，后涉水险，无所适从，不知所措”的蒙昧状态。不过，这“蒙”的卦辞也有如果能够采取亨通的方式并把握好时机就能获得启蒙的寓意。“此行不就是想获得启蒙吗？此卦正合心意，那么怎么做才算是‘采取亨通的方式并把握好时机’呢？危险又会是什么呢？此前在水下感受到了莫名的震动……”思索到此，张崇斌身心突然一震，马上获得了第二个感应：正是这水下未知的震动力量！因为这组成“蒙”卦的六爻中还隐存“坤震”之象。冥冥之中，张崇斌预感到自己曾经担心遇到的危险处境很可能就是一个能够让自己穿越“甬洞”甚至是“宇宙之门”获得惊天启示的难得机遇！

此时，鬼湖之上依旧是风啸不止，一派水翻雾腾之景象。所谓“夫阴阳之气，噫而为风，升而为云，降而为雨，行乎地中，谓之生气”。外部气候如此，说明此时湖下一定在发生着剧烈的阴阳交感生气变化，这种天地自然运化的力量非人力所及，其带来的玄妙变化更非人类所能想象。

“也许，自己的思想和行为惊动了天地间的某个神明，唵、嘛、呢、叭、咪、吽……”此刻，张崇斌不自觉地在心中默默地咏诵起六字真言。就在这个时候，站在身后的鳐鱼突然扯住张崇斌的手臂叫道：“真是奇怪！崇斌兄弟，你看见了没有？”

张崇斌回过头四下看去，没有发现什么异常，于是问道：“看见什么？”

“一道蓝光，车子那边发出的。”鳐鱼用手指着岸上的越野车惊诧地说道。

“蓝光？”张崇斌也是一怔，思索片刻，对鳐鱼说道，“走，过去看看。”

二人来到车前，鳐鱼围绕车子前后左右看了看，见没有什么异常，他有些茫然无措，嘴里嘟囔道：“难道……是我眼花？”

“打开车子的后备厢。”张崇斌这时开口说道。

鳐鱼掀起后车门，小心地查看着……突然，他看到一个半敞口的旅行袋中露出一截雕镂着人面的黑色金属物件，转头问道：“崇斌兄弟，你包里的……这是什么东西？”

张崇斌伸手将物件抽出，端量一番，微微点了点头道：“金刚降魔杵。”

“降魔杵？买的纪念品？”鳐鱼随口问道。

“它是救过我一命的法器。”张崇斌道。

鳐鱼一听，顿时睁大眼睛。

“兄弟，帮我换好气瓶，我该下水了。”张崇斌紧紧握着金刚降魔杵说道。

“你真的要继续潜水吗？”鳐鱼很是为难的样子。

张崇斌点了点头，道：“你的眼睛并没有花，那是使命对我的召唤。”说着，张崇斌将手臂举起，两眼凝视着尖刃刺向空中的金刚降魔杵。

“啊！……”鳐鱼突然神情骇然，张大了嘴巴，身体后倾倒退几步，手臂哆嗦地指着张崇斌道，“你……你……”

“我怎么了？”张崇斌收回目光，看着表情异样的鳐鱼问道。

鳐鱼使劲揉了揉眼睛，仔细看过站在对面的张崇斌后，这才开口道：“刚才，你整个人像变了一个人，你的眼睛……眼睛里的瞳孔，那颜色，还有形状，都不是原来的样子！我从来没有见过……”

张崇斌听后，一言不发，保持着沉默。

“今天，这一切……都太奇怪了！”鳐鱼自言自语道，他那看着张崇斌的眼神游移躲闪着，同时身体不自觉地抖动起来。

张崇斌突然无声地笑了，却笑意诡谲，他跨前一步，说道：“鳐鱼兄弟，有件事我还想请你帮个忙，可以吗？”

“你想要我……做什么？”鳐鱼紧张地问道。

张崇斌走到车子的后备厢处，倾身打开旅行袋，将一个心形锦包掏了出来，放在鳐鱼的手中，说道：“如果，我超出规定的时间，还没有回来，你就不用等我了。离开这边的时候，请你把它上缴给当地的公安机关。”

“你这么说，是什么意思？这里面是什么东西？”鳐鱼倍感惊惑地问道。

“相信我，你和我一起经历的这一切，都是真实的，是有意义的，也是注定的。所以，请你不要担心惧怕，这也是你的使命。你不要问太多为什么，照我说的做，就可以了。”张崇斌叮嘱道。

在张崇斌的注视下，鳐鱼面无表情地连连点着头，似被催眠一般……

在鳐鱼的协助下，一身潜水装备的张崇斌再次来到湖边，这回，他的手中多了一个物件——金刚降魔杵。鳐鱼从岸边后退与张崇斌换位站立，还没等他做出下潜示意的手势，只听“扑通”一声，张崇斌已是纵身一跳，潜入水中。此时，湖面上弥漫的雾气越发浓厚，湖水似乎被多重外力搅动起来，不断地旋转翻腾着，团团股股的雾气借着风势朝岸边荡聚拥来，仿佛要吞没岸边的一切。站在岸边的鳐鱼看着手表掐好时间，他抬起头来紧皱眉头，茫然不安地巡视着空寂无人的四周……

再次入水，张崇斌一手拿着手电，一手握着金刚降魔杵，凭着记忆向下方纵深潜去。下潜到 15 米左右的时候，对比第一次的下潜，张崇斌感觉到水下环境发生了某种变化，不仅湖水变得混沌，水下的可视度降低，而且水下暗流紊动加剧，这导致手电发出的光亮似乎也变得忽明忽暗起来。“这种水况确实不宜下潜。”这个念头的闪现令张崇斌恢复“理性”，不由得令他担心此行的收效。因为，那个水下“甬洞”还在更深的下方，而当下的深水环境，竟然让他找不到第一次入水时的熟悉感觉了，自我方向感和指北针的提示似乎相差很大。暗自焦虑中，张崇斌调整好气阀不由得加快了下潜和前行的速度，深度20米……25米、26米、27米……视线随着深度的加大变得越来越模糊。不过，令他欣慰的是，他再次找到了那道熟悉的水下岩壁，上次发现的“甬洞”就深嵌在这岩壁之中！这次，在水下不到十分钟就能摸到这突兀立于水下的岩壁，时间的相对充裕让张崇斌有了较为放松的心情近距离仔细观察岩壁……看这岩壁，其宽度和深度在水下都无法目测，朝向湖面的上段岩壁近乎垂直，但在大约27米水深处，岩壁似乎要倾倒一般出现内陷的坡度，整个岩壁开始向深不可测的湖下倾斜延伸下去。看得见的岩壁表面虽然并不光滑，但其上却无任何贝壳、藻类等附着生物，整个岩壁毫无生气，显得森立可怖。凭着方位指示，张崇斌判断这道岩壁应该是鬼湖岸边隔着神山的那道土丘的某段地下基础。

下潜绕过岩壁内陷的转折带，张崇斌开始顺着岩壁摸索寻找曾意外发现的那个水下“甬洞”……

突然，前方岩壁一处隐约呈现一团更为幽深的黑色，张崇斌立即停止游动，用手电照去，判断是否就是那“甬洞”的洞口。然而就在这时，张崇斌感觉身体被一股自下而上的力量猛力冲击了一下，紧接着，耳膜在一阵剧烈的刺痛中听到了一个似乎可以穿透整个身心的撼动之声！他手中的手电光亮也在此际瞬间熄灭，顿时，近30米深的鬼湖水下一片黑暗！

张崇斌屏住气，用力鼓胀耳膜以减轻那股似乎钻进脑内刺挑着神经般的阵阵揪心疼痛，同时，握着手电的手指快速地来回启动手电开关。但手电却没有任何反应。没有了光亮，方向感顿失，张崇斌唯一能够清楚感受到的就是周身的水流不断地上下剧烈涌荡着……正在他努力判断自己究竟是在上升还是下沉的时候，突然，斜下方冒出一道白光！这道白光旋转着如同一个光球向张崇斌这边滚来，在水下，它竟然炫耀得让人几乎睁不开眼。

张崇斌一惊，本能地用手臂遮挡住面门，此刻，他又听到了那个“嗡嗡”的如同雷鸣般巨大的震撼声。与此同时，一股吸引力传递而来，张崇斌感觉身体似乎被一张无形的网牢牢裹住，虽然手脚可以挣扎发力，却无法摆脱，整个人翻卷着朝那团光球滚落去……随着光团的不断接近，张崇斌开始感觉头晕目眩，不仅耳膜钻心地痛，而且呼吸也变得困难，但也正是这种痛苦，使张崇斌依然保持着一丝清醒的意识，他努力克制住内心的慌乱，借着水下的光亮，瞥了眼手腕上的三联表，只见深度计的数据在惊人地变化着：45 米、47 米、50 米……“原来自己正在快速地向水下沉坠，而且已经超越了潜水的极限深度！”明白了自己的处境后，张崇斌骤然感觉到无法再扩张胸腔自主呼吸，且耳畔轰鸣欲聋、头痛似裂，整个身心魂震魄荡，这种伴着恐惧的巨大痛苦在他的身体即将被那团光亮吞没的时刻达到了几近无法承受的极限！

突然，水下一道蓝光绽闪！

只见张崇斌手中的金刚降魔杵的尖端在剧烈的震颤中迸发出一道蓝色光团，光团不断变大，在水中竟然形成光圈，直至将张崇斌整个人包裹住……这个如同光罩的蓝色光环与白色的光球慢慢接触上，交界面立即激发出道道射线，白色光球迅速膨胀将蓝色光圈包容吞裹住，直到蓝色光圈完全消失在白色光芒中。

此时，水下只有这个白色光球兀自在上下翻转滚动着，速度似乎越来越快……突然之间，白色光球闪现一道耀眼的光亮，光亮闪过之后，白色光球陡然消失，水下轰鸣的震雷声也一同消散，整个鬼湖下面又恢复了黑暗平静。随着激荡的涌流渐复平稳，白色光球消失的位置，逐渐隐现出一个深不可测的幽黑甬洞口。

2. 穿越“宇宙之门”

张崇斌被一道蓝色的光晕映照后，几乎就是一瞬间，他整个人顿觉失重，身心不再痛苦难受，放眼去看，周身只有一片耀眼的白光，其他什么都看不清楚，于是他将眼睛闭上……随着一股突然上推的力量，张崇斌感觉眼前恍然一黑，待再睁开眼时，他发现不知怎么自己居然已浮出了水面。可是，这地方却不是鬼湖的岸边，因为四周一片黑暗，举头更不见蔚蓝的天空，这儿竟是一个他从未到过的陌生地界。

逐渐恢复神志的张崇斌一手紧握着金刚降魔杵，另一只手在上下左右来回地摸索，手上的手电已不知去向，若不是手臂划动水面发出了“哗哗”的声响，他简直不敢相信自己已漂浮在水面上，“真是不可思议！难道自己穿越了传说中的那道

‘宇宙之门’?”张崇斌想起刚才的水下遭遇，不禁自问，“那么，这个地界究竟是什么地方？难道……这就是朝思暮想的神山内部?!”

张崇斌掀起面罩，睁大双眼努力望着黑茫茫的四周……看不到尽头，一切都处在未知中。此刻，他的心情很复杂，其中有着莫名的期待，但失落和紧张的情绪也随即而来。“这到底是什么地方？自己这是在哪儿?”恍恍惚惚中，张崇斌感觉其中一个方向的尽头似有黑障壁立，虽然看不大清楚具体的形态构造，但这却让张崇斌迅速对身处的环境有了立体的空间感，原来自己是在一个空间巨大的地下湖的水面上。此时此刻，张崇斌小心地抽出绑在小腿内侧的潜水刀，将刀背横在口中，锋利的刀刃朝外，用牙齿咬住刀身，然后手划脚蹬朝那个方向游弋去……当距离黑障不到10米时，张崇斌突然停止了游动，他被眼前的一个现象震惊住，只见前方近乎笔直的黑障立壁竟然是“活”的！原先乌黑的立壁突然冒出一层微弱的光彩，确切地说是一层柔和却透着神秘气息的绿光，紧接着，整个泛着光彩的立壁开始慢慢地向右侧移动开来……张崇斌吃惊之际，忙扭头向四周望去，赫然发现原以为开阔虚空的四周已被一圈或明或暗的绿色光芒包围住，形成一圈巨大的绿色光环，更为惊叹的是，这个转动的光环似乎是漂浮在层层波动的水面上。光芒临水，顿时流光溢彩、荧色霍霍，令人失神迷性。不觉间，潜水刀从张崇斌的口中脱落，浸入水中。

“啊？难道自己这是又来到了布达拉宫的地下不成?”黑暗中再见绿色的荧光，张崇斌第一个反应是想起了曾与神秘高僧在布达拉宫地下的经历，但眼下又一个意想不到的景象的渐渐呈现，让迷惑中的张崇斌完全陷入了无法判断的错愕中。

但见转动着的绿色光环似有节奏般地忽明忽暗起来，但每次明起的亮度都超过前一次。而那面不断移动的立壁，其上泛闪的绿光亦愈发绚亮，偌大的地下空间，所有闪烁光芒的地方，明暗皆成呼应之势，如同呼吸一般。这近在咫尺的一面立壁的莫名移动，再加上漂浮水面之上转动着的巨大光环眨眼般地闪耀……惊惑之间，张崇斌已是分不清这到底是整个地下水体在转动，还是支撑这个地下空间的立壁在移动，抑或二者同时在相对运动。抬起手臂，张崇斌发现三联表中的指北针竟在疯狂地打转！

尽管眼前这般奇异现象令张崇斌陷入困顿，一时无所适从，但他还是将更多的注意力放在了那随着立壁位移而逐渐显露出的一道狭长幽深的缝隙上。缝隙不断开敞，借着空间幽明的光亮，似可见一股股的气团从那缝隙中“蹿蹦”出来……

张崇斌本能地屏住呼吸，突然，他想起了什么，忙低下头用手将脱下的面罩扣在面部，同时将呼吸器的咬嘴送到口中。可就在这个时候，一个如雷般的巨大“嗡”声滚滚而来，张崇斌全身顿时一震，手一抖，面罩从面部再次脱落下来。待他再次抬起头来，望了眼面前更为开敞的缝隙后，不禁双目圆睁……“那是什么？人的面孔？”只见一张黝黑巨大的人面，竟然隐约浮现，就在那狭长缝隙后面的幽深地带！

恍然间，立壁缝隙里面的幽光弱减下来，幽暗中隐约浮现的影像消失了。张崇斌的心脏却高速蹦跳、激动不已，虽然没有看得十分清楚，可刚才的那一幕，和当下的种种异象，让他意识到，自己的确进入了一个异度空间，而这正是自己这一路上苦苦追索、最为期待的调查领域。只是，这个领域究竟是“极乐的天堂”，还是“痛苦的地狱”，还有等待着自己的结局会是什么，他已无法做出明晰的判断……一时间，他的内心又难以抑制地阵阵收缩颤抖起来。

“凭空解缘由，天意承受命。”蓦地想到隐世老者留下的末句谶语，张崇斌在这一瞬之间，竟从诗句的头尾中更深地解读到这局命理玄机。“这一切，都是缘起于欲拯救兄弟于奇冤命案，阻止外来入侵者威胁国家安全的执着和信念，若不能完成此心愿，就是违背‘凭天由命’这一‘使命’，而天意是要自己承受这一命运的！”感悟到此，张崇斌平定了心绪，再度将目光投向缝隙中的幽深之处。

此时，整个地下水面弥漫着一片雾气，在或明或暗的光彩映照下，水汽之间波诡云谲、光怪陆离，透过一层如同幔帐的绿色迷雾，张崇斌注意到面前的立壁已是停止了活动，那道似乎带着某种角度倾斜开敞的缝隙又开始吐出团团雾气，突然，其幽深之处凭空冒出一道白色亮光，顿时映亮了整个幽黑的空间……“竟然是它！”这一回，张崇斌终于窥见这个神情肃穆的“人面”影像的全貌，原来那竟是一个兽身人面的巨大“怪兽”，足有四五十米高，姿态就如同埃及大金字塔台地西南角的那个狮身人面像（斯芬克斯），虎狮般的身体趋地伏卧，高昂着“人面”的头颅虎视眈眈地目视着缝隙的敞口处，它的整个体积要比埃及的狮身人面像庞大得多，其身姿雄拔，气势威严，随着乍亮的光芒暗淡下来，这个“怪兽”的面部似乎动了起来，整个身躯似欲挺起……

紧接着，又是一阵巨大的嗡鸣震荡传来，声音正是从那幽深之处发出。

这时，金刚降魔杵开始微微地震动起来……感受到这个震动，张崇斌不由得握紧了手，他将金刚降魔杵举到面前，睁大眼睛凝视着，随即，他的身体竟也开始抖动起来，既像是控制不住的恐惧战栗，也仿佛是那手中的震动传递了全身。此刻，浑身不断抖动着的张崇斌整个人的身体竟从水中缓缓升了起来！

当张崇斌完全凌空悬升在水面上时，又一阵震耳欲聋的嗡鸣回荡在整个地下空间，张崇斌骤然感到下丹田处有一股热流蕴生萌动。与此同时，他手中的金刚降魔杵的尖端冒出一团蓝色的光圈，这个光圈渐渐地放大……看到这个光圈，满心躁动的张崇斌顿时安宁镇定下来，这使他对身心的种种感应异常敏感起来：先是尾闾穴一阵麻热涌涨，紧接着，整个后背似有一片蒸气热流沿着脊柱向上，经过夹脊、玉枕两关，直奔颅顶冲去……“轰”的一下，整个大脑一阵眩晕！然后，鼻梁间似有爬虫钻入，阵阵麻痒，时间不长，麻痒的感觉消失，却闻到一股难以名状的奇香，每深吸一口气，整个人都似乎被推向一道富有弹性的幔帐上。这种感觉太奇妙了！张崇斌不由得闭上眼睛，享受起这从未体会过的美妙感觉……突然，他感觉两目之间暴出一道耀眼的光亮，脑内深处骤然传来一阵剧烈疼痛，那感觉就如触电或是烧灼一般，张崇斌猛地睁开眼睛，这一刻，他赫然发现，自己所在的地下空间似乎发生了某种奇妙的变化，此前那些奇异现象的背后，竟然还有着更令人惊叹不已的玄妙奇观！

但见整个地下空间豁然绚丽多彩，原先幽暗的绿光雾气此刻竟如焰火般从内向外发散出一串串蠕动的光晕，而在这层层错落的光晕之间，还上下飘浮着一道道螺旋形的光彩，这些螺旋形的光彩围绕着张崇斌周转飘动着，同时，也在聚集着。当它们全部聚集在一起时，这团光彩又改变了运动轨迹，开始在张崇斌面前自旋起来，随着自旋转速的不断加快，竟逐渐形成了一个白亮的光球……旋转片刻后，这个光球突然停止了转动，也停止了移动，只是静静地悬停在张崇斌的面前，虽然很亮，但不耀眼，不时地，整个球体会有节奏地自发颤动一下，仿佛呼吸一般。

张崇斌禁不住抬起手臂，向这个直径1米多，近在咫尺看着温暖柔和的光球慢慢伸去，光球却像长着眼睛似的，轻轻向一边飘动闪躲开来。

这时，地下空间又传来巨大的嗡鸣之声，白亮光球闻声骤然剧烈抖动起来，随着不断的晃动，只见光球先是缩小了体积，小到只有足球般大小，然后又开始围绕着张崇斌转起圈来……突然，光球在转动中再次膨胀变形，但是，这一次，却完全变换了形状，它竟然以一个类人的样子，有头、有身、有臂、有腿地展现在张崇斌面前！

“啊?！难道它也是种生命体?”大开眼界的张崇斌不禁暗自叹问道。

这个类人发光体的头部前后摆动了两下，仿佛是在对张崇斌心中暗念的回应。

“它竟然还有着通晓心灵的智慧！”张崇斌呆望着眼前这个完全超出他想象的异类生命体，一时间怀疑起自己的眼睛，抑或这是一个奇妙的梦境。于是，他暗暗地握紧拳头，手中的金刚降魔杵在微微地震颤着，低头看去，张崇斌发现自己的两手仿佛是在X光照射下，根根筋骨和关节都可以清楚地看到，随着两手用力握紧，两只拳头的周围竟会变得更为光亮，那左手里的金刚降魔杵尖端随着拳头握力的改变还会冒出长短不一的微光……

这一刻，张崇斌恍然意识到，眼前的一切都不是梦，这都是真实的，只是，自己已不在正常的状态下了！

“这要么是整个地下异度空间强大的能量场让一切都处于类似X光的透射下；要么就是自己此番特殊经历，且在这个特殊的空间里，被几种特殊的能量激发出身体潜能；或者是这两种情况皆有的原因，自己的眼睛看到正常人眼中看不到的景象了！而眼前的这个类人的发光物，它分明就是一个等离子能量的聚合体，只是以前没有想到，这种物质本身竟然可以成为一个具有智能的生命体！那么，眼前的这个智能生命体究竟算是什么生命现象？它有何能耐？它在自己面前显形到底要干什么？它一定就比人类、比自己更聪明吗？”张崇斌不禁又暗自揣测起来。

张崇斌此番心念方起，只见“人”形的发光物一阵抖动，然后就围绕着张崇斌飘忽地飞转起来，仿佛彼此之间有着某种吸引力，张崇斌整个人慢慢地也随着那发光物悬空自转起来，与此同时，发光物和张崇斌如同一个完整的结合体共同朝那道立壁斜开的缝隙缓慢移动而去……就在靠近缝隙之际，突然，发光物和张崇斌就像被一只从黑暗中伸出来的无形的手抓住一般，猛地被拽进了那片神秘黑暗的地界。

随着幽深之处又一次白光眩亮，张崇斌于此一瞬间惊叹地发现自己进入了一个更为开阔的空间。那个身姿巨大的兽身人面的“怪兽”已在身后远处，而他面前却呈现出一个巨大的圆形平台，平台的周围是一根根排列有序的巨大石柱。这时，整个空间嗡鸣震响回荡，张崇斌感觉体内似有热量聚集并于中脉上下共振冲荡。

此时，人形的发光物游离开来，独自朝着一条通往平台中心处的敞口通道飞去……张崇斌的身体不再悬空，他的两脚踏在光滑的平台之上，沿着发光物飘行的轨迹，张崇斌迈动脚步朝通道深处走去……通道的两侧依然是间隔有序的巨大石柱，这些石柱与平台外圈的石柱有所不同，其体积规格要小一些，排列得更为紧凑，颜色也似乎更为深暗。穿过这一大约20米长的通道，前方又是一个高于外圈平台的圆形平台。张崇斌抬头看着这个平台的中心深处，隐约看见不止一个“人”

形的发光物正在围绕平台中心交错飞转。

张崇斌的身心一阵难以名状的激动，他似乎意识到了什么，于是慢慢抬起脚踏上了这个高出站位的内圈平台……就在张崇斌完全站在了平台之上时，只见整个平台都“活”了起来，紧接着一道极为耀眼的白光于平台中心如闪电般地绽放开来。

3. 寻找关键人物

藏区某军营会议室。

7 月 10 日上午 8 点整，邢队长、张政委、隋处长和便衣男子在会议室内再次就案件的最新情况召开碰头会。

邢队长道：“当前，神山一带，军方已经布控到位，我军区的特种作战部队也已做好战备随时待命，神山的安全是可以得到充分保障的。不过，目前来看，张崇斌并没有出现在神山附近。”

“那他能去哪里呢？”张政委皱着眉头自言自语道。

“我看，还是得从祁兵身上入手。”隋处长道。

“是的。祁兵一直迫切希望见到他大哥，他认为张不会回 N 市，定有他的理由。而张崇斌也非常关注唐凯和祁兵涉案的进展情况。我想，张崇斌这段时间内一定会主动与自己的人员联系，如果我们让祁兵主动与相关人员通话，基于他们对祁兵的信任，以及祁兵与我方的配合，我们一定会找到线索的。”便衣男子说道。

“张崇斌是确定这起事件性质的关键人物。作为特殊一类人才，必要的时候，我看，我们可以考虑让其介入到我们的调查中。”张政委说道。

“那现在就让祁兵过来。”邢队长一拍桌子大声说道。

大约 10 分钟后，祁兵在两名军人的押解下来到了会议室。像上次一样，祁兵的手铐被除去，此时，一种身受屈辱同时又被关注信任的感觉，让祁兵的内心激荡翻腾。这一切，从祁兵无言却剧烈起伏的胸口，众人都能感觉得到。

“祁兵，通过我们的调查，目前你的案件已有一定进展，而且可以告诉你，总体情况是对你有利的。这次让你来，是让你提供如何能找到张崇斌的线索。”便衣男子开门见山地说道。

祁兵眼睛一亮，说道：“关于我个人的问题，我相信一定会得到秉公处理的。我大哥，他现在下落不明？”

“是的。你认为，他会去什么地方？”便衣男子问道。

“你们找他做什么？”祁兵问道。

“对整个案件协助调查。”便衣男子道。

祁兵略一思索，回道：“我想，有一个人会知道的。”

“谁？”

“孔超，他是我大哥信任的人。”

“你可以和他联系一下吗？”

“可以。”

“那你现在就联系。”说着，便衣男子将一部带有触摸屏的加密座机放在祁兵跟前，输入一次性的开机密码，然后按下监听键。

祁兵接过话机，输上一组电话号码，然后等待接听……很快，电话被接起，里面传来熟悉的声音，正是孔超。“喂，请问是哪位？”

“我是祁兵。”

“祁兵，真的是你啊！太好了，咱们的调查工作进展如何了？”

“我问你，张总现在何处，你知不知道？”祁兵截问道。

“哦，祁队长，一周前张总给我来过一个电话，他说过你会与我联系的。不过，张总并没有明确说他在哪里。对了，我记得张总说了这样一句，他说他在‘伸手就能触摸到神山巅峰的地方’。”

“‘伸手就能触摸到神山巅峰的地方’……就这些？还有其他的留言吗？”祁兵问道。

“哦，张总还说调查工作可能很快就会有突破性的进展！”孔超回道。

“突破性的进展……这是指哪方面？”祁兵追问道。

“张总没有说。祁队长，你和张总，这段时间一直都不在一起？”孔超那边疑问道。

“孔超，你放心，张总没有事，我这边……正在接受调查。”祁兵略有些犹豫地回道。

“我明白了。祁队长，我们都相信你，你是无辜的，你也一定不会有事的。对了，我还要再告诉你一件事，在需要的时候，你可以向调查你的人反映，这对你会有帮助的。”孔超那边大声地说道。

“什么事，请你说清楚。”祁兵道。

“那具女尸在火化前，张总曾亲自对尸体进行过秘密解剖，并留下录影，证据就存放在公司。张总说，这个日后可以作为证据，证明那个女人在你出事的那个夜里，已经死亡，你暴力殴打的只是一具因某种原因而激发出一种特殊超生反应的‘诈尸’。”

“‘诈尸’?!”祁兵不禁一怔，“那张总为什么不早说?”他紧接着追问道。

“张总曾单独对我说，只有这么一份来路算不上光明正大的孤证，很难将案件解释清楚。而且，过早说出来，容易让公司调查人员误入歧途，甚至会让外界的人当我们是在搞迷信活动，反而对整个案件的调查澄清更为不利。祁队长，你要理解张总的良苦用心啊!”

祁兵默默地将电话挂断。转过头来，他看向对面的众人。

便衣男子站了起来，握紧拳头说道：“太好了！张崇斌竟然事先收集到这份证据。”

这时，张政委、隋处长、邢队长也都不约而同地站了起来。

“这份证据，对说明案件事实非常重要!”张政委看着祁兵点头道。

隋处长和邢队长依然保持着威严冷峻的面容，但那明亮的目光里却隐隐闪现出难以掩饰的惬意。

祁兵眼眶里慢慢涌现泪水，他努力控制着不让泪水滚落下来，哽咽地说道：“我知道……我坚信，这一天终会到来的。我，我要找到我大哥！我现在就要找到他!”

“祁兵，你先别激动，我们也正在找他。你说说看，怎样才能找到你大哥?”隋处长问道。

“他一定就在神山附近!”祁兵急切地回道。

“我们已经派人寻找数日，神山附近，根本就没有张崇斌的影子。”邢队长摇了摇头道。

祁兵用手背拭干湿润的眼角，挑起眉头不解地反问道：“怎么可能?伸手就能碰到神山顶峰的地方，难道会离神山很远吗?”

“祁兵，我提醒你一下。你大哥在接受我们对他的审查后，临走之时，他曾明确地说过，再去神山，他不会去登顶，也绝不会在公众场合做出任何冒犯宗教禁忌的行为。而当地的宗教习俗，是不允许任何人登顶神山的。所以，你大哥张崇斌那句话的意思，也许并不意味着他一定会出现在神山附近。现在看来，他确实信守了诺言。”便衣男子道。

祁兵听后，沉默下来，一时无语。

“你再仔细想想，你大哥是不是事先掌握了某个秘密通往神山的通道?”便衣男子又提示道。

“通往神山的通道?”一时间，祁兵的脑海里闪现出张崇斌的样子和其曾说过的那些现在品味起来方觉意味深长的话语：前往神山的路上，张崇斌举起手中的纸环，目光透过纸环向远方看去，嘴上说着“我们也许会穿越一个常人看不见的隧道”……张崇斌问起“如果有人想从其中一个时空‘自然地’进入另一个时空，应该怎么做?”……在热气球上，张崇斌最后叮嘱道他会操作这热气球向玛旁雍错圣湖旁边的拉昂错湖方向飞降。

“啊，是在拉昂错湖!”沉默着的祁兵突然破声叫道。

“什么?他人在‘鬼湖’?”众人不禁一惊。

“怎么知道会在那边?”便衣男子忙追问道。

“因为，在那边，就可以用手触摸到神山的顶峰!”祁兵回道。

“祁兵，你的意思是，神山的倒影可以出现在那湖面上，是不是?”便衣男子恍然明白过劲来。

“没错!拉昂错湖位于神山脚下，离神山不算远，天气晴朗的时候，神山的顶峰一定会倒影在湖水中。我大哥留下来的那句话，一定是这个方位的暗示!”祁兵深深地吐了口气说道。但没过几秒钟，祁兵突然又皱起了眉头。

便衣男子注意到祁兵的情绪变化，不禁也皱起眉头说道：“湖中倒影……可这是‘水中捞月’，就算去了那边，又能有什么意义呢?”

祁兵抬起头来，满面焦虑地回道：“我大哥，他很可能是在湖下面，寻找水下的通道。”

“水下的通道?”邢队长眉头顿时一拧，张政委和隋处长彼此也是面面相觑。

“他怎么知道那湖下会有通道?”便衣男子质疑道。

祁兵望着众人，神情严肃地说道：“听我大哥讲，这回调查，他曾在云南迪庆的一个地下洞穴中遇险，他被地下河流冲走，最后大难不死，是因为他潜水通过一个地下水道进入另一个洞穴中，从那里，他一个人走了三天三夜才回到地面脱险的。还有，我们这次进藏去了一回布达拉宫，就在那座宫殿里，我和我大哥走散了。我过后问他去了哪里，他告诉我，一个神秘的喇嘛带他进入了宫殿的地下，发现那下面竟有洞穴，而且，还有一个地下湖。那个喇嘛告诉我大哥，说那湖水可以通到40里地以外的雅鲁藏布江，曾经就有人从那个湖里进去，最后竟如穿越了生死轮回一般，从另外一个湖中活着出来了。这种不寻常的经历连续让我大哥遇上，以他的聪慧觉悟，他一定会从中得到特别的启示。”

“从水下通道进入神山，这可真是一个匪夷所思的构想。”张政委不禁感叹道。

邢队长看着张政委道：“据我所知，这鬼湖确实有与众不同之处，它的周边环境一直都是死气沉沉的，但那湖水经常是无风也起三尺浪。当地藏民对神山圣水一直都崇敬有加，但对鬼湖却是充满敬畏和恐惧，一般不愿提及此湖。现在说这湖下有通道可达神山，这还是第一次听说。”

隋处长走到一面挂有阿里地区卫星地图的墙壁前，背着手看了会儿地图，说道：“就算是湖下有通道，可这鬼湖到神山的距离可不短啊，张崇斌如果一个人潜水去寻找湖下的通道，那简直是拿生命开玩笑！”

“是啊，那样做，很不理性，风险太大！”便衣男子在一旁补充道。

“我大哥，如果他真的这样去做了，就一定有他的理由。是他让我相信，世间没有做不到的事情，只有人想不到怎么去做！”祁兵突然大声说道。

众人再次将目光投向祁兵，祁兵胸口剧烈地起伏着，他看着众人，又道：“有的事情，不能完全看表面现象，它的真相，也许与我们以往的认识有很大的差别。虽然，目前人类的科技很发达，也创造了辉煌的文明，可是，谁又能否认，这个世界上，现在依然存在着大量科学无法解释的现象！”

祁兵这一番话，让众人一时无语，就在这时，会议室的电话响起，邢队长过去接起电话，说道：“我就是……嗯，说吧。”

过了片刻，接听完电话后的邢队长挂了电话，转过身来，他看着众人严肃地说道：“今日凌晨时分，有人去了鬼湖，并下湖潜了水。”

“哦？”众人闻听此言顿时一怔。

“那人一定是我大哥！”祁兵瞪大眼睛看着邢队长。

“大约半小时前，有人将此事件报了警。但此人不是张崇斌，他将一纸画有三角形和圆圈的奇怪图案交给了警方。”邢队长回道。

“谜图！”便衣男子忙看向隋处长。

“果然是张崇斌，他真的去了鬼湖！”隋处长点头道。

祁兵这会儿脸色突然变得煞白，他似乎意识到了什么。

邢队长低头看了下手表，再抬起头来，说道："既然目标已经锁定，我现在就安排特战人员前去鬼湖，争取尽快找到张崇斌。"

隋处长随即对便衣男子说道："董科长，你现在就安排人员去N市将录影证据提取回来。"

"我也要去鬼湖！请首长和领导批准。"祁兵突然大声说道。

"不行。你的案件还没有彻底结案。"便衣男子回道。

"请你相信我，我必须去！虽然……我现在是一名犯罪嫌疑人，但在这个特殊时期，就当是给我一个'戴罪立功'的机会吧！"祁兵抗争道。

便衣男子看着隋处长，隋处长看向张政委和邢队长。

邢队长用锐利的目光看着祁兵，突然大声说道："我相信军人的忠诚，我来对祁兵的一切行为负责。"说完，他大步走出会议室。

鬼湖。

7月10日上午9点50分，阿里地区普兰县城的上空风云突变，清晨时分还是一片光照绚丽的晴空，此时阴暗下来。在这片风云变幻的阴郁天空之下，那闻名绝世拔地雄起的神山已是被团团浮掠吞吐的浓厚雾气笼罩，形隐神藏，不见真容。

神山东南方向山脚地带，一架直升机正低空盘旋在一个月牙形的湖面上，迷雾缭绕的湖面被螺旋桨旋卷的强风吹荡起层层波浪。距此不远处，是湖的北岸。岸边上，呆立一个头发散乱、两眼通红的男子，他目光迷离地盯着湖面一处，身体不时地抖动着。此人正是鳐鱼。在岸坡上行的开阔地带，停靠着几辆军车，三名浑身浸湿的"蛙人"正在车辆旁边卸下各自的潜水装备。此外，还有一队军人正齐手将一艘小型汽艇自岸边往湖边挪移。

这时，一辆军用吉普车从远处快速驶来，一直开到人员聚集处停住。车门打开，一身迷彩戎装的邢队长从车里走了出来，紧接着，祁兵和另外两名全副武装的随车军人也从车里跳了下来。

周围的官兵看见邢队长，迅即原地立正，目视行礼。

邢队长一边回礼一边大步走向湖边，当他来到岸边站定，看着眼前的湖面，不禁暗皱眉头。转过身来，他向自下车就一直跟在其身边的一名年轻军人问道："什么情况？"

军人回道："报告大队长，我们的潜水员已在30分钟内两次下水试潜，没有发现搜寻目标。”

邢队长又问道：“那在湖下，有没有发现通道一类的特殊地质构造？”

“通道？”军人先是一怔，马上又做出回答，“没有。因为气候突变，而且湖下有流速强劲的暗流，潜水的条件非常恶劣，无法探底看清水下环境。考虑到强行潜水的风险过大，现在我们正准备通过投放 ROV（遥控无人潜水器）进行水下探测搜索。”说着，军人用手指向已经驶进湖中的汽艇。

波涛涌动的湖面上，一艘小型军用汽艇随着涌浪不断地上下颠簸着，在汽艇舷边处，两名军人正徐徐地将一个外形如雪橇车般的橙色潜水设备慢慢投放入水中。汽艇驾驶室内，另有两名军人在操作平台上开始对 ROV 进行遥感控制，并通过监视器不断接收传输过来的水下图像资料。

岸上，邢队长这会儿眼睛看向另处岸边一直呆立着的鳐鱼，抬手一指，军人立即答道：“他就是报案人。不过，我们发现这个人的精神似乎有些异常，他反映的情况不知道是否……”

军人的话还未说完，一直站在邢队长身后的祁兵突然拔腿跑开，直奔鳐鱼而去，随车前来的两名军人立即跟随跑去。

祁兵来到鳐鱼跟前，一抬手将鳐鱼的身子扳了过来，他看着鳐鱼通红的眼睛，同样红着眼睛问道：“你告诉我，是否有人在这个湖里下水了？”鳐鱼张大着嘴惊恐地看着祁兵，什么话都说不出来。

“你快点说啊！”祁兵双目圆瞪大声喝道。

“轰隆！”就在这时，突然天空一声惊雷炸响，所有的人不禁感到头皮一阵触电般地发麻，于是岸上的人不约而同都仰起头望向天空，却不由得更是一惊，但见空中乌云翻滚，气势沉郁似欲逼压过来，片刻之间，一阵阵阴寒的狂风夹杂着豆大的水滴向鬼湖北岸劲扫过来。与此同时，整个鬼湖湖面翻腾起带着漩涡的浑浊涌浪，湖水的颜色也由深蓝变成令人心瘆的暗黑。此刻，湖中的汽艇驾驶室内，遥控监视屏幕突然变色，亮度逐渐增强，一道白光骤然闪烁后，屏幕随即变得一片墨黑，辅助屏上显示的扫描声呐和水下定位的数据也同时消失，整个水下图像数据传输系统顿时完全中断！

发生了这种意外情况，负责遥控监视 ROV 的两名军人不由得神色惊变，其中一名军人连忙抓起对讲机大声喊道：“3 号，3 号，‘猎鹰’有紧急情况汇报！”

岸上，年轻军人拿起对讲机立即回叫道：“3 号收到，请‘猎鹰’立即回答！”

“报告，湖下突然出现不明光源，ROV 失踪了！我们的 ROV 失踪了！”

鳐鱼这边突然大喊大叫起来，他似乎被炸雷惊醒，不，更确切地说，他是从迷离痴呆的状态突然变得歇斯底里起来，表情极度扭曲，双手狂挥乱舞着转身就跑。

祁兵几大步追了上去，一把将鳐鱼拽住！无法前行的鳐鱼转过身来，他怒视着祁兵狂躁不安地挣扎着，同时嘴里呜里哇啦不知所云地喊叫个不停……随后追上来的两名军人一前一后将两人围堵住。

鳐鱼突然放弃挣扎，不再叫嚷，那双布满血色的眼睛越过祁兵的头顶，直直地瞪向了天空。祁兵似乎意识到了什么，转过头朝空中望去：只见空中一团巨硕浓厚的黑云缓慢旋转着向湖面突兀沉降下来，漆黑的云团中不时有杈状闪电向湖面“刺”去，而垂直于这团云雾的湖面之上升腾起一片阴霾瘴烟，犹如墨水浸透的魔法披肩，自动盘旋伸卷向天空……就在这时，那垂坠的黑云下端突然冒出一根左右甩动的“黑长尾巴”，其下方升腾飘起的黑色“披肩”顿时被搅动起来，与那“黑长尾巴”舞扭交织在一起，湖面与黑云，就这样被一条不停扭动着的黑色纽带诡异地连接了起来。

“是龙卷风!”岸上惊怔的众人这才纷纷反应过来。

这一刻，祁兵慢慢松开紧抓着鳐鱼胳臂的手，不由自主地朝湖边走去，直到鞋子和裤腿被扑上岸的湖水打湿才站住，他眼神迷茫地望着眼前这一罕见的天象。

然而，更令人不安的是，那条“黑色纽带”似乎越来越粗，带动着形如怪兽狰狞的黑云和层层翻滚的湖水朝岸边席卷而来。

神色严峻的邢队长看到这一幕，对身边的军人下达了指令：立即停止搜索行动，全体人员回撤到安全地带。

当祁兵看到直升机低空飞离湖区，湖面上的汽艇快速停靠到岸边，岸上所有的军人紧张地将各种装备打包装上已经发动起来的车子时，迎着劲骤的风雨，对着势不可当旋转逼仄而来的巨大黑云，祁兵紧握双拳“啊”地嘶喊一声，泪水顿时喷涌而出……

第三十四章　神圣的使命

1.“沙姆巴拉”洞穴

神山南望，是平行于冈底斯山脉犹如巨龙般横亘东西盘踞绵延2500多公里的喜马拉雅山脉。这道整体向南凸出的山脉北带，群峰高耸，傲视苍穹。

此时，一个地图上没有任何标记的北带南坡地区，一支五人组成的看似登山探险的队伍正上行穿过一片雪松林立的地带，到达这片林地边界之处，上坡道的地势陡然变得峻峭险绝。举目上望，不远处的前方竟是一道20余米高近乎直立的崖壁，崖壁之上，雾霭缥缈，遮峰蔽日。

走在这支队伍前头身穿一套黑色冲锋衣裤的高个子男人这会儿停住了脚步，他扶着一棵挺拔的雪松，摘下雪镜抬起头来，大口喘息的同时，放眼向四周望去……此人，正是尼科。他身旁的四个登山者也停止了前行，各自摘下雪镜，露出欧洲男人特有的面孔轮廓。

尼科这会儿看了下表，此时已是下午1点，他说道：“兄弟们，我们先在这儿休息片刻。”

“这总算是个不坏的主意！”

“唉！看来又是条死路！”

“没错，鬼都不会来这儿的！”有几个队员发起了牢骚。

尼科听到这些，眉头微皱，一言不语。

休息期间，这伙人有的坐在地上大口喝着水，有的在咀嚼着巧克力，有的在给胸前挂着的相机调着镜头焦距，还有一个神情严肃的年轻人，这个年轻人一边看着手里的探测仪器一边在一张地形图上标记着什么。突然，年轻人的神情变得有些异样，慢慢地，他站起身来向尼科走去。

“嗨，尼科，您瞧这个。”年轻人将手中的仪器伸向尼科眼前。

尼科侧过头来，认真地看了一会儿，当他看见显示屏上的数值每隔一段时间就突然跳动成为乱码时，不禁也是一怔，惊叹道：“有电磁脉冲!”

其余的几个队员听到这句话后，立即都起身围靠过来看向仪器。

“尼科，师傅传过来的‘沙姆巴拉’洞穴大致方位的坐标就是这一带，这会不会是那洞穴发出的能量?”年轻人询问道。

“我的上帝，难道我们找到‘沙姆巴拉’洞穴了?!”此时，围观的队员们个个神情兴奋激动着。

尼科的嘴角微微一翘，但马上又收敛起刚刚绽露出来的笑意，他警觉地向四周看了看，见没有什么异常，转过身来，看着周围每一个人的眼睛，严肃地说道：“各位兄弟，我们远离家乡来到中国西部，这一路走来，大家谨慎小心辛苦万分，为的就是找到这个秘密洞穴。现在看来，这个洞穴，它很可能就在附近!”

“上帝啊，这真令人难以置信!”

“那我们该怎么办?”

看着周围这些兴奋却不知所措的兄弟，尼科继续说道：“本会掌握的这个秘密，是这个世界上隐藏最久也是最具价值的隐秘，我们需要找到它来完成在新纪元‘建立世界新秩序’的使命。我想你们一定都还记得，师傅曾告诉过我们，古往今来，世间一直都有着各种势力和组织，更有能够窥天的夜贼在寻找它，他们妄图将其窃为己有!”

“哦不！这是伟大祖先托付给本会的圣物！决不能被他人窃走！我们现在就去把它给找到。”队员们纷纷摩拳擦掌。

“是的，我们必须找到它。不过，各位要多加小心，别忘了师傅嘱咐过的话：在工作的时候，要提防周围那些想阻止和伤害我们的恶魔!”尼科提醒道。

“哗啦！咔嚓!”随着一阵拉动枪栓的声音响起，这伙“登山队员”顿时个个神情紧张地端起手中的枪。那个年轻人则神情专注地盯着手中的测试仪器，身体不时地朝不同方位移动着，终于，年轻人停止了身体移动，猛地抬起头来，他朝崖壁方向看去。

尼科见状，对身边的队员一摆手，然后带头率众人向崖壁方向摸索而去。来到崖壁跟前，众人这才看清楚原以为只有20余米高的崖壁竟然是一道纵深百丈悬崖峭壁的一部分，穿望峭壁悬空一侧，前方更为高远之处，隐约可见一道亮白雪线。位于此地若想继续前进，只能是攀爬翻越这道脉络纵横、岩石裸露的崖壁，它是唯一的上行通途。

“嘿嘿，终于该我出场了！”有着多次攀岩锦标赛经验的安德烈此刻一边仰头看着崖壁，一边熟练地将背包里的挂绳、钩环、岩石锥、挂片等攀岩器具取出拴挂在身上。

攀爬这类形态的崖壁，对安德烈这样的行家里手来说，实在算不上什么。只见他上下观察一番，很快便确定了保证安全的固定点位置和攀登路线。准备好之后，安德烈即开始行动。他采用“先锋攀登法”，利用岩层的天然纹理和缝隙做好固定点，随着身体的不断攀升，安德烈手脚麻利地将挂绳与钩环一一穿起来。不到20分钟，安德烈攀上了崖壁。尼科与其他队员随后沿着安德烈攀爬路线，借助专用上升器先后都攀到崖壁之顶。

这崖壁上面与崖下的景致截然不同，四周到处都弥漫着灰白雾气。走在前头的尼科用手势招呼大家戴上氧气面罩，然后他带头走进雾区深处。尽管身穿保暖的登山服装，脚蹬内蓄狗毛的牛皮登山靴，但尼科却感觉到浑身上下越来越冷，这股寒意似乎是从体内向外渗透着的，回过头来，他朝其他兄弟队员看去，发现队员们也都个个浑身寒战哆嗦着。

“这行头是不是有问题，怎么这么冷？”一个队员忍不住了，摘下面罩大声地嚷嚷道。

尼科停住脚步，扭头做出一个“不要出声”的手势。待这个队员走到身边，他摘下面罩说道：“服装没有问题，这是强磁场带来的低温效应，忍耐些。”

话音刚落，走在前面的几个队员突然惊慌地趴在了地上，纷纷举起手中的枪。尼科一惊，立即伏下来睁大眼睛向前方望去……透过层层雾气，尼科隐约看见远处有个向下倾斜的黝黯凹地，那凹地背景之处布满着茂密的荫生植被，一个巨大黑色的眼镜蛇头自那植被中探伸出来，它脖子鼓胀昂首挺立，正向尼科这个方向怒视着！

伏在地上的一个队员此时已用手中的枪瞄准了那蛇头，正待扣动扳机之际，身旁端望着红外线望远镜的尼科急忙阻止了射击行动，提示那蛇头不是个活物，而是个石刻雕塑。

于是，这群队员纷纷站起身来，再次向前方轻步移去，来到凹地边缘，众人这才看清楚周围弥散的雾气正是从那蛇头雕塑的下方升腾冒出。

“那下面一定是洞穴！”年轻队员不禁喊叫道。

“沙姆巴拉洞穴？我们找到沙姆巴拉洞穴了！”其他的队员抑制不住地惊叫起来。

尼科面色通红，心跳在加速，尽管他也有着大喊一声的冲动，但职业的敏感和身为队长的职责让他保持着冷静的姿态控制住了自己的情绪。此时，一旁的年轻队员通过仪器测试提示雾气无毒性。尼科将目光从蛇头处收回，戴上红外线透视镜注视着脚下的这片肉眼看不清路况的凹地。透过红外镜头，尼科发现这向下倾斜的凹地竟似有着台阶，这些台阶一直延伸到蛇头所在位置的下方。摸清了眼下的情况，尼科开始一步步地向前向下踏着台阶朝蛇头方向走去。

虽然行动缓慢，但一路无险，当尼科感觉到脚下踏到一个水平的地面时，他大口喘出一口气，停下了脚步。这个位置距离那蛇头已不到 3 米，昂立于众人头上，仰视近观，尼科看到了更为清晰且令他惊叹的景观，原来那蛇头后面是块巨大的石碑，碑石上还隐蔽着更为精美复杂的雕刻图案，尽管那图案表面附着植被、色调灰暗，但尼科还是辨认出那上面刻有一对平展张开的羽翼，羽翼中间是由那蛇的身子盘旋而成的圆盘。

“哈！这一定是个古老的艺术品！”安德烈瞪着瞳孔放大的眼睛一边自言自语，一边举起双手痴迷地朝那蛇头走去……“啊！”随着一声惊叫，安德烈竟瞬间从众人的眼前消失了！

“哦不！我的上帝！”顿时，凹地里一阵惊叫声起。

“都别动！”尼科这时大声喊道，“我们的脚下有洞穴！”

闻听此言，其余的队员表情痛苦地沉默下来。凹地里顿时又恢复了平静，但众人却听不到安德烈的任何声息。就在众人原地保持不动的紧张时刻，周围的雾气竟由浓转淡渐渐消散，蛇头下方的地面一个直径近 3 米的黝黑洞口如一张巨大的“兽嘴”倏然浮现出来。

尼科和众队员伏下身，探头向寒气逼人的洞内望去，只见洞内雾气浮动，深不见底，什么都看不清楚，更不见安德烈的影子。尼科慢慢站起身来，沉默了片刻，他那原本忧郁惊恐的神情又恢复了肃穆镇定，在众人的注目下，尼科转身快速打开装备包，将一卷绳索和头灯等工具取出，其余的队员见状也纷纷将各自的装备包裹打开，取出探索洞穴和安全防护的专用工具。最后，大家合力将绳索连在一起，把绳索的一端围绕在蛇头后面的石碑上捆系结实，另一端则抛下洞穴。

一切准备妥当之后，在尼科的带领下，这个四人小组身挎枪支并携带轻便工具包顺着绳索一个接一个地溜下了洞穴。

下行八九米深的时候，最下方的尼科借着红外夜视仪发现了洞坑底部一个人形的发亮物体。“那一定是安德烈！”尼科做出这个判断后加快了下溜的速度，脚一着地，他就快速奔到那个物体跟前，仔细看去，正是安德烈！

尼科趴下身子将耳朵贴近安德烈的嘴唇，当他听到咝咝呼吸的声音，紧张的心这才放了下来，看来安德烈是摔得昏迷过去了。尼科这会儿抬起头来，开始四下打量着周围的环境。

“哦，我的上帝啊！”看清楚身处的环境后，尼科惊诧不已。原来这个从洞口看去如升降井道的洞穴下面竟然有着地铁站台般的平台和通向两个方向的纵横隧道，而最令他惊叹的是，这两条近乎以直角交叉的T形隧道的构造极为规则，而且隧道洞壁平整光滑，看上去就如喷涂了一层亮漆般，这显然不是天然形成的景观！

其余的队员下到洞底，背靠背地围拢在一起，个个都以惊异的目光看着周围的一切。

“詹姆斯，快过去，安德烈需要你的救治。”尼科用手一指人堆里的一个队员说道。

只见一名队员迅速离队向安德烈跑去，来到安德烈身边，詹姆斯蹲下身将手放在他脖子的裸露部位，过会儿又用手拨开安德烈紧闭的眼皮，然后用头灯照射观察瞳孔。检查完毕，詹姆斯从随身携带的急救包中取出一支针剂，再挽起安德烈手臂的衣袖，将这支针剂里的液体缓缓地全部注入手臂上的静脉血管里。

这支强心剂很快见效，安德烈的身体有了活动反应。

“安德烈，安德烈。”詹姆斯压着嗓音唤道。

安德烈依然紧闭双目，没有回应，只是手脚来回曲伸，身体在左右扭动中不时地痉挛战栗着……

“先将安德烈转移到洞穴上面。”尼科发出指示。

按照指令，其余的两名队员也来到安德烈的身边，詹姆斯这会儿伏身搂住安德烈的肩膀，准备扶他坐起来。

可就在这时，安德烈突然睁开了眼睛，他挥舞着手臂，张大着嘴巴“啊嗷”一声。詹姆斯没有丝毫防备，吓得一屁股坐在了地上。身边的两名队员闻声也是浑身一惊，原地怔住！待缓过神来，三名队员再次上前一起七手八脚地按住安德烈的手脚……“啊嗷！”又是一声不像是人更像是野兽的声音响起，只见这三名队员突然纷纷被甩翻倒地，如同遭到棍棒大力轮扫一般。这些人倒地的中间，却有一个物体挺立起来，竟是身体夸张扭曲的安德烈！

远在一旁的尼科被眼前的这一幕惊住，他不禁失声喊道：“安德烈！你怎么了？”

安德烈慢慢摇晃着转过身来，目光僵直地看向尼科。

望着举止反常姿态怪异的安德烈，尼科一时惊惑无措，只是伸出双手做出拥抱状，嘴唇有些颤抖地喃喃说道：“安德烈……我的兄弟，我是尼科！”

安德烈这时迈开了僵硬的双腿朝尼科走来，同时，他那不断痉挛的双手将挂在胸前的冲锋枪端了起来。

凭着本能的直觉，尼科意识到了某种可怕的危险将要发生。于是，尼科不由自主地向靠近自己身后的一个幽深的隧道一步步倒退去。

“嗒嗒嗒！”随着安德烈手中一道耀眼的光亮乍现，幽虚冥静的地下洞穴顿时炸响充斥，壁震尘荡。

“哦，上帝啊！他在干什么？这家伙一定是疯了！”倒在地上的几个队员连忙趴卧在地，惊恐地看着这一切。

枪声一响，尼科身体一震，他本能地端起手中的枪，但旋即，他放下枪来，“该死！安德烈他精神错乱了！”尼科抬手关上头灯，转身猫腰朝隧道的更深处疾速跑去。

“嗒嗒嗒……嗒嗒嗒……”枪声依然不时地响彻洞穴。

借着身后不断发出的光亮，快速奔跑的尼科勉强可以看清身边的境况，当他发现前方一侧另有一个黑洞时，他快速贴靠过去隐身其中。

没过多久，安德烈摇摆晃荡着走来，但他似乎没有发现这个岔洞，而是继续向主隧道的前方行进而去。

尼科悬着的心这才放了下来，他靠在洞壁大口喘息着，渐渐冷静下来，

尼科开始担心安德烈的人身安全，因为有段时间没有了枪声。“一定是射光了

子弹。”做出这个判断后，尼科摸索着走出了岔洞口，借着隧道洞壁发散的幽微绿光，尼科朝安德烈走去的方向探头望去，前方幽邃纵长，似乎没有尽头，根本看不到人影。静下心来，隐约之中，尼科仿佛听到洞穴深处似有声音发出，那不是脚步踏地的声音，而是类似敲击钟鼓发出的声响。疑惑之间，尼科将头灯重新照亮，他的身后顿时传来一阵窸窸窣窣的声响，尼科猛地扭过头来，看见三个人影正朝这边奔来——原来是寻找他的三个队员。

“安德烈在哪里?”围过来的队员问道。

尼科用手指向隧道前方，小声说道：“跟我来。”

于是，这会合一起的四人朝隧道纵深处小心翼翼地摸索而去。走着走着，突然前方远处传来“扑通”的声响。

“那是什么声音?”詹姆斯问道。

“好像是什么东西掉进水里!”年轻队员回道。

“不好，是安德烈！我们要快点!”尼科说道。

众人加快了行进速度。走出百米，尼科和几个队员不由得放慢脚步，眼前一个面积足有半个足球场大小的空阔平台豁然展现在面前，这从未领略过的景象令他们再次震撼!

尼科带头走出隧道口，迈步踏上平台，其他队员一个个跟上，众人都睁大了眼睛环望着四周，“难道，传说中的‘沙姆巴拉洞穴’就是这个样子？可这洞穴完全是空的，什么都没有啊!”尼科心中不禁暗念道。

这时，站在平台边缘处的詹姆斯指着脚下大声叫道：“看，这边有地下河!”

“安德烈一定是掉进这河里了!”另一个队员探头向地下河望着。

尼科走过去拿出军用强光手电向地下河照去，亮光映照下，可以看到下方五六米处，缓缓旋转涌动着的暗黑河水，表层弥漫着一层绿色雾气，这雾气经强光手电照射后，竟开始慢慢扰动升腾起来。

“这不是地下河，是地下湖。”尼科说道。

“安德烈，他人在哪里?”詹姆斯急切地看着湖面。

“看那边!”尼科一指靠近平台一侧的湖边，众人侧头望去，只见一个黑色物体正漂浮在湖岸边缘之上。

“看！安德烈，安德烈在那儿!”众人一阵激动。

“安德烈是我们的兄弟，我们一定要带他回去。”尼科招呼着手下队员，让大家用安全绳索放他一个人下去，然后再利用绳索将安德烈拽上平台。

就在众人开展施救行动之际，湖面泛绿的雾气已逐渐弥漫扑向岸上平台。身上系着安全绳索正向湖面下降的尼科感觉眼前物影忽明忽暗，模糊不清，阵阵眩晕的同时，还感觉到难言的恶心。想到"安德烈"就在触手可及的前方，尼科咬牙忍受着这一切，当他一摸到那浮在水面的人形物体，就立即用携带的另一根安全绳将其捆绑住，然后拽了拽绳索发出抬升的信号。在"安德烈"升起的当口，借着昏暗的光亮，尼科发现身边湖水还漂浮着其他杂物，他顺手抓去，感觉似件衣物，尼科没有多想就将这衣物系在了身上。

平台之上，三名队员的头灯忽明忽暗着，似出了故障。此时，他们也感觉到阵阵眩晕和恶心。其中的两名队员用力拽着绳索先将落水的"安德烈"拽上平台。紧接着，他们又开始上拉系在尼科身上的绳索。这期间，年轻队员一直神情紧张地端看着手中的探测仪器，抬起头来，他又注意到周围的雾气越来越浓，突然，他大声喊叫道："尼科，这儿不对劲，我想我们得赶快离开这儿！"

刚刚回到平台上的尼科还没来得及喘口气歇息下，听到这一声连忙问道：

"有什么问题？"

"这里的磁场异常，能量在不断增强！"年轻队员急速地解释道。

这会儿，尼科感觉眼前似有亮光闪烁，而且口中突然有股说不上来的金属味道，他意识到这很可能是强磁场的作用，而人体若长时间在这样的环境下将会受到难以预料的致命伤害。于是，他当机立断，让众人抬起浑身湿冷的"安德烈"迅速撤离洞穴，回到地面上去。

2. 天意授命的有缘者

当尼科等人钻出洞穴，重新回到地面时，众人不禁瞠目结舌，哑然失色，因为他们发现那从地下湖中救出的人竟然不是安德烈！而且，尼科捎带上来的衣物也不是安德烈的！尼科看着眼前躺在地上的这个身穿黑色潜水服，胡子拉碴、昏迷不醒的人好似眼熟，待他蹲下身来仔细观看后，他差点惊叫起来："哦，我的上帝，此人竟然是杰森！这简直太不可思议了！"

"明明是安德烈掉入湖中，怎么救上来的会是杰森？难道是自己的错觉？不，不可能所有的人都产生错觉！"尼科环视了下身边的队员，此刻，他们的神情也都个个惊诧不已。

尼科又仔细看向旁边的那堆衣物，发现那黑色材质的裤子竟是皮料，而且裤脚处还有绑腿扣眼，这显然不是安德烈身上的衣服。

“看来杰森是有备而来，他不仅发现了这个秘密洞穴，而且很可能也探知到了这洞穴的秘密！”想到这些，尼科对詹姆斯大声说道：“赶快施救，你一定要想办法让他醒过来！”

詹姆斯急忙从急救包中抽出一支强心剂注射到张崇斌的手臂中。旁边的几名队员似乎想起了什么，连忙又用安全绳索将张崇斌的双脚捆住。在众人期待的注视下，一直处在深度昏迷状态下的张崇斌渐渐有了声息反应，只见他缓缓睁开眼睛，眼神迷离地看向前方。

尼科见张崇斌苏醒过来，且身体没有出现剧烈夸张的扭动，于是靠上前去，唤道：“嗨！杰森，我是尼科！能听见我说话吗？”

张崇斌依旧看着前方，嘴唇和面颊不断地抖动着，没有做出回应。

“给他水喝。”尼科对詹姆斯吩咐道。

詹姆斯单膝跪地扶起张崇斌，将暖水杯里的水分几次喂张崇斌喝了下去。这会儿，张崇斌像是有些透不过气般地皱着眉头鼻息很重地喘息着，他的眼神渐渐聚焦，并慢慢地扭过头来看向围在身边的众人。

“杰森。”尼科上前一步捧起张崇斌冰冷的面颊，语气热切激动地大声说道，“看着我，是我，你的导师——尼科！”

张崇斌直直地看着尼科，依旧没有言语。就在尼科有些茫然失落之际，张崇斌突然面露一丝笑意，旋即将眼睛闭上，神情又变得僵硬麻木。

尼科捕捉到这微妙的变化，他让詹姆斯松开张崇斌手脚上的绳索，并让手下队员小心脱去张崇斌身上的潜水服。然后，尼科取出自己的备用保暖衣服给张崇斌换上，外面又用睡袋盖住。

随着体温逐渐恢复上来，头枕在包裹上的张崇斌再次睁开了眼睛。

“杰森！杰森！”一直候在旁边的尼科唤道。

张崇斌有些吃力地张开口道：“这……这是……哪里？”

“这是你最想去的地方！你已经找到了，不是吗？”尼科面呈笑意地回道。

“最想去的地方……”张崇斌看了看身边几个人的装扮，又垂头看看自己的身上，眉头一点点锁紧，似乎在努力回忆着。

“杰森，你回想一下，你到了一个地下洞穴，那洞穴下面有个湖，你潜水下去了……想起来了吗？”看着张崇斌反应仍有些迟钝，尼科提示道。

“洞穴……地下湖……”张崇斌自言自语着，依旧眉头紧蹙，不知所以然的样子。

尼科脸上的笑意渐渐收敛，突然，他用手指向一侧远处，大声说道：“杰森，你看，那个石雕蛇头，你应该见过它的！”

张崇斌顺着那手指的方向，向前方观望着，待看清那蛇头后，他身体先是一震，随后却慢慢地摇了摇头。

尼科凝视着张崇斌的眼睛，眉头不由得紧皱起来。围在张崇斌身边的那几个队员，这会儿也都满面狐疑地看向尼科。

“尼科，我看，他是在装糊涂，故意隐瞒，他不想告诉我们他掌握的秘密！”年轻队员带着怒气说道。

“尼科，我们救了他，可他却不配合，还耽误了我们营救安德烈兄弟！”满面焦虑的詹姆斯也忍不住地责难道。

尼科没有接话，而是站起身来，向一旁紧走几步，将搁在地上的潜水衣和那条黑色皮裤拎起，再走回来将这些物品举在张崇斌的眼前，语气迫切地问道：“杰森，这些，你不会不认识吧？”

张崇斌看见潜水衣，眼睛一亮，抬起手来似乎要抓摸一下，可当他看到那黑色的裤子时，不禁收住手臂，表情木然地又摇了摇头。

“哗啦！”一阵枪械声响，尼科身边的一名队员将手中的枪端起，黑黑的枪口指向张崇斌。

张崇斌看着枪口，一言不发，然后将眼睛闭上。

眉头紧皱的尼科对詹姆斯说道：“看来，他还没有完全清醒过来，再来支强心剂。”

詹姆斯收起枪，从急救包中又取出一支针剂注射到张崇斌体内。就在詹姆斯拔出针头的时候，张崇斌突然睁开眼睛直直地看向尼科，尼科神情严肃地与张崇斌对望着，不作言语。

沉默中，张崇斌的胸口上下起伏着，深沉地一呼一吸，然后以自己的臂力努力撑起身子，双腿席地盘坐好，眼睛来回扫视一遍这伙人后，突然开口道：“导师，您来这儿做什么？”

尼科顿时既惊又喜。他惊的是杰森的说话语气认真严肃并不友善；喜的是他终于又找到曾经熟悉的那份感觉，这才是清醒的杰森。“看来，现在可以和杰森好好谈一谈了。”这样想着，尼科回道：“杰森，听我说，我们过来，可以帮助你找到你要找的东西。你应该高兴才是！”

“你们帮不上我。”张崇斌回道。

“我知道，你已经找到了‘沙姆巴拉’洞穴。”尼科说道。

“别忘了，如果不是我们的施救，你就会死在那个无人知道的地下湖里。”詹姆斯说道。

“事实证明，这个说法不成立。尼科，您最好带着他们赶快离开这边，否则，你们将会遭到神明严厉的惩罚！”张崇斌严肃地说道。

在张崇斌和尼科说话这当口，一团团的雾气又从那洞穴向地面喷涌而出。

“杰森，来到这里，是我们的使命，这也是神明的旨意。为完成神圣的使命，我们不会畏惧任何困难和威胁！”尼科的语气也变得严厉起来。

“在这片大地上，神圣的使命早已托付给天意授命的有缘者。”

尼科在认真听着的同时，他那双深邃的蓝眼睛一直盯着张崇斌的眼睛，似乎要看穿那黑色眼睛背后的东西。

张崇斌话音刚落，尼科紧接着开口道：“杰森，你不愧是我教授过的最优秀的学生。没想到，你还是一名军人，你对自己国家的忠诚，我很欣赏。”

“军人？”张崇斌稍作迟疑，当他看见一旁堆放的潜水衣和那条皮裤后，问道，“这些东西，是在哪里得到的？”

尼科用手一指远处雾气喷涌处，“这些物品，连同你本人，都在那洞穴的地下湖中。”尽管尼科认为杰森这是在明知故问，但他仍耐着性子回道。

詹姆斯这时突然冲到张崇斌面前大声嚷道：“你别装作什么都不知道！我们把你给救上来了，可我们的一个兄弟却不见了！你要下去把他给我们找回来！”

“那湖下面到底有什么，你在那洞穴里找到什么了？”年轻队员也凑上前大声问道。

面对众人的催逼责难，张崇斌依旧保持着容色不动的平静，他看着远处弥漫的雾气和湮没其中时隐时现的石雕蛇头，说道：“你们认为那是‘沙姆巴拉’洞穴？”

“难道不是吗？”尼科反问道。

张崇斌不置可否，又道：“尼科，我是您的学生，我可以坦率地告诉您，我不是军人。此外，依靠武装力量去‘沙姆巴拉’洞穴寻找任何东西都是徒劳的！如果不听我的劝告，你们所有人都将陷入人间蒸发的危险中。”

“杰森，既然你承认我是你的导师，那请你回答我，这条军用皮裤还有那潜水服上99式军用潜水刀的套子怎么会在你身边？”说着，尼科一边拎起那堆衣物，一边又道，“而且，你并没有人间蒸发，凭什么说我们就会消失？”

“你们现在不是已经失踪一个兄弟了嘛。导师，我可以告诉您，那条裤子不是我的，那个潜水刀套子是我的一个特种兵兄弟送给我的。”

“杰森，其实你是不是军人，这并不重要。”尼科说道，“我倒是想知道，你，还有这不属于你的物品怎么会同时出现在这个地下湖里？”

张崇斌回道：“西藏地区大大小小的湖泊有1500多个。藏区的‘错高湖’距离纳木错湖有千里之遥，可这‘错高湖’岸边特有的树木枝叶却能在纳木错湖中出现，而且俄罗斯的贝加尔湖也与纳木错湖相通。至于我在哪个湖中被发现，以及身边出现某种物品，这都不是我能左右的。在这片高原大地，有着太多你们根本无法理解的神奇。”

尼科等人闻听此言不禁一惊！但这种违背常理的说辞让思维注重理性的尼科实难接受，于是他追问道：“杰森，你还是坦率地告诉我，你是怎么找到这个‘沙姆巴拉’洞穴的？”

“尼科，这不是‘沙姆巴拉’洞穴！”张崇斌语气肯定地回道。

“你说什么？这不是‘沙姆巴拉’洞穴?!”尼科的脸色腾地涨红起来，“杰森，我一直都在给你机会，可你却在欺骗我！实话告诉你，我们能找到它，是因为我们掌握了当年纳粹德国进藏考察的秘密，我们有这个洞穴的地理坐标！”

“那又如何？既然纳粹集团当年找到了‘沙姆巴拉’洞穴，那它最终失败的命运为什么没有改变？纳粹的不死军团又在哪里？换句话说，即便这个洞穴真是‘沙姆巴拉’洞穴，可这‘沙姆巴拉’洞穴岂不是没有什么特殊之处，所谓的‘地球轴心’的超自然力量也不过是个虚幻的传说！”张崇斌道。

“那是因为纳粹集团不配拥有这种特殊的力量！杰森，你刚才说过‘神圣的使命早已托付给天意授命的有缘者’。我们这次进藏就肩负着找到并开发利用这个殊胜能量的使命，我们就是你所说的承受这份使命的有缘者！”尼科振振有词道。

“尼科，你知道吗，‘沙姆巴拉’是藏语‘香巴拉’的转音。而‘香巴拉’是北方法胤圣王的净土，是所有藏传佛教徒向往追求的理想圣地。根据经典所载，一个人即便知道这净土的地理方位，如果身心未经修炼，那是根本进入不了香巴拉净土的。”张崇斌再次提示道。

“杰森，你的意思是，我们都是凡夫俗子未经身心修炼，所以即便是找到了正确路径但也到达不了那地界，是吗?”尼科问道。

张崇斌默然不语。

“呵呵呵……”尼科突然笑了起来，“没错，中国藏区高原是片充满神奇的大地。可是，杰森，还记得我也曾说过‘这个世界，有些东西不是凡人能够理解和控制的’这句话吗?”

尼科的这番话让张崇斌想起了他在准备进藏那个夜晚和尼科的长途通话，当时尼科说这话是为了告诫他不要去碰与纳粹有着极为隐秘关系的“遒力会”和“沃瑞尔协会”这两个神秘社团。“难道说，尼科的背后隐藏着某个神秘社团?”张崇斌瞬间有了这个感应，于是回应道：“尼科，你们是受谁的指派来这边的?”

“杰森，你曾是我最为器重的学生。今天，我不妨坦白地告诉你，我们的背后有着路西弗神明的佑护指引，我们的血脉中流淌着神明祖先的血液，我们不是地球上被圈养的凡夫俗子，我和我的兄弟们都是经过严格考验具有打造人间神之殿堂资质的工匠。如今，在这个星球上，我们是最强大的，世界历史之轮正朝着我们设定的方向滚动，没有任何地界可以阻挡住我们开拓的步伐!”尼科两眼放光地说道。

“你们是共济会的成员。”张崇斌脱口道。

“没错，是共济会。看来你了解我们，太好了！杰森，因为你有着优秀的资质，所以我一直都有感觉，你也是属于我们这个群体的。你看，今天我们失去了一个兄弟，却找到了你，这难道不是天意吗?来吧，加入我们，让我们共同去完成这个星球二十一世纪人类最神圣的使命——打造世界新的秩序!”

张崇斌无语地看着尼科，轻轻地摇了摇头。

尼科见状，顿时皱紧眉头问道：“杰森，我真不明白，这么难得的良机，如此的宏图伟业，你竟然不珍惜、不愿追随，那你到底想要什么?”

张崇斌目视着前方，回道：“阿道夫·希特勒曾相信优秀的日耳曼人是神族的后裔，他也曾试图在一战的废墟中建立起世界新秩序。”

尼科眼中的光彩渐渐变得黯淡阴郁，他无语地看着张崇斌。

“尼科，我们不能再浪费时间了！按照师傅的旨意，让我来执行 DP 吧。”一名队员说着将手中的枪端起，枪口瞄准了张崇斌的头部。

尼科的脸色突然变得有些苍白，他默然地将眼睛闭上，整个身体竟控制不住地颤抖起来。

3. 秘符的源头

此时，张崇斌却俯下身子，伸出一只手臂用手指在地上快速地画动起来。

“等等。”年轻队员连忙向端枪的同伴做出一个暂停行动的手势，同时又大声叫道，“尼科，你看，他在做什么？”

尼科忙睁开眼睛看去，只见张崇斌正专注地用手指在地上画出一只“睁开的大眼睛”，紧接着，在这眼睛右侧眼角处，又画出一道犹如蛇身般弯曲的粗线条，那线条围成一个圆圈，尾端插入大眼睛的左侧眼角，顿时整个画图由“睁开的大眼睛”演化成一个“咬着自己尾巴的蛇”的图案。稍作停顿，张崇斌慢慢地又用手指在那“大眼睛”的左侧眼角处下方画了道垂直的粗线段，然后又在“大眼睛”的上方画了条类似“眉毛”的弧线条。如此，整个构图又变成一个近乎横卧着的一个大写英文字母“G”。

尼科等人吃惊地看着这一切，因为他们从这地上的图案中解读到原以为只有他们自己才应知晓的秘符信息，而眼下的这个中国青年不仅知晓这些秘符，更令他们惊叹的是秘符如此转化的演绎方式他们从未见过，就连知识渊博令人敬畏的师傅也不曾传授。深谙共济会象徽符号与古埃及神秘符号隐秘关系的尼科更是专注地观看起来，他意识到杰森正在以这种方式透漏重要信息，他希望自己能够完全读懂这一切：“睁开的大眼睛”是未完工金字塔顶尖的“全知之眼”，它是古埃及神明荷露斯之眼，也是太阳神拉的眼睛；那条“咬着自己尾巴的蛇”在古埃及象征太阳圆盘，也代表太阳东升西落的循环轨迹，寓意着自然界周而复始的现象，既是“开始”，也是“结束”，“再生”和“永恒”；英文字母“G”则是本会最著名的神圣标志之一，而杰森对这个字母的勾画似乎表达了“全知之眼”更为深刻的内涵。

就在尼科努力解读这些符号的寓意之时，张崇斌突然用手将地上的图案全部抹去。紧接着，他又开始在地上画上新的图案：先是两根直立的柱子出现在地面，然后两根柱子的底部弯曲变形，弯曲的部分相互缠绕数道拧在了一起。接下来，两根柱子的顶部分别出现一个人的面首图像，如此，地面呈现出两个人首蛇身尾部交互缠绕的图案。

尼科对此感到迷惑不解，因为这个组合图案他此前在研究古埃及文化中没有见过，可随后出现的图案却令尼科深为震惊：只见一个分脚的圆规和一把弯曲成九十度的曲尺出现在地面上，圆规和曲尺正是共济会最为显著的标志符号，而这两个标志符号现在竟然被两个人首蛇身的“怪物”分持在各自的手中！

“尼科，他在亵渎本会！”一名队员突然喊叫道。

“杰森，你在做什么？”尼科发问道。

“画幅古图。”张崇斌回道。

“古图？你说这是一幅古图？”尼科又问道。

“类似这样的古图，在中国中原和西部地区的墓穴中多有发现，早的已有2000余年的历史。”张崇斌道。

闻听此言，几名队员顿时面面相觑。尼科再问道：“那这图究竟画的是什么？”

“中华民族创世的始祖，上古之神——伏羲和女娲。”

“他们的手里怎么会拿着本会的圆规、曲尺？”尼科的神情充满疑惑。

张崇斌这才抬起头重新看向尼科，微微一笑道：“是贵会‘借’用了中华始祖的圣物，这话应该这么说更为合适。”

尼科先是一怔，随后说道：“杰森，你能这么说，我不奇怪，因为你的自尊和丰富的想象力。不过，你要知道。本会的历史自‘光明之年’起可以追溯到6000年前。”

“尼科，我想你应该知道中国人常说自己是龙的传人。可你知道龙图腾从中国考古发现的实物证据上（辽宁阜新查海原始村落遗址出土的‘龙形堆塑’属前红山文化遗存，距今约8000年），年代已有8000年了。”

“这又如何？”尼科挑眉问道。

“如果我没有说错，贵会崇拜的神明路西弗被诸多西方人士看作魔鬼撒旦。”

“那是别有用心之人的污蔑！他们根本就不了解本会的历史！”尼科的情绪有些激动。

“没错。贵会1717年之前的历史，公众就已经模糊不清。至于起源于6000年前的那段历史，你们身为会员的内部人，恐怕也没有谁能说得清楚，不是吗？”张崇斌反问道。

“这么说，在你的眼里，我们是魔鬼撒旦邪恶的信徒了？”尼科冷言相对。

张崇斌又是微微一笑道：“恰恰相反。在我的眼中，神明路西弗是天堂里美丽的天使，光之使者。”

尼科眼睛一亮，说道：“的确如此。神明路西弗本是天空中最亮最美的晨曦之星——金星，她是天界中的炽天使。而‘撒旦’这个邪恶的封号，其实早在路西弗出现以前就已经存在了。《圣经·启示录》第十二章的原文指明，撒旦是那条在伊甸园里引诱了亚当和夏娃的古蛇，这古蛇也是在天界反叛耶和华的红龙，红龙因为战败，最后拽着天上三分之一的星星坠落下来。这经典里面，根本就没有路西弗这个字眼出现。所以，神明路西弗根本就不是魔鬼撒旦！如今，世人将路西弗与‘撒旦’画上等号，成就了这样的‘好事’，真的要‘感谢’但丁和弥尔顿这两个极不负责任的家伙，他们在各自创作的作品《神曲》和《失乐园》中，竟将那古蛇和红龙做的‘好事’都戴在了路西弗的头上，神明路西弗就这样成了世人眼中堕落的天使。”

“路西弗背负上恶名，其实有着更深的根源。”张崇斌道。

刚刚有所释然的尼科听到这句话，又是一怔！

张崇斌接着道：“发源早于《圣经》的有关炽天使的传说，形容其无形无体，是纯粹的光和思考的灵，其象徽是赤红的火焰，所以也有说她是以太阳为化身的最圣洁的天使。我记得炽天使这个单词作颜色解释是代表‘中国红’；在希伯来语中，炽天使是治愈者和至高者二字的合成字；而在古希伯来语中，炽天使的词源意思是‘大蟒’。古以色列先知以赛亚也曾说过只要炽天使睁开眼睛，就会发出红色电光划过长空，形如长蛇，这与中国上古奇书《山海经》里描绘的钟山之神‘烛龙’（或称烛九阴）极为相似。而众所周知，古往今来这蛇与龙往往被世人不分家地混同称谓着。如此，位列炽天使的神明路西弗被世人看作那古蛇、红龙，这又有什么奇怪的呢？”

尼科听完这些，脸色一沉道：“杰森，你说这些最终还是想证明本会是撒旦教派，是吗？”

张崇斌摇了摇头道：“是不是撒旦教派不应靠这些来评判。尼科，你知道，在英国留学期间，我经常去教堂，所以多少了解点《圣经》，也结交了一些基督教会的朋友。他们很多都希望我能接受洗礼成为一名基督徒。我相信他们的发心是善意的，我尊敬每一位有信仰的人，但最终我没有接受这份邀请。知道为什么吗？”

“为什么？”

“因为我一直难以接受《圣经》中关于蛇和人的角色定位，并对那些教徒所宣讲的上帝的行为意志感到疑惑。”

“疑惑？你有疑惑……杰森，我了解你，对于疑惑，你从不会善罢甘休的。说说你的见解吧。”尼科道。

“根据《创世记》，那能分辨善恶的智慧果子，还有引诱人类吃了那果子的蛇都是上帝所造，上帝在第六日创造了蛇和人时，曾明确表示蛇等动物要由人来管理，上帝也曾亲自告诫人不可以吃那智慧果子。既然如此，那独独被上帝吹了生气而有了灵性并负有管理职责的人怎么会被蛇给诱惑了？在上帝眼皮底下发生了这种以下犯上的‘罪恶’，难道万能的上帝事先会察觉不到？如果上帝真是万能的，就不应该预想不到和阻止不了这种违背其意愿的事的发生。否则，就要承认上帝不是万能的，他也有失算的时候；或者，这一切，都是上帝故意设的局。”张崇斌回道。

“上帝设的局……难道上帝在搞阴谋？”众人不禁哗然。

张崇斌又摇了摇头，道：“我相信宇宙中存在着伟大的神明。若是将‘创造万物’当作神明的一种行为意志或者说是能力，且这个神明以‘上帝’之名称谓的话，那么，在‘上帝’和万物之间，这个伟大的造物主根本不需要对他的作品搞什么阴谋，他完全可以按照自己的意志来设计和支配这个作品的命运。而‘阴谋’，则是人类创造的一个词汇，表达的是具人性化且不光明不友善、往往以设下圈套等待对方犯错然后给予打击报复的行为意志。回过头来我们再看，若按基督教徒所言，《圣经》中所述的既是上帝的话语也是神迹的展示，那么其将蛇描绘成魔鬼的化身，这就等于说是上帝亲手创造了魔鬼撒旦、人类因吃了可以获得智慧的果子而背负上永远无法洗脱的原罪，这也等于是上帝让人类永世都活在自卑压抑的罪恶阴影下。再换句话说，就是这上帝原本希望人类是一群没有思想没有智慧百依百顺的‘羔羊’，但结果却是，万能的上帝没有做到。基督教义宣扬的是‘宇宙中只有一个三位一体的神，人是神所造，人永远都不能成为神，在神和人之间，有着一条无法跨越的鸿沟’。可《圣经》又提到自从人类有了分辨善恶的智慧后，上帝却开始担心人类要和他一样了。为此，他就惩罚了那蛇和人类。如果说，这些看起来明显自相矛盾甚至带有‘阴谋’色彩的行为意志竟会是万能的上帝所为，我怎么会不感到疑惑呢？更何况，从更为古老的宗教源头看，蛇与龙根本就不是魔鬼撒旦的化身，请想想看，现在全球性医疗卫生组织的标志是什么？”

尼科的脑海里顿时浮现出联合国世界卫生组织的标志：整体色调为蓝色的圆形图案，中央背景是一个自北极正上空俯视的地球，而一条缠绕在权杖上正吐着舌头的蛇悬立其上……“救死扶伤，人类的生命健康与‘蛇’有关!”尼科不禁脱口道。

“是的。世界上医学领域的标志通常是以单蛇或双蛇缠绕权杖为图案，这并非随意画上的，它与希腊神话中的医神阿斯克勒庇俄斯（Asclepius）的装扮行头直接相关。同时，这种图案也经常出现在西方炼金术和东方密宗修行的经典中。这标志的背后，其实蕴含着也传递着古老东方隐秘的奥义，能将其参悟透彻的人，将会成为拥有大智慧的圣贤甚至是能够摆脱生死轮回的神明。”

张崇斌的这番话，让尼科等人不禁瞪大了眼睛。

张崇斌用手一指地上的图案道：“这华夏民族的始祖，是龙（蛇）身人面。华夏的图腾为‘龙’，龙在中国神话中是一种能隐能显、出没法界凡间，兴云雨、利万物的祥瑞神物。在中国本土宗教道教里，龙还是有助于求道者上天入地、沟通神明的‘桥’。此外，古埃及人把眼镜蛇作为法老的守护神，古印度宗教视龙蛇为神明，来自高原地区自称为‘黑头人’的古代苏美尔人的始祖神提阿马特也是蛇形，他们的图腾也是‘蛇’。由此可见，代表了本届人类文明的最初源头——古老的东方民族都有龙蛇崇拜传统，因为这些东方的神明不仅于混沌中开创了世界，佑护着万物苍生，他们更是一直在默默地帮助寻求自然大道的人类获得真正的智慧、提升生命层次直至抵达彼岸——达到‘人神合一’的境界。正如中国道家的‘天人合一’、印度教的‘梵我一如’、佛陀所言‘人人皆可成佛’，东方古老宗教寓示了‘人类是可以通过自身修行觉悟成为神明’的道理。”

“‘人神合一’……”尼科自言自语道，想起师傅曾说过的“每一个人都是个小宇宙，也是神的复制品，但这个复制品是不完美的。不过，人能够凭借努力完善自身小宇宙内的‘神殿’建造，从而进入大宇宙神的殿堂”时，他不禁心有触动，于是道：“杰森，你的思维依然很开阔。你刚才说的这些，我感觉……似乎本会的历史与华夏古老文明有着更为密切的渊源。”

“尼科，请相信，贵会最著名的标志与华夏始祖手里的器物完全一致，这绝非巧合。现如今，东、西方宗教信仰、文明发展理念的冲突让不了解世界宗教源头和人类文明演化历史的世人产生了诸多迷惑。倘若能放下妄识杂念，摆脱狭隘思想的束缚去透视世界真相，尼科，你自然会明白自己真正的使命是什么，你应该如何去做。”张崇斌沉静地说道。

这一刻，尼科抿紧了嘴唇，其他人皆面色严肃目光犀利地看向张崇斌。

“中国古语有‘不以规矩，不能成方圆’之说。又以‘天圆地方’简明‘在天成象，在地成形，变化见矣’此种天地感应的玄妙之道。这也正是‘圆规和曲尺’的深层寓意。”张崇斌自言自语道。

“等等!”尼科突然打断道，“‘天圆地方’？杰森，你这个说法可不成立!”

“地球可是圆的，说地是方形？简直是荒谬!”年轻队员插话道。

“呵呵。”张崇斌微微一笑道，“我的解释没有问题，而是后人的智慧不及先贤圣德。今天听着的人，在理解上出了问题。”

“哦？那请你解释清楚，这‘天圆地方’究竟是什么意思？”年轻队员追问道。

“实际上，这里‘圆和方’并非指具体物体的形状。中国上古圣人传道解惑往往微言大义，讲究举一反三、触类旁通，言及名、道却是非常名、非常道。换句话说，就是今人若仅以字面之意来理解东方古老奥义，那将徒劳无获。听我说，这‘圆和方’，指的是‘天道圆、地道方’，说的是天地之间相互运化彼此影响的关联关系。现在，我用一个你们西方人容易理解的例子来说明一下这个道理。我想诸位都知道，宇宙天体的运动是极为和谐而规律的，德国天体物理学家开普勒就曾发现行星运动的三大定律，其中第三定律是‘行星运行周期的平方与其距离太阳的平均距离的立方成正比’；这里面，行星是指太阳系内包括地球在内的各个围绕太阳运动着的星球，太阳系内的这些星球能保持‘既不外逃也不内聚’各按其道的圆周运动从而不相互发生碰撞，是因为它们彼此间有着令人惊叹的可以用平方和立方的数学关系来计算或表现的精确的相互作用。以运动力学的角度去看，开普勒的这个定律蕴含着‘以时间平方代表着离心力、以距离立方代表着向心力，并且立方数可以转化为圆周数’的天体运动的数学奥秘。所谓‘在天成象，在地成形’，‘天体运动’演绎着天地整体互为运化之圆周大‘象’，而此象背后可以用数学关系的平方立方或者化为平面立体几何图形表达的遍布时空的作用力，则是促成各星体应象而化之方‘形’，‘象’与‘形’之间就是有着如此奇妙精密的互应关系。”

“哦！上帝啊，这东方古老奥义竟隐含着伟大的科学定律!”年轻队员按捺不住感叹道。

“我想，这就是师傅说的神明最初建造大宇宙殿堂所运用的神秘技术吧？”詹姆斯看向尼科征问道。

沉默了好一阵的尼科神情专注的样子看着似乎有些紧张。他原以为通过这些年来的研究，自己已对东方古老文明有了较为通透的认识。但此时此刻，他意识到这种想法实在是过于浅薄，面对自己的学生，竟有些不太自信了，他努力调整好情绪，开口道：“那么，你刚才抹去的那个图案——‘G’符号，也能从华夏古老文明找到源头吗?”

张崇斌肯定地点下头，道：“贵会的‘G’字符号通常被解释为古埃及神明荷露斯之眼，也称‘全知之眼’。在古埃及的神话中，荷露斯的眼睛曾被塞特挖出，后来他又重新获得失去的眼睛。荷露斯之眼被埃及人视为能辨别善恶、捍卫健康与幸福的护身符……”

“这些我都知道。如果我没有猜错，杰森，你以‘乌洛波洛斯’（uroborus，衔尾蛇）去完成‘G’符号，是因为这两个符号外在的构型彼此融通。可你为什么要抹去它，又画上这幅古图呢?”尼科插问道。

张崇斌垂下头来，沉默片刻又慢慢抬起头来，目光望向空中，然后缓缓闭上双目，方开口道：“符号，是一种传播信息的载体，也是呼应其‘象’之‘形’。若想知道符号本意，就要眼中有形，而心中成象，象形结合感悟其中变化。抹去符号，隐遁这‘形’，方能看得更深更远。”说完，张崇斌睁开眼睛，看向尼科道：“如果你能明白我说的这些，你就会看见那消失的‘G’符号与地上这幅古图之间的关联，还有这关联背后隐藏着的一个世间无数聪明绝顶的人都曾苦苦寻找的秘密，直到现在，依然如此。”

“这里面还隐藏着秘密?”旁听的众人皆惊惑不解。

张崇斌又道：“数字‘7’，是这个秘密的使者。”

“数字‘7’?”根据这个提示，尼科低下头来再次仔细地看向地上的图案……很快，他注意到那两条蛇身相互缠绕在一起的旋圈道数是7道，敏感的尼科马上又想到“G”正是26个英文字母中排序第七的字母。发现了“秘密的使者”藏身所在，尼科恍然有所悟：那双蛇盘旋缠绕的图案与人体遗传基因DNA的双螺旋分子结构形态极为相似，而古老东方修炼秘术中总是提到人体内有睡眠着的灵能，这个叫昆达里尼的灵性力量一旦苏醒就会像蛇一样沿着人体中脉以双螺旋状向上攀升。修炼若是打通了人体三脉七轮，就会让眉心轮位置的松果体，即人体的第三只眼开启。据说这第三只眼主管心神能够看透多重时空，遍识世俗和灵性的知识。“G”符号恰恰是具备神性的“全知之眼”，而且可以用“衔尾蛇”来表示。在古埃及，“衔尾蛇”代表的是“再生”和“永恒”。而获得生命永恒的秘密不正是古往今来人类苦苦追寻的最大梦想吗?感悟至此，尼科终于面露喜色，他看着众人道：“我已经知道了这个秘密!”

“秘密是什么?”尼科身边的队员迫不及待地问道。

“啊!真是妙不可言!远古神圣的真知奥义并没有在人世间失落，伟大的祖先一直精心保存着这一切，神明也始终暗示引导着后人，就像那金字塔尖顶始终睁着的‘全知之眼’，迎着那光芒，我们就能够踏上通往神之殿堂的阶梯!”尼科兴奋地说道。

“哦!这太棒了!是不是只要掌握了这个秘密，就可以获得打造圣殿的技术和力量?”众队员以期盼的目光看向尼科。

尼科不置可否，他转过头来看向张崇斌，似欲求证。

张崇斌平静地说道:“中国还有这样一句古话‘万变不离其宗’。世间万物的由来皆有其根源，找到这根源才能对因缘和合的万物运化知其然并知其所以然。否则，即便是看到了路径，摸到了钥匙，但最后也难启开真知的大门。尼科，我想您一定还记得，在英国，您第一次面试我，我曾向您介绍了中国的一部古老经典《易经》。”

尼科默然地点了点头。

张崇斌接着道:“《易经》的第二十四卦，是‘复’卦。该卦辞有句‘反复其道，七日来复，天行也’。意思是说:事物返转往复是按照一定的规律，这规律周期在于七日，这是天道的运行法则。请注意，这里面，秘密的使者出现了。中国古人能够这样去总结事物反复的规律，是因为很早就发现了自然界中无论音律还是色彩，甚至包括人的生理周期乃至生死轮回的法则中，其周期性的变化都与数字‘七’有关……”

“《圣经》中上帝创造世界，不也是一个7日的完美周期吗?”听讲之时，尼科的心有此感悟。

张崇斌接着又道:“而‘衔咬自己尾巴的蛇’符号就有着代表‘自然界周而复始的运化，既是开始，也是结束’的寓意。以大象观，旋转着的银河系若横向去看，其构型就像是一条转圈咬着自己尾巴的龙蛇一样。此外，这个符号在西方炼金术中代表的是最重要的三元素(硫黄、水银、盐)之一水银的特质，寓意它是从同一物质中产生，在转圈的过程中使自己变得完善。而在炼金术的源头——中国道家的丹道之术中，‘水银’代表的是人身三宝(元精、元气、元神)之一的元神。在中国丹道经典中，元神是生命活动的主宰，元神若修炼成，则可以超越生死，实现生命的永恒。因此，这个古老符号更深层的寓意是‘循环不止的生命之轮’，象征着‘一切’、‘完美’和‘永恒’。”

听了杰森的这席话，尼科的内心激荡不已，他感受到从未有过的冲击，豁然开朗的惊奋中竟同时还伴随着莫名的恐惧。此刻，他终于明白了杰森以这种特别方式画出这些符号的内在关联关系，同时也恍然意识到对东方古老奥义有着天才般悟性的杰森正是师傅所说的那个能够窥看到天机的“夜贼”。但令他没有想到的是，这“夜贼”竟能看得如此深远，本会隐藏至深的神秘技术和神性能量的源头竟被其窥看到！也许，还不止这些……“但无论如何，本会交付给自己的使命必须完成，任何阻碍使命完成的人都必须除掉！”想到这里，尼科语气生硬地说道：“即便这个世界最伟大的古老奥义和神秘技术的源头来自古老的华夏文明，但现在中华文明已经没落了。拯救当前世界危机，打造世界新秩序，让全球人类步入神的殿堂，需要的是本会这样的组织和力量！杰森，我再问你一次，到底加不加入本会？”

“加不加入什么组织，都是外在的形式，这并非重要，关键是——我的‘心’究竟在哪里。尼科，你提到‘拯救当前世界危机’，如今提倡这个观点我也认同。要化解这个危机，必须先找到人类危机的根源在哪里。当今时代，人类社会物质文明不断快速发展，攀登新的高度，可是人类的精神文明却没有跟进，相反，以自我为中心且无止境的贪婪使人沉浸在追求物欲的苦海里无法自拔。人类若一味地追求外在的物质成就，忽视甚至排斥内在的修行觉悟，那么，在欲望的驱使下，人性就会不断堕落，这就是当今繁华世界背后潜伏着巨大危机的根源所在。至于‘打造世界新秩序，让全球人类步入神的殿堂’，请问，‘神的殿堂’究竟在哪里呢？”

“神明是大宇宙的主宰，神的殿堂当然在宇宙的中心！”年轻队员抢先回答道。

张崇斌摇了摇头。

尼科思索片刻，道：“人神既然可以合一，那神的殿堂，是在人的身体里。”

张崇斌又摇了摇头。

“大、小宇宙里都没有神的殿堂？”尼科皱紧了眉头。

“那你说在哪里？”众人纷纷问道。

“在‘心’里，所谓‘万物唯心所造’。”张崇斌淡淡一笑，又道，“此‘心’非体内的心脏器官，也不是单纯意义上的思维，目前人类的语言无法准确充分地进行直意描述。”

“这怎么可能？”年轻队员质疑道。

“《圣经》算得上是将上帝的神性描述得较为具体直白的一部宗教经典了。诸位想必应该知道摩西在西奈山第一次见到上帝之前，曾帮助米甸祭司七个女儿打过水，而上帝也曾说过‘人子要获得永生，就必须像摩西那样在旷野中举起蛇’。不知道你们注意过没有，这里面其实隐含着东方密宗修行的法门。”张崇斌道。

再次听到数字“七”和“永生”的字眼，联系方才杰森给出的种种提示，尼科立即感悟到：“七个女儿”是指人体的“七个脉轮”，那摩西在旷野中举起的“蛇”应该就是那沿着人体中脉以双螺旋状向上攀升的昆达里尼“灵蛇”。

“如此看来，西方宗教的源头及启示真义，也应从东方古老的文明中去寻找！杰森似乎早已明了这一切，他今天在不断地提示着自己，令人震惊但不得不承认，杰森的言语和见解深邃通达、启人心智，远在自己认识之上。那么，自己此前从本会中获得的那些秘密知识与启示、打造世界新秩序的真正含义，甚至师傅交付的使命，自己是否理解正确了呢？还有，杰森所说的那个无法以言语表达的‘心’究竟是什么？”困惑的尼科不禁神情茫然。

此时，张崇斌的身体突然微微震颤起来，他深吸一口气，稳定住身体后又道：“任何事物的发展都遵循着一定的周期规律，单论物质文明，中华民族曾经繁至盛极引领世界数千年，时为各国景仰朝拜。正所谓‘物极必反’，物质文明奢华无度，势必导致骄横自大以致故步自封精神颓废。中华文明近代几百年来不及西方的‘没落’，既是遵循了自然万物发展前进的客观规律，更是中华民族再度于世界崛起而应潜龙勿用、藏精蓄锐的必经之途。这样说，并非缘于我身为一个中国人而产生的特有民族情结，因为我相信未来人类世界会是一个无狭隘国家民族之分的大同世界。而人类社会若真正步入大同世界，需要的不是物质文明的高度积累极大丰富，东方文明古国的衰落和当下残酷的现实已经清楚表明，过分追求物质文明只会给人类带来毁灭性的灾难危机。只有发展能够指引全体人类树立正信、消减贪婪欲望、注重内在修养、启获智慧迈向真正‘神的殿堂’的精神文明，人类未来的发展才有出路和光明。令人欣慰的是，古老的华夏文明博大精深、源远流长，其中智慧精髓皆圣地伏藏、薪火相传。虽然今日多数世人依旧迷惘，但日渐觉醒的人类终将重新认识并挖掘这个精神宝藏，中华古老优秀的传统文明也必将走向复兴之路，所有这一切，正是神明赋予中华民族伟大的使命！”

“这神圣的使命不属于本会？”队员们面面相觑，目光又慢慢集中转向尼科。

尼科这会儿却沉默无语……

在众人陷入静默的时候，张崇斌平静的神情渐渐呈现一丝惬意，开口道：“打造‘神’之殿堂不应有狭隘的分别之心。伟大的神明一直在东方守望，当她再次醒来，世界将为之而改变。”

这句耳熟的话音，令尼科立即想起滑铁卢战役惨败后被监禁在圣赫勒拿岛的拿破仑曾心惊胆战地对英国外交官阿美士德勋爵说过的一句话：“中国是头没睡醒的狮子，幸亏她还没有醒来，她最好是永远睡下去。因为她一旦被惊醒，世界将为之震动！”尼科又想起，在上个月的晋升会上，通过启示，在师傅的鼓励下，自己曾激动地说过：东方的昴宿星将点亮我们的神性，赐予我们无穷的力量！

“东方、中华民族，世界的希望……”尼科不禁自言自语道。

张崇斌这时身体一阵剧烈地抖动，他闭上了眼睛。渐渐地，他的身体复归平静，呼吸趋弱，整个人一动不动地盘坐于地，似一位远离世俗归隐雪山的修行者。

此时此刻，绚丽的余晖从众人的身后映照而来，穿透前方的迷雾，那展开羽翼昂首而立的石雕蛇头在光辉的映衬下，似欲腾飞而起……尼科慢慢抬起头来，肃然静默久久凝望着前方。

第三十五章　本来面目

1. 失忆的"病人"

藏区某军营内。

7月12日上午8点10分。一名机要参谋走进特种作战大队邢队长办公室内，将一份传真递交给邢队长，口头汇报道："报告大队长，昨天傍晚，西藏登山学院的三名学员发现喜马拉雅山脉北带南坡地区有燃烧的篝火，像是发出求救信号，通知学院后，派出救援队前去营救，在事发地点，他们发现一不明身份昏迷不醒的男性遇险人员。在送往当地医院救治时，经查实，确认该遇险人员正是我们在寻找的张崇斌。"

"人是在雪山上发现的？"邢队长吃惊地问道。

"是的。这件事是有些蹊跷。据救援的人说，最初发现的时候，只有这么一个人静坐在一个靠近悬崖边临时搭起的帐篷里，身上只穿了套保暖内衣，周围没有任何专业登山器具，人就那么坐着而且已经深度昏迷，看着就像是一个脱离尘世的苦修行者。"机要参谋解释道。

邢队长看着传真件上从现场拍下的人像照片，问道："现在他人在哪里？"

"报告，人已经转移到我军区医院。"

"嗯。崔参谋，你现在就联系张政委、隋处长还有董科长，一起去医院。"

"是。"

军区医院住院部。上午10点30分，邢队长带着崔参谋与张政委、隋处长、董科长一起来到军区医院，在医院宋院长的陪同下，这一行人来到了一个单间病房。

推开房门，众人步入房间来到一张病床前。此时，病床上正平躺着一个手臂扎着点滴的入睡男人，被晒得黝黑的面部显然已被清洗过，面孔轮廓干爽清洁。

“没错，此人正是张崇斌。”董科长点头确认道。

“老宋，病人现在什么情况？”邢队长看向宋院长。

“病人身体没有明显损伤，但机体很虚弱，反应迟钝且嗜睡，症状很像是因高原反应导致大脑缺氧。”宋院长回道。

“真不可思议，他明明从鬼湖下了水，怎么会在200多公里人迹罕至的山上被找到？”张政委自言自语道。

“现在可以唤他醒来吗？”隋处长开口道。

宋院长看向站在一旁的特护护士，护士忙走上前来，道：“此前给他清洁身体时，他曾醒来过，但整个人好像失忆一样，连自己的名字都想不起来了。”

众人一听，不禁都皱起眉头。董科长这时对护士说道：“如果对病人身心健康没有特别不良的影响，请你现在将他唤醒。”

护士点了点头，上前拿起茶几上的一条温湿毛巾轻轻擦拭着男人的面孔，男人渐渐有了反应，缓慢地睁开眼睛。

“醒过来了。”护士起身说道。

董科长俯下身子看着男子的眼睛，问道：“张崇斌，还记得我吗？”

张崇斌慢慢转动着眼球，有些迷茫地看向董科长，没有做出回应。

“张崇斌，我要告诉你一个好消息！你的兄弟——祁兵，经过我们调查核实，我们认为，他的行为不构成犯罪。现在，相关意见已经转给司法机关复核，相信祁兵很快就能获得自由并恢复名誉！”董科长大声说道。

董科长说完这番话，张崇斌沉静了好一会儿，突然，他眼睛流闪一道神采，嘴角展动略显一丝笑意。

“看，病人有反应了，他现在能听懂你们说的话！”护士满脸兴奋地说道。

“张崇斌，如果你能说话，就请告诉我，你去鬼湖潜水干什么？怎么又突然出现在雪山上？”董科长见状紧接着问道。

张崇斌的神情复归沉静，眼睛里的神采渐渐收敛消逝，整个人似乎沉浸在深远的回忆中。显得有些拥挤的病房此刻沉寂无声，众人都屏住呼吸期待地看着病床上的张崇斌。

“……光……光……”张崇斌突然唇齿启动，吐出不成句的几个词来。

“光？那光是什么？”邢队长跨前一步问道。

“水……水中……有白光……白光……”

“我们知道水下有白光，那白光究竟是什么？”董科长追问道。

“上、下，都是……飞转的……飞转的……生命……飞转的……生命……”张崇斌重复着最后的话语。

“白光……是会飞的生命？”站在病床边的护士听着这些话，满面茫然地自言自语道。

“能量！”张崇斌突然用力说出一句，接着又神情木然地断断续续地念叨，“生命……高级的……生命……”

“能量……是高级生命？”董科长暗自揣摩着张崇斌想要表达的语意，但一时无法透彻理解，这令他不禁皱紧眉头。

张政委看着张崇斌摇了摇头，道：“答非所问啊。”

“病人还不是清醒的，可能这是他的梦境或是幻觉。”宋院长说道。

“那他什么时候能够完全清醒过来？”隋处长问道。

宋院长面色一沉，语气有些忧郁地回道：“病人从失踪到发现超过 30 个小时，而长时间大脑缺氧会造成智障等不可逆转的损害。所以，病人是否能够完全恢复到以前的清醒状态，暂时还不好说。”

听了这番解释，众人皆神情沉重，一时无语。

临走之际，邢队长嘱咐道：“老宋，请你这边全力以赴做好救治工作，想办法让病人完全恢复过来。”

董科长上前紧紧握住宋院长的手，道：“拜托！”说完，以期许的目光看着对方。

宋院长默默地点了点头。

7 月 14 日上午 10 点。

刚刚睡醒的张崇斌此时正安静地端坐在床上，眼睛出神地望着窗外。

突然，病房门被打开，值班护士从门外带进四个人来，分别是祁兵、段涛、巴特尔，董科长最后一个走了进来。

再次看见自己的大哥，祁兵和段涛两大步冲到了床前。

“崇斌、崇斌……”

“张总，你看，我们都来了！”兄弟再次相逢，祁兵和段涛一时兴奋地前呼后叫起来。

张崇斌转过头来，却没有说话，只是神态安详地看着祁兵和段涛。

“崇斌啊，我的问题澄清了，我自由了！可以重新过正常人的生活了！”祁兵紧紧握住张崇斌的手有力地说道。

“是啊，张总，就是昨天，警方正式撤销了对队长的通缉和立案，祁队长是无罪的！我们都是无罪的！”段涛兴奋地大声道。

张崇斌仍旧没有说话，并转过头去又将眼睛望向窗外。

祁兵和段涛似乎意识到什么，他们安静下来，神情紧张而又茫然地仔细看着张崇斌的模样，一直看不到期待的回应，当他们回收的目光落在张崇斌身着的病号服上时，祁兵猛地转过头去看向身后的护士，声音颤抖地问道：“我大哥……他究竟怎么了？他这是怎么了？”

“张哥，张哥啊，你怎么了？难道你不认识我们了吗？”段涛冲到张崇斌面前，抓住他的手臂失声地嚷道。

一旁的巴特尔原地站立着，不知所措地看着眼前的一切。

望着祁兵通红的眼睛，护士似乎吓着了，忙将躲闪的眼睛看向董科长。

董科长上前走到祁兵面前，说道：“请你们都克制住自己的情绪。要知道，最初发现张崇斌的时候，他人在雪山上已是昏迷不醒。转到这个医院后，邢队长和我部领导都很重视病人的情况并作出指示，现在从院长到值班护理人员，大家都在想办法全力救治，争取让病人早日康复。你们的心情我理解，这两天，病人的情况已在不断好转。所以，我希望你们能够理解并配合好医务人员的工作。”

“昏迷在雪山上？是在神山上吗？”祁兵忙问道。

董科长黯然地摇了摇头，道：“不是，而是在距离神山200多公里远的喜马拉雅山脉中。”

“人在喜马拉雅山脉？”祁兵顿时陷入茫然中。

“现在你们都已看到了自己的大哥，他正在康复当中，等他完全康复后，我们会安排车送他回N市。这样，你们离开这儿，也可以放心去了。”董科长说道。

祁兵没有再说什么，转过头去，默默地看着张崇斌。

“病人需要休息了。”护士这时提醒道。

“那我们走吧。”董科长招呼道。

祁兵再次走到张崇斌跟前，站立了一会儿，开口说道：“这个世界，没有什么能够难倒你。大哥，我相信你，等你早日康复，我会亲自来接你回家的！”

说完，祁兵拍拍出神的段涛肩膀，几个人转身跟随董科长一起走出了病房。

傍晚7点。

祁兵一个人拎着几袋新鲜的香瓜、葡萄等水果再次走进张崇斌的病房。此时，张崇斌正平卧在床，安静如睡。祁兵将水果轻轻地放置在床头柜上，然后慢慢地搬来床边的木凳坐下，他默默地看着沉静闭目、神情安详的张崇斌。

这会儿，祁兵俯下身来，准备将被子往上提提，突然，他的手被另外一只手抓住，祁兵不禁一怔，当他看见张崇斌睁开的眼睛正看着自己时，更是一惊差点叫出声来！

“别出声！”张崇斌突然开口道。

“崇斌，你……你醒过来了？”祁兵压着嗓子兴奋地问道。

“我早就醒过来了。”

“那你，怎么不早说？我现在告诉他们去，这样我们就可以一起回家了！”

张崇斌却轻轻地摇了下头。

“为什么啊？”祁兵被搞糊涂了。

“如果我想过正常人的生活，那么，有些话就不能说，至少现在还不到说的时候。”张崇斌道。

“崇斌，我不太明白你的意思。难道……有人在暗中威胁你？”祁兵眼睛一瞪道。

“没有人威胁我。不过……”张崇斌欲言又止。

“不过什么？你说呀，既然没有人威胁，你担心什么？”祁兵两手握拳急迫地问着。

“世间有些事情，也许只可被有缘的人知道。如果过早说出来，世人理解不了，反受其困扰。”

“天机不可泄露……是吧？崇斌，我明白了，你从水下进去，却从遥远的雪山归来，突破了时空的限制，你一定是在湖下发现了这个秘密！”祁兵恍然惊悟道。

张崇斌看着祁兵惊叹的表情，平静地说道：“也许，还不止这些。”

祁兵听罢，无言以对。

沉默之间，张崇斌又道：“我已测试过，目前，我的发现还无法被世人广为接受。所以，这一切不可强言明说。不过，我会想办法将这天机告诉世人，但必须选择合适的时机，以合适的方式与有缘人说。”

回想自己所遭遇的一切，祁兵此刻明白了话中的意思，也深深地理解了大哥的用心，于是他默默地点了点头。

“祁兵，听着，我要离开这里。你找机会，告诉我父亲找他以前的部下，那人在咱们家乡是部队疗养院的院长，让他们以亲属要求和能够提供更为便利的护理条件为由，将我接回家乡治疗。”张崇斌嘱咐道。

“明白。”祁兵回道。

7 月 16 日上午 10 点。董科长来到院长办公室，从宋院长手中接过两份传真件，分别是张崇斌家人请求转院的函件和北方某海军疗养院开具的同意接收张崇斌转院疗养的证明。

看着这两份传真，董科长一时默然不语。

宋院长开口道：“我已让人核实了这两份传真的来源，确认属实。病人离家这么远，而且时间不短了，他的家人很着急，现在本院也没有特别的医疗措施，病人的状况是需要时间慢慢恢复的。”

“宋院长，你的意思我明白。我要回去跟领导请示一下。”董科长说道。

“哦，我已经与邢队长通过电话，他的意思是如果你们这边没有特别的要求，就以尊重病人家人的意见办理。”

董科长点了下头，与宋院长握手告别后，转身离开了房间。

出了医院，董科长立即用电话将这个情况向已返回贵阳的隋处长作了汇报。

隋处长从通话的语气中，感觉到董科长似有疑虑，于是问道：“小董，祁兵案件已经结案，让病人回家接受治疗也符合情理，你还有什么事情要说吗?”

“报告处长，我对祁兵案件的结论没有异议。不过，张崇斌这个病人……我感觉，他很特殊，他消失的这段时间里究竟去了哪里？他从鬼湖潜水入湖，怎么会在几百公里外的雪山出现？还有他说的那些奇怪的话……我真是想不通!”董科长回道。

“当初报警的那个香港人，其本身的精神状态不太正常。所以，张崇斌是否真的去了鬼湖下潜，或者他下潜后是否很快就在其他地方上了岸，躲避掉那个香港人而独自离开，这些情况，目前都没弄明白。现在，病人又处于失忆状态。小董啊，我看，让病人先回去接受治疗，在他恢复记忆后，再进行调查核实较为妥善。”

“明白。”董科长咬紧了嘴唇。

7 月 17 日中午。病房里，看着反应有些迟钝的张崇斌在祈兵和段涛的帮助下，换上了一身干净清爽的休闲便装。

董科长这时默默地站在病房门口，眼神里隐含着一丝忧郁，当张崇斌等人收拾完毕后，董科长迎上前去，说道：“张崇斌，回到家乡，你好好休养。我想，以后，我们还会见面的。”说完，董科长伸出右手，张崇斌似乎本能地伸出手去，两只手握在一起，董科长盯着张崇斌的眼睛，暗自用力紧握。

神情有些麻木的张崇斌慢慢变得严肃起来。

祁兵这时走上前来，一边伸手一边冲董科长说道：“董科长，你若有机会来我们家乡，我们非常欢迎，到时我和我大哥一定会好好招待你这远方而来的朋友。”

董科长松开紧握的手回握着祁兵的手，道：“祁兵，你能恢复名誉重获自由，我为你高兴。”

“要是以后有机会，我们能协助你们办案就更好了！”段涛在一旁兴奋地说道。

董科长分别看向张崇斌、祁兵和段涛，然后说道：“车子已经准备好了，直接送你们去机场。”

出了病房来到医院门口，张崇斌等人先后登上一辆候在门口的军用吉普车。

在车子发动起来的时候，坐在副驾驶位置的张崇斌突然将头从敞开的车窗探出，冲着董科长点点头。

董科长一怔，随即迈步走向前去，当他靠近车窗后，张崇斌伸手将一个纸条递给了他。

董科长吃惊地看了一眼张崇斌，迅速将纸条展开，只见纸条上有一行黑色的笔迹：感谢！我等候您的到来。

董科长再次抬起头来，与张崇斌四目相对，他紧绷的面容渐渐展露一丝笑容……

车窗玻璃慢慢升起，同时，车子缓缓动了起来，驶过门口盘曲的下坡道，“轰”的一声，司机踩下油门，车子顿时提速驶出医院，顺着一条宽阔的马路，急速地向前方开去。

2. 众妙之门

西藏至北京的班机上。

祁兵扭头看向坐在身边正闭着眼睛仰头休息的张崇斌，仔细看去，他发现头发变长的张崇斌清瘦了不少，手臂和脸上的皮肤也显得黑红粗糙。转过头来，祁兵轻轻叹了口气。

“叹什么气？”仍闭着眼睛的张崇斌问道。

“哦，没事。”祁兵回道。

张崇斌缓缓睁开眼睛，他将身边的舷窗遮盖提起，倾身靠近窗口向外看去。此时，窗外已是漆黑一片，张崇斌又低头看了下表，道：“已经飞了近 4 个小时了，还有 1 个多小时就要到北京了。”

“那你是先回公司还是先回老家？”祁兵问道。

张崇斌摇了摇头，没有回答。

祁兵一愣，忙问道：“那你要去哪儿？”

“贵阳。”

“怎么又要去贵阳？”

“我答应过那位老人家，办完事后，会去看望他。”

“哦，是那位留下谜图给我们启示的老人家，那好，我陪你一起去。”

“祁兵，你还是先回咱们老家，把发生的这些情况给我们的家人做个合适的解释，别让他们太过担心。我办完事后，会与你联系。”

祁兵默默地点了下头。

张崇斌沉默了一会儿，然后转头看向祁兵，说道：“我知道，你有心事放不下。”

“唉！”祁兵又叹了口气道，“大哥，这一个多月来，为了我的事儿，兄弟们都跟着你受苦了！我们几度大难不死，最后总算洗刷了我的罪名，按说我应该高兴得大笑才对。可是……可是我现在，就是找不到这种感觉。”

张崇斌道：“雪域高原，神圣的大地，只要踏上过，就再也忘不掉。祁兵，你一定还有很多困惑。其实，我们能够踏上这片大地，做了这些事情，那也是因为神圣力量的召唤。现在，你个人的事情结束了，而我们的使命却刚刚开始。”

“大哥，你的意思是，我们还要回到这高原大地，继续开展调查?”

张崇斌点下头，道：“也许，我们会走得更远。”

“走得更远……”祁兵品味着这句话，渐渐地，他挺起胸膛，眼睛里闪现锐利的光彩。

7月18日上午10点30分。贵阳市区天气晴朗，艳阳高照。

靠近北市郊的一条狭窄巷子里，一个面戴墨镜、手里提着茶叶礼盒的青年男子穿行其中。这条巷子的尽头，地处僻静，有个带着独门小院的住家。男子来到院门处，伸手敲敲院门，片刻工夫，院门启开，只见一个五六岁的孩童从门缝中探出头来，仰看着男子，有些怯生地问道：“你是谁?”

男子将墨镜摘下，正是张崇斌，他笑问道：“小朋友，我来找住在这家的爷爷，爷爷在家吗?”

孩童一听，忙转身跑回院子，冲着院内的屋子大声喊道：“爷爷！爷爷！外面有个叔叔，要找你!”

“哦，请叔叔进来吧。”一个沉稳的声音自屋内传来。

孩童高兴地又跑到门口，大声喊道：“叔叔！叔叔！爷爷让你进去。”

张崇斌微笑着摸摸孩童圆嘟嘟的小脸蛋，跨过门槛，迈步走进院子。

这时，屋子的门帘一挑，一位身着黑色质朴唐装、神采飘逸的长须老者走了出来。张崇斌见到老者，忙快步走到老者面前，深深一躬身，然后问候道：“老人家，晚辈今天来看望您了。”

“呵呵，年轻人，进屋喝口水吧。”老者微微一笑道。

张崇斌跟随老者来到屋内，他环看了下四周，屋内摆设与上次前来无甚变化，散发的味道还是那股熟悉的清淡茶香。

张崇斌将礼盒放置一旁桌柜上，转身应老者示意坐在椅子上。“老人家，这孩子是您的孙子?”张崇斌随口问道。

“哦，这娃儿是梁子的。大人出去喽，留在我这儿，这个娃儿好千翻（顽皮的意思）哦，呵呵。”

“哦，梁兄不在家。还好，晚辈有幸，您老这回没有出门。”

“今日远方来客，就不出去喽。来，这是当地的毛峰茶。”老者指着事先已备好的茶杯道。

张崇斌端起茶杯，启开杯盖，慢慢品了一口，顿觉味道香醇，入喉回甘。

此刻，他不禁心有感触，于是放下茶杯开口道："老人家，这些时日，晚辈长程远走，数次历涉险境，幸亏您老事先指点迷津，暗中相助，使得晚辈能够化险为夷，善身而归。"

"人在做，天在看。年轻人，你能突破重重险障，非老朽之功，而是你自己的愿力与命数天定。'凭空解缘由，天意承受命'，呵呵，老朽早有所言。"老者笑言道。

"'不出户，知天下；不窥牖，见天道。'我做的一切，您老都看得见。"张崇斌微微一笑道。

"人能常清静，天地悉皆归。年轻人，虽然你依缘而入妙境，但因执着所求、心非安宁，所以仍有所惑。"老者言道。

张崇斌默思片刻，道："老人家所言极是。也是尘缘未尽，难持戒定，以致感知愈多，未知亦愈多。晚辈想知道，那高原湖下荧光团旋、卧兽嗡鸣，令人失神恍惚之地究竟是何方妙境？"

老者放下杯子，手捋胡须言道："西北高原一带，奇峰耸天，山水脉连，势成百川之源、万山之宗。按先天八卦，其位在'乾'，上气通天之昆仑墟所在。昆仑南渊深三百仞，天宫南门隐此妙境，开明兽陆吾虎身人面司守其门。"

听到老者言及于此，张崇斌身心一阵激荡："老人家，难道说晚辈是进入了昆仑圣山之地？而千百年来世人寻找不到昆仑山是因为其不在地表之上？"

老者笑了笑道："凡间妙境'如其在上，如其在下'。年轻人，你以为自己一直都在湖下吗？"

"自己明明是从湖中潜水进去的……难道，竟是身在'庐山'反倒不知其真面目？"老者的这一问，让张崇斌似乎意识到自己的迷惑所在，于是，他向老者问道："古籍书载'西北昆仑之丘在大地中央，其高出平地万余里，乃天帝在世间的都邑'，而晚辈那日并未见如此气势磅礴的高山，只是恍惚之间感受到种种微妙异常……现在竟难以言表！这一切不知是何缘故？"

"昆仑山乃为天柱，肉眼凡胎视而不见。慧缘俱至而阊阖洞开，元神出体，兹游阆风玄圃。年轻人，你已窥见天地众妙之门。"

"'玄之又玄，众妙之门'——此乃道祖老子对幽冥无形之道的隐喻，也喻指天地万物所由出的门户。"张崇斌心中暗念道。

听了老者这番话，张崇斌恍然顿悟原来自己当时所见已非凡间尘境。依《淮南子·地形训》所载，昆仑山从地至天分为阊阖、樊桐、阆风、增城，代表‘不死’‘乃灵’‘乃神’的三重境界。而老者方才分明点示那是自己的元神进入了‘不死’‘乃灵’的异度空间。带着这份感应，张崇斌闭上眼睛，静心凝神追忆起那段经历……渐渐地，始终模糊的一段记忆清晰再现：飞速穿越水下一条深不可测的幽黑甬洞口……漆黑的空间出现缓缓活动的立壁……一道狭长幽深的缝隙渐渐展现……巨大的嗡鸣之声传来……整个空间豁然亮堂……一个类人的光团引领自己进入了更为开阔的空间……绕过怪兽……出现巨大的圆形平台……站在平台之上，整个人随着平台慢慢旋转了起来，很多光团眩动飞舞……紧接着一道极为耀眼的白光于平台中心如闪电般绽放开来，形呈光柱穿透穹顶似直达天庭！这般感应仿佛是从更高处透视着异度空间，“谷神不死，是谓玄牝，玄牝之门，是谓天地之根”。张崇斌瞬间又感悟了《道德经》第六章所言之深意。“谷”为中虚，昆仑山也谓“昆仑墟”，墟虚互通；“玄牝”乃母性之门，而那阆风玄圃的风水模式恰形如女阴，此生殖象意正为超越死亡而得新生。人乃天地之精，炼精可化气、炼气可化神、炼神而还虚，原来那个“本我”是入此连通天地之“不死”“乃灵”之妙境，所谓“昆仑山为天柱”——那道穿透穹顶的光柱不正是抵达“乃神”天庭的天柱吗?

感念于此，张崇斌睁开眼睛，看着老者含笑道：“天地正中虚悬一穴，开合有时，动静自然，能光若启，则可贯通天地，超越时空，此乃昆仑阊阖之门。老人家，我看见昆仑山了。”

老者闻言不动声色，只以双目看着张崇斌两眼之间，好一会儿，方开口道：“难得啊。崇斌，你的识性已圆通无碍。呵呵，万物乃空中妙有聚能化形，峦形风水，圣能积聚，上增一层，其维通天，幻化极光，昆仑山也，亦即佛家所言之须弥山，登此山即可穿越通往香巴拉净地之门户。此殊胜净地，孕育天地玄珠至宝，灵慧天成，变幻莫测，唯圣人可得，此非凡人所能窃盗。崇斌，虽然你已窥得天机，不过，诸识所缘，唯心所现，唯识所变。”

老者的这番话，张崇斌从得到印证的鼓舞中更是感念到一份深彻觉悟的点化，此刻心机一动，他顿觉身心瞬间升腾扩散而形弥四方，神游无疆，仿佛整个人就是整个自然、自我亦即宇宙，虚实之间，物我一体……原来，世间万物的本质归一，皆为能量，而能量本身竟具备意识，这就是宇宙的本质，也是生命的本质。宇宙其大无外，其小无内，所谓“一粒沙一世界，三千大千世界”，同一平行空间有着多维时空，不同维度时空的分别在于能量强度和密度的变化。当能量改变，其振动频率随之改变，化形于固、液、气等物态相界交融转化，当能量跃迁巨变，则化为虚实一体的光，穿越时空，虚实明暗之间，多维时空交错叠现，虚空万物皆在波和粒子之间变换而幻化无穷。而生命的形式则与所在时空能量等级相融洽，所谓“唯心所现、唯识所变”，因生命体各具能量意识的殊异，以至每个生命眼中（或感知）的世界都不尽相同，那一团团人形的等离子光团，正是高能量密度空间的一种生命形态。浩瀚宇宙，智慧生命遍布虚空、形态万千，而宇宙本身就是一个具备意识的巨大生命体！

借着这番彻悟，张崇斌言道：“看清这个世界的本来面目，可以从‘我’做起，了然心性即可。”

老者点头道：“顺则凡，逆则仙。世人多迷情恋物，随欲动心，彼索外求以望得道，殊不知心物一体，改变自己的心，也就改变了一切。”

“老人家，与您老结缘，晚辈真的感悟、受益太多，请允许晚辈今日称您一声师傅。”张崇斌诚恳地说道。

老者眉目舒展，含笑不语……

“师傅，您方才所言，在我理解就是一个人若改变了心性，也就等于改变了其所感知的世界。世人认识不清这个道理，在于传统的宇宙观未抵本质，忽略了具有灵性的‘意识’对‘能量——物质’转化的能动效用。近代西方有位伟大的科学家，叫爱因斯坦，他曾说过‘宇宙中最不可理解的是宇宙是可以理解的’。对于宏观宇宙的理解，他提出了相对论，他也对物质与能量的关系，用质能方程 $\varepsilon=mc^2$（注：ε 代表能量，m 代表物质质量，c 代表真空中的光速）给予了数学表达，直到临终时，他还在思考宏观世界和微观世界如何统一的问题，他的理论见解让崇尚科学的世人接近了对世界本来面目的认识。其实，无论是科学所言的多维时空，还是宗教所指的三界诸天，它们并没有不可逾越的界限和障碍，唯能量意识变换。我相信，如果人类整体的意识发生改变，那就会改变整个世界！”

“崇斌啊，你能将东方古老奥义与当今的科学理论结合起来，可为修行的一种法门。来，出去走走。”说着，老者站起身来，轻步踏出屋外，于院中站定。

这时，老者仰头眼望天空呼吸放松，然后微合双目……

伴随一旁的张崇斌学着老者立稳身姿，慢慢地也将眼睛闭上……

“崇斌，有何感觉？”

“师傅，我感觉丹田热涨，身心内外有各种能量波动。”

“那是你体内灵蛇苏醒。切记，天道周期运行，世界即将进入新的宇宙能量区，全新的能量将改变人类生存的时空，大爱觉者灵性净化提升的契机，千载难逢。”

“大爱觉者……”

“一颗尘埃、一滴水珠，也能被爱的意识感动，化成美好和谐的样子。”

“师傅，我明白了，爱，是构造天地万物和谐之美的能量种子。生命的意义，在于获得智慧，心中有爱！我们人类正处在一个伟大的时代，新千年的到来虽然会有地动山摇、天开地陷等自然嬗变之象，人类也会面临诸多磨难考验，但只要人类愿意改变和提升自我的意识，在心中播下智慧的种子，让心性融入大爱之光，如此，任那天地变迁、红尘颠倒，顺应天道的人性光芒自会在宇宙神明的加持下化作强大能量过渡到新的世界。懂得拯救自我灵魂的人类必将渡过重重难关，走向更为光明的未来！”

这会儿，一直保持着静定无声的张崇斌和老者同时睁开眼睛，彼此相视而笑……刚才的一问一答，尽在心灵感应。

阳光、微风，和煦安静的院子，令人心神悠然。一只画眉鸟自远处飞来，休憩于院外一棵探枝入院的银杏树枝头，不时发出清脆的鸣叫，枝头下面，一个孩童正蹲在地上专注地看着什么。

张崇斌悄然地走到孩童的身后。

孩童的眼下，是一队正在地上来回奔走觅食的蚂蚁，当看见地上出现黑色的影子时，孩童转过头来，顽皮地看向张崇斌。

迎着这双清净明亮的眼睛，张崇斌平静的面孔渐渐笑容展露……